Cornes

Joe

HILL

Cornes

Traduit de l'anglais (États-Unis)
par Valérie Rosie

J'AI LU

Titre original :
HORNS

Éditeur original :
William Morrow, une division de HarperCollins Publishers

À Leanora, avec tout mon amour

« Satan est l'un d'entre nous ;
tellement plus qu'Adam ou Ève. »

On Daemons & Dust, Michael Chabon

ENFER

1

Ignatius Martin Perrish passa la nuit ivre, à faire des choses terribles. Il se réveilla le lendemain matin avec la migraine, porta les mains à ses tempes, et sentit quelque chose d'inhabituel, deux protubérances pointues, au relief irrégulier. L'œil trouble, tenant à peine sur ses jambes, il était si mal en point qu'au début, il n'en pensa pas grand-chose, ayant trop la gueule de bois pour s'en inquiéter.

Mais alors qu'il tanguait au-dessus des toilettes, il jeta un coup d'œil au miroir du lavabo et vit qu'une paire de cornes lui était poussée durant son sommeil. La surprise fut telle qu'il vacilla et, pour la deuxième fois en douze heures, se pissa sur les pieds.

2

Il remonta son short kaki (il ne s'était pas changé depuis la veille), et se pencha au-dessus du lavabo pour mieux voir.

En elles-mêmes, elles n'avaient rien de très imposant, ces cornes : longues comme le doigt, épaisses à la base, elles s'affinaient en se recourbant vers le haut. Elles étaient couvertes d'une peau blafarde, sa peau, sauf tout au bout, où les pointes étaient d'un vilain rouge enflammé, comme si elles s'apprêtaient à transpercer la chair. Il en toucha une et découvrit que le bout était en effet sensible, presque douloureux. En les tâtant sur toute la longueur, il sentit la densité de l'os sous la peau lisse et tendue.

Sa première pensée fut que d'une manière ou d'une autre, c'était lui qui avait amené cette calamité sur sa tête. La nuit précédente, il s'était enfoncé dans les bois au-delà de la vieille fonderie, jusqu'à l'endroit où Merrin Williams avait été tuée. Des gens avaient déposé des gages d'affection à sa mémoire, sous un cerisier malade à l'écorce écaillée. Merrin avait été trouvée nue, dépouillée de ses vêtements. Dans les branches, on avait disposé des photos d'elle, des cartes de condoléances gondolées et tavelées d'humidité, un bouquet de chatons. Au pied de l'arbre, quelqu'un, sans doute la mère de Merrin, avait planté une croix ornée de roses en nylon jaune, à côté d'une Vierge en plastique qui souriait avec l'air béat et extatique d'un idiot.

Ce sourire affecté lui était insupportable. Tout comme cette croix, fichée au lieu même où Merrin était morte après s'être vidée de son sang, le crâne fracassé. Une croix ornée de roses jaunes… Quelle chierie. C'était d'aussi bon goût qu'une chaise électrique tapissée d'un imprimé à fleurs. Cela l'horripilait, que le Christ vienne se pointer ici avec un an de retard, quand ça ne servait plus à rien. Où était-Il quand Merrin avait eu désespérément besoin de Lui ?

Ig avait arraché la croix et l'avait piétinée rageusement. Pris d'une soudaine envie de pisser, il s'était soulagé sur la Vierge en s'arrosant les pieds du même coup, tant il était saoul. Peut-être ce blasphème avait-il suffi à provoquer cette transformation ? Non… Il avait dû faire pire. Mais quoi ? Impossible de s'en souvenir. Rien d'étonnant, vu la quantité d'alcool qu'il avait ingurgitée.

Tournant la tête de côté, il s'étudia dans la glace et tâta les cornes. Jusqu'où l'os s'enfonçait-il ? Prenaient-elles racine dans son cerveau ? À cette idée, la salle de bain s'assombrit, comme si l'ampoule du plafond avait momentanément faibli. En fait, cette pénombre ne venait pas d'une baisse d'éclairage, elle sourdait derrière ses yeux, dans sa tête. Il se cramponna au lavabo et laissa passer son étourdissement.

Alors il comprit. Il comprit qu'il allait mourir. Oui, quelque chose s'immisçait bien dans son cerveau : une tumeur. Les cornes n'existaient pas. Elles étaient symboliques, imaginaires. Une tumeur lui rongeait le cerveau, qui suscitait des visions. Et ce symptôme signifiait sans doute qu'il était trop tard pour le sauver.

La perspective de la mort n'allait pas sans un réel soulagement ; c'était même une sensation physique, comme ressortir à l'air libre après être resté sous l'eau trop longtemps. Ig avait bien failli se noyer une fois, et, enfant, il souffrait de crises d'asthme. Pour lui, respirer normalement, c'était déjà atteindre à la félicité.

— Je suis malade, souffla-t-il. Je vais mourir.

Le simple fait de le dire à voix haute lui remonta un peu le moral.

Il se scruta dans la glace. Maintenant qu'il savait qu'elles n'étaient qu'une hallucination, les cornes allaient disparaître… Mais non, apparemment, ça ne marchait pas comme ça. Énervé, il tira sans ménagement sur ses cheveux pour tenter de les cacher, du moins jusqu'à ce qu'il soit arrivé chez le médecin, puis y renonça. Fallait-il qu'il soit stupide pour essayer de cacher une chose que personne d'autre ne pouvait voir.

Il se traîna jusqu'à la chambre en chancelant. La couette et les couvertures étaient rejetées sur le côté, et le drap du dessous gardait l'empreinte froissée du corps plantureux de Glenna Nicholson. Il n'avait aucun souvenir de s'être affalé dans le lit à côté d'elle, ne se rappelait même pas être rentré. Encore une pièce manquante au puzzle de cette drôle de soirée. Jusqu'à cet instant précis, il s'était dit qu'il avait dormi seul et que Glenna avait passé la nuit ailleurs. Avec un autre.

Ils étaient sortis ensemble la veille au soir, mais après avoir picolé, Ig en était venu tout naturellement à songer à Merrin, l'anniversaire de sa mort approchant. Plus il buvait, plus elle lui manquait, et plus il prenait conscience du fait que Glenna ne lui ressemblait en rien. Avec ses tatouages, ses faux ongles, sa bibliothèque remplie de romans de Dean Koontz, ses cigarettes et son casier judiciaire, Glenna était même son opposé. Cela irritait Ig de la voir assise là en face de lui, c'était comme une trahison d'être ici avec elle, même s'il n'aurait su dire si c'était Merrin qu'il trahissait ainsi, ou lui-même. Comme Glenna s'obstinait à lui caresser d'un doigt le dessus de la main, un geste qui se voulait tendre mais qui avait le don de l'exaspérer, il finit par se lever pour se réfugier aux toilettes pour hommes et s'y terra une bonne vingtaine de minutes. Quand il revint, le box était vide. Il resta assis une heure à s'enivrer avant de comprendre qu'elle ne reviendrait pas et qu'il n'en éprouvait aucun regret. Pourtant, au cours de la nuit, ils avaient tous deux échoué dans le même lit, lit qu'ils partageaient depuis les trois derniers mois.

Il entendait vaguement des voix venant de la télé dans la pièce à côté. Glenna n'était donc pas encore partie pour le salon de coiffure. Il lui demanderait de le conduire en voiture chez le médecin. Le bref soulagement qu'il avait ressenti à l'idée de sa mort prochaine était passé, et il redoutait à présent les jours et les semaines à venir, imaginant son père qui retenait ses larmes, l'entrain forcé de sa mère qui faisait bonne figure, les transfusions, les traitements, les rayons, les crises de vomissement irrépressibles, la bouffe d'hôpital.

Ig se traîna jusqu'au salon. Glenna était assise sur le canapé, vêtue d'un débardeur Guns N'Roses et d'un bas de pyjama défraîchi. Penchée en avant, les coudes posés sur la table basse, elle se fourrait un morceau de beignet dans la bouche en regardant un talk-show. Devant elle étaient posées la boîte contenant des beignets de supermarché vieux de trois jours ainsi qu'une bouteille de coca light de deux litres.

En l'entendant, elle lui jeta un regard par en dessous, puis revint à l'écran. Le sujet du jour était la sociopathie et apparemment, il suscitait d'âpres débats, car les gros lourdauds qui y participaient semblaient sur le point de s'empoigner.

Elle n'avait pas remarqué les cornes.

— J'ai envie de gerber, dit-il.

— Ne me cherche pas. Moi aussi j'ai la gueule de bois.

— Non. Je veux dire… Regarde-moi. Est-ce que j'ai l'air dans mon assiette ?

À nouveau, elle tourna la tête vers lui et le scruta d'un œil torve. Elle ne s'était pas démaquillée depuis la veille et son mascara avait bavé. Glenna avait un joli visage, rond et lisse, tout comme ses courbes harmonieuses. Elle aurait pu être mannequin pour une agence spécialisée dans les grandes tailles. Elle pesait vingt-cinq kilos de plus qu'Ig. En fait, elle n'était pas si grosse que ça, c'était plutôt Ig qui n'avait que la peau sur les os. Elle aimait baiser en se juchant sur lui, et quand elle s'affalait sur sa poitrine, elle chassait le peu d'air qui lui restait dans les poumons et lui coupait littéralement la respiration, s'adonnant ainsi sans le savoir à l'asphyxie érotique. Lui qui luttait si souvent pour retrouver son souffle connaissait chaque personnage illustre mort de cette façon. C'était une fin étonnamment courante chez les musiciens. Kevin Gilbert. Hideto Matsumoto, présumait-on. Et Michael Hutchence, de toute évidence, même si Ig n'avait guère envie de penser à lui, en ce moment. *Devil Inside*[1]. Le diable qui est en chacun de nous.

---

1. Titre célèbre du groupe australien INXS, dont le chanteur était Michael Hutchence, mort en 1997, officiellement en se suicidant avec sa ceinture. (Toutes les notes sont de la traductrice.)

— Tu n'as pas dessoûlé, depuis hier soir ? demanda-t-elle.

Comme il ne répondait pas, elle secoua la tête et revint à la télévision.

C'était donc ça. Si elle avait vu les cornes, elle se serait levée d'un bond en hurlant. Mais Glenna ne les voyait pas puisqu'elles n'existaient que dans son esprit à lui. S'il se regardait maintenant dans une glace, sans doute ne les verrait-il pas non plus. Alors Ig aperçut son reflet dans la fenêtre, et les cornes étaient là, plantées sur le crâne d'une sorte de démon transparent, fantomatique.

— Il faut que j'aille chez le médecin, déclara-t-il.

— Et moi, il faut que je mange un autre beignet, répondit-elle en se penchant en avant pour regarder dans la boîte ouverte. Tu crois que je peux ?

— Qu'est-ce qui t'en empêche ? répondit-il d'une voix atone qu'il reconnut à peine.

— J'en ai déjà mangé un, et je n'ai même plus faim. J'ai juste envie d'en manger un autre, ajouta-t-elle, et quand elle tourna la tête pour l'interroger du regard, ses yeux brillèrent d'une étrange lueur, à la fois effrayée et plaintive. J'ai envie de manger toute la boîte.

— Toute la boîte, répéta-t-il.

— J'ai même envie de manger directement dans la boîte, sans me servir de mes mains. Je sais, c'est répugnant.

Elle se mit à compter les beignets en les pointant du doigt.

— Six, constata-t-elle. Et si j'en mangeais encore six, est-ce que ça irait ? Qu'est-ce que tu en penses ?

Angoissé comme il était, avec cette pression qui lui broyait les tempes, il avait du mal à réfléchir.

Ce qu'elle venait de dire n'avait aucun sens, c'était une absurdité de plus dans cette matinée de cauchemar où rien ne semblait normal.

— Je préférerais que tu évites de te foutre de ma gueule. Je t'ai dit que je ne me sentais pas bien, affirma-t-il.

— Je veux un autre beignet, dit-elle.

— Vas-y. Ça m'est bien égal.

— Bon. D'accord. Si c'est comme ça.

Elle prit un beignet, le divisa en trois morceaux qu'elle enfourna l'un après l'autre sans prendre le temps de les mastiquer. La bouche pleine, elle hoqueta doucement, puis inspira par les narines et avala enfin.

Iggy la regardait faire, dégoûté. Il ne l'avait jamais vue se comporter ainsi. En fait, il n'avait rien vu de pareil depuis le collège, lorsque, à la cantine, les gosses s'amusaient à manger comme des porcs pour débecter les autres. Quand elle eut fini, elle reprit son souffle en haletant, puis tourna la tête et le scruta avec angoisse.

— Ça ne me fait même pas plaisir. J'ai mal à l'estomac, dit-elle. Tu penses que je devrais en prendre un autre ?

— Pourquoi voudrais-tu en manger un autre si ça te fait mal à l'estomac ?

— Parce que je veux devenir vraiment grosse. Encore plus grosse que maintenant. Énorme, pour que tu ne veuilles plus entendre parler de moi. (Elle se pourlécha les babines, puis se mordit les lèvres d'un air pensif.) J'ai fait quelque chose d'ignoble, la nuit dernière. Il faut que je te le raconte.

Rien de tout cela n'arrive vraiment, songea Ig. Mais s'il s'agit d'un rêve dû à la fièvre, alors ce rêve n'en finit pas, et il est drôlement convaincant, jusque dans les moindres détails. Cette mouche, qui rampe sur l'écran de télé. En fond sonore, le bruit d'une voiture passant sur la route… Les séquences s'enchaînaient, s'additionnaient avec un naturel qui renforçait l'impression de réalité. Ig était doué pour les additions. À l'école, c'était en calcul mental qu'il était le meilleur, après la morale, qu'il ne considérait pas comme une vraie matière.

— Je ne tiens pas tellement à savoir ce que tu as fait la nuit dernière, rétorqua-t-il.

— C'est justement pour ça que je veux te le dire. Pour t'écœurer une bonne fois pour toutes. Te donner une raison de partir. Je me sens si mal à cause de ce que tu as enduré et de ce que les gens disent de toi… Mais je ne peux plus supporter de me réveiller à côté de toi. Je veux que tu t'en ailles, et si je te raconte la saloperie que j'ai faite, tu partiras, et je serai de nouveau libre.

— Qu'est-ce que les gens disent de moi ? demanda-t-il.

Question idiote. Il connaissait déjà la réponse. Elle haussa les épaules.

— Ils parlent de ce que tu as fait à Merrin. Ils te considèrent comme un pervers, un maniaque sexuel.

Ig en resta pantois. C'était fascinant, cette façon qu'avait Glenna de dire une chose, puis une autre, pire que la précédente, parfaitement à l'aise. Sans honte ni gêne aucune.

— Bon, vas-y, raconte-moi, puisque tu y tiens.

— Hier soir, tu n'avais toujours pas réapparu quand je suis tombée sur Lee Tourneau. Tu te souviens que Lee et moi, on sortait ensemble, au collège ?

— Je m'en souviens.

Lee et lui avaient été amis, dans une autre vie, mais tout ça, c'était du passé, un passé mort et enterré avec Merrin. Difficile d'entretenir des amitiés quand on vous soupçonne d'être un meurtrier doublé d'un maniaque sexuel.

— Hier soir, à la *Station House*, il était assis dans un box au fond de la salle, et il m'a offert un verre, reprit Glenna. Je ne lui avais pas parlé depuis des siècles. J'avais oublié combien c'est facile, de discuter avec lui. Tu connais Lee, il ne prend personne de haut. Il a été vraiment gentil avec moi. Comme tu ne revenais toujours pas, il a dit qu'on devrait aller jeter un coup d'œil dans le parking, et que si tu étais parti pour de bon, alors il me reconduirait chez moi. Une fois dehors, on s'est mis à se bécoter comme du temps où on était ensemble, et je me suis un peu emballée... J'ai fini par lui tailler une pipe, pendant qu'un ou deux gars nous reluquaient. La dernière fois que j'ai fait ce genre de connerie, j'avais dix-neuf ans et j'étais sous acide.

Ig eut envie d'appeler au secours. Il fallait qu'il sorte d'ici. Ses poumons manquaient d'air, il était oppressé.

Quant à Glenna, elle inspectait à nouveau la boîte de beignets d'un air placide, comme si elle venait de lui raconter quelque chose d'anodin : qu'il n'y avait plus de lait, ou que le ballon d'eau chaude était épuisé.

— Et si j'en mangeais encore un, tu crois que ça irait ? demanda-t-elle. J'ai moins mal à l'estomac.

— Fais ce que tu veux.

Elle tourna la tête pour le regarder de ses yeux clairs, brillant d'une excitation maladive.

— Tu le penses vraiment ?

— Je m'en contrefous. Vas-y, empiffre-toi.

Elle sourit, ses joues se creusèrent de fossettes, puis elle se pencha sur la table. Maintenant la boîte d'une main, elle y plongea la tête et se mit à manger en faisant des bruits de mastication, de succion, de claquements de lèvres, tout en respirant bizarrement. Elle eut encore un haut-le-cœur, ses épaules tressaillirent, mais elle continua à se goinfrer alors qu'elle avait déjà la bouche pleine. Une mouche bourdonnait autour de sa tête.

En se dirigeant vers la porte, Ig passa devant le canapé. Glenna se redressa un peu, suffoquant à moitié, et lui jeta un regard paniqué. Ses joues et sa bouche étaient barbouillées de sucre glace.

— Mmm…, gémit-elle.

De plaisir ou de souffrance ? Ig n'aurait su le dire.

La mouche se posa au coin de sa bouche. Elle y resta un instant, puis Glenna darda la langue et l'attrapa au même moment d'un geste vif. Quand elle baissa la main, l'insecte avait disparu et ses mâchoires allaient bon train, broyant les beignets pour les réduire en pâte.

Ig ouvrit la porte et se glissa dehors. Au moment où il referma la porte, Glenna penchait la tête pour fourrer à nouveau son visage dans la boîte… tel un plongeur qui redescend dans les profondeurs après s'être rempli les poumons d'air.

3

Il se rendit en voiture au dispensaire du coin, où l'on pouvait se pointer sans rendez-vous. La petite salle d'attente était bondée, surchauffée. Couchée sur le dos au milieu de la pièce, une gamine hoquetait furieusement pour reprendre son souffle entre deux hurlements. Assise sur une chaise dos contre le mur, sa mère se pencha sur elle pour lui susurrer une suite ininterrompue d'imprécations et de menaces. Comme elle tentait de saisir la petite par la cheville, sa fille lui décocha un coup de pied, de son soulier à boucle métallique.

Impassibles, les autres personnes présentes feuilletaient des magazines ou regardaient la télé disposée dans un coin de la pièce, qui diffusait la même émission que chez Glenna, mais sans le son. Quand Ig entra, elles furent deux ou trois à lui lancer un coup d'œil, espérant sans doute que le père de la petite arrivait enfin pour la faire sortir et lui coller une bonne fessée. Mais au premier regard, elles surent qu'il ne leur serait d'aucun secours et détournèrent les yeux.

Ig regretta de ne pas avoir mis un chapeau. Il mit sa main en visière, comme pour se protéger les yeux d'une lumière trop vive, espérant ainsi cacher ses cornes même si apparemment personne ne les avait remarquées.

À l'autre bout de la pièce, derrière une cloison vitrée, la réceptionniste assise devant un ordinateur regardait fixement la mère de la braillarde, mais quand Ig apparut devant elle, elle leva les yeux et esquissa un sourire machinal.

— Que puis-je faire pour vous ? demanda-t-elle en tendant déjà la main vers un bloc de formulaires.

— Je voudrais voir un médecin pour lui montrer quelque chose, dit Ig, et il souleva un peu la main pour découvrir ses cornes.

— En effet, ça me paraît nécessaire, déclara-t-elle en plissant les yeux avec une moue compatissante, puis elle pivota pour se remettre face à l'ordinateur.

Sidéré, Ig ne savait qu'en penser. Certes, elle avait réagi, mais comme s'il lui avait montré un doigt cassé ou une éruption cutanée. Si vraiment elle avait vu les cornes, comment pouvait-elle se contenter de grimacer, puis de reprendre son train-train comme si de rien n'était ?

— J'ai juste quelques questions à vous poser, reprit-elle. Nom, prénom ?

— Perrish Ignatius.

— Âge ?

— Vingt-six ans.

— Quel médecin consultez-vous d'habitude ?

— Aucun. Je n'en ai pas vu depuis des années.

Elle leva la tête pour le toiser en fronçant les sourcils, et il crut qu'elle allait lui passer un savon pour ne pas avoir passé de check-up réguliers. La gamine hurlait encore plus fort qu'avant. Comme il jetait un regard en arrière, Ig la surprit en train de taper sur le genou de sa mère avec un camion de pompiers en plastique rouge, qu'elle avait dû prendre dans la réserve de jouets empilés dans un coin de la pièce à disposition des enfants, pour qu'ils se distraient en attendant leur tour. Sa mère le lui arracha des mains. La petite retomba sur le dos et se mit à donner des coups de pied dans le vide, comme un cafard retourné, en hurlant de plus belle.

— J'ai envie de dire à cette femme de se bouger le cul pour que sa sale morveuse arrête de brailler, remarqua la réceptionniste d'un ton enjoué, désinvolte. Qu'en dites-vous ?

— Vous avez un stylo ? demanda Ig, la bouche sèche. Je vais remplir ce truc, ajouta-t-il en indiquant le formulaire qu'il avait en main.

La réceptionniste perdit le sourire et ses épaules s'affaissèrent.

— Certainement, répondit-elle en poussant un stylo vers lui.

Lui tournant le dos, il essaya en vain de se concentrer sur le formulaire fixé par un trombone sur une chemise en carton.

Elle avait vu les cornes, mais n'avait pas eu l'air choquée le moins du monde. Puis elle avait parlé de la petite qui criait et de sa mère impuissante en disant : « J'ai envie de dire à cette femme de se bouger le cul pour que sa sale morveuse arrête de brailler. » Et elle avait voulu savoir ce qu'il en pensait, comme pour avoir son aval. Glenna aussi l'avait consulté avant de plonger la tête dans la boîte de beignets comme un cochon dans son auge.

Il chercha des yeux un endroit où s'asseoir. Il restait juste deux chaises libres, de part et d'autre de la mère. Ig s'en approchait quand la petite, après avoir pris une grande goulée d'air, poussa un cri aigu qui fit trembler les vitres et tressaillir certains des patients qui attendaient. Ig eut l'impression d'avancer contre un vent furieux qui soufflait en bourrasque à hauteur de ses genoux.

Quand il s'assit, la mère s'affala sur sa chaise et se frappa sur la jambe avec un magazine roulé, à défaut de taper sur sa fille, sans doute. La petite semblait avoir mis ses dernières forces dans son cri et gisait sur le dos, le visage congestionné, mouillé de larmes. Sa mère aussi était écarlate. Elle jeta un petit coup d'œil à Ig, et son regard abattu effleura brièvement les cornes.

— Désolée pour le vacarme, dit-elle, lui touchant la main en manière d'excuse.

À l'instant où sa peau frôla la sienne, Ig sut qu'elle s'appelait Allie Letterworth et que depuis quatre mois, elle couchait avec son professeur de golf, qu'elle retrouvait à un motel situé sur la route, en bas du terrain de golf. La semaine dernière, après une partie de jambes en l'air particulièrement exténuante, ils s'étaient endormis, et comme Allie avait éteint son portable, elle avait manqué les appels de plus en plus frénétiques de la monitrice du centre aéré où se trouvait sa fille, qui lui demandait où elle était et quand elle comptait venir la chercher. Lorsque, enfin, elle était arrivée, avec deux heures de retard, la petite était en pleine crise nerveuse, toute rouge, le nez dégoulinant de morve, les yeux injectés de sang, et Allie avait dû acheter son silence en lui offrant une peluche Webkinz à soixante dollars ainsi qu'un banana split pour la calmer ; c'était le seul moyen d'empêcher que son mari découvre le pot aux roses. Si elle avait su quelle corvée c'était d'élever un môme, elle n'en aurait jamais eu.

Ig écarta sa main.

La gamine se remit à grogner et à trépigner. Allie Letterworth soupira et se pencha vers Ig.

— S'il n'en tenait qu'à moi, je me ferais un plaisir de lui filer une raclée, mais j'ai peur que les gens me prennent pour une mauvaise mère. Pensez-vous que je devrais…

— Non, répondit Ig.

Il n'aurait pas dû, pourtant il savait des tas de choses sur elle, tout comme il connaissait le numéro de son téléphone portable et son adresse. Il savait aussi pertinemment qu'Allie Letterworth n'aurait pas avoué à un complet inconnu son envie de filer une raclée à sa fille. Elle le lui avait dit comme si elle se parlait à elle-même.

— Non, répéta Allie Letterworth, et elle ouvrit son magazine pour le refermer aussitôt. Ça ne se fait pas, je suppose. Et si je me levais… si je quittais la salle d'attente en la laissant ici pour prendre ma bagnole et me tirer. Michael et moi, on resterait cachés du monde, à boire du gin et à baiser toute la sainte journée. Mon mari m'attaquerait pour abandon du domicile conjugal, mais qu'est-ce que ça peut me faire ? Qui aurait envie de se battre pour avoir la garde de ce petit monstre ?

— Michael est votre professeur de golf ? demanda Ig.

Elle lui sourit rêveusement en hochant la tête.

— Le plus drôle, avoua-t-elle, c'est qu'au départ, je n'aurais jamais accepté de prendre des leçons avec lui si j'avais su que Michael était un nègre. Avant Tiger Woods, il n'y avait pas de négros dans les golfs, à part ceux qui vous portaient vos clubs, c'était justement un lieu où on pouvait être sûr de ne pas en fréquenter. Vous savez comment ils sont en général, toujours en train de jacter dans leur portable en disant « putain mec » toutes les dix secondes, et comment ils reluquent les femmes blanches. Mais Michael n'est pas comme ça, il a de l'éducation. Il cause comme un Blanc. Et c'est vrai ce qu'on dit sur les queues des Noirs. J'ai baisé avec des tas de Blancs, et aucun d'eux n'était monté comme Michael… Même qu'on l'a surnommée « Fer numéro 5 », conclut-elle en plissant le nez.

Ig bondit de sa chaise, gagna d'un pas vif le guichet de la réceptionniste, écrivit à la hâte quelques réponses et lui tendit le formulaire.

— Non ! Non, je ne veux pas m'asseoir ! hurlait derrière lui la petite fille.

— J'ai l'impression que je devrais intervenir, déclara la réceptionniste, les yeux braqués sur la femme et sa gamine, sans prêter attention au document qu'Ig lui tendait. Je sais, ce n'est pas sa faute si sa fille est une petite chieuse, mais j'ai vraiment envie de me la faire.

Ig se tourna pour les regarder. À nouveau penchée sur sa fille, Allie Letterworth la poussait du bout de son magazine roulé tout en la grondant à voix basse.

— Ne vous gênez pas, dit-il en revenant à la réceptionniste, histoire de voir comment elle allait réagir.

Elle ouvrit la bouche, puis hésita, en scrutant Ig avec angoisse.

— Oui, mais je ne voudrais surtout pas provoquer une scène.

Ig sentit soudain les pointes de ses cornes s'enflammer désagréablement. Il les avait depuis une heure à peine, pourtant il était déjà en partie déçu, et même surpris, que la réceptionniste n'ait pas tout de suite obéi à son injonction, alors qu'il lui avait donné son feu vert. À présent, il était même curieux de voir s'il pourrait l'obliger à agir.

— Provoquer une scène ? ironisa-t-il en tirant sur son petit bouc, qu'il taillait régulièrement. Il me semble qu'elle dure déjà depuis un bon moment, non ? C'est incroyable comme de nos jours, les gens passent tout à leurs gamins. Quand on y réfléchit, on peut difficilement en vouloir aux gosses, si leurs parents ne savent pas leur apprendre à bien se conduire…

La réceptionniste lui décocha un sourire dur, reconnaissant. En la voyant se lever, Ig sentit fuser à travers ses cornes une sorte de frisson glacé.

— Madame ? lança-t-elle derrière lui, à l'adresse de la mère. Excusez-moi… Madame ?

— Oui, répondit Allie Letterworth, espérant sans doute que leur tour était enfin venu.

— Votre fille est apparemment très perturbée, mais puisque vous n'arrivez pas à la calmer, vous pourriez au moins vous bouger le cul et l'emmener brailler dehors, si vous aviez un tant soit peu de considération pour autrui. Ce n'est pas trop demander, il me semble, conclut la réceptionniste avec un sourire affecté.

Allie Letterworth changea de couleur et sur ses joues devenues blêmes, des taches d'un vilain rouge ressortirent. Elle tenait sa fille par le poignet et la petite tirait pour se dégager en enfonçant les ongles dans la main de sa mère.

— Quoi ? demanda Allie. Qu'est-ce que vous avez dit ?

— Je n'en peux plus ! cria la réceptionniste en abandonnant son sourire et en se tapant furieusement la tempe droite. Cette morveuse n'arrête pas de hurler et mon crâne va exploser !

— Je t'emmerde ! répliqua Allie Letterworth en se dressant, chancelant sur ses pieds.

— Si vous aviez un peu de considération pour nous, vous…

— Ta considération, tu peux te la foutre au cul !

— … prendriez votre sale môme par les cheveux et vous la feriez sortir…

— Pauvre conne, mal baisée !

— … mais non, vous restez assise là sur votre gros cul…

— Viens, Marcy, dit Allie en attrapant sa fille par le poignet.

— Non ! fulmina la petite.

— J'ai dit viens ! répéta sa mère en la tirant vers la sortie.

Sur le seuil, la fille d'Allie Letterworth se dégagea et fonça à travers la pièce, mais elle se prit les pieds dans le camion de pompiers et s'étala de tout son long. Elle se remit à pousser des cris encore plus perçants et roula sur le flanc en tenant son genou meurtri. Sa mère n'y fit pas attention. Jetant son sac à main à terre, elle se mit à agonir d'injures la réceptionniste, qui répliqua elle-même d'un ton suraigu. Les cornes d'Ig vibraient agréablement, d'une curieuse sensation de force et de plénitude.

C'est lui qui se trouvait le plus près de la petite, et comme sa mère ne venait pas, il la prit par le poignet pour l'aider à se relever. Quand il la toucha, il sut qu'elle s'appelait Marcia Letterworth et qu'elle avait renversé exprès son petit déjeuner sur les genoux de sa mère le matin même, parce qu'elle l'obligeait à aller chez le docteur pour faire brûler ses verrues et que Marcia ne voulait pas y aller parce que ça ferait mal, et que sa mère était bête et méchante. La gamine tourna vers lui son visage et ses yeux pleins de larmes, qui étaient du bleu clair, intense d'une lampe à souder.

— Je la déteste, dit-elle à Ig en parlant de sa mère. J'ai envie de mettre le feu à son lit avec des allumettes pendant qu'elle dort pour qu'elle brûle et qu'il n'en reste rien.

4

L'infirmière qui le fit monter sur la balance et lui prit sa tension lui raconta que son ex-mari sortait avec une fille qui conduisait une voiture de sport, une Saab jaune. Elle savait où l'autre se garait et voulait s'y rendre pendant la pause-déjeuner pour rayer la Saab sur toute sa longueur avec ses clefs de voiture. Elle voulait aussi laisser une crotte de chien sur le siège du conducteur. Ig demeura immobile sur la table d'examen, les poings serrés, sans émettre d'opinion.

Quand l'infirmière lui ôta le manchon du tensiomètre, ses doigts frôlèrent son bras nu, et Ig sut qu'elle avait déjà vandalisé les voitures de pas mal de gens : un prof qui l'avait recalée pour avoir triché à un examen, une copine qui n'avait pas su garder un secret, l'avocat de son ex, sa fonction étant pour elle une raison suffisante. Ig la vit à douze ans en pleine action, griffant méthodiquement le flanc de l'Oldsmobile noire de son père en y laissant une profonde rayure blanche.

Dans la salle d'examen, la climatisation soufflait à plein régime, et Ig tremblait de froid et de nervosité quand enfin le Dr Renald pénétra dans la pièce. C'était un vieux monsieur aux yeux gris fatigués. Ig baissa la tête pour lui montrer les cornes. Il expliqua au médecin qu'il n'arrivait pas à discerner ce qui était réel de ce qui ne l'était pas, et qu'il craignait d'être atteint de délires.

— Les gens n'arrêtent pas de me confier des trucs. De me parler des choses affreuses qu'ils ont envie de faire, et que normalement personne n'avouerait. Une petite fille vient de me dire qu'elle voulait faire cramer sa propre mère dans son lit. Votre infirmière m'a annoncé tout de go qu'elle voulait bousiller la voiture d'une pauvre fille. J'ai peur. Je ne sais pas ce qui m'arrive.

Le médecin examina les cornes, soucieux, le front creusé de rides.

— Ce sont des cornes, déclara-t-il.

— Je le sais bien.

— Elles semblent enflammées à la pointe, poursuivit le Dr Renald en secouant la tête. Est-ce que ça vous fait mal ?

— Oui, diablement mal.

— Ah, fit le médecin, et il se passa une main sur la bouche. Voyons ça. Je vais les mesurer.

Avec son mètre à ruban, il mesura la circonférence, la base, puis l'espace de la tempe à la pointe et d'une pointe à l'autre. Il inscrivit quelques chiffres sur son bloc de prescriptions. Puis il les ausculta en les tâtant de ses doigts calleux, l'air attentif, pensif, et Ig sut quelque chose qu'il ne voulait pas savoir. Il sut que deux ou trois jours plus tôt, debout dans la pénombre de sa chambre, le Dr Renald s'était masturbé, caché derrière un rideau, tout en reluquant de sa fenêtre les amies de sa fille de dix-sept ans qui s'ébattaient dans la piscine.

Le médecin recula d'un pas, une lueur d'inquiétude dans ses yeux gris, et sembla sur le point de prendre une décision.

— Vous savez ce que j'ai envie de faire ?

— Quoi ? demanda Ig.

— J'ai envie de réduire de l'Oxycontin en poudre pour en sniffer. Je me suis promis à moi-même de ne jamais en prendre pendant le boulot, j'ai l'impression que ça m'abêtit, mais je ne sais pas si je vais pouvoir tenir encore six heures.

Ig mit un moment à se rendre compte que le médecin attendait son avis sur la question.

— Si on parlait plutôt de ces trucs qui me sont poussés sur la tête ? suggéra Ig.

Le médecin détourna le visage et laissa échapper un long soupir, l'air abattu.

— Écoutez, poursuivit Ig. Je vous en prie. J'ai besoin d'aide. Il faut que quelqu'un m'aide.

Le Dr Renald revint à lui, visiblement à contrecœur.

— J'ignore si ce qui m'arrive est réel ou non, expliqua Ig. J'ai l'impression de devenir fou. Comment se fait-il que les gens ne réagissent pas comme ils devraient en voyant les cornes ? Si je voyais quelqu'un avec des cornes, je me pisserais dessus.

Ce qu'il avait d'ailleurs fait la première fois qu'il s'était aperçu dans la glace.

— On a du mal à s'en souvenir, répondit le médecin. Dès que je ne vous regarde plus, j'oublie que vous les avez. J'ignore pourquoi.

— Mais en ce moment, vous les voyez. (Renald acquiesça d'un hochement de tête.) Et vous n'avez jamais rien vu de pareil ?

— Vous êtes sûr que je ne pourrais pas m'offrir un petit sniff d'Oxy ? Je partagerais avec vous, ajouta-t-il, soudain radieux. On pourrait se défoncer ensemble.

— Je vous en prie, fit Ig en secouant la tête. Écoutez-moi.

Le médecin fit la grimace, mais acquiesça d'un air résigné.

— Comment se fait-il que vous n'appeliez pas des collègues pour leur montrer ce phénomène ? Comment se fait-il que vous ne preniez pas ça plus au sérieux ?

— Pour être honnête, répondit le Dr Renald, j'ai un peu de mal à me concentrer sur votre problème. Je n'arrête pas de penser aux comprimés qui se trouvent dans ma sacoche et à la copine de ma fille, cette Nancy Hugues qu'elle fréquente en ce moment. Bon Dieu, elle a une de ces paires de fesses. J'ai envie d'elle et j'en suis malade quand j'y pense. Elle a encore ses appareils dentaires.

— S'il vous plaît, dit Ig. Je vous demande votre opinion en tant que médecin. Votre aide. Que dois-je faire ?

— Saletés de patients, pesta le médecin. Vous êtes bien tous les mêmes. Vous ne pensez qu'à vous.

5

Il se mit à rouler, sans destination précise. Le seul endroit sur terre où Ig se sentait chez lui, c'était sa voiture, une AMC Gremlin 1972. L'appartement était à Glenna. Elle y habitait avant de le connaître et y resterait quand ils se seraient lassés l'un de l'autre, ce qui semblait imminent. Juste après le meurtre de Merrin, il était allé vivre un temps chez ses parents, mais ce foyer-là n'était plus le sien, il n'en faisait plus partie. Restait donc sa voiture, qui n'était pas seulement un véhicule, mais un habitacle où il avait vécu beaucoup de choses, des bonnes et des mauvaises.

Les bons moments : faire l'amour à Merrin Williams en se cognant la tête contre le plafond et le genou sur le changement de vitesse. Les amortisseurs arrière étaient raides et ils grinçaient quand la voiture tressautait, de sorte que Merrin se retenait de rire en se mordant la lèvre, alors même qu'ils étaient en pleine action.

Les mauvais : la nuit où Merrin avait été violée et tuée près de l'ancienne fonderie, tandis qu'il roupillait dans la Gremlin après avoir pris une cuite tout en la maudissant dans ses rêves.

L'AMC était un refuge quand il n'y avait nulle part où aller et rien de mieux à faire, à part rouler autour de Gideon en espérant qu'il se passe quelque chose. Les soirs où Merrin travaillait ou devait étudier, Ig vadrouillait ainsi en compagnie de son meilleur pote, Lee Tourneau. Ils descendaient à la rivière. Là, autour d'un feu de camp, ils retrouvaient parfois des connaissances ; il y avait une ou deux camionnettes garées sur la berge, et une glacière pleine de Coronas. Assis sur le capot de la voiture, ils contemplaient les étincelles qui montaient du feu dans la nuit et les flammes qui se reflétaient sur l'eau noire et mouvante, tout en devisant. Sur les pires façons de mourir par exemple, un sujet qui leur venait tout naturellement quand ils se trouvaient ainsi tout près de la rivière Knowles. Pour Ig, c'était la noyade, et il savait de quoi il parlait. La rivière l'avait happé une fois, maintenu sous l'eau en s'infiltrant de force dans sa gorge, et c'était Lee Tourneau qui l'avait tiré de là. Lee disait qu'Ig n'avait aucune imagination. Selon lui, il y avait bien pire. Brûler vif, par exemple. Lee s'était retrouvé un jour dans une voiture en feu. Tous les deux parlaient donc en connaissance de cause.

Mais les meilleurs moments, c'était les nuits passées dans la Gremlin avec à la fois Lee et Merrin. Lee pliait son grand corps maigre en accordéon pour se faufiler à l'arrière, car il était galant de nature et laissait toujours Merrin s'asseoir devant avec Ig, puis il s'allongeait, une main posée sur le front, dans une pose à la Oscar Wilde s'abandonnant voluptueusement au spleen sur son sofa. Ils allaient au *Drive-In Paradise* et buvaient de la bière en regardant des remakes de *Massacre à la tronçonneuse*, dont les scènes les plus horribles étaient rituellement ponctuées de coups de klaxon, de hourras, de vociférations. Ces virées, Merrin les appelait des parties carrées : Ig était avec elle, et Lee avec sa main droite. Il faut dire que Merrin prenait un malin plaisir à chambrer Lee quand ils étaient tous les trois ; pourtant, lorsque la mère de Lee était morte, elle avait été la première à venir chez lui pour le consoler.

Un bref instant, Ig songea à rendre visite à Lee ; il l'avait sauvé de la noyade une fois, peut-être pourrait-il le faire à nouveau, maintenant qu'il touchait le fond. Alors il se rappela la scène de cauchemar que Glenna lui avait racontée une heure plus tôt, entre deux beignets : « Je me suis un peu emballée… J'ai fini par lui tailler une pipe, pendant qu'un ou deux gars nous reluquaient. » Malgré ses efforts, Ig n'arrivait pas à leur en vouloir ; au lieu de la haine qu'il aurait dû ressentir dans ces circonstances, il n'éprouvait même pas un frisson d'animosité à leur égard. Il avait d'autres soucis en tête. Ou plutôt sur la tête.

Et puis ce n'était pas comme si Lee lui faisait un coup en traître en lui piquant sa chérie. Ig n'était pas amoureux de Glenna, pas plus qu'elle n'était amoureuse de lui, alors que jadis, Lee et Glenna étaient sortis ensemble, même si ça remontait à un bon bout de temps.

N'empêche, ce n'était pas le genre de chose qu'on fait à un ami. Mais Ig et Lee n'étaient plus amis. Après le meurtre de Merrin, Lee Tourneau n'avait pas tout de suite coupé les ponts, il avait exclu Ig de sa vie en douceur, petit à petit. D'abord, Ig avait reçu de lui quelques témoignages de sympathie sobres et sincères, mais aucune preuve concrète de soutien, aucune proposition de rendez-vous. Puis, les semaines et les mois suivants, Ig avait fini par remarquer que c'était toujours lui qui appelait Lee, jamais le contraire, et que celui-ci ne faisait rien pour entretenir la conversation. Peu expansif de nature, Lee n'était guère enclin aux grandes démonstrations d'amitié, c'était sans doute pourquoi Ig n'avait pas tout de suite compris qu'il l'avait bel et bien laissé choir. Mais au bout d'un moment, les excuses à répétition qu'il lui servait pour éviter qu'ils ne se voient s'étaient additionnées, et si Ig manquait de discernement dans ses rapports avec autrui, il avait toujours été bon en calcul. Lee était le conseiller d'un député du New Hampshire, et il ne pouvait se permettre d'avoir pour ami le principal suspect d'une affaire de viol et de meurtre. Entre eux, il n'y avait pas eu de conflits ni de scènes pénibles. Ig comprenait, il avait laissé leur amitié s'éteindre d'elle-même, sans lui en vouloir. Lee le solitaire, le déshérité, le blessé, le studieux, avait un avenir devant lui. Pas Ig.

Peut-être parce qu'il avait pensé à la rivière, il finit par se garer en bordure de la Knowles Road, au pied du pont de l'ancien champ de foire. Un endroit parfait, pour qui voudrait se noyer. La barre s'avançait de trente mètres dans le courant avant de dévaler dans une eau bleue profonde et rapide. Il pourrait se remplir les poches de cailloux et marcher droit devant lui. Ou encore monter sur le pont et se jeter dans le vide. En visant les rochers au lieu de la rivière, pour bien faire. À cette idée, il tressaillit. Il sortit de la voiture, s'appuya contre le capot et écouta le bourdonnement des camions qui filaient vers le sud, au-dessus de lui.

Il était venu ici bien des fois. Comme l'ancienne fonderie de la Route 17, la barre de rivière représentait une destination idéale pour des jeunes gens qui n'avaient pas encore de but précis dans la vie. Il se rappela cette fois où Merrin et lui avaient été surpris par la pluie et s'étaient abrités sous le pont. Ils étaient au collège. Aucun d'eux ne conduisait ni n'avait de voiture où se réfugier. Là, assis sur des pavés, ils avaient partagé un cornet de palourdes frites ramollies par la pluie. Il faisait si froid que leur haleine formait de la buée, et il avait tenu les mains glacées de Merrin dans les siennes.

Ig avait trouvé un journal vieux de deux jours, et comme ils n'étaient guère d'humeur à lire, Merrin avait suggéré de s'en servir pour faire quelque chose. Quelque chose qui sorte de l'ordinaire et remonte le moral de tous ceux qui, comme eux, regardaient la rivière sous la pluie. Ils avaient gravi la colline au pas de course pour acheter des bougies d'anniversaire au magasin du coin, et étaient redescendus en courant. Merrin lui avait montré comment façonner des bateaux en papier en pliant les pages du journal, puis ils avaient déposé une bougie allumée dans chacun des petits navires avant de les mettre à l'eau, un par un, en une longue file de flammèches qui glissait doucement sur l'eau, dans le crépuscule mouillé.

Alors elle lui avait glissé à l'oreille qu'ensemble, ils étaient inspirés, et ses lèvres étaient si froides qu'il en avait frissonné. Son haleine sentait les palourdes et elle tremblait sans pouvoir s'arrêter, en luttant pour réprimer son fou rire.

— Merrin Williams et Iggy Perrish, voguant vers un monde meilleur, avait-elle déclaré, sans paraître remarquer que les bateaux s'emplissaient d'eau et coulaient à moins de cent mètres du rivage, toutes lueurs éteintes.

Ces réminiscences des moments qu'ils avaient vécus ensemble, et du garçon qu'il était à l'époque, interrompirent les pensées frénétiques qui tourbillonnaient dans sa tête de manière incontrôlable. Sans doute pour la première fois de la journée, il fut capable de faire le point, de réfléchir sans paniquer à ce qui lui arrivait, et revint à son hypothèse de départ : suite à une brusque rupture avec la réalité, tout ce qu'il avait vécu au cours de la journée n'était que le produit de son imagination. Ce ne serait pas la première fois qu'il confondrait fiction et réalité, et il savait d'expérience qu'il était sujet à d'étranges délires mystico-religieux. Il n'avait pas oublié l'après-midi que Merrin et lui avaient passé dans cette cabane construite dans un arbre, surnommée par eux la Maison de l'Esprit. Depuis huit ans, il ne s'était pas passé un jour sans qu'il y repense. Si vraiment la cabane n'avait été qu'une illusion, et c'était la seule explication plausible, alors ils avaient été victimes d'une hallucination collective, puisqu'ils étaient deux. Merrin et lui l'avaient découverte ensemble, et cet épisode était l'un des fils de soie invisibles et secrets qui les liaient l'un à l'autre, un mystère à méditer lors d'un long trajet en voiture ou bien au milieu de la nuit, quand, réveillés par un orage, aucun d'eux n'arrivait à se rendormir.

— Je sais que des gens peuvent avoir la même vision, avait dit Merrin une fois. Mais je n'aurais jamais cru que ça m'arriverait à moi. Ce n'est pas mon genre.

Le problème, c'était que, même en admettant que les cornes ne soient rien d'autre qu'un délire particulièrement tenace et effrayant, un bond soudain dans une folie latente qui avait mis du temps à se déclarer, il était bien obligé de se colleter à la réalité telle qu'elle se présentait à lui. À quoi bon se dire que tout ça se passait dans sa tête ? Quelle importance qu'il y croie ou non ? C'était sans conséquence. Les cornes étaient bien là quand il levait la main pour les tâter. Et même quand il ne les touchait pas, il sentait souffler sur leurs pointes sensibles et douloureuses la brise fraîche qui venait de la rivière. Elles étaient aussi concrètes et solides que l'os dont elles étaient faites.

Perdu dans ses pensées, Ig n'entendit la voiture de patrouille qui descendait la colline que lorsqu'elle s'arrêta derrière la Gremlin dans un crissement de pneus. Quand un bref coup de sirène retentit, il sursauta et fit volte-face.

— Qu'est-ce que tu fabriques, Ig ? lui lança par la vitre ouverte le type qui se trouvait du côté passager.

Ce n'était pas n'importe quel flic. Il s'appelait Sturtz. Avec ses cheveux blonds ébouriffés par le vent, ses lunettes noires à reflets, son torse puissant moulé dans une chemise étroite à manches courtes, ses avant-bras bronzés, il était plutôt beau mec et aurait pu poser pour une certaine marque de cigarettes.

Posada, son co-équipier, qui était au volant, aurait bien voulu l'imiter, mais fluet comme il était, avec sa pomme d'Adam trop saillante, il n'en avait pas les moyens, et s'il portait lui aussi la moustache, la sienne était malingre : elle lui donnait plutôt l'allure vaguement comique d'un maître d'hôtel français dans une comédie avec Cary Grant.

Sturtz grimaça un sourire. Il était toujours ravi de tomber sur lui, contrairement à Ig qui n'appréciait guère la flicaille, et encore moins ces deux-là. Depuis la mort de Merrin, Sturtz et Posada s'ingéniaient à le harceler, ils en avaient fait leur hobby et le coinçaient sous n'importe quel prétexte pour fouiller sa voiture et lui coller un P.-V. Le seul fait qu'il existe constituait déjà pour eux une infraction.

— Rien. Je suis là, c'est tout, rétorqua Ig.

— Ça fait une demi-heure que tu restes planté sous ce pont à parler tout seul, lui lança Posada en descendant de voiture. La femme qui habite au bout de ce chemin a fait rentrer ses gosses tellement tu lui fichais la trouille.

— Imagine ce que ce serait si elle savait qu'elle a juste à côté de chez elle un criminel et un pervers sexuel, renchérit Sturtz.

— Remarque, si on regarde les choses du bon côté, il n'a jamais tué d'enfants.

— Pas encore, dit Sturtz.

— Je vais m'en aller, déclara Ig.

— Tu restes, lui intima Sturtz.

— Qu'est-ce que tu comptes faire ? lui demanda Posada.

— L'emmener au poste.

— Sous quel motif ?

— Je ne sais pas. N'importe lequel. J'ai envie de planquer un truc sur lui. Un sachet de coke. Une arme prohibée… N'importe quoi. Dommage qu'on n'ait rien. J'ai vraiment envie de le baiser.

— Et moi, quand tu causes comme ça, j'ai envie de t'embrasser sur la bouche, lâcha Posada.

Sturtz resta imperturbable et hocha la tête, nullement gêné par cet aveu inattendu. Ce fut alors qu'Ig se rappela les cornes. C'était reparti pour un tour. Le médecin, l'infirmière, Glenna, Allie Letterworth et sa fille, et maintenant… Sturtz et Posada.

— Ce que je voudrais, reprit Sturtz, c'est le choper pour quelque chose et l'obliger à se débattre, que je puisse avoir une bonne raison de lui faire cracher toutes ses dents.

— Oh oui, j'imagine déjà la scène, jubila Posada.

— Hé, les gars, est-ce que vous vous rendez compte de ce que vous racontez ? demanda Ig.

— Non, dit Posada.

— Ouais, vaguement, répondit Sturtz, et il plissa les yeux, comme pour lire une pancarte au loin. On discute de savoir si oui ou non on pourrait t'arrêter juste pour le plaisir, et je me demande bien pourquoi.

— Tu ne sais pas pourquoi vous voulez me coincer ?

— Si, ça je le sais. Mais je ne vois pas pourquoi nous en parlons. Ce n'est pas dans mes habitudes de discuter de ce genre de choses.

— Et pourquoi voulez-vous m'arrêter ?

— Parce que tu as l'air d'une tantouse et que ça me tape sur les nerfs. Les homos et moi, on n'est pas copains, déclara Sturtz.

— Et moi, parce que tu vas peut-être te débattre, et alors Sturtz t'obligera à te pencher sur le capot de la bagnole pour te passer les menottes, dit Posada. Comme ça, ce soir, quand je me ferai une petite branlette, je pourrai y repenser, sauf que dans mon imagination, vous serez tous les deux à poil.

— Donc ce n'est pas parce que vous croyez que je m'en suis sorti sans faire de taule ni rien alors que j'ai tué Merrin ?

— Non, affirma Sturtz. Je n'ai jamais cru que c'était toi qui avais fait le coup. Tu es trop chochotte. Et puis tu aurais avoué, depuis le temps, ajouta-t-il, ce qui fit rire Posada. Mets les mains sur le toit de la voiture, ordonna-t-il à Ig. Je vais jeter un coup d'œil à l'arrière.

Ig fut content de leur tourner le dos et s'exécuta. Il appuya le front sur la vitre côté passager. Sa fraîcheur lui fit du bien.

— Il me faut ses clefs, exigea Sturtz quand il se trouva devant le coffre arrière.

Ig s'apprêtait à les sortir de sa poche quand Posada, posté derrière lui, l'arrêta.

— Garde tes mains sur le toit. Je vais les prendre. Quelle poche ?

— La droite, répondit Ig.

Posada enfonça la main dans sa poche, prit le porte-clefs, et le lança à Sturtz, qui l'attrapa au vol et ouvrit le coffre.

— J'aurais bien voulu te tâter un peu les couilles, dit Posada. Tu ne sais pas combien c'est dur de résister à ses pulsions quand on se trouve comme moi en position de force. Je n'aurais jamais imaginé que mon boulot m'amènerait aussi souvent à passer les menottes à des beaux mecs à moitié à poil. D'ailleurs, je dois admettre que je ne me suis pas toujours bien conduit.

— Posada, tu devrais avouer à Sturtz ce que tu éprouves pour lui, conseilla Ig, et en prononçant ces mots, il sentit un élancement dans ses cornes.

— Tu crois ? demanda Posada, d'un air aussi surpris qu'intéressé. J'y ai pensé, mais j'ai peur de sa réaction. Il serait capable de me réduire en bouillie.

— Pas du tout. Tu te goures complètement. Je parie qu'il n'attend que ça. À ton avis, pourquoi laisse-t-il toujours le premier bouton de sa chemise ouvert ?

— Je ne l'ai jamais remarqué.

— Tu devrais descendre sa braguette et lui faire une petite gâterie, comme ça, sans prévenir. Il ne pourra pas te résister. Il espère sûrement que tu feras le premier pas. Mais attends que j'aie disparu de la circulation, hein ? C'est le genre de choses qui se fait en privé.

Posada mit ses mains en coupe et souffla dedans.

— Bon sang, je ne me suis pas brossé les dents ce matin, fit-il. Ah, mais il y a des chewing-gums dans la boîte à gants, ajouta-t-il avec un claquement de doigts.

Il se tourna et s'empressa de rejoindre la voiture de patrouille en marmonnant.

Les deux portes du coffre arrière de la Gremlin claquèrent et Sturtz revint vers lui le torse bombé, tel un coq.

— J'aimerais avoir une raison de te coffrer. Que tu lèves la main sur moi. Remarque, je pourrais prétendre que tu m'as tripoté. J'ai toujours pensé que t'étais de la jaquette, avec cette façon de te déhancher et ces yeux de veau toujours humides. Je ne comprends pas comment Merrin t'a laissé la niquer. Je suis sûr que celui qui l'a violée l'a fait jouir pour la première fois de sa vie.

Ce fut comme un charbon ardent coincé dans sa gorge. Pourtant Ig se contint et lança négligemment :

— Que ferais-tu, si un mec te pelotait ?

— Je lui enfoncerais ma matraque dans le cul et je lui demanderais s'il aime ça… Sauf si j'étais bourré, remarqua Sturtz après un instant de réflexion. Dans ce cas, je le laisserais sans doute me sucer… Pourquoi, tu vas tenter le coup ? lui demanda-t-il avec une lueur d'espoir dans les yeux. Comme ça je pourrais…

— Non, dit Ig. Mais je crois que tu as raison au sujet des gays, Sturtz. Il faut bien se fixer des limites. Si tu en laisses un te toucher, on te prendra pour un homo toi aussi.

— Bien sûr que j'ai raison. Pas besoin que tu me le dises. Bon, on n'a plus rien à faire ici. Allez, tire-toi. Je ne veux plus te voir traîner sous ce pont. Compris ?

— Oui.

— En vrai, je veux que tu reviennes traîner par ici avec de la came dans ta boîte à gants. Pigé ?

— Oui.

— Bon. Maintenant qu'on a fait le point, casse-toi, conclut Sturtz, et il lâcha les clefs de voiture dans les graviers.

Ig attendit qu'il s'éloigne avant de les ramasser. Au volant de la Gremlin, il jeta un dernier regard dans le rétroviseur. Assis du côté passager, un bloc à la main, Sturtz réfléchissait visiblement à ce qu'il allait écrire. Quant à Posada, il était tourné face à son collègue et le regardait d'un air tendre et avide. Lorsque Ig démarra, il le vit se lécher les lèvres, puis baisser la tête et plonger sous le tableau de bord, hors de vue.

6

Il était descendu à la rivière pour échafauder un plan, mais il avait eu beau se triturer les méninges, il n'était pas plus avancé, et ses idées étaient aussi embrouillées qu'une heure plus tôt. Il pensa à ses parents, alla même jusqu'à prendre une ou deux rues en direction de chez eux. Puis il donna un brusque coup de volant et bifurqua dans une rue latérale. Certes, il avait besoin d'aide, mais il doutait qu'ils puissent lui en apporter. Il n'osait imaginer ce qu'ils pourraient lui servir à la place, quels désirs secrets et inassouvis ils risquaient de lui confier… Et si sa mère avouait un penchant irrépressible pour les petits garçons ? Ou, pire encore, son père !

Leurs rapports avaient changé depuis la mort de Merrin. Ses parents préféraient ne pas savoir comment Ig vivait, ils n'étaient même jamais venus le voir chez Glenna. D'ailleurs, elle s'étonnait du fait qu'ils n'aient jamais pris un repas ensemble, et insinuait qu'Ig avait honte d'être avec elle, ce qui était le cas. Les Perrish souffraient aussi de l'ombre que le meurtre avait jetée sur leur famille, car en ville, tout le monde s'accordait pour dire qu'Ig avait violé et tué Merrin Williams, et qu'il s'en était sorti sans être inquiété grâce à ses parents riches et influents, qui avaient su jouer de leurs relations pour obtenir un traitement de faveur et contrarier la bonne marche de l'enquête.

Son père avait connu un bref moment de célébrité. Il avait joué avec Frank Sinatra et Dean Martin, son nom figurait même sur leurs disques. À la fin des années 1960 et au début des années 1970, il avait aussi enregistré ses propres albums pour Blue Tone, et avait figuré en tête d'un Top 100 avec *Fishin' with Pogo*, un tube instrumental rêveur, de style *cool cat*. Il avait épousé une girl de Vegas qui avait tourné quelques films et passait à la télé dans différentes émissions de variétés, puis ils avaient fini par s'établir dans le New Hampshire, pour se rapprocher de sa famille à elle. Plus tard, il était devenu un professeur distingué du Berklee College of Music, et jouait à l'occasion avec le Boston Pops Orchestra.

Ig avait toujours aimé écouter son père et le regarder jouer de la trompette. D'ailleurs, c'était plutôt l'inverse : à voir ses joues se gonfler puis se creuser, on aurait dit que la trompette jouait de lui comme d'un instrument, qu'elle respirait à travers lui. Tels de petits aimants gloutons attirant de la limaille de fer, les clefs dorées semblaient lui saisir les doigts pour les faire danser sur un rythme saccadé, en de vifs sursauts inattendus. La tête penchée, il fermait les yeux, et tortillait des hanches, au point que son torse paraissait s'enfoncer en se vrillant jusqu'au creux de son ventre, pour puiser la musique au plus profond de lui.

Terence, son frère aîné, avait embrassé la carrière familiale avec une ferveur renouvelée. Il était l'animateur vedette de *Hothouse*, une émission de télévision qu'il avait créée et qui passait tard dans la nuit. Il y invitait d'autres noctambules et jouait de la trompette dans des situations extrêmes : avec Alan Jackson, il avait joué *Ring of Fire* dans un cercle de feu, et une autre fois, *High and Dry* avec Norah Jones, tous deux enfermés dans un réservoir qui se remplissait d'eau. Certes, la séquence laissait un peu à désirer sur le plan musical, mais c'était un grand moment de télé. Oui, ça marchait bien pour Terry, ces temps-ci.

Lui aussi avait sa propre manière de jouer. Il gonflait le torse en faisant presque éclater les boutons de sa chemise et en écarquillant les yeux, si bien qu'il semblait toujours étonné. Il oscillait d'avant en arrière au niveau de la taille comme un métronome. Son visage rayonnait de bonheur et parfois, on aurait dit que sa trompette hurlait de rire. Il avait hérité de leur père son don le plus précieux : plus il répétait un morceau, moins son jeu avait l'air travaillé et paraissait naturel, spontané, vivant.

Quand ils étaient adolescents, Ig avait horreur d'entendre jouer son frère, et il inventait n'importe quoi pour éviter d'accompagner ses parents à ses prestations. Dévoré de jalousie, il ne fermait pas l'œil de la nuit quand Terry se produisait lors d'une fête d'école ou, plus tard, dans les night-clubs de la région. Il détestait particulièrement assister à ses concerts avec Merrin, car il supportait mal de la voir visiblement transportée par sa musique. Quand elle swinguait sur un morceau de Terry, il imaginait que son frère posait des mains invisibles sur ses hanches. Mais tout ça, il l'avait dépassé depuis longtemps, et à vrai dire, le seul moment où il se sentait bien à présent, c'était quand il regardait Terry dans *Hothouse*.

Ig aussi aurait joué de la trompette, s'il n'avait pas eu de l'asthme. Il n'avait jamais assez d'air en réserve dans les poumons pour bien faire sonner l'instrument. Son père aurait aimé qu'il s'y mette, mais quand Ig se forçait, il manquait d'oxygène, un étau lui serrait la poitrine, et une ombre obscurcissait sa vue. Il lui était même arrivé de s'évanouir.

Quand il était devenu évident qu'Ig n'arriverait à rien avec la trompette, il avait essayé le piano. Mais son prof, un ami de son père, était un alcoolo aux yeux injectés de sang qui puait le tabac de pipe, et il faisait répéter Ig tout seul un morceau d'une complexité désespérante pendant que lui piquait un roupillon dans la pièce à côté. Aussi Ig avait-il laissé tomber. Sa mère lui avait ensuite suggéré d'apprendre la contrebasse, mais à ce moment-là, Ig n'avait d'intérêt que pour Merrin. Dès qu'il était tombé amoureux d'elle, il s'était passé des conseils de sa famille.

Pourtant il faudrait bien les voir à un moment ou à un autre, son père, sa mère, et Terry. Son frère avait pris le vol de nuit pour les rejoindre et fêter avec eux les quatre-vingts ans de leur grand-mère, profitant de la pause estivale de *Hothouse*. C'était la première fois que Terry revenait à Gideon depuis la mort de Merrin, et il repartirait dare-dare, le surlendemain. Ig ne lui en voulait pas. Le scandale avait éclaté au moment où l'émission décollait, et Terry aurait pu tout perdre ; c'était même à son honneur de revenir à Gideon où il risquait d'être photographié avec son meurtrier de frère. Pour ce genre de photo, l'*Enquirer* serait prêt à payer plus de mille dollars. Mais Terry n'avait jamais cru Ig coupable de quoi que ce soit. Il avait été son plus ardent défenseur, à un moment où la chaîne aurait préféré qu'il se contente d'un laconique « *no comment* » et passe à autre chose.

Tôt ou tard, Ig se trouverait donc face à eux. Avec sa famille, ce serait peut-être différent ; ils seraient immunisés, et garderaient leurs secrets pour eux. Ils l'aimaient et il les aimait. L'amour devait compter pour quelque chose. Peut-être pourrait-il apprendre à contrôler ce fichu truc, à le mettre en veilleuse. Et si les cornes disparaissaient comme elles étaient apparues, sans prévenir ?

Il se passa une main dans les cheveux – clairsemés, alors qu'il n'avait que vingt-six ans ! – puis se prit la tête entre les mains. Il détestait cette débandade d'idées dont l'une chassait l'autre sans espoir de retour, en une fuite en avant frénétique. Quand ses doigts effleurèrent les cornes, il poussa un cri de frayeur et une prière lui vint aux lèvres, « je vous en prie, Mon Dieu, faites-les disparaître… », qu'il retint de justesse.

Une drôle de sensation remonta le long de ses avant-bras. Puisqu'il était devenu une sorte de démon, pouvait-il encore invoquer le Bon Dieu ? Ou bien exploserait-il en un éclair blanc, frappé par la foudre, consumé par le feu ?

— Je vous en prie, Mon Dieu, faites-les disparaître. Je regrette si j'ai fait quelque chose qui vous a mis en rogne, la nuit dernière. J'avais bu. J'étais en colère, implora Ig, puis il dressa la tête, à l'écoute, guettant une réaction.

Retenant son souffle, il leva les yeux vers le rétroviseur. Les cornes étaient toujours là… Il commençait presque à s'y habituer, comme si elles faisaient partie de son visage. À cette idée, il frémit de répulsion.

En bordure de son champ de vision, sur sa droite, il aperçut un éclat blanc et donna un coup de volant pour se garer le long du trottoir. Ig avait roulé au hasard, sans aucun but précis. Et voilà qu'il était arrivé sans le vouloir à l'église du Sacré-Cœur, où il s'était rendu chaque dimanche avec sa famille durant les deux tiers de sa vie, et où il avait vu Merrin Williams pour la première fois.

Il contempla le Sacré-Cœur, la bouche sèche. Il n'était entré dans aucune église depuis que Merrin avait été tuée, sachant qu'il serait en butte aux regards des fidèles. Et puis il n'avait guère envie de s'en remettre à Dieu ; c'était plutôt Dieu qui lui devait des comptes.

S'il y entrait pour prier, les cornes s'en iraient-elles ? Et si le père Mould savait que faire ? songea Ig. Il serait peut-être insensible à l'influence des cornes. Si quelqu'un pouvait résister à leur pouvoir, c'était bien un homme d'église, qui bénéficiait de la protection du Seigneur et de Sa maison. Il pourrait recourir à un exorciste. Le père Mould devait bien connaître des gens capables de résoudre ce genre de problème. Un peu d'eau bénite, quelques Notre Père, et Ig reviendrait peut-être à la normale.

Il laissa la Gremlin garée le long du trottoir et remonta le sentier cimenté jusqu'au Sacré-Cœur. Il s'apprêtait à pousser la porte quand il retint instinctivement sa main. Que se passerait-il quand il en franchirait le seuil ? Il imagina quelque force obscure s'emparant de lui pour le rejeter en arrière, se vit remonter la nef en chancelant, les traits révulsés, les yeux lui sortant de la tête comme ceux d'un personnage de dessin animé, tandis que de la fumée s'échappait du col et des manchettes de sa chemise.

Il se ressaisit, et l'un des panneaux de la porte s'ouvrit sous sa poussée sans qu'il ne ressente aucune brûlure ni picotement dans la main. Il scruta la pénombre de la nef, après les rangées de bancs. Ça sentait le bois ciré et les vieux cantiques aux reliures de cuir usées par le temps. Il avait toujours apprécié cette odeur et s'aperçut avec surprise qu'il l'aimait encore, qu'elle ne le faisait pas suffoquer.

Il franchit le seuil, se figea un instant, puis porta une main à sa tempe droite. Les cornes étaient toujours là, mais au lieu de se mettre à vibrer comme il l'aurait pensé, ou à réagir d'une manière ou d'une autre, elles étaient insensibles. L'église était une crypte de silence et d'obscurité, où ne filtrait que la lueur pastel des vitraux. Marie aux pieds de son fils mourant sur la Croix. Jean baptisant Jésus dans les eaux du Jourdain.

Il songea à s'approcher de l'autel pour s'agenouiller et implorer Dieu de lui accorder une trêve. Les mots se formèrent dans son esprit. « Mon Dieu, je vous en prie, si vous faites disparaître les cornes, je vous servirai, je prendrai l'habit, je répandrai la Parole jusqu'aux pays déshérités, j'irai même soigner les lépreux, s'il en reste encore, mais de grâce, faites-les partir, que je redevienne comme avant. » Il allait s'avancer quand il entendit un petit bruit métallique et tourna la tête.

Il se trouvait toujours à l'entrée de l'atrium, et sur sa gauche, une porte entrouverte donnait sur un escalier, qui descendait à une petite salle réservée aux diverses activités de la paroisse. Il y eut de nouveau un son métallique. Quand Ig poussa la porte, un filet de musique country parvint jusqu'à lui.

— Il y a quelqu'un ? appela-t-il.

Le même bruit se répéta, suivi d'un halètement.

— Oui ? lança le père Mould. Qui est là ?

— Ig Perrish, monsieur.

Suivit un silence, qui dura un peu trop longtemps.

— Descends me voir, dit enfin Mould.

Ig le rejoignit.

Un petit gymnase était aménagé dans le sous-sol, avec au fond, sous une rangée de spots, des équipements de gymnastique acrobatique pour enfants, un épais tapis de sol, d'énormes ballons gonflables, un cheval-d'arçons. Près de l'escalier, la lumière était éteinte et il faisait plus sombre. Le long des murs étaient disposées des machines d'exercices cardiovasculaires. Le père Mould était allongé sur un banc de musculation.

Quarante ans plus tôt, le prêtre avait joué comme ailier pour l'équipe de hockey de Syracuse, avant de servir comme marine dans le Triangle de Fer. Aujourd'hui encore, il avait gardé la carrure imposante d'un joueur de hockey et l'aplomb d'un militaire. Un peu pataud, il serrait affectueusement les gens dans ses bras quand ils le faisaient rire et était attendrissant à la façon d'un bon gros saint-bernard qui aime dormir sur le canapé même s'il sait qu'il n'en a pas le droit. Il portait un survêtement gris et une vieille paire d'Adidas. Pendue à la barre d'haltérophilie, sa croix se balançait doucement à mesure qu'il descendait et soulevait la barre avec effort.

Sœur Bennett était debout derrière le banc. Elle-même était bâtie un peu comme un joueur de hockey, avec des épaules larges, un visage masculin aux traits épais. Ses cheveux courts et bouclés étaient retenus par un bandeau violet assorti à son survêtement. Sœur Bennett avait enseigné la morale à l'école Saint-Jude, et elle se plaisait à dessiner des graphiques sur le tableau noir, montrant comment certaines décisions mènent inexorablement au salut (représenté par un rectangle rempli de gros nuages poudreux) ou à l'enfer (une boîte d'où sortaient des flammes).

Son frère Terry ne cessait de se moquer d'elle. Pour amuser ses camarades de classe, il parodiait ses schémas, représentant comment, après diverses aventures saphiques, sœur Bennett finissait elle-même en enfer, où elle s'adonnait sans vergogne à de troublantes pratiques avec le diable en personne. Grâce à ces graphiques, Terry était devenu la vedette de la cafétéria. Il avait ainsi goûté précocement à la célébrité. Mais aussi au scandale, car il avait fini par se faire balancer (par un mouchard anonyme dont l'identité restait inconnue à ce jour) et avait été convoqué au bureau du père Mould. Leur entrevue s'était déroulée derrière des portes closes, qui n'avaient pas suffi à étouffer les coups de pagaie que Terry avait reçus sur les fesses, ni ses pleurs, passé le vingtième coup. Toute l'école les avait entendus. Les sons parvenaient à chaque salle de classe en passant par les conduits du système de chauffage vétuste. Ig s'était tortillé sur sa chaise, à l'agonie. Il avait fini par se boucher les oreilles. Cette année-là, Terry n'avait pas eu droit de se produire au récital de fin d'année pour lequel il s'était exercé durant des mois, et il avait été recalé en morale.

Le père Mould se redressa et s'essuya le visage avec une serviette-éponge. Il faisait plus sombre ici, au pied de l'escalier, et Mould n'avait sans doute pas encore remarqué les cornes.

— Bonjour, mon père, dit Ig.

— Ignatius. Ça fait une éternité. Où étais-tu donc passé ?

— J'habite en centre-ville, répondit Ig d'une voix rauque, tout ému, pris au dépourvu par la décontraction et le ton affectueux, plein de sollicitude du père Mould, auxquels il ne s'attendait pas. Ce n'est pas loin. J'ai souvent pensé à m'arrêter, mais…

— Ig ? Est-ce que ça va ?

— Je ne sais pas. Je ne comprends pas ce qui m'arrive. C'est ma tête. Regardez, mon père.

Ig avança et se pencha un peu dans la lumière. Il vit l'ombre de sa tête se profiler sur le sol en ciment, avec deux petits crochets pointus qui lui sortaient des tempes. Il craignait presque la réaction de Mould et lui lança un coup d'œil timide. Le sourire poli du prêtre ne s'effaça pas complètement, mais il plissa le front en regardant les cornes d'un air ahuri, l'œil un peu vitreux.

— J'avais bu la nuit dernière, et j'ai fait des choses terribles, avoua Ig. Quand je me suis réveillé, j'étais comme ça, et je ne sais pas quoi faire. Je ne sais pas ce que je suis en train de devenir. J'ai pensé que vous pourriez me conseiller.

Le père Mould le fixa encore un long moment, bouche bée.

— Eh bien, mon garçon, dit-il enfin. Tu veux que je te donne un conseil ? Je crois que la meilleure chose à faire, ce serait de rentrer chez toi et de te pendre. Ce serait le mieux pour toi, pour ta famille, et pour le reste du monde. Il y a de la corde dans la réserve derrière l'église. J'irai volontiers te la chercher, si ça peut t'encourager dans cette voie.

— Mais, commença Ig, et il dut se racler la gorge avant de continuer. Pourquoi voulez-vous que je me supprime ?

— Parce que tu as tué Merrin Williams et que cet as du barreau que ton père a engagé t'a fait acquitter. Douce et tendre Merrin Williams… J'avais beaucoup d'affection pour elle. Côté nénés, ça laissait un peu à désirer, mais elle avait un joli petit cul. Tu aurais dû aller en taule. Je voulais que tu y ailles. Ma sœur, contrôlez-moi, lança-t-il à sœur Bennett, et il se rallongea sur le dos pour entamer une nouvelle série de reps.

— Mais mon père, je ne l'ai pas tuée, protesta Ig.

— Sans blagues ! s'écria Mould en posant les mains sur la barre au-dessus de lui, tandis que sœur Bennett prenait position en tête de la presse. Tout le monde sait que c'est toi qui l'as tuée. Tu ferais bien de te flinguer aussi. De toute façon, tu finiras en enfer.

— J'y suis déjà.

Mould grogna en abaissant la barre sur sa poitrine. Ig remarqua que sœur Bennett le fixait d'un drôle d'air.

— Je ne t'en tiendrais pas rigueur si tu te suicidais, déclara-t-elle sans ambages. Presque tous les jours, quand arrive l'heure du déjeuner, j'ai moi-même envie de mettre fin à mes jours. Cette façon qu'ont les gens de me regarder. De faire des vannes sur les lesbiennes dans mon dos. Je pourrais bien utiliser cette corde si tu ne t'en sers pas.

Mould souleva la barre en haletant.

— Je pense sans arrêt à Merrin Williams. Surtout quand je m'envoie en l'air avec sa mère, précisa-t-il. Mme Williams se démène pas mal pour l'église, dernièrement. La plupart du temps à quatre pattes, ajouta le père Mould et il sourit à cette idée. Pauvre femme. Nous prions ensemble presque tous les jours. Et très souvent pour que tu meures.

— Vous… vous avez fait vœu de chasteté, remarqua Ig.

— Charité vaut mieux que chasteté… Dieu doit déjà s'estimer heureux que je ne touche pas aux enfants de chœur, par les temps qui courent. De mon point de vue, cette dame a besoin de réconfort, et ce n'est pas son binoclard de mari qui risque de lui en donner. Pas comme je l'entends, en tout cas.

— Je veux être quelqu'un d'autre, quelqu'un de différent, intervint sœur Bennett. Je veux m'enfuir.

Je veux que quelqu'un m'aime. Est-ce que vous avez jamais eu un peu d'affection pour moi, Ig ?

— Ben… oui, on peut dire ça, répondit Ig en déglutissant avec peine.

— Je veux coucher avec quelqu'un, poursuivit sœur Bennett comme s'il n'avait rien dit. Je veux que quelqu'un me serre dans ses bras la nuit. Homme ou femme, je m'en fiche. Je ne veux plus être seule. Je peux remplir des chèques pour l'église. Parfois j'ai envie de vider le compte et de m'enfuir avec l'argent. Je ne sais pas ce qui me retient.

— Je suis surpris que personne dans cette ville n'ait pris l'initiative de te punir pour l'exemple, après ce que tu as fait à Merrin Williams, enchaîna Mould. Te donner un petit goût de ce que tu lui as infligé. On aurait pu croire que des citoyens responsables te rendraient visite une de ces nuits, pour t'emmener faire un petit tour dans la campagne. Jusqu'à cet arbre où tu as tué Merrin, pour te passer la corde au cou et t'y pendre. Si tu ne t'en charges pas toi-même comme tu le devrais, ce sera la meilleure des solutions.

Ig se rendit compte avec surprise qu'il se détendait, desserrait les poings, respirait plus régulièrement. En voyant que Mould tremblait d'épuisement, sœur Bennett saisit la barre et la recoinça dans son support avec un claquement.

Ig la dévisagea.

— Qu'est-ce qui vous en empêche ?

— De quoi ? demanda-t-elle.

— De prendre l'argent et de foutre le camp ?

— Dieu, répondit-elle. J'aime Dieu.

— Qu'a-t-Il jamais fait pour vous ? Est-ce qu'Il vous protège des railleries ? En plus, à cause de votre dévouement pour Lui, vous voilà seule au monde. Quel âge avez-vous ?

— Soixante et un ans.

— Ce n'est pas tout jeune. Il est presque trop tard. Presque. Moi aussi, je me demande ce qui vous retient. Franchement, à votre place, je n'attendrais pas un jour de plus.

Elle porta la main à sa gorge, les yeux agrandis d'angoisse.

— Je ferais mieux de m'en aller, dit-elle, puis elle lui tourna le dos et se hâta de monter l'escalier.

Le père Mould sembla à peine se rendre compte de son départ. Il était à présent en position assise, les poignets sur les genoux.

— Avez-vous fini ? lui demanda Ig.

— Encore une série et ce sera bon.

— Laissez-moi vous contrôler, proposa Ig, et il alla se poster derrière le banc de musculation.

Comme il tendait la barre au père, ses mains frôlèrent les siennes, et il vit qu'à l'âge de vingt ans, Mould et d'autres gars de l'équipe de hockey avaient enfilé des cagoules et avaient suivi une voiture pleine de gosses de Nation of Islam qui étaient montés de New York pour parler à Syracuse des droits civiques. Mould et ses amis avaient forcé les gamins à quitter la route et les avaient pourchassés dans les bois avec des battes de baseball. Ils avaient attrapé le plus lent et lui avaient fracassé les jambes en divers endroits. Il s'était passé deux ans avant que le gosse puisse se déplacer à l'aide d'un déambulateur.

— Vous et la mère de Merrin… vrai, vous avez prié pour que je meure ?

— Plus ou moins, dit Mould. Pour être honnête, la plupart du temps, c'est quand elle me chevauche qu'elle invoque le nom de Dieu.

— Savez-vous pourquoi je suis toujours de ce monde ? demanda Ig. Savez-vous pourquoi Dieu n'a pas exaucé vos prières ?

— Pourquoi ?

— Parce qu'il n'y a pas de Dieu. Toutes vos belles prières ne sont que de vaines paroles qui résonnent dans le vide.

Mould souleva de nouveau la barre en ahanant, au prix d'un gros effort, puis l'abaissa.

— Foutaises, s'exclama-t-il.

— Tout ça c'est du baratin, repartit Ig. Il n'y a jamais eu personne. C'est toi qui devrais te servir de cette corde qui se trouve dans la réserve.

— Non, tu ne peux pas m'y obliger. Je n'ai pas envie de mourir. J'aime ma vie.

Ainsi Ig ne pouvait forcer les gens à agir contre leur gré. Il s'était justement posé la question.

Mould grogna en grimaçant, mais il fut incapable de soulever à nouveau la barre. Ig s'éloigna du banc de musculation et se dirigea vers l'escalier.

— Hé, appela Mould. Il faut qu'on m'aide à sortir de là-dessous.

Ig fourra ses mains dans ses poches et se mit à siffloter *When the Saints Go Marching in*. Pour la première fois de la matinée, il se sentait bien. Derrière lui, Mould s'étranglait en se débattant, mais Ig monta les marches sans jeter un regard en arrière.

Sœur Bennett croisa Iggy alors qu'il pénétrait dans l'atrium. Elle portait un pantalon rouge, une chemise sans manches imprimée de marguerites et elle avait relevé ses cheveux. Elle tressaillit en le voyant et faillit lâcher son sac à main.

— C'est le départ ? demanda Ig.

— C'est que… je n'ai pas de voiture. Je prendrais bien celle de l'église, mais j'ai peur de me faire attraper.

— Vous allez vider le compte. Vous pouvez bien emprunter la voiture.

Elle le dévisagea un long moment, puis se pencha et l'embrassa au coin de la bouche. Au contact de ses lèvres, Ig sut tout sur l'affreux mensonge qu'elle avait fait à sa mère quand elle avait neuf ans ; sur ce jour terrible où elle avait impulsivement embrassé l'une de ses étudiantes, une jolie fille de seize ans nommée Britt, et sur le désespoir intime qu'elle ressentait à renier ainsi sa foi. Il vit ces choses, les comprit, et s'en ficha.

— Dieu te bénisse, dit sœur Bennett.

Ig ne put s'empêcher de rire.

7

Il ne lui restait plus qu'à se rendre chez ses parents. Ig prit donc la direction de leur maison. Le silence qui régnait dans la voiture l'angoissait et il tenta d'y remédier en mettant la radio, mais elle lui tapait sur les nerfs, pire encore que le silence. Ses parents habitaient à un quart d'heure de la ville, ce qui lui donnait trop de temps pour réfléchir. L'appréhension qu'il éprouvait lui rappela son état d'esprit durant la nuit qu'il avait passée en prison, pour être interrogé à propos du viol et du meurtre de Merrin.

L'inspecteur, un certain Carter, avait commencé l'interrogatoire en glissant une photo d'elle sur la table devant lui. Plus tard, quand Ig s'était retrouvé seul dans sa cellule, cette image surgissait chaque fois qu'il fermait les yeux. Merrin allongée sur le dos, les pieds joints, les bras contre ses flancs, ses cheveux étalés. Si la blancheur de son corps tranchait sur l'humus brun foncé, son visage était plus sombre que le sol, sa bouche pleine de feuilles mortes, et un filet noir de sang séché partait de la naissance des cheveux jusqu'à sa tempe en soulignant sa pommette. La cravate d'Ig passée autour de son cou venait couvrir son sein gauche, comme par pudeur. Il ne pouvait chasser cette image de son esprit, et elle le tourmenta jusqu'à ce que n'y tenant plus, le cœur au bord des lèvres, il s'effondre devant le W.-C. en acier et vomisse dans la cuvette.

Il redoutait de voir sa mère le lendemain. Pour lui comme pour elle, ce fut sans doute la pire nuit de leur existence. Il n'avait encore jamais eu d'ennuis. Elle ne devait pas dormir, et il l'imaginait assise dans la cuisine en robe de chambre, le teint cireux, les yeux rouges, devant une tasse d'infusion refroidie. Son père lui tenait compagnie. Derrick Perrish était-il assis à côté d'elle en silence, en attente, partageant la même terreur muette et paralysante, ou bien arpentait-il la cuisine, écumant, rageur, tout en lui décrivant la stratégie qu'ils allaient adopter pour le sortir de là ?

Ig s'était promis de ne pas pleurer quand il verrait sa mère, et il ne versa pas une larme. Lydia non plus. Elle s'était maquillée comme pour se rendre à un déjeuner chic avec les membres du conseil d'université, et elle semblait calme, résolue. Mais son père accusait le coup. Manifestement, il avait pleuré. Il avait le regard trouble, et mauvaise haleine.

— Ne parle à personne d'autre qu'à ton avocat, lui intima sa mère. Ne reconnais aucun fait.

Ce furent ses premiers mots, que son père reprit en chœur, avant de le serrer contre lui et de fondre en larmes.

— Je me fiche de ce qui s'est passé, bredouilla-t-il ensuite entre deux sanglots.

Ce fut alors qu'Ig se rendit compte qu'ils le croyaient coupable. C'était bien la seule idée qui ne lui était pas venue à l'esprit. En admettant même qu'il ait commis ce crime, et qu'on l'ait pris sur le fait, Ig aurait pensé que ses parents croiraient malgré tout à son innocence.

Plus tard cet après-midi-là, il était descendu de la voiture de patrouille de Gideon en clignant des yeux dans la lumière oblique du soleil d'octobre. Il n'avait pas été inculpé. Par la suite, il ne serait ni inculpé ni innocenté. Encore aujourd'hui, il était considéré comme « mêlé à l'affaire ».

On avait recueilli des indices sur les lieux du crime, qui permettraient peut-être une analyse d'ADN, mais Ig n'en était pas certain, car la police ne divulguait aucun détail ; une fois que ces empreintes génétiques seraient identifiées, Ig serait lavé de tout soupçon et publiquement disculpé. C'était son plus grand espoir et il y avait cru dur comme fer. Mais il y avait eu un incendie au laboratoire Concord, et les échantillons prélevés sur les lieux du crime ainsi que sur le corps de Merrin avaient été détruits. Cette nouvelle l'avait anéanti. Comment après ça ne pas croire que des forces obscures s'acharnaient sur lui ? Une telle déveine le rendait superstitieux. Le seul indice subsistant était une empreinte de pneu Goodyear. Or la Gremlin d'Ig était équipée de pneus Michelin. Mais ce n'était décisif ni dans un sens ni dans l'autre, et s'il n'y avait pas de preuve tangible qu'Ig avait commis le crime, il n'y en avait pas non plus qui le blanchisse. Quant à son alibi (il était resté toute la nuit seul et s'était endormi ivre mort dans sa voiture, derrière un Dunkin' Donuts abandonné au milieu de nulle part), il sonnait faux, même pour lui, et passait pour un mensonge pathétique.

Dans les premiers mois qui avaient suivi son retour chez ses parents, ils l'avaient choyé comme un gosse grippé obligé de garder le lit, qu'on entoure de soins et d'attentions. Ils se déplaçaient furtivement de pièce en pièce en vaquant à leurs occupations comme s'ils craignaient que leur train-train quotidien puisse le déranger et ébranler ses nerfs déjà soumis à rude épreuve. Ig s'étonnait de la sollicitude qu'ils lui prodiguaient alors qu'ils le croyaient par ailleurs capable d'avoir infligé de tels sévices à une jeune fille qu'eux aussi avaient aimée.

Mais quand l'accusation se fut effondrée faute de preuves et que les poursuites contre lui furent abandonnées, ses parents s'éloignèrent de lui pour se refermer sur eux-mêmes. Tant qu'il avait été sous la menace d'un procès pour meurtre, ils n'avaient été qu'amour et esprit de sacrifice, mais dès qu'ils surent qu'il n'irait pas en prison, leur attitude changea, et il devint évident à la façon dont ils l'évitaient que sa présence leur pesait.

Il resta chez eux neuf mois durant, mais n'hésita pas longtemps quand Glenna lui proposa de venir habiter chez elle. Après son déménagement, ses parents et lui ne se virent que quand il venait leur rendre visite. Jamais ils ne se retrouvaient en ville pour déjeuner ensemble, aller au cinéma, faire les boutiques, jamais ils ne venaient chez Glenna. Quand Ig s'arrêtait chez eux, il apprenait que son père était parti en France pour un festival de jazz ou bien à L.A. pour travailler sur un enregistrement. Son père n'appelait pas pour le prévenir de son départ, et ne le mettait jamais au courant de ses projets.

Avec sa mère, il bavardait de tout et de rien sur la véranda en prenant le soleil. D'un accord tacite, aucun d'eux n'abordait de sujet important. Il allait partir travailler en Angleterre quand Merrin était morte, mais sa vie avait brusquement déraillé. Il disait à sa mère qu'il allait reprendre des études, qu'il avait déposé des demandes d'inscriptions à Brown et Columbia. Et en effet, il les avait déposées. Sur le four à micro-ondes de Glenna. L'une avait servi de dessous pour une tranche de pizza, l'autre était maculée de ronds brunâtres laissés par une tasse de café. Sa mère se prêtait volontiers au jeu, l'approuvant, l'encourageant, sans toutefois le relancer avec des questions gênantes telles que, avait-il rendez-vous pour une entrevue dans l'un ou l'autre de ces établissements ? Avait-il songé à se trouver du travail en attendant les réponses ? Aucun d'eux ne voulait risquer d'ébrécher l'illusion fragile que les choses reprenaient leur cours normal, que tout pourrait encore marcher pour Ig, que sa vie allait reprendre.

Durant ces visites occasionnelles chez ses parents, il n'était vraiment à l'aise qu'en compagnie de sa grand-mère Vera, qui habitait chez eux. Il n'était même pas certain qu'elle se rappelât qu'il avait été arrêté pour meurtre. Elle était la plupart du temps en fauteuil roulant, suite à la pose d'une prothèse de la hanche qui, inexplicablement, n'avait en rien amélioré son état, et Ig l'emmenait se promener sur le sentier forestier qui passait au nord de chez ses parents pour arriver à Queen's Face, un éperon rocheux d'où partaient des deltaplanes. Lorsque le temps et les courants ascendants s'y prêtaient, en juillet, on pouvait en voir cinq ou six flotter au loin dans le ciel tels des cerfs-volants aux couleurs éclatantes. Quand Ig était avec sa grand-mère et qu'ils regardaient les libéristes se jeter de Queen's Face en défiant les vents, il se sentait presque comme avant, du vivant de Merrin, lorsqu'il était quelqu'un de plutôt ouvert, qui aimait faire plaisir aux autres et appréciait la vie au grand air.

En remontant en voiture la colline jusqu'à la maison, il aperçut Vera sur la pelouse, dans son fauteuil roulant, un pichet de thé glacé posé sur une table basse à côté d'elle. Vu l'inclinaison de sa tête, elle s'était sans doute assoupie au soleil.

Lydia avait dû passer un moment avec elle, il y avait un plaid chiffonné étendu par terre juste à côté du fauteuil. Le soleil faisait étinceler le bord du pichet de thé glacé, qui brillait de loin comme un halo argenté. C'était une scène on ne peut plus paisible, mais à peine Ig se fut-il garé qu'il commença à avoir des crampes d'estomac et à se sentir mal, comme devant l'église. À présent qu'il était là, il n'avait pas envie de descendre de voiture. Il redoutait le face à face avec les gens qu'il était précisément venu voir.

Il le fallait bien, pourtant.

Une Mercedes noire qu'il ne connaissait pas était garée sur l'un des côtés de l'allée. Sûrement la voiture de location de Terry. Ig lui avait proposé de venir le chercher à l'aéroport, mais son frère avait rétorqué que ça n'avait pas de sens, qu'il arriverait tard et voulait avoir sa propre voiture ; ils pourraient se voir le lendemain. Au lieu de ça, Ig était sorti avec Glenna, et il avait fini à la vieille fonderie, seul, après s'être cuité.

De tous les membres de la famille, c'était Terry qu'il craignait le moins de voir. Qu'importe ce qu'il aurait à confesser, secrets honteux, pulsions inavouables, Ig était prêt à l'absoudre. Il lui devait bien ça. D'une certaine façon, c'était surtout pour son frère qu'Ig était venu. Quand il était au fond du gouffre, Terence s'était exprimé tous les jours dans les journaux pour protester publiquement contre le faux procès qu'on lui faisait, affirmant que ces accusations n'avaient pas de sens, que jamais son frère n'aurait fait de mal à celle qu'il aimait. Oui, si quelqu'un pouvait trouver comment l'aider, ce serait Terry.

Ig traversa le gazon pour rejoindre sa grand-mère. Lydia l'avait laissée face à la longue pente herbeuse qui menait à la vieille barrière en rondins au pied de la colline. La tête inclinée sur le côté, les yeux clos, Vera dormait et respirait en sifflant doucement. À la voir ainsi, il sentit un peu de la tension qui l'habitait se dénouer. Au moins, il ne serait pas obligé de lui parler, ni de l'entendre babiller de terribles révélations. C'était déjà ça. En la dévisageant, il fondit de tendresse, au souvenir des matinées qu'ils avaient passées ensemble à boire du thé et à manger des sablés au beurre de cacahuètes en regardant *Le Juste Prix*. Ses cheveux ramenés en chignon sur sa nuque s'échappaient de leurs épingles et de longues mèches couleur de lune lui tombaient sur les joues. Étourdiment, il posa la main sur les siennes, oubliant ce qu'un simple effleurement pouvait provoquer.

Ig apprit alors que sa grand-mère ne souffrait pas de la hanche, mais qu'elle aimait bien que les gens la promènent de-ci de-là en chaise roulante en faisant ses quatre volontés. À quatre-vingts ans, elle avait droit à certains égards. Elle aimait tout particulièrement faire marcher sa fille à la baguette, cette pimbêche pleine aux as qui pétait plus haut que son cul, alors qu'elle avait un has-been pour mari ; sans parler de ses tarés de fils, un animateur à la con et un meurtrier sexuel. Belle réussite. Remarque, ce n'était pas si mal pour une prostituée de bas étage comme Lydia. Sa fille avait eu de la chance de mettre le grappin sur un micheton sentimental comme Derrick. Vera n'en revenait toujours pas. Oui, Lydia s'en était bien sortie, tout compte fait, avec un mari et un sac à main bourré de cartes de crédit, au lieu de finir en taule et de pourrir d'une maladie vénérienne incurable. Son intime et secrète conviction, c'était qu'Ig connaissait le passé de sa mère, que cela l'avait mené à une haine des femmes pathologique, et que c'était la vraie raison pour laquelle il avait violé et tué Merrin Williams. Ces choses-là étaient toujours freudiennes en diable. Quant à la fille des Williams, c'était une petite arriviste qui tortillait du cul depuis le premier jour pour qu'Ig lui passe la bague au doigt, tout ça pour s'accaparer l'argent de la famille. Avec ses jupes qui lui arrivaient à ras-le-bonbon et ses petits hauts moulants, Merrin Williams ne valait guère mieux qu'une pute.

Ig poussa un cri et lâcha son poignet, comme sous le coup d'une décharge électrique. Il reculait en chancelant quand sa grand-mère remua dans son fauteuil et ouvrit un œil.

— Oh, dit-elle, c'est toi.

— Désolé. Je ne voulais pas te réveiller.

— Eh bien c'est fait. Dommage, j'avais envie de dormir. Je suis mieux quand je dors. Tu ne t'imagines tout de même pas que j'avais envie de te voir ?

Ig sentit un froid se répandre dans sa poitrine.

— Quand je te vois, je préférerais être morte, ajouta sa grand-mère en détournant la tête.

— Ah oui ? demanda-t-il.

— Je ne vois plus aucune de mes amies. Je ne peux plus aller à l'église. Tout le monde me regarde. Ils savent tous ce que tu as fait. Ça me donne envie de mourir. En plus, tu te pointes ici pour m'emmener en promenade. J'ai horreur que tu m'emmènes faire un tour, pour moi c'est un vrai supplice que les gens nous voient ensemble. Tu ne peux pas savoir comme c'est dur de faire comme si je ne te haïssais pas. J'ai toujours pensé que quelque chose clochait chez toi. La façon dont tu respirais après avoir couru… en haletant comme un chien. Tu n'as jamais su respirer par le nez, et quand tu tournais autour d'une jolie fille, on aurait cru que tu allais te mettre à baver. Et puis tu étais si lent, par rapport à ton frère. J'ai essayé d'en parler à Lydia. Je lui ai répété je ne sais combien de fois que tu n'étais pas normal. Elle n'a pas voulu m'écouter, et maintenant, regarde ce qui est arrivé. On doit tous vivre avec ça.

Le menton tremblotant, elle se couvrit les yeux. Tandis qu'il s'éloignait, Ig entendit qu'elle pleurait.

Il traversa la véranda. La porte était ouverte et il pénétra dans l'obscurité du hall d'entrée. Il avait envie de monter jusqu'à son ancienne chambre pour s'allonger, s'accorder un répit bienfaisant dans la pénombre fraîche, entouré de ses affiches de concert et de ses livres d'enfant. Mais en passant devant le bureau de sa mère, il entendit un bruit de papiers froissés et pivota machinalement pour jeter un coup d'œil.

Penchée sur le bureau, sa mère feuilletait une liasse de papiers et en sortait au fur et à mesure quelques-uns qu'elle glissait dans sa serviette en cuir souple. Dans cette position, sa jupe à fines rayures était bien tirée sur ses fesses, mettant ses formes en valeur. Son père l'avait rencontrée quand elle dansait comme girl à Vegas, et elle avait gardé une silhouette de rêve. Ig repensa en un éclair à ce qu'il avait entrevu dans l'esprit de Vera, le fait que Lydia avait été une call-girl ou pire encore, mais il rejeta aussitôt cette idée comme étant un fantasme dû à la sénilité. Sa mère faisait partie de la commission culturelle de l'État du New Hampshire, elle lisait des romans russes, et du temps où elle se produisait dans des revues, elle devait au moins porter des plumes d'autruche.

Quand Lydia remarqua sa présence, elle se redressa et lâcha sa serviette. Elle la rattrapa trop tard, et des papiers s'éparpillèrent sur le sol. Quelques-uns voletèrent de-ci de-là, et Ig songea à nouveau aux deltaplanes. En plus de ces adeptes du vol libre, d'autres gens se jetaient de Queen's Face. C'était un lieu de prédilection pour les suicidaires. Ce serait peut-être sa prochaine étape.

— Iggy, s'exclama-t-elle. Je ne m'attendais pas à te voir si tôt.

— Je sais. J'ai roulé au hasard. Je n'avais aucun autre endroit où aller. J'ai eu une matinée d'enfer.

— Pauvre chou, dit-elle en plissant le front d'un air compatissant, qui le remua au plus profond de lui.

Cela faisait longtemps que personne ne l'avait regardé de cette façon et il en avait si grand besoin qu'il en trembla. Il chancela un peu et, pour la première fois de la matinée, se sentit au bord des larmes.

— Il m'arrive quelque chose de terrible, Maman, confia-t-il d'une voix qui se brisa.

— Pauvre chou, répéta-t-elle. Mais pourquoi venir ici ?

— Pardon ?

— Je ne veux plus entendre parler de toi ni de tes problèmes.

Son envie de pleurer disparut aussi vite qu'elle était venue. Les cornes vibraient d'une drôle de sensation, à la fois douloureuse et tendre, pas si désagréable.

— Mais c'est grave.

— Je ne veux pas le savoir.

Elle s'accroupit et se mit à ramasser les feuilles éparses pour les fourrer dans sa serviette.

— Maman, insista-t-il.

— Quand tu parles, j'ai envie de chanter ! s'écria sa mère et, lâchant sa serviette, elle se boucha les oreilles. *Lalala- la-la-la !* Quand tu parles, je n'ai pas envie d'entendre. J'ai envie de retenir mon souffle jusqu'à ce que tu t'en ailles.

Elle prit une grande goulée d'air et retint son souffle en gonflant les joues.

Il s'approcha et s'accroupit devant elle, l'obligeant à le regarder. Elle serrait les lèvres tout en se bouchant les oreilles. Il prit la serviette et se mit à y ranger les documents.

— C'est ce que tu ressens toujours quand tu me vois ? lui demanda-t-il.

Elle hocha la tête furieusement en le fixant, les yeux brillants.

— Ne va pas t'étouffer, Maman. Respire.

Sa mère le dévisagea encore un moment, puis elle ouvrit la bouche pour inspirer et le regarda ramasser les papiers. Quand elle parla, ce fut d'une voix grêle, sur un débit précipité.

— Je voudrais t'écrire une lettre, une très jolie lettre de ma plus belle écriture sur mon beau papier à lettres pour te dire combien nous t'aimons ton père et moi et comme nous regrettons que tu ne sois pas heureux et comme ce serait mieux pour tout le monde si tu t'en allais.

Il fourra les dernières feuilles dans la serviette, puis resta accroupi en la gardant sur ses genoux.

— Pour aller où ? demanda-t-il.

— Tu ne voulais pas faire une randonnée en Alaska ?

— Avec Merrin.

— Ou visiter Vienne ?

— Avec Merrin.

— Ou apprendre le chinois. À Pékin ?

— Merrin et moi, nous avions envisagé d'aller au Vietnam enseigner l'anglais. Mais ce n'était pas vraiment sérieux.

— Va où tu veux, ça m'est égal. Pourvu que je n'aie plus à te voir une fois par semaine. Ni à t'écouter me parler de ta vie comme si tout allait bien alors que rien ne va plus, et que rien n'ira plus jamais. Ça me rend trop malheureuse de te voir. J'ai juste envie d'être à nouveau heureuse, Ig.

Il lui donna sa serviette.

— Je ne veux plus t'avoir pour fils, poursuivit-elle. C'est trop dur. Je voudrais n'avoir que Terry.

Il se pencha et l'embrassa sur la joue. Ce faisant, il vit qu'elle lui en avait voulu des années à cause des vergetures qu'il lui avait causées. À lui tout seul, il avait bousillé sa silhouette de top-model. Terry était un petit bébé, doux, attentionné, et il avait laissé intactes sa peau et sa ligne, mais Ig avait tout bousillé. Une fois, à Vegas, elle s'était vu offrir cinq mille dollars pour une nuit par un sheik, un roi du pétrole, avant qu'elle ait des enfants. C'était la belle vie. De l'argent facile.

— Je ne sais pas pourquoi je te dis tout ça. Je me déteste. Je n'ai jamais été une bonne mère, conclut Lydia.

Elle sembla se rendre compte qu'il venait de l'embrasser, et se toucha la joue. Tout en clignant des paupières pour retenir ses larmes, elle sourit.

— Tu m'as embrassée… Alors, c'est que tu t'en vas pour de bon ? demanda-t-elle d'une voix hésitante, pleine d'espoir.

— Je n'ai jamais été là, répondit-il.

8

Une fois revenu dans le hall d'entrée, il regarda à travers la porte grillagée qui donnait sur le perron le monde ensoleillé au-delà et songea qu'il devait se tirer vite fait avant de tomber sur quelqu'un d'autre, son père ou son frère. Il avait changé d'avis et préférait finalement éviter de voir Terry. Après son entrevue avec sa mère, il valait mieux éviter de mettre une nouvelle fois l'amour de ses proches à l'épreuve.

Pourtant, au lieu de franchir le seuil, il fit volte-face et s'engagea dans l'escalier. Puisqu'il était là, autant aller jeter un coup d'œil dans sa chambre et voir s'il n'avait pas envie d'emporter quelque chose avec lui quand il partirait. Pour aller où ? Il l'ignorait encore. Mais il n'était pas du tout certain de revenir un jour.

L'escalier avait plus de cent ans et les marches craquaient sous son poids. À peine eut-il atteint l'étage qu'une porte s'ouvrit soudain sur la droite du couloir et que son père pointa la tête. C'était un tic chez lui. Le moindre bruit le dérangeait et il ne pouvait s'empêcher de vérifier qui venait de monter. Il était pieds nus, en débardeur blanc et bretelles rayées.

— Oh, Ig. Je pensais que c'était…, commença-t-il, mais il s'interrompit et son regard passa des yeux de son fils aux cornes qui surmontaient son front.

— C'est ton tour, déclara Ig. Déballe-moi ce truc abominable que tu gardais pour toi. Ça me concerne sûrement. Vas-y, qu'on en finisse.

— Je veux faire comme si j'étais très occupé pour retourner dans mon studio. Ainsi je ne serai pas obligé de te parler.

— Bon. Je m'attendais à pire.

— Te voir, c'est trop pénible.

— Toujours la même rengaine. Trouve autre chose, s'il te plaît.

— Je pense à Merrin. Quelle brave fille c'était. Je l'aimais, d'une certaine façon. Et je t'enviais. Je n'ai jamais éprouvé pour personne ce que vous éprouviez l'un pour l'autre. Sûrement pas pour ta mère, cette petite pute obsédée par son statut social. En l'épousant, j'ai fait l'erreur de ma vie. Tout ce qui m'est arrivé de mauvais, ça vient de ce mariage. Mais Merrin. Merrin était adorable. Ce rire cristallin qu'elle avait… On ne pouvait s'empêcher de sourire en l'entendant. Quand je pense que tu l'as violée et tuée, j'ai envie de gerber.

— Je ne l'ai pas tuée, objecta Ig, la bouche sèche.

— Le pire, poursuivit Derrick Perrish, c'est qu'elle était mon amie, qu'elle m'admirait, et que je t'ai aidé à t'en tirer en toute impunité.

Ig le laissa continuer, mais son regard s'aiguisa.

— Tu sais, Gene Lee. Ce type qui dirige le laboratoire médico-légal de l'État. Son fils est mort d'une leucémie il y a quelques années, mais avant sa mort, j'ai procuré à Gene des billets pour le concert de Paul McCartney, et je me suis arrangé pour que lui et son fils puissent le rencontrer en coulisses. Après ton arrestation, Gene m'a contacté. Il m'a demandé si tu étais coupable, et je lui ai dit qu'en conscience, je ne pouvais rien affirmer. Deux jours plus tard, il y a eu cet incendie dans le labo d'État à Concord. Gene n'en était pas directeur, il travaillait dans un autre labo près de Manchester, mais j'ai toujours supposé qu'il y était pour quelque chose…

Ig sentit ses tripes se nouer. Si les indices médico-légaux recueillis sur les lieux du crime n'avaient pas été détruits, on aurait pu établir son innocence. Mais ils avaient été réduits en cendres, avec ses espoirs et tout ce qu'il y avait de bon dans sa vie. Dans ses moments de paranoïa, Ig imaginait quelque conspiration secrète montée contre lui pour le condamner et l'anéantir. C'était presque ça… Sauf que les conspirateurs avaient cru agir pour son bien.

— Te rends-tu compte de ce que tu as fait ? Comment peut-on être aussi stupide ? demanda Ig, sous le choc, le souffle coupé, rempli d'un ressentiment qui ressemblait beaucoup à de la haine.

— C'est ce que je me demande tous les jours. Quand on s'attaque à vos enfants, il est normal de les protéger. Tout le monde peut le comprendre. Mais là… Merrin aussi était comme l'une de mes gosses. Pendant dix ans, elle est venue chez nous tous les jours. Elle me faisait confiance. Je lui achetais des pop-corn au ciné, j'allais à ses matchs de crosse, je jouais au cribbage avec elle. Elle était belle, elle t'aimait, et… bon sang, tu lui as défoncé le crâne. Ce n'est pas juste de t'avoir couvert pour un crime pareil. Tu aurais dû aller en prison. Quand tu viens chez nous et que je te vois traîner de pièce en pièce avec ton air morose, j'ai envie de te gifler à tour de bras. Comme si tu avais des raisons d'être triste. Tu t'en es tiré sans le moindre dommage. Et tu m'as rendu complice de ton crime. À cause de toi, je me sens sale. J'ai envie de me laver, de me frotter avec de la laine d'acier. Quand tu me parles, ça me hérisse le poil. Comment as-tu pu lui faire ça ? C'était quelqu'un de bien, l'une des meilleures personnes que j'aie jamais connues. Ce que je préférais en toi, c'était elle.

— Moi aussi, approuva Ig.

— Maintenant, je veux retourner dans mon bureau, dit son père en haletant péniblement. Quand je te vois, je n'ai qu'une envie, me tirer. M'envoler pour Vegas. Ou pour Paris. N'importe où. Je voudrais partir pour ne plus jamais revenir.

— Et tu penses vraiment que je l'ai tuée. Tu ne t'es jamais demandé si les indices que Gene a brûlés auraient pu me disculper ? Toutes les fois où je t'ai affirmé que j'étais innocent, tu ne t'es jamais dit que, peut-être, je l'étais ?

Son père le contempla un moment, sans répondre.

— Non. Pour tout te dire, j'étais surpris que tu ne lui aies pas fait de mal plus tôt. J'ai toujours pensé que tu étais un sale petit mec pas très net.

9

Ig resta sur le seuil de sa chambre une minute entière mais n'y entra pas, n'alla pas s'allonger comme il l'avait imaginé. Il avait de nouveau mal à la tête, une pression lui broyait les tempes, partant de la naissance des cornes. Un voile noir brouillait sa vision en pulsant sur le rythme de son pouls.

Il désirait plus que tout se reposer, oublier ces folies. Sentir une main fraîche se poser sur son front. Il voulait que Merrin revienne pour pleurer dans son giron tandis qu'elle lui effleurerait doucement la nuque. En elle résidait toute paix, tout souvenir serein. Un après-midi de juillet où ils étaient restés couchés dans l'herbe au-dessus de la rivière, caressés par la brise. Un jour pluvieux d'octobre qu'ils avaient passé à boire du cidre, blottis l'un contre l'autre dans son salon sous une couverture en tricot, lui sentant le nez froid de Merrin contre son oreille.

Du regard, il fit le tour de la pièce, contemplant les débris de sa vie passée. Il repéra son vieil étui à trompette qui dépassait un peu de sous son lit, le prit, et le posa sur le matelas. Il contenait sa trompette en argent. Elle était ternie, ses boutons et pistons polis comme par un long usage.

Et c'était le cas. Même après avoir compris que ses poumons ne lui permettraient jamais de jouer de la trompette, Ig avait continué à pratiquer, pour d'obscures raisons qu'il ne comprenait plus. Le soir, quand ses parents l'envoyaient se coucher, il jouait dans le noir, allongé dans son lit. Du Miles Davis, du Wynton Marsalis, du Louis Armstrong. Mais il n'y avait de musique que dans sa tête. Car s'il portait l'embouchoir à ses lèvres et pressait allégrement les boutons des pistons, il n'osait souffler par crainte de provoquer un nouvel étourdissement. Cela semblait maintenant une absurde perte de temps, toute cette pratique pour aucun aboutissement.

Dans un soudain élan de fureur, il renversa l'étui et vida son contenu par terre, la trompette et le reste de son attirail – tuyaux de plomb, huile à pistons, embouchoir de rechange, il balança le tout. En dernier, il saisit une sourdine, un Tom Crown en cuivre brossé qui ressemblait à une décoration de Noël. Il s'apprêtait à le lancer à travers la pièce, arma même son bras, mais ses doigts refusèrent de s'ouvrir, refusèrent de lâcher l'objet. Certes, c'était une belle pièce de métal, mais ce n'était pas pour cela qu'il ne pouvait s'en défaire. Il n'aurait su dire pourquoi au juste.

Un Tom Crown s'enfonce dans le pavillon de la trompette pour étouffer le son ; bien utilisé, il produit un feulement lascif et sensuel, évoquant une main baladeuse qui remonte sous une jupe. Ig le fixait, perplexe. Il avait une idée derrière la tête, quelque chose qui lui titillait l'esprit mais refusait d'émerger. C'était à propos des cornes, des trompettes. Et de la façon dont on en jouait[1].

Ig finit par mettre la sourdine de côté et revint à l'étui. Il en sortit le rembourrage en mousse, y fourra des vêtements de rechange, puis alla chercher son passeport. Il ne pensait pas à quitter le

1. En anglais *horn* signifie à la fois corne et trompette.

pays, mais voulait emporter tout ce qui risquait de lui servir, afin de ne pas avoir à revenir plus tard.

Son passeport était caché dans la Bible en cuir blanc gravée de lettres d'or qui était rangée dans le tiroir du haut de sa commode. Il l'avait gagnée au catéchisme, lors d'un quiz. Face à la Bible, Ig avait toujours vu juste.

Il sortit son passeport, et son regard s'arrêta sur une colonne de points et de lignes inscrits au crayon noir sur les pages de garde, estompés par le temps. C'était une liste de signaux de morse. Ig l'avait copiée lui-même plus de dix ans auparavant. Une fois, il avait cru que Merrin Williams lui avait envoyé un message en morse, et il avait passé deux semaines à mettre au point une réponse qu'il pourrait lui envoyer de la même façon. Sa réponse était gribouillée là, en une séquence de points et de traits, et de toutes les prières et louanges du Livre, c'était de loin sa préférée.

Il jeta aussi la Bible dans l'étui de trompette. Elle devait bien contenir quelques tuyaux utiles, un remède homéopathique à appliquer quand on avait maille à partir avec le diable.

Il était temps de s'en aller avant de croiser quelqu'un d'autre, mais une fois au pied de l'escalier, il s'aperçut qu'il avait le gosier sec au point d'avoir du mal à avaler. Il fit un détour par la cuisine et but au robinet. Puis il s'aspergea le visage et s'ébroua comme un chien en se tenant aux deux bords de l'évier. Il s'essuya la figure avec un torchon, goûtant le contact rugueux du tissu sur sa peau fouettée par l'eau froide. Enfin il se débarrassa du torchon et se retourna pour tomber nez à nez avec son frère, qui était debout derrière lui.

10

Terry était adossé au mur, juste après la porte grillagée. Il n'était pas rasé et n'avait pas très bonne mine, sans doute à cause de la fatigue due au décalage horaire. Ses paupières étaient gonflées, comme s'il souffrait d'une allergie. Terry était allergique à tout, du pollen au beurre de cacahuètes ; une fois il avait failli mourir d'une piqûre d'abeille. Et il nageait dans ses vêtements, une chemise de soie noire et un pantalon en tweed, comme s'il avait récemment perdu du poids.

Ils se dévisagèrent. Ig et Terry ne s'étaient pas trouvés dans la même pièce depuis le week-end où Merrin avait été tuée et à l'époque, il n'avait pas meilleure mine. Le chagrin le rendait hagard, confus, incapable d'articuler deux mots. Il était parti pour la côte ouest peu après, officiellement pour des répétitions, mais Ig se doutait qu'en fait, les patrons de la Fox l'avaient convoqué pour évaluer les dégâts, et il n'était pas revenu depuis, ce qui n'avait rien d'étonnant. Terry n'avait jamais raffolé de Gideon, même avant le meurtre.

— Je ne savais pas que tu étais là, dit Terry. Je ne t'ai pas entendu entrer. Il t'est poussé des cornes pendant mon absence ?

— J'ai pensé qu'il était temps pour moi de changer de look. Ça te plaît ?

Son frère fit non de la tête.

— J'ai quelque chose à te dire, enchaîna-t-il sans faire d'autre commentaire, tandis que sa pomme d'Adam tressautait dans sa gorge.

— Bienvenue au club.

— J'ai quelque chose à te dire, mais je n'y arrive pas. J'ai peur.

— Vas-y. Déballe tout. Ce n'est sans doute pas si grave. Maman vient de me déclarer qu'elle ne veut plus jamais me revoir. Et Papa qu'il voudrait me voir passer le reste de ma vie en taule.

— Non.

— Si.

— Oh, Ig, s'exclama Terry, et ses yeux s'embuèrent. Je me sens si mal depuis que c'est arrivé. Je sais combien tu aimais Merrin. Moi aussi je l'aimais, tu sais. C'était une gosse du tonnerre.

Ig hocha la tête.

— Je veux que tu saches que…, reprit Terry d'une voix étranglée.

— Continue, l'encouragea doucement Ig.

— Je ne l'ai pas tuée.

Ig en resta sans voix. Il n'avait jamais envisagé une seconde que Terry puisse être le coupable. C'était tout bonnement impensable.

— Je vous aimais tous les deux et je voulais que vous soyez heureux. Jamais je ne lui aurais fait de mal.

— Je le sais, affirma Ig, tandis qu'un drôle de fourmillement se répandait dans sa poitrine.

— Et si j'avais pu penser que Lee Tourneau allait la tuer, j'aurais essayé de l'en empêcher, poursuivit Terry. J'ai cru que Lee était son ami. J'aurais tant voulu te le dire, mais Lee m'en a empêché. Il m'a forcé à me taire.

Une sorte de cri strident sortit de la bouche d'Ig, un son étrange, tel qu'il n'en avait encore jamais émis.

— Il est horrible, Ig, poursuivit Terry. Tu ne le connais pas. Tu crois le connaître, mais tu n'as aucune idée du personnage. Lee nous a coincés tous les deux, et depuis, je vis un enfer.

Ig prit la fuite, il traversa la pénombre du hall, gagna la porte d'entrée, claqua la porte grillagée et tituba dans la soudaine clarté du soleil, les yeux noyés de larmes. Il rata une marche, s'affala sur la pelouse devant la maison, se releva en haletant. Il avait lâché son étui (il ne s'était même pas rendu compte qu'il le tenait toujours), et il le ramassa dans l'herbe.

Il avança sur la pelouse en chancelant, sans même regarder où il allait. Il sentit comme des larmes au coin de ses paupières, mais quand il s'essuya les yeux, il s'aperçut que c'étaient des gouttes de sang. Il toucha ses cornes. Les pointes avaient percé la peau, et du sang lui coulait sur le visage. Les cornes le lançaient douloureusement, sur une pulsation régulière, mais à cette souffrance se mêlait une sorte d'excitation nerveuse qui fusait à travers ses tempes, un frisson libérateur qui n'était pas loin de l'orgasme. Il continuait à avancer en titubant, et de sa bouche sortait un torrent d'injures, de malédictions, d'obscénités. Il n'était plus que haine, tout lui faisait horreur, sa propre odeur, le mal qu'il avait à respirer, ce sang poisseux sur ses joues et ses mains, la clarté aveuglante du ciel bleu.

Perdu dans ses pensées haineuses, il marchait en aveugle et faillit se cogner dans le fauteuil roulant de Vera, qu'il ne vit qu'au dernier moment. Il s'arrêta net et la regarda. Elle s'était à nouveau assoupie et ronflait paisiblement, un vague sourire aux lèvres, comme si elle faisait un rêve agréable. En voyant son air béat, Ig sentit la rage bouillonner dans son ventre.

— Salope, grogna-t-il en assénant son poing sur le frein situé au dos de son fauteuil, auquel il donna une poussée.

Le fauteuil se mit lentement à dévaler la pente.

Vera souleva un peu la tête, mais l'inclina à nouveau en remuant à peine. La chaise prit de la vitesse en rebondissant sur l'herbe bien tondue, une de ses roues heurta une pierre, mais elle continua sa course trépidante, et Ig repensa à ce jour où il avait ainsi dévalé la piste Evel Knievel, monté sur un chariot de supermarché : il avait quinze ans, et cet épisode était en fait le tournant décisif de sa vie. Avait-il roulé aussi vite ? Il fallait voir ce fauteuil prendre de la vitesse comme la vie parfois s'accélère elle aussi, elle fuse telle une balle tirée sur une dernière cible qu'on ne peut plus ni ralentir ni dévier, aussi ignorant qu'elle de ce qu'on va percuter, conscient seulement de la course et de l'impact. Vera devait bien faire du quarante à l'heure quand elle heurta la clôture au pied de la colline.

Ig regagna sa voiture. Il respirait à nouveau librement, l'étau qui l'oppressait s'était soudain desserré. L'air sentait bon l'herbe et le feuillage chauffés au soleil de fin d'été. Ig s'en allait, sans savoir où. Une couleuvre rayée noire et verte traversa la pelouse derrière lui. Elle fut rejointe par une deuxième, puis une troisième couleuvre luisante. Il n'y fit pas attention.

En montant dans la Gremlin, il se mit à siffler. C'était vraiment une belle journée. Il fit demi-tour dans l'allée et descendit la colline. La grand-route l'attendait là où il l'avait laissée.

CERISE

11

Elle lui envoyait un message.

Au début, il ne sut pas que c'était elle, ne sut pas du tout qui c'était, ni même que c'était un message. L'office avait débuté depuis à peu près dix minutes quand un éclair lui blessa les yeux, une lumière si vive qu'il tressaillit. Il se frotta les paupières pour chasser les taches lumineuses qui flottaient devant ses yeux, puis regarda autour de lui pour trouver d'où venait cet éclat.

La fille était assise de l'autre côté de l'allée, un banc en avant du sien, et elle portait une robe d'été blanche. Il ne l'avait encore jamais vue. Il ne se doutait pas qu'elle était pour quelque chose dans cet éclair aveuglant, pourtant son regard était irrésistiblement attiré par elle, car c'était de loin ce qu'il y avait de mieux à contempler de ce côté-ci de l'allée. Il n'était pas le seul à le penser. Un garçon grand et maigre aux cheveux blond platine, assis juste derrière elle, semblait très intéressé par son décolleté, à voir la façon dont il se penchait pour regarder par-dessus son épaule. Iggy n'avait encore jamais vu la fille, mais ce garçon lui disait quelque chose ; il devait avoir un an de plus que lui et Ig le reconnaissait vaguement pour l'avoir croisé au bahut.

Ignatius Martin Perrish chercha dans l'assemblée qui pouvait bien porter un objet, une montre, un bijou quelconque susceptible d'attraper la lumière et de la lui renvoyer dans l'œil. Il examina les porteurs de lunettes à monture métallique, les femmes parées de boucles d'oreille, mais ne put déterminer la source de ce reflet aveuglant. Son regard revenait toujours à la fille rousse et à ses bras nus. Quelque chose dans leur blancheur faisait paraître ses bras plus nus que ceux découverts des autres femmes présentes dans l'église. Les rouquines ont souvent des taches de rousseur, mais celle-ci semblait avoir été sculptée dans du savon au lait.

Dès qu'il cessa de scruter l'assemblée et regarda devant lui, l'éclair doré recommença à lui blesser l'œil gauche. Ce scintillement répétitif devenait exaspérant, à la longue, il le harcelait comme un insecte lumineux voletant en cercles autour de son visage. Une fois, il tenta même de le chasser d'un geste de la main.

Ce fut alors qu'elle se trahit quand, voulant étouffer un gloussement, elle produisit un son inarticulé, et il s'aperçut qu'elle frémissait à force de se retenir de rire. Elle lui lança un regard en biais appuyé, qui en disait long. D'abord, qu'elle était très contente de lui avoir joué ce tour et qu'elle s'amusait beaucoup. Ensuite, qu'elle savait qu'il l'avait percée à jour, et qu'il n'y avait donc plus d'intérêt à faire comme si de rien n'était. Enfin, qu'elle se doutait bien qu'il la prendrait sur le fait à un moment ou à un autre, et qu'elle avait continué délibérément son petit jeu jusqu'à ce qu'il la découvre. À cette idée, Ig sentit son sang bouillonner dans ses veines. Elle était très jolie, avec sa natte dans le dos et ses cheveux soyeux d'un rouge foncé, comme des cerises bien mûres. Elle devait avoir à peu près son âge et tripotait une délicate croix en or qu'elle faisait tourner pour capter la lumière du soleil. La croix s'enflammait alors en brillant de mille feux. Quand elle lui en eut fait la démonstration, comme une sorte de confession, elle cessa d'orienter la croix vers le soleil.

Ensuite Ig fut incapable de prêter la moindre attention au prêche du père Mould. Il la guettait, avec l'espoir qu'elle lui jette un coup d'œil, et pendant un bon moment, elle s'y refusa avec une douce obstination. Enfin, elle revint à lui et quand leurs regards se croisèrent, elle fit étinceler la croix en cherchant à l'éblouir, et lui décocha deux courts éclairs suivis d'un long. Peu après, elle envoya une séquence différente, trois courts éclairs cette fois. Elle soutint son regard tout en faisant clignoter la croix avec un sourire un peu rêveur, comme si elle ne savait plus au juste pourquoi elle souriait. À l'intensité de son regard, on aurait dit qu'elle voulait lui faire comprendre quelque chose d'important, tandis qu'elle jouait avec la croix.

— À mon avis, c'est du morse, lui glissa son père du coin des lèvres, comme un détenu parlant à un autre dans une cour de prison.

Ig tressaillit nerveusement. C'était comme si, depuis quelques minutes, l'office religieux auquel il assistait était diffusé en sourdine à la télévision au lieu de se dérouler ici et maintenant. Aux mots de son père, il fut brusquement ramené au présent et reprit conscience du lieu où il se trouvait. Il découvrit aussi avec angoisse que son pénis avait durci et qu'il battait, brûlant, contre sa jambe, formant une bosse sur le devant de son pantalon. Or l'assistance pouvait à tout moment se lever pour entonner le dernier cantique.

— Quoi ? demanda-t-il.

— Elle est en train de te dire : « Arrête de regarder mes jambes, sinon je t'en colle une », répondit Derrick Perrish toujours du coin des lèvres, comme un gangster de série B.

Ig émit un drôle de son guttural en cherchant à s'éclaircir la voix.

Voilà que Terry s'y mettait aussi. Ig était assis au bord de l'allée centrale, avec son père à sa droite, puis sa mère et Terry, de sorte que son frère aîné devait tendre le cou pour voir la fille. Il la jaugea, détaillant ses charmes, car elle regardait à nouveau droit devant elle, puis chuchota sans aucune discrétion :

— Désolé, Ig. Tu n'as aucune chance.

Lydia lui asséna un coup de cantique sur la nuque.

— Bon sang, Maman ! protesta-t-il, et elle lui donna encore un coup sur la tête.

— On ne jure pas dans une église, murmura-t-elle.

— Et Ig alors ? Pourquoi tu ne le frappes pas ? s'indigna Terry. Tu ne vois pas comment il mate les petites rouquines ? Regarde cet air ludique qu'il a.

— Lubrique, rectifia Derrick.

Sous le regard scrutateur de sa mère, Ig sentit ses joues s'enflammer. Elle passa de lui à la fille qui ne leur prêtait aucune attention et faisait mine de s'intéresser au père Mould, puis renifla et regarda à nouveau devant elle.

— C'est très bien, déclara-t-elle. Je commençais à me demander si Ig n'était pas gay.

Vint alors le moment de chanter, et tout le monde se mit debout. Quand la fille se leva, ce fut dans un rai de lumière qui posa une couronne de feu sur ses cheveux rutilants. Elle se tourna pour le regarder à nouveau, s'apprêtant à chanter, mais au lieu de ça elle poussa un petit cri, qui résonna malgré sa douceur. Elle allait l'éblouir à nouveau avec la croix quand la délicate chaîne en or s'était détachée pour se couler dans sa main.

Elle baissait la tête pour essayer de la rattacher autour de son cou lorsqu'il se passa quelque chose qu'Ig n'apprécia pas du tout : le blondinet plutôt beau gosse qui était debout derrière elle se pencha pour l'aider maladroitement à remettre sa chaîne. Mais à son contact, la fille tressaillit et s'écarta en lui lançant un regard peu amène.

Le blond ne rougit pas, nullement gêné. Avec ses traits réguliers, il faisait penser à une statue antique, celle d'un jeune empereur romain au calme olympien, qui peut transformer une bande de chrétiens en pâtée pour lions juste en abaissant le pouce. Il avait l'air classe, avec ses cheveux presque blancs coupés ras et sa cravate. Ig le vit parler à la fille et devina qu'il lui proposait son aide, mais elle déclina son offre par un non de la tête. Son père sourit au garçon et, se penchant sur sa fille, il s'occupa lui-même de refixer la chaîne autour de son cou.

Ig se détendit. Le jeune César avait commis une erreur tactique en la touchant alors qu'elle ne s'y attendait pas. Il l'avait contrariée au lieu de la charmer. Au bout d'un moment, le père de la jeune fille renonça à lui remettre la chaîne, dont l'attache avait sans doute cassé. Il finit par rire en secouant la tête, et elle rit aussi en la lui reprenant. Sa mère leur lança un regard aigu, et père et fille se remirent à chanter.

Une fois l'office terminé, les conversations recommencèrent et le volume de l'église s'emplit de bruit comme une baignoire se remplit d'eau, là où régnait jusqu'alors son élément naturel, le silence. Ig avait toujours été fort en maths et il pensait instinctivement en termes de contenance, volume, invariants, valeurs absolues. Plus tard il serait bon en logique, mais ce talent découlerait sans doute de cette même capacité à résoudre des équations et à savoir manier les nombres.

Il avait envie de lui parler, mais ne savait que dire, et laissa passer sa chance. Alors qu'elle se faufilait entre les bancs pour gagner l'allée centrale, elle lui lança un petit regard avec un sourire timide, mais alors le jeune César fut près d'elle, la dominant de toute sa hauteur, et lui dit quelque chose. Son père intervint à nouveau en la poussant pour la faire avancer, puis s'interposa discrètement. Avec un air affable, il escortait sa fille et mettait de plus en plus de distance entre elle et le jeune César, qui ne sembla pas s'en offusquer et n'essaya pas de se rapprocher d'elle. Hochant la tête avec noblesse, il s'écarta même pour laisser passer devant lui la mère de la jeune fille ainsi que d'autres dames d'âge mûr. Peut-être des tantes ?

Avec le père qui la poussait devant lui, Ig n'avait aucune chance de pouvoir lui parler. Il la regarda partir avec l'espoir qu'elle se retournerait pour lui faire signe, mais évidemment, elle n'en fit rien. L'allée grouillait de fidèles en partance. Ig sentit son père poser une main sur son épaule pour le retenir en attendant que la voie se dégage. Il vit le jeune César passer. Il était lui-même avec son paternel, un homme à qui une grosse moustache blonde à favoris donnait l'air du méchant dans un western spaghetti, le type posté à gauche de Lee Van Cleef qui se fait tuer au premier échange de coups de feu lors de la bataille finale.

Enfin, la cohue qui encombrait l'allée centrale se résolut en un mince filet, et le père d'Ig ôta sa main de son épaule pour lui faire savoir qu'ils pouvaient avancer. Ig sortit donc de la rangée et laissa ses parents passer devant lui, comme à son habitude, pour les suivre avec Terry. Il jeta un long regard vers le banc de la jeune fille, comme si elle allait miraculeusement réapparaître, et son œil droit s'emplit alors d'un éclat de lumière doré. Saisi, il se dirigea vers le banc en clignant des paupières.

Elle avait laissé sa croix et sa chaîne, qui formaient une petite flaque dorée dans un carré de lumière. Peut-être les avait-elle posées là, puis oubliées, pressée qu'elle était par son père de s'éloigner du blondinet. Ig la prit. Au lieu du contact froid du métal, elle était délicieusement chaude, comme une pièce de monnaie qu'on aurait laissée toute une journée au soleil.

— Iggy ? appela sa mère. Tu viens ?

Ig referma son poing sur la chaîne, se tourna, et s'empressa de descendre l'allée. Il fallait absolument la rattraper. Elle lui avait donné une chance de lui faire bonne impression, d'être celui qui retrouve les objets égarés, doté tout à la fois d'un esprit d'observation et de décision. Mais quand il arriva à la porte, elle n'était plus là. Il l'aperçut à l'arrière d'un break qui s'écartait du trottoir, assise à côté de l'une de ses tantes, alors que ses parents étaient à l'avant.

Bon. Tout n'était pas perdu, loin de là. Il se rattraperait dimanche prochain. Oui, dimanche prochain, Ig aurait réparé la chaîne, et quand il la lui rendrait, il saurait comment engager la conversation.

12

Trois jours avant qu'Ig et Merrin se rencontrent pour la première fois, Sean Philipps, un militaire à la retraite qui habitait au nord de Pool Pond, fut réveillé à 1 heure du matin par une explosion tonitruante qui lui perça les tympans et le fit tomber du lit. Un moment, abruti de sommeil, il se crut à nouveau à bord du porte-avions Eisenhower d'où venait de partir un missile RAM. Puis il entendit des crissements de pneus et des rires. Il se releva, la hanche meurtrie, poussa une persienne, et eut juste le temps de voir une Road Runner décatie démarrer dans un nuage de poussière. Arrachée de son poteau, sa boîte aux lettres gisait sur le gravier, fumante, cabossée, toute trouée, comme criblée de balles.

Plus tard dans l'après-midi, il y eut une autre explosion, cette fois dans une benne à ordures derrière le magasin Woolworths. La bombe explosa avec un boum retentissant et la benne cracha des détritus enflammés jusqu'à dix mètres de haut. Papiers-journaux et cartons d'emballage redescendirent en une grêle de feu, et plusieurs voitures qui étaient garées là furent endommagées.

Le dimanche où Ig tomba fou d'amour, ou de désir, pour la belle inconnue assise de l'autre côté de l'allée dans l'église du Sacré-Cœur, une autre explosion se produisit à Gideon. L'un de ces pétards ronds et rouges surnommés « bombes-cerises », d'une charge explosive équivalant à un quart de bâton de trinitrotoluène, sauta dans un W.-C. du McDonald's de Harper Street. Il fit exploser le siège, éclater le réservoir, fêla la cuvette, inonda le sol, et remplit les toilettes pour hommes d'une fumée noire et grasse. L'immeuble fut évacué et le resta tant que le capitaine des pompiers n'eut pas jugé qu'on pouvait y revenir en toute sécurité. L'incident fut rapporté le lundi en première page du *Gideon Ledger*, dans un article qui se concluait par un appel du même capitaine, priant les fautifs d'arrêter les frais avant que quelqu'un y perde des doigts ou un œil.

Cela faisait des semaines que des objets de différentes sortes explosaient tout autour de la ville. La série avait commencé deux jours avant le 4 juillet, jour férié, et avait perduré bien après, à une fréquence accélérée. Terence Perrish et son copain Eric Hannity n'étaient pas les premiers responsables. Ils n'avaient détruit que ce qui leur appartenait, et ils étaient tous les deux trop jeunes pour partir en virée à 1 heure du mat, dans une voiture volée et faire exploser des boîtes à lettres.

Mais il se trouvait qu'Eric et Terry étaient sur la plage de Seabrook quand Jeremy Rigg, le cousin d'Eric, était entré dans le magasin de feux d'artifice et en avait sorti une caisse de quarante-huit « cherry bombs » originales, qui dataient selon lui de la bonne époque, celle d'avant les lois de protection de l'enfance qui limitaient la puissance de tels explosifs. Jeremy en avait filé six à Eric comme cadeau d'anniversaire « à retardement », ironisait-il. En fait, il avait un peu pitié de son cousin, car le père d'Eric était malade et sans emploi depuis plus d'un an.

Jeremy Rigg était-il à l'origine de la vague d'explosions qui avait déferlé cet été-là, et pouvait-on faire remonter toutes ces bombes jusqu'à lui ? Ou bien Rigg les avait-il achetées comme d'autres jeunes en achetaient, parce que c'était dans l'air du temps ? Il existait peut-être plusieurs foyers d'infection. Ig ne le saurait jamais, d'ailleurs il s'en fichait. À quoi bon se demander comment le mal est venu sur terre ou ce qu'on devient après la mort ? Ce peut être un exercice intéressant sur le plan philosophique, mais somme toute assez vain, puisque le mal et la mort existent bel et bien, indépendamment du pourquoi et du comment. Là, c'était pareil. Peu importait l'origine de ces bombes, ce qui comptait, c'était que début août, Eric et Terry avaient tous deux contracté la fièvre explosive, comme tous les adolescents de Gideon.

On appelait ces pétards des « *Eve's Cherries* », ou cerises d'Eve, c'étaient des boules grosses comme des pommes sauvages, de texture un peu granuleuse, avec une silhouette de femme à poil ou presque, estampillée sur le côté. Une pin-up aux proportions exagérées, telle qu'en affichent les camionneurs à l'avant de leur véhicule, avec des seins comme des melons et une taille de guêpe. Pudiquement, elle portait un cache-sexe qui ressemblait à une feuille d'érable, et Eric Hannity en déduisait que c'était une fan des Toronto Maple Leafs, une sale *Canuck*[1] et une putain d'allumeuse qui ne demandait qu'à se faire sauter.

La première fois qu'Eric et Terry en amorcèrent une, ce fut dans le garage de chez Eric ; ils la fourrèrent dans une poubelle, puis prirent leurs jambes à leur cou. L'explosion renversa la

1. Mot argotique dépréciatif désignant les Canadiens.

poubelle, la fit tournoyer sur le sol en béton et propulsa le couvercle jusque dans les chevrons. Quand il retomba, il était tout fumant et gondolé, comme si quelqu'un avait essayé de le plier en deux. Ig n'était pas là, mais Terry le lui rapporta, en lui disant qu'après coup, leurs oreilles tintaient si fort qu'ils poussaient chacun des hourras sans que l'autre les entende. Puis ce fut une Barbie grandeur nature ; suivraient un vieux pneu qu'ils envoyèrent rouler en bas d'une colline avec une bombe scotchée à l'intérieur, et une pastèque. Ig n'assista à aucun de ces exploits, mais son frère ne manqua pas de les lui raconter en détail pour bien lui montrer ce qu'il avait raté. Ig savait par exemple qu'il n'était rien resté de la Barbie à part un pied noirci qui était tombé du ciel pour rebondir sur le goudron de l'allée de chez Eric en une macabre danse de saint-guy, que le pneu brûlé dégageait une puanteur à vomir qui avait rendu tout le monde malade, et qu'Eric Hannity était trop près de la pastèque quand elle avait explosé, de sorte qu'il avait dû ensuite prendre une douche. À force d'en entendre parler, quand vint la mi-août, Ig mourait d'envie de voir de ses yeux quelque chose, n'importe quoi, se désintégrer.

Un matin, en entrant dans le cellier, Ig trouva Terry qui bataillait pour refermer la fermeture éclair de son sac à dos sur l'énorme dinde qu'il y avait fourrée. Il devina tout de suite le but de l'entreprise, et au lieu de demander à son frère s'il pouvait venir, ou de lui faire un chantage du genre : « Laisse-moi t'accompagner sinon je déballe tout à maman », il regarda Terry s'escrimer avec son sac à dos puis, quand il fut évident qu'il n'y parviendrait pas, il alla chercher son coupe-vent dans l'entrée, ils y enveloppèrent la dinde qui devait faire dans les quinze kilos, et chacun d'eux prit une manche pour la soulever. Ainsi, elle se transporterait facilement et surtout, Ig ferait partie de l'expédition.

Ils arrivèrent aux bois qui bordaient la ville et prirent le sentier qui menait à l'ancienne fonderie. Peu après, Ig repéra sur le côté un chariot de supermarché à moitié enfoncé dans un marais. La roue avant branlait furieusement, le métal rouillé s'écaillait, mais au moins, ils n'auraient plus à porter cette satanée dinde encore deux kilomètres. Terry laissa à Ig le soin de pousser le chariot.

L'ancienne fonderie ressemblait à une place-forte médiévale surmontée d'un donjon, avec son grand tuyau de cheminée et ses murs en brique noircie percés de trous, là où autrefois se trouvaient des fenêtres. Elle était entourée d'un ancien parking où des touffes d'herbe poussaient à travers l'asphalte désagrégé. Il y avait de l'animation cet après-midi-là, des gamins faisaient du skateboard dans les ruines, et au fond, un feu brûlait dans un fût en fer. Deux garçons et une fille étaient debout autour du foyer, trois ados à l'air déjanté, dont l'un tenait au bout d'une pique ce qui ressemblait à une saucisse carbonisée.

— Le dîner est prêt, annonça la fille.

C'était une blondinette rondouillarde et pleine d'acné qui portait un jean taille basse, Glenna quelque chose… Ig la connaissait. Elle était au collège, dans la même année que lui.

— Je savais pas que c'était Thanksgiving, lança le garçon vêtu d'un T-shirt *Highway to Hell* quand il vit la dinde. Jettez-y donc votre grosse dondon, proposa-t-il en montrant le baril auréolé de flammes.

À quinze ans à peine, Ig fut incapable de prononcer un mot tant il était intimidé par ces ados plus âgés que lui qu'il ne connaissait pas. Il avait la gorge nouée, comme avant une crise d'asthme. Mais Terry assurait pour deux. À dix-sept ans, il passait son permis de conduire, et avait déjà l'aisance d'un amuseur public. Il parla, comme à son habitude. C'était son rôle.

— On dirait que votre hot-dog est fichu, dit-il en indiquant de la tête le truc calciné au bout de la pique.

— C'est pas un hot-dog ! C'est une merde ! Gary est en train de faire cuire une crotte de chien ! s'écria la fille d'une voix suraiguë, puis elle hurla de rire, pliée en deux.

Le blouson de cuir noir super bien coupé qu'elle avait sur le dos n'était pas de saison et dénotait avec le reste de sa tenue, un vieux jean usé et un débardeur trop petit qui ne payaient pas de mine. Ig se dit tout de suite que le blouson avait été volé.

— Tu veux goûter ? demanda le gars au T-shirt *Highway to Hell* en brandissant la pique vers Terry. Cuite à point.

— Sans façon, mec, déclina Terry. Je suis un petit bourge coincé, je joue de la trompette dans une fanfare, et j'en ai une toute petite. Alors de la merde, j'en bouffe assez comme ça.

Les trois zonards éclatèrent de rire. Pas tant à cause de ce qu'il avait dit que de son allure, de sa désinvolture. Terry était un beau gosse, mince, avec un bandana fané aux couleurs du drapeau américain pour retenir sa tignasse noire, et il avait employé un ton bon enfant, comme s'il se moquait joyeusement non pas de lui-même, mais d'un autre. Il savait manier l'humour à la manière d'une prise de judo, en faisant dévier l'énergie des autres sur lui-même, s'il n'y avait pas d'autre cible – une stratégie qui lui serait fort utile des années plus tard quand il interviewerait des vedettes pour *Hothouse*, Clint Eastwood par exemple, qu'il suppliérait de lui filer une beigne, puis de signer un autographe sur son nez cassé.

Highway to Hell passa devant Terry et traversa l'asphalte lézardé en s'approchant d'un garçon qui était posté en haut de la piste Evel Knievel[1].

— Hé, Tourneau. Ton déjeuner est prêt.

Il y eut encore de gros rires, même si la fille, Glenna, parut soudain mal à l'aise. Le garçon en haut de la piste ne leur jeta pas même un coup d'œil, mais resta debout à regarder vers le bas de la colline, un mountainboard sous le bras.

— Alors t'y vas, oui ou merde ? lui cria Highway to Hell comme il ne réagissait pas. T'as pas les couilles, c'est ça ?

— Vas-y, Lee ! cria la fille, et elle brandit un poing pour l'encourager. Fonce !

Le garçon en question lui jeta un petit regard dédaigneux, et à cet instant Ig le reconnut. C'était le jeune César qu'il avait vu à l'église. Son mountainboard sous le bras, en short kaki, pieds nus dans des Converse, il portait cette fois encore une cravate, et une chemise à manches courtes boutonnée jusqu'au col. Sa tenue lui donnait une touche décalée, ironique, un peu celle d'un leader de groupe rock alternatif.

— Il ira pas, commenta l'autre garçon aux cheveux longs, toujours planté près du bidon. C'est qu'une gonzesse, Glenna. T'as plus de couilles que lui.

— Je t'emmerde, rétorqua-t-elle, et son air blessé les fit hurler de rire.

Terry donna à Ig une petite tape sur le bras et les deux frères continuèrent leur chemin. Ig était content de s'en aller, ces gars et cette fille lui

1. Motard cascadeur américain.

fichaient le cafard. Par ce bel après-midi d'été, ils n'avaient rien de mieux à faire que de griller une merde de chien et rire du malheur des autres en cherchant à les blesser.

Ils s'approchèrent du blondinet, qui s'appelait donc Lee Tourneau, et ralentirent en arrivant en haut de la piste. Ici, la colline descendait à pic vers la rivière, dont l'eau bleu nuit brillait à travers les troncs noirs des pins. Autrefois, c'était une route de campagne, même s'il était difficile d'imaginer qu'elle ait pu être carrossable tant elle était défoncée, pentue, idéale pour faire des tonneaux. Entre deux tuyaux rouillés à moitié enterrés, la terre tassée formait un sillon lisse, un creux poli par le passage de milliers de VTT et de pieds nus. Vera, sa grand-mère, lui avait dit que dans les années 1930 et 1940, quand les gens balançaient n'importe quoi dans la rivière, la fonderie avait utilisé ces tuyaux pour évacuer les scories des hauts-fourneaux. On aurait presque dit des rails de voie ferrée, manquait juste un wagon à charbon ou une voiture de montagnes russes. De chaque côté des tuyaux, la terre était friable, cuite par le soleil, jonchée de pierres saillantes et de détritus. Mais, entre les tuyaux, lisse, durcie, elle se prêtait on ne peut mieux à la descente, et Ig et Terry ralentirent en attendant que Lee Tourneau se décide.

Au lieu de ça, il posa sa planche par terre. Il y avait un cobra peint sur le dessus, et elle était équipée de gros pneus épais, crantés. Du pied, il la poussa d'avant en arrière, comme pour vérifier sa bonne marche. Puis il s'accroupit, ramassa la planche, et fit mine de vérifier le roulement d'une roue.

Les zonards n'étaient pas les seuls à le charrier. Au pied de la colline, Eric Hannity et un ramassis d'autres garçons débraillés le scrutaient en clignant des yeux et lui envoyaient des vannes en beuglant. L'un d'eux lui conseilla de s'enfoncer un tampon dans le cul avant d'y aller, s'il avait peur de faire dans son froc.

— Fonce, cow-boy ! brailla encore Glenna pour l'encourager, avec une gouaille qui parvenait mal à cacher sa gêne.

— C'est comme ça, mec, dit Terry à Lee Tourneau. Tu peux passer le reste de ta vie estropié ou dégonflé.

— Ce qui veut dire ? demanda Lee.

Terry soupira.

— Ce qui veut dire, c'est pour aujourd'hui ou c'est pour demain ?

— Tu ne risques rien, intervint Ig, qui avait dévalé la pente des tas de fois en VTT. N'aie pas peur. La piste entre les tuyaux est super lisse…

— Je n'ai pas peur, riposta Lee, sur la défensive.

— Ben vas-y alors, reprit Terry.

— L'une des roues est coincée.

Terry eut un rire féroce, méchant.

— Amène-toi, Ig.

Ig passa devant Lee Tourneau en poussant le chariot pour le caler dans la tranchée entre les tuyaux. Lee regarda la dinde d'un air intrigué, mais il ne posa pas de question.

— On va la faire exploser, expliqua Ig.

— Il y a un siège pour bébé sur le chariot au cas où tu voudrais faire la balade, dit Terry.

Ce n'était pas sympa comme remarque, et Ig fit une moue compatissante. Mais aussi impassible que Spock à bord de l'*Enterprise*, Lee continua à les observer tout en tenant sa planche contre sa poitrine.

Au pied de la colline, les garçons attendaient. Il y avait aussi deux ou trois filles plus âgées, peut-être des étudiantes. Elles n'étaient pas sur la berge avec eux, mais à une dizaine de mètres du rivage, sur un grand rocher d'un blanc éclatant qu'on appelait Coffin Rock, où elles se doraient au soleil en bikini et jeans coupés.

Elles avaient tiré leurs kayaks sur un petit banc de sable qui s'effilait vers l'amont. À la vue des filles allongées sur le rocher, Ig fut soudain plein d'amour pour le monde entier. Deux d'entre elles se redressèrent et se mirent à parler à voix basse tout en observant les garçons. C'étaient peut-être des sœurs, vu la ressemblance, mêmes cheveux châtain, corps bronzés et longues jambes. Alors qu'il tournait le dos à Coffin Rock, Ig sentait pourtant leur présence, comme si la lumière émanait d'elles et non du soleil.

Une dizaine de jeunes s'étaient rassemblés pour profiter du spectacle. À califourchon sur des branches d'arbres qui surplombaient la rivière, ou encore juchés sur leurs VTT et sur des rochers, ils affichaient tous une nonchalance morose, autre effet de la présence des filles sur la roche blanche. Chacun voulait faire plus vieux que son âge, trop vieux même pour être là, et s'ils pouvaient en adoptant cet air détaché faire croire qu'ils n'étaient venus là que pour surveiller leur petit frère, tant mieux.

Peut-être parce qu'il était justement venu avec son cadet, Terry pouvait jubiler sans complexe. Il tira la dinde congelée du chariot et la porta en se rapprochant de Eric Hannity, qui se leva d'un rocher en époussetant son pantalon.

— On va faire rôtir c'te grosse salope, annonça Hannity.

— Pour moi ce sera le croupion, blagua Terry, et certains des garçons rirent malgré eux.

Eric Hannity avait l'âge de Terry, c'était un rustaud pas commode, avec une grosse bouche et des mains qui savaient choper un ballon de foot, lancer une canne à pêche, faire de la mécanique, filer une rouste. Il passait pour un super-héros. En prime, son père avait fait partie de la police de l'État et il avait reçu une balle dans le ventre, non pas en service commandé lors d'un échange de coups de feu avec des malfrats, mais à la caserne, quand un autre officier avait lâché un.30-06 chargé, et que la balle avait atteint Bret Hannity à l'abdomen. À présent, il était dans le commerce des cartes de baseball, mais Ig se doutait que son vrai boulot consistait à se battre contre sa compagnie d'assurances pour recevoir ses cent mille dollars d'indemnités, qui devaient arriver sous peu mais mettaient du temps à se concrétiser.

Eric et Terry portèrent la dinde congelée jusqu'à une vieille souche d'arbre creusée en son milieu. Eric posa le pied sur la volaille et appuya dessus pour l'y enfoncer. Le creux étant un peu étroit, la dinde débordait et ses deux pattes resserrées faisaient ressortir son croupion, comme une bouche en cul-de-poule.

De sa poche, Eric sortit ses deux dernières bombes-cerises et en mit une de côté. Il ne prêta aucune attention au garçon qui ramassait la deuxième bombe, ni à ceux qui l'encerclaient pour l'examiner avec des murmures approbateurs. Ig avait dans l'idée qu'Eric l'avait posée là exprès, pour susciter ce genre de réaction. Terry prit l'autre bombe et l'enfonça dans le croupion de l'énorme dinde. L'amorce de vingt centimètres de long qui ressortait de la chair plissée avait quelque chose d'obscène.

— Mettez-vous tous à couvert, conseilla Eric. Sinon vous en aurez partout. Et rendez-moi ma dernière bombe. Le premier qui essaiera de me la chourer le sentira passer. Vous voyez cet oiseau ? Lui aussi y aura droit.

Les garçons se dispersèrent et allèrent s'accroupir en bas de la berge ou s'abriter derrière des troncs d'arbre. Malgré les efforts qu'ils faisaient pour paraître désinvoltes, l'air vibrait à présent d'une impatience fébrile. Les filles sur le rocher aussi étaient intriguées, elles voyaient bien qu'il allait se passer quelque chose. L'une d'elles se redressa sur les genoux et mit une main en visière pour regarder Terry et Eric. Si seulement elle me regardait moi, songea Ig, frustré. Il faudrait qu'elle ait une raison pour cela.

Eric posa le pied sur le bord de la souche et sortit un briquet qu'il alluma en le faisant claquer. L'amorce se mit à cracher des étincelles blanches. Eric et Terry la scrutèrent d'un air attentif, comme s'ils n'étaient pas sûrs qu'elle prenne bien. Puis ils reculèrent, sans se presser ni l'un ni l'autre. C'était bien joué, ce flegme détaché, un brin théâtral. Eric avait dit aux autres de se mettre à couvert, et ils avaient tous couru s'abriter. Lui et Terry paraissaient d'autant plus calmes et altiers, d'être restés en arrière pour allumer la bombe avant d'opérer une lente retraite de la zone d'explosion, d'une démarche posée, presque nonchalante. La classe. Ils firent vingt pas, mais au lieu de plonger dans les buissons ou de se planquer derrière un arbre, ils continuèrent à surveiller la carcasse du coin de l'œil. L'amorce émit un grésillement continu pendant trois secondes, s'arrêta. Puis, plus rien.

— Merde. Elle a peut-être pris l'humidité, dit Terry, et il fit un pas vers la souche, mais Eric le prit par le bras.

— Attends. Il arrive que…

Mais Ig n'entendit pas la fin de la phrase. D'ailleurs, personne ne l'entendit. Le bruit fut si soudain, si violent, que les filles sur le rocher hurlèrent, ainsi que presque tous les garçons présents. Ig aussi aurait hurlé, mais la déflagration semblait avoir chassé tout l'air de ses poumons, et il parvint juste à siffler.

La dinde fut déchiquetée dans une explosion de flammes. La souche aussi explosa à moitié. Des éclats de bois fumants tournoyèrent dans l'air. Les cieux s'ouvrirent et il plut de la viande. Des os encore garnis de chair rose frémissante glissèrent sur les feuilles des arbres dans leur chute et rebondirent sur le sol. Des morceaux de dinde tombèrent en faisant flic-flac dans la rivière. Dans les histoires qui circulèrent plus tard, des garçons prétendraient que les corps somptueux des filles qui bronzaient sur Coffin Rock furent maculés de morceaux de chair sanguinolente, comme l'héroïne de Carrie, mais c'était enjolivé. Les déchets de viande qui furent projetés le plus loin retombèrent à au moins cinq mètres du rocher.

Ig avait les oreilles bouchées comme par de la ouate. Il entendit quelqu'un pousser au loin un hurlement excité, du moins le crut-il. Mais, quand il regarda par-dessus son épaule, il découvrit que la fille qui criait se trouvait pratiquement au-dessus de lui. C'était Glenna, dans son incroyable blouson de cuir et son débardeur qui lui moulait les seins. Elle était à côté de Lee Tourneau et avait noué ses doigts aux siens. Le bras levé, elle brandissait l'autre main en serrant le poing si fort que ses jointures étaient blanches, en un geste de triomphe un peu ringard. Quand Lee remarqua ce qu'elle faisait, il détacha ses doigts des siens.

D'autres sons fusaient dans le silence, des éclats de voix, des hululements, des rires. À peine les derniers déchets de dinde furent-ils retombés que les garçons sortirent de leurs planques et bondirent tout autour en rejouant l'instant de l'explosion, ramassant des os éclatés, les jetant en l'air puis s'aplatissant au sol, ou bien sautant sur des branches basses comme s'ils venaient de marcher sur une mine antipersonnelle. L'un d'eux fit mine de jouer de la guitare tout en gambadant gaiement, coiffé d'une escalope de dinde crue. Ce n'était même plus pour impressionner les filles postées sur la roche blanche, mais pour goûter sans entraves à ce moment de frénésie sauvage. Sitôt après l'explosion, Ig avait vérifié qu'elles allaient bien. Il les observait toujours. Elles se levèrent, riant et bavardant gaiement. L'une d'elles hocha la tête en direction de la rivière, puis avança sur le banc de sable jusqu'aux kayaks. Elles ne tarderaient pas à partir.

Ig s'efforçait d'imaginer un stratagème qui les retiendrait. Il prit le chariot de supermarché, lui fit remonter la piste sur un mètre ou deux, puis descendit la pente en se campant sur l'arrière, histoire de bouger, car les idées lui venaient mieux quand il était en mouvement. Machinalement, il recommença une ou deux fois, absorbé dans ses pensées.

Eric, Terry et d'autres garçons s'étaient peu à peu regroupés autour des restes fumants de la souche d'arbre pour constater les dégâts. Eric faisait rouler la dernière bombe-cerise dans sa main.

— Et maintenant, qu'est-ce que tu vas faire sauter ? lui demanda l'un des gars.

Eric se contenta de plisser le front d'un air pensif. Autour de lui, les suggestions commencèrent à fuser, et bientôt ce fut à qui crierait le plus fort. Un garçon proposa une couche sale de sa petite sœur.

— Seulement si elle la porte, objecta un autre, ce qui les fit tous rigoler.

— Alors, qu'est-ce que tu vas faire sauter maintenant ? répéta l'un des gars.

Cette fois il y eut un petit silence, tandis qu'Eric réfléchissait.

— Rien, déclara-t-il, et il remit la bombe-cerise dans sa poche.

Il y eut des protestations désespérées, mais Terry, qui connaissait son rôle, approuva d'un hochement de tête.

Alors vinrent les marchandages. Un garçon voulut échanger la bombe contre des films pornos de son père. Un autre renchérit en proposant les films pornos « maison » de son père.

— Sérieux, ma mère est une sacrée salope quand elle s'y met, s'exclama-t-il, et les autres s'écroulèrent de rire.

— Il n'y a aucune chance que je cède ma dernière bombe, à moins que l'un de vous ne se mette à poil et descende la colline monté sur ce chariot, déclara Eric, en pointant le pouce par-dessus son épaule vers Ig et le chariot.

— Moi, je vais le faire, intervint Ig.

Les têtes se tournèrent. Ig se trouvait à quelques mètres des garçons regroupés autour d'Eric et au début, personne ne sembla savoir qui avait parlé. Puis il y eut des rires et quelques sifflets incrédules. Quelqu'un lui jeta une patte de dinde, Ig se baissa et elle lui passa au-dessus de la tête. Quand il se redressa, il vit qu'Eric Hannity le scrutait intensément, tout en faisant passer sa bombe-cerise d'une main dans l'autre. Posté juste derrière, les traits figés, Terry secoua la tête, imperceptiblement, d'un air de dire : « Non, tu ne vas pas le faire. »

— Tu parles sérieusement ? demanda Eric.

— Si je descends la piste à poil monté sur ce chariot, tu me la donnes ?

Hannity le considéra en plissant les yeux.

— Du haut jusqu'en bas. Tout nu, précisa-t-il. Si le chariot n'arrive pas en bas, tu auras que dalle. Même si tu te casses le dos.

— Il n'en est pas question, intervint Terry. Tu penses à ce que je vais dire à Maman quand tu te seras pelé toute la peau des fesses ?

Ig attendit que les rires et les hurlements s'apaisent avant de répondre.

— Je ne vais rien me faire du tout.

— Tope-là. J'ai envie de voir ça, dit Eric Hannity.

— Hé les mecs, attendez un peu, intervint Terry en riant et en agitant une main en l'air.

Il s'empressa de rejoindre Ig, contourna le chariot et lui prit le bras. Quand il se pencha plus près pour lui parler à l'oreille, il souriait, mais ce fut sur un ton rogue qu'il lui parla à voix basse.

— Tu déconnes ou quoi ? Tu ne vas pas descendre cette piste la bite à l'air. On va nous prendre pour deux tarés complets.

— Pourquoi ? On s'est souvent baignés à poil ici. La moitié des gars m'a déjà vu tout nu.

— Tu peux toujours faire tes prières si tu crois pouvoir descendre la piste sur ce foutu chariot. Les roues sont complètement nazes.

— Je vais le faire, répliqua Ig.

Terry retroussa les lèvres en un rictus rageur. Mais dans ses yeux, Ig lut de la peur. Son frère le voyait déjà le crâne fracassé, gisant à mi-parcours, en une masse hurlante et désarticulée. Ig éprouva pour lui un élan d'affection mêlée de pitié. Terry était cool, bien plus cool qu'Ig ne le serait jamais, mais la peur rétrécissait sa vision des choses, de sorte qu'il ne voyait que ce qu'il risquait de perdre. Ig fonctionnait différemment.

Eric Hannity les rejoignit et prit Terry à partie.

— Laisse-le faire, s'il en a envie. C'est sa peau, pas la tienne.

Terry continua à s'opposer à Ig un moment, non avec des mots, mais du regard. Ce qui le fit enfin détourner la tête, ce fut d'entendre Lee Tourneau renifler avec dédain et chuchoter quelque chose à Glenna, en se couvrant la bouche de la main. Or il régnait un étrange silence à cet instant, et la voix de Lee porta, si bien que tous ceux qui se trouvaient à proximité l'entendirent.

— Vaut mieux qu'on dégage avant que le SAMU arrive pour ramasser les morceaux…

Terry fit volte-face, vert de rage.

— Oh non. Tu vas rester planté là avec ton mountainboard sur lequel t'oses même pas monter pour assister au spectacle. Histoire de voir ce que c'est que d'avoir des couilles. Prends-en de la graine.

Les garçons rassemblés éclatèrent de rire et les joues de Lee Tourneau virèrent au pourpre. Ig n'avait jamais vu une couleur pareille. On aurait dit un démon à la Disney sorti de *Fantasia*. Glenna lança à son chéri un regard empreint de peine et de dégoût, puis s'écarta d'un pas, comme si son mal était contagieux.

Dans le chahut qui suivit, Ig dégagea son bras de l'étreinte de Terry et orienta le chariot vers le sommet de la colline. Il le poussa à travers les herbes sur le côté de la piste, car il ne voulait pas que les garçons qui montaient la pente derrière lui découvrent ce qu'il savait déjà, ni qu'Eric Hannity puisse revenir sur leur accord. Son public se pressait à sa suite dans une cohue tapageuse.

Peu après, les petites roues du chariot s'accrochèrent à des broussailles et il commença à virer violemment d'un côté. Ig essaya vainement de le redresser. Derrière lui il y eut de nouveaux éclats de rire. Terry, qui marchait à côté d'Ig, saisit le devant du chariot pour l'aider tout en murmurant « Bon Dieu » d'un air navré. Ig continua à avancer en poussant le chariot.

Enfin, ils arrivèrent sur la crête de la colline. Ig avait pris sa décision, aussi n'y avait-il pas lieu d'hésiter ni d'être embarrassé. Il lâcha le chariot, saisit des deux mains la bande élastique de son short et baissa son slip en même temps, exhibant ses fesses blanches et efflanquées. Plus bas, les garçons poussèrent des cris en faisant mine d'être choqués et dégoûtés. Quand Ig se redressa, il souriait. Son cœur battait juste un peu plus vite, comme s'il était passé de la marche à un petit trot de jogging. Il ôta son short et sa chemise, mais garda ses tennis aux pieds.

— Assume, mec, lui lança Eric Hannity. Ne fais pas ton timide.

Terry eut un rire un peu aigu et détourna les yeux. Ig se tourna face à son public – un môme de quinze ans, le pénis à l'air, qui sentait le soleil lui chauffer les épaules. Un filet de fumée montait du bidon près duquel Highway to Hell se tenait toujours, avec son pote aux cheveux longs.

— Vas-y chérie ! Allume-nous ! lança-t-il à Ig en dressant son petit doigt et son index, mimant ainsi les cornes du diable.

Sa vanne déclencha une vague d'hilarité plus violente que tout ce qui avait précédé et les garçons se plièrent en s'étouffant de rire, comme victimes d'un gaz toxique. Ig quant à lui était surpris de se sentir aussi détendu. Il se fichait complètement d'être à poil devant les autres, et les filles sur Coffin Rock auraient à peine le temps de l'apercevoir avant qu'il plonge dans la rivière. En fait, il éprouvait même un joyeux picotement dans le bas-ventre. Une fille le regardait déjà, dressée sur la pointe des pieds à l'arrière du public, bouche bée : Glenna. Son petit copain n'était plus avec elle. Lee Tourneau n'avait pas suivi le mouvement, apparemment il préférait ne pas voir à quoi ressemblait une paire de couilles.

Ig manœuvra le chariot pour le mettre en place et profita de ce moment de chaos pour se préparer à la course. Personne ne prêta attention au soin qu'il mettait à aligner les roues du chariot le long des tuyaux à moitié enterrés.

Au pied de la colline, en poussant le chariot sur de courtes distances, il avait découvert que les deux vieux tuyaux rouillés étaient écartés d'environ cinquante centimètres, et que les deux petites roues arrière du chariot s'adaptaient précisément à cette distance. Il restait à peu près un centimètre d'espace de chaque côté, et quand l'une des roues avant se grippait et risquait de dévier le chariot de sa course, Ig avait remarqué qu'elle cognait alors l'un des tuyaux et revenait dans le circuit. Sur le terrain pentu de la piste, il était fort possible que le chariot heurte une pierre ou un caillou et se renverse. Mais il ne sortirait pas de sa trajectoire. Il suivrait l'intérieur de ces tuyaux comme un train lancé sur des rails.

Il avait toujours ses vêtements sous le bras et se tourna pour les jeter à Terry.

— Garde-les. Ce sera bientôt fini.

— Tu l'as dit bouffi, lui lança Eric, ce qui provoqua juste un léger frisson d'hilarité, au lieu du déferlement escompté.

Le moment était venu ; Ig se tenait prêt, il avait saisi la poignée du chariot, et il distingua quelques visages inquiets parmi les spectateurs. Les plus âgés souriaient d'un air perplexe, conscients que l'un d'eux devrait peut-être mettre un terme à cette aventure avant qu'elle ne tourne en tragédie.

Ig se rendit compte qu'il fallait partir tout de suite, avant que quelqu'un ne formule une objection raisonnable qui l'en empêcherait.

— À d'tat l'heure, dit Ig avant que quiconque puisse l'arrêter et, donnant une poussée au chariot, il sauta légèrement sur l'arrière.

En perspective, les deux tuyaux qui partaient vers le bas de la colline se rétrécissaient jusqu'à se réduire à un point, formant la balle et le canon. À peine fut-il monté sur le chariot qu'Ig se retrouva plongeant en avant dans un silence euphorique presque total, à part le grincement des roues et les raclements du cadre d'acier. La rivière Knowles venait d'en bas à sa rencontre, sa surface noire scintillant de mille feux au soleil. Les roues cliquetaient en cognant de part et d'autre contre les tuyaux qui les maintenaient sur la piste comme Ig l'avait prévu.

Très vite, le chariot prit une telle vitesse qu'Ig ne put que s'y accrocher, sans aucune possibilité d'en descendre ou de s'arrêter. Cette vitesse d'accélération, il ne l'avait pas prévue. Le vent mordait sa peau nue si vivement qu'elle le cuisait, Ig brûlait en tombant tel un Icare incandescent. Le chariot heurta quelque chose, un caillou à angle droit, et le côté gauche quitta le sol – voilà, il allait se renverser à un train d'enfer, une allure prodigieuse et fatale, son corps nu volerait pardessus les barres, la terre lui poncerait la peau au papier de verre, ses os éclateraient comme ceux de la dinde. Sauf que la roue avant racla le haut du tuyau qui remit le chariot dans ses rails. Avec la vitesse, le crissement des roues produisait un sifflement aigu, discordant, comme un air de flûte joué par un dément.

Quand il releva les yeux, il vit la fin de la piste, là où les tuyaux se rapprochaient jusqu'à se fondre en leur point final, juste avant le talus de terre d'où il serait propulsé au-dessus de l'eau telle une fusée quittant sa rampe de lancement. Les filles étaient postées sur le banc de sable, près de leurs kayaks. L'une d'elles le montrait du doigt. Il s'imagina voguant au-dessus de leurs têtes, comme dans cette comptine pour enfants à propos d'un chat qui bondit jusqu'à la lune.

Le chariot sortit des tuyaux en hurlant et percuta le talus avec la force d'un missile, Ig fut projeté en l'air, et les cieux s'ouvrirent. Le jour ensoleillé le saisit comme un gant de base-ball reçoit une balle lancée doucement, il le tint un instant au creux de sa paume… Puis ce fut comme si le chariot lui sautait dessus, il le frappa en pleine figure de son cadre d'acier, le ciel le laissa choir, et Ig dégringola dans le noir.

13

Ig n'avait qu'un souvenir fragmenté du moment qu'il avait passé sous l'eau, et plus tard, il se dirait que sa perception avait été faussée. Comment aurait-il pu se rappeler quoi que ce soit alors qu'il était inconscient ?

Il se souvenait qu'une obscurité grondante l'avait happé pour le plonger dans un tourbillon d'âmes en tourmente, âmes perdues, bannies de la terre et de son ordre naturel pour être précipitées dans un chaos plus ancien. C'était une horreur sans nom, et la pensée que c'était peut-être ce qui nous attendait après la mort l'épouvantait. Il avait l'impression d'avoir été emporté non pas juste loin de sa vie, mais loin de Dieu, de toute idée de Dieu, de l'espoir, de la raison, du principe qui veut que les choses aient un sens, qu'une cause soit suivie d'effet, et Ig en était révolté. Non, la mort ne devrait pas ressembler à ça, même pour les pécheurs.

Dans le maelström où il se débattait, le noir qui le recouvrait semblait parfois se déchirer et à travers ces fentes, il apercevait en un éclair un coin de ciel trouble, avant que l'obscurité se referme sur lui. Ses forces l'abandonnaient. Lâchant prise, il sombrait dans le noir quand soudain, il se sentit saisi, hissé, soulevé, et sous lui, à la place de l'eau, il y eut du solide, une matière d'une drôle de consistance ressemblant à de la boue. L'instant d'après, il entendit un cri dans le lointain et reçut un coup violent dans le dos.

Le choc expulsa de lui la noirceur suffocante. Ses yeux s'ouvrirent sur une clarté douloureuse. Dans un spasme, la rivière sortit de sa bouche et de ses narines. Il était couché sur le flanc dans la boue, l'oreille contre le sol, et il entendait une sorte de martèlement qui pouvait être le bruit de pas approchant, ou les battements fous de son cœur. Il se trouvait en aval de la piste Evel Knievel, même si dans ce premier instant de conscience encore flou, il n'aurait su dire à quelle distance. Il y avait un bout de tuyau d'incendie noir et pourri sur la terre boueuse, à dix centimètres de son nez. Ce ne fut qu'en le voyant disparaître qu'il comprit qu'en fait c'était un serpent qui avait rampé près de lui sur la berge.

Au-dessus, les feuilles commençaient à devenir plus nettes, elles bruissaient doucement sur un fond de ciel bleu. Quelqu'un était agenouillé près de lui, la main posée sur son épaule. Des garçons surgirent dans son champ de vision, ils dévalaient la pente en culbutant dans les broussailles et se redressaient pour l'apercevoir.

Ig ne voyait pas qui était agenouillé à ses côtés. C'était sûrement Terry. Il l'avait sorti de l'eau et lui avait fait reprendre sa respiration. Il roula sur le dos, mais au lieu de son frère, il vit un garçon au teint livide et aux cheveux d'un blond presque blanc qui le regardait sans broncher en lissant machinalement sa cravate. Lee Tourneau. Son short kaki était trempé. Inutile de demander pourquoi. À cet instant, tout en le dévisageant, Ig décida que lui aussi allait se mettre à porter des cravates.

Terry émergea des buissons, vit Iggy, et s'arrêta net. Eric Hannity le suivait de près et le percuta si fort que Terry faillit tomber. Bientôt, une vingtaine de garçons se furent rassemblés autour d'eux.

Ig se redressa et remonta ses genoux contre sa poitrine. Il regarda de nouveau Lee, ouvrit la bouche pour parler, mais alors la douleur le mordit si fort que ce fut comme si son nez se cassait à nouveau. Il se pencha en grognant et une giclée de sang éclaboussa la terre.

— J'ai cru que tu étais mort. Tu ne respirais pas, dit Lee.

Ig vit qu'il tremblait.

— Ben je respire maintenant, fit-il. Merci.

— Qu'est-ce qu'il a fait ? demanda Terry.

— Il m'a sorti de l'eau, répondit Ig en montrant le short trempé de Lee. Il m'a tapé dans le dos pour que je reprenne ma respiration.

— Tu as plongé pour le récupérer ? demanda Terry.

— Non, réfuta Lee.

Il cilla d'un air éberlué, comme si Terry lui avait posé une colle du style : quelle est la capitale de l'Islande, ou la fleur emblème de l'État ?

— Je n'ai pas eu à plonger dans la rivière pour le récupérer… En fait, il en était déjà à moitié sorti quand je l'ai vu.

Ig l'interrompit, presque exaspéré par l'humilité balbutiante de Lee, car il se rappelait très nettement avoir senti quelqu'un bouger dans l'eau, tout près de lui.

— Il m'a sorti de là, insista-t-il. Je ne respirais plus.

— Et tu lui as fait du bouche à bouche ? s'enquit Eric Hannity d'un air incrédule.

— Non non… ça ne s'est pas passé comme ça, répliqua Lee en secouant la tête, toujours confus.

Je lui ai juste flanqué une tape dans le dos parce que je voyais qu'il ne...

Ig continua à sa place.

— C'est ce qui m'a fait tousser. J'avais avalé presque toute l'eau de la rivière. Ma poitrine en était remplie, et il l'a fait sortir en me tapant dans le dos.

Il serrait les dents tout en parlant, car dans son nez la douleur fusait en une suite de petites décharges électriques, qui semblaient même avoir des couleurs. Quand il fermait les yeux, il voyait des éclairs d'un jaune fluorescent.

Les garçons regroupés considéraient en silence Ig et Lee Tourneau, avec stupeur et émerveillement. Ce qui venait de se produire n'arrivait qu'en rêve et dans les séries télé. Un jeune avait failli mourir, un autre l'avait sauvé, et maintenant sauvé et sauveteur portaient le sceau de la célébrité, ils étaient les stars de leur propre film, et les autres n'étaient que des figurants ou, au mieux, des seconds rôles. Sauver une vie, c'était devenir quelqu'un : celui qui a sorti Ig Perrish de la rivière Knowles le jour où il a failli se noyer. Lee Tourneau serait désormais ce héros, pour le restant de ses jours.

Alors qu'il scrutait le visage de Lee penché sur lui, Ig sentit germer en lui la première graine d'une obsession qui ne le quitterait plus. Il avait été sauvé. Il avait failli mourir, et ce garçon aux cheveux presque blancs et aux yeux bleus dubitatifs l'avait ramené à la vie. Dans les églises évangéliques, les fidèles s'immergent dans la rivière, et quand ils sortent de l'eau, c'est pour entrer dans une nouvelle vie. Eh bien Ig avait le sentiment que Lee l'avait aussi sauvé dans ce sens-là. Il avait envie de lui donner quelque chose... Faire ses devoirs à sa place, découvrir quel était son groupe de rock préféré pour qu'il devienne aussi le sien.

Il y eut des craquements dans les broussailles, comme si quelqu'un arrivait en roulant sur un kart. Alors Glenna apparut hors d'haleine, le visage marbré de rouge, et elle se plia en deux pour reprendre son souffle en posant une main sur sa cuisse rondelette.

— Mon Dieu, regardez-moi cette tête, s'écria-t-elle en découvrant Ig, avant de regarder Lee. Qu'est-ce que tu fais là ? lui demanda-t-elle, perplexe.

— Il a sorti Ig de l'eau, déclara Terry.

— Il m'a aidé à retrouver ma respiration, ajouta Ig.

— Lee ? demanda-t-elle, effarée.

— Je n'ai rien fait du tout, protesta celui-ci en secouant la tête, et Ig ne put s'empêcher de l'aimer.

La douleur qui pulsait dans son nez s'était répandue derrière son front, entre ses yeux, pénétrant plus profond dans son cerveau. Il voyait maintenant de ces éclairs jaunes fluorescents même les yeux ouverts. Terry s'affala près de lui et posa une main sur son bras. À son air contrit, on aurait dit que c'était lui, et non Ig, qui avait commis un acte stupide d'une rare imprudence.

— On ferait mieux de te rhabiller et de te ramener à la maison, suggéra-t-il. Je pense que ton nez est cassé.

Alors, il leva les yeux vers Lee Tourneau et lui fit un petit hochement de tête.

— J'ai merdé sur toute la ligne. Je regrette ce que j'ai dit tout à l'heure, sur la colline. Merci d'avoir aidé mon frère.

— Laisse tomber, répondit Lee. C'était pas grand-chose. Pas besoin d'en faire tout un plat.

Ig fut si impressionné par son flegme, son détachement tranquille, son refus de se délecter de l'approbation des autres qu'il en frissonna presque.

— Tu veux nous accompagner ? proposa-t-il à Lee en serrant les dents pour réprimer sa douleur. Vous pouvez venir tous les deux, ajouta-t-il en regardant Glenna. Je veux raconter à mes parents ce que Lee a fait pour moi.

— Hé, Ig. Ce n'est pas une bonne idée, intervint Terry. Mieux vaut que Maman et Papa n'apprennent pas ce qui s'est passé. On leur racontera que tu es tombé d'un arbre, d'accord ? À cause d'une branche glissante, tu es tombé la tête la première et voilà… Ce sera plus facile.

— Terry. Il faut qu'on leur dise. Je me serais noyé s'il ne m'avait pas tiré de là.

Son frère s'apprêtait à protester, mais Lee Tourneau le prit de vitesse.

— Non, objecta-t-il, presque sèchement, et lui et Glenna échangèrent un regard entendu tandis qu'elle agrippait d'un drôle de geste son blouson de cuir noir. Je ne suis pas censé être ici, expliqua Lee en se mettant debout. Et puis d'ailleurs, je n'ai rien fait.

Il s'empressa de traverser la petite clairière pour rejoindre Glenna, la prit par la main et l'entraîna vers les arbres, son mountainboard flambant neuf sous le bras.

— Attends, appela Ig.

Quand il se leva, un éclair de douleur fluo fusa derrière ses yeux, avec une sensation bizarre, comme s'il avait le nez plein de verre pilé.

— Il faut que j'y aille, lança Lee. On doit partir tous les deux.

— Bon. Tu viendras me voir chez moi ?

— Un de ces quatre, ouais.

— Tu sais où j'habite ? C'est sur la nationale, à environ…

— Tout le monde le sait, où t'habites, le coupa Lee, puis il s'éloigna en bondissant à travers les arbres, traînant derrière lui Glenna, qui jeta un dernier regard désolé au groupe de garçons.

La douleur déferlait maintenant en vagues violentes, régulières. Ig porta les mains à son visage et quand il les ôta, ses paumes étaient ensanglantées.

— On ferait mieux d'y aller, dit Terry. Il faut que tu voies un médecin pour ta figure.

— Si tu voyais la tienne, répliqua Ig.

— Ouais, et ce sera pire quand on sera à la maison, renchérit son frère en souriant. Maman va me tuer quand elle aura vu dans quel état tu es.

Il extirpa la chemise d'Ig des vêtements roulés en boule qu'il tenait. Ig eut un petit choc, il avait oublié qu'il était nu. Terry la lui enfila comme s'il était un gosse de cinq ans. Quand Ig ressortit la tête du col de la chemise, il vit que son frère le scrutait avec angoisse.

— Tu ne vas pas leur balancer, hein, Ig ? Je suis sérieux. Elle m'en voudrait à mort de t'avoir laissé descendre la colline sur ce foutu chariot. Parfois, il vaut mieux ne rien dire.

— Mec, je ne sais pas mentir. Maman devine tout de suite quand je raconte des bobards. Je ne suis pas doué pour ça. J'aurai à peine ouvert la bouche qu'elle saura que je mens.

Terence parut soulagé.

— Qui t'a dit d'ouvrir la bouche ? Tu souffres. Contente-toi de gémir. Laisse-moi m'occuper du reste. Les bobards, ça me connaît.

14

Lee Tourneau tremblait, trempé jusqu'aux os, quand Ig le revit deux jours plus tard. Il avait la même cravate, le même short, et son mountainboard sous le bras. C'était comme s'il venait juste de sortir de la rivière et n'avait pas eu le temps de se sécher.

En fait, Lee s'était fait surprendre par la pluie. Ses cheveux étaient aplatis et il avait la goutte au nez. Il portait en bandoulière une sacoche en toile humide, qui lui donnait l'allure d'un petit vendeur de journaux dans une vieille bande dessinée de Dick Tracy.

Fait inhabituel, Ig était seul chez lui. Ses parents s'étaient rendus à Boston pour un cocktail donné chez John Williams, qui dirigeait les Boston Pops pour la dernière année ; Derrick Perrish jouerait avec l'orchestre lors du concert d'adieu. Ils avaient confié la maison à Terry, qui avait passé presque toute la matinée en pyjama et au téléphone tout en regardant MTV. Au fil des conversations, il avait peu à peu changé de ton, passant d'un enjouement nonchalant à une excitation mêlée de curiosité, pour finir par une sorte de froideur sèche, exprimant chez lui le plus grand dédain. Alors qu'il traversait le salon, Ig l'avait vu arpenter la pièce en proie à une indéniable agitation. Terry avait fini par raccrocher brutalement, il s'était élancé vers l'escalier, et avait grimpé les marches quatre à quatre. Quand il était redescendu, il était habillé et jouait avec les clefs de la Jaguar de leur père. Il lui annonça qu'il allait chez Eric avec une moue dégoûtée, comme quelqu'un qui a trouvé les poubelles renversées en rentrant chez lui, le jardin jonché de détritus, et qui sait qu'une sale corvée l'attend.

— Tu n'as pas besoin d'être accompagné par un adulte ? demanda Ig.

— Seulement si je me fais contrôler, répondit Terry.

Il franchit le seuil et Ig referma la porte derrière lui. Cinq minutes plus tard, ayant entendu frapper, Ig la rouvrit, persuadé que Terry avait oublié quelque chose. Mais non, c'était Lee Tourneau.

— Comment va ton nez ? demanda Lee.

Ig toucha le sparadrap collé sur l'arête de son nez, puis laissa retomber sa main.

— De toute façon, je n'étais pas terrible même avant ça. Tu veux entrer ?

Lee avança d'un pas mais resta sur le seuil, tout dégoulinant.

— On dirait que c'est toi qui t'es noyé, souligna Ig.

Lee ne sourit pas. C'était comme s'il ne savait pas comment faire, comme s'il avait enfilé son visage pour la première fois le matin même et ne savait pas encore s'en servir.

— Jolie cravate, commenta-t-il.

Ig baissa les yeux ; il avait oublié qu'il en portait une. Quand Terry avait vu son frère descendre l'escalier le mardi matin avec sa cravate bleue nouée autour du cou, il avait levé les yeux au ciel et lancé d'un ton moqueur : « C'est quoi, ça ? »

Leur père passait par la cuisine à ce moment-là et après avoir considéré Ig, il avait déclaré :

« C'est classe. Tu devrais en mettre une à l'occasion, Terry. » Depuis, Ig portait la cravate tous les jours, et apparemment, le débat était définitivement clos sur ce sujet.

— Qu'est-ce que tu vends ? demanda Ig en désignant la sacoche en toile.

— Six dollars pièce, répondit Lee en soulevant le rabat pour sortir trois magazines différents. Au choix.

Le premier s'appelait tout bonnement *The Truth !* L'illustration en couverture montrait un couple agenouillé devant l'autel d'une grande église. Mains jointes ils priaient, les visages levés vers le ciel, dans la lumière qui filtrait par les vitraux. À voir leur air radieux et extatique, on aurait dit qu'ils avaient tous les deux inhalé du gaz hilarant. Posté derrière eux, un grand extraterrestre nu à la peau grise avait une main à trois doigts posée sur chacune de leurs têtes. À croire qu'il s'apprêtait à leur fendre le crâne en les cognant l'une contre l'autre pour les tuer tous les deux, à leur plus grande joie. L'image avait pour légende : « Mariés par des extraterrestres ! » Les autres magazines étaient *Tax Reform Now* et *Modern America Militia*.

— Je te fais les trois pour quinze dollars, annonça Lee. Ils servent à récolter des fonds pour une œuvre de charité, la Christian Patriots Food Bank. *The Truth !* est vraiment bien. C'est de la super science-fiction. Un article raconte comment Steven Spielberg a réussi à visiter la vraie Area 51. Un autre parle des gars de Kiss : ils étaient à bord d'un avion quand l'appareil a été frappé par un éclair. Les moteurs sont tombés en panne. Ils priaient tous le Christ de les sauver, quand Paul Stanley a vu Jésus apparaître sur l'aile. Dans la minute qui a suivi, les moteurs se sont remis en marche et le pilote a pu redresser l'appareil.

— Je croyais que les gars de Kiss étaient juifs, déclara Ig, mais Lee ne se laissa pas démonter pour autant.

— Ouais. C'est sûrement du pipeau, comme presque tout ce qui est publié là-dedans. N'empêche, c'était quand même une bonne histoire.

Ig fut frappé par la justesse et la subtilité de l'argument.

— Quinze dollars les trois, c'est ça ? s'enquit-il.

Lee acquiesça avant d'ajouter :

— Quand on en vend assez, on peut remporter un prix. C'est comme ça que j'ai hérité d'un mountainboard, même si je me suis dégonflé l'autre jour et que je ne m'en suis même pas servi.

— Arrête…, objecta Ig.

Il était désarçonné par le calme avec lequel Lee reconnaissait être un trouillard. C'était pire de l'entendre maintenant l'avouer lui-même que quand Terry l'avait traité de dégonflé sur la colline.

— Non, dit Lee, impassible. Ton frère avait raison. J'ai voulu frimer devant Glenna et ses copains, mais quand je me suis retrouvé en haut de la pente, je n'ai pas pu me décider à prendre le risque. J'espère seulement que si je retombe sur ton frère, il n'aura pas une trop mauvaise opinion de moi.

Ig ressentit une bouffée de haine aussi brève que violente envers son frère aîné.

— Ce n'est pas à lui de donner des leçons. Rien qu'à l'idée que j'allais raconter à Maman ce qui m'était vraiment arrivé, il faisait dans son froc. Faut que tu saches un truc à propos de mon frère : en cas de pépin, tu peux être sûr qu'il essaiera toujours de se couvrir avant de penser à couvrir les autres. Entre. J'ai de l'argent là-haut.

— Tu veux m'en acheter un ?

— Je vais t'acheter les trois.

Lee eut l'air perplexe.

— À la rigueur, je peux comprendre pour *Modern America Militia* parce qu'il y a plein de photos d'armes et qu'on y apprend comment distinguer un satellite espion d'un satellite normal. Mais tu es sûr de vouloir aussi *Tax Reform Now ?*

— Pourquoi pas ? Faudra bien que je paie des impôts, un de ces jours.

— En général, les gens qui achètent ce magazine essaient justement de ne pas en payer.

Lee suivit Ig jusqu'à sa chambre, mais il s'arrêta dans le couloir et jeta un coup d'œil prudent à l'intérieur. Ig n'avait jamais trouvé sa chambre particulièrement impressionnante, c'était la plus petite pièce de l'étage, mais il se demandait maintenant si Lee allait le prendre pour un gosse de riches et si cela lui ferait du tort. Le premier détail qui sauta aux yeux de Lee, ce fut la vue de la fenêtre donnant sur la piscine, et son eau d'un beau bleu où la pluie crépitait. Puis ce fut le poster dédicacé de Mark Knopfler au-dessus du lit, car le père d'Ig avait participé au dernier album de Dire Straits.

La trompette d'Ig était sur son lit, couchée dans son étui qui contenait aussi d'autres trésors : une liasse de billets de banque, des tickets pour un concert de George Harrison, une photo de sa mère à Capri, et la croix de la jolie rousse ainsi que sa chaîne cassée. Ig avait essayé de la réparer avec un couteau suisse, sans résultat. Il avait fini par y renoncer pour s'atteler à une tâche différente, quoique non sans rapport. Après avoir emprunté à Terry le volume « M » de l'*Encyclopaedia Britannica*, il avait consulté l'article sur le morse. Il se rappelait avec précision la séquence d'éclairs courts et longs que la rouquine lui avait décochée, mais quand il l'avait traduite, il avait cru s'être trompé. Le message était simple, il se résumait à un seul mot, un mot court mais si troublant qu'un long frisson de sensualité était parti du bas de son dos pour remonter jusque dans son cuir chevelu. Ig avait cherché une réponse adéquate en crayonnant des suites de points et de traits dans les pages de garde de sa Bible. Car, de toute évidence, il ne pourrait pas juste se contenter de lui parler. Elle avait communiqué avec lui en éclairs de lumière, et il fallait lui répondre sur le même mode.

Lee parcourut la pièce du regard et finit par s'arrêter sur quatre tours, quatre porte-CD en chrome appuyés contre le mur.

— Tu ne manques pas de musique, remarqua-t-il.

— Entre.

Lee entra d'un pas traînant, courbé sous le poids de la sacoche.

— Assieds-toi, l'invita Ig.

Lee s'assit sur le bord du lit, trempant la couette. Il tourna la tête pour regarder par-dessus son épaule les tours de CD.

— Je n'en ai jamais vu autant. Sauf peut-être dans un magasin de disques.

— Qu'est-ce que tu aimes comme genre de musique ? demanda Ig.

Lee haussa les épaules, une réaction qui prit Ig de court. Tout le monde écoute de la musique.

— Qu'est-ce que tu as comme albums ? insista-t-il.

— Je n'en ai pas.

— Aucun ?

— Ça ne m'a jamais tellement intéressé, j'imagine, répondit Lee posément. Et puis les CD, c'est pas donné, non ?

Comment peut-on ne pas s'intéresser à la musique ? Elle est aussi essentielle que l'air qu'on respire, songea Ig, médusé. Puis il saisit la fin de la réponse de Lee avec un temps de retard : « les CD, c'est pas donné. » Pour la première fois, il lui vint à l'esprit que Lee n'avait pas de quoi s'en acheter. Ig songea au mountainboard flambant neuf de Lee, qu'il avait gagné en récompense de son bénévolat. Il y avait bien ses cravates et ses chemises à manches courtes boutonnées jusqu'au cou, mais sa mère devait l'accoutrer ainsi pour qu'il fasse bonne impression, quand il faisait du porte-à-porte pour vendre les magazines. Les gosses de pauvres soignent souvent leur mise. Ce sont les gosses de riches qui veulent avoir l'air négligé tout en s'arrangeant pour porter le bon jean délavé et troué à quatre-vingts dollars et le T-shirt à l'air usé sorti tout droit de chez Abercrombie & Fitch. D'ailleurs, Lee fréquentait Glenna et ses copains, des zonards qu'on imaginait vivant dans des mobile-homes ; les gosses de bourges membres du country-club n'allaient pas glander à l'ancienne fonderie sans avoir rien de mieux à faire par un bel après-midi d'été que de griller des crottes de chien.

Comme Ig gardait le silence, Lee haussa juste un sourcil. Pas d'erreur, il avait vraiment quelque chose de Spock.

— Et toi, qu'est-ce que tu écoutes ?

— Je ne sais pas, moi, répondit Ig. Plein de trucs. Dernièrement, j'ai un petit faible pour les Beatles. Tu aimes ?

Le « dernièrement » durait en fait depuis sept ans.

— Je connais pas bien. À quoi ça ressemble ?

L'idée qu'il puisse exister sur terre quelqu'un qui ne connaisse pas les Beatles donna à Ig un léger vertige.

— Tu sais… Paul McCartney, John Lennon… les Beatles quoi.

— Ah ouais…

À son ton, Ig devina que Lee était gêné, qu'il faisait semblant de les connaître pour être dans le coup, mais qu'au fond, il s'en fichait pas mal.

Ig ne dit rien, il s'approcha de la pile de CD et regarda sa collection des Beatles en essayant de décider par quoi Lee devait commencer son initiation. Il songea d'abord à *Sergent Pepper*. Mais il se demanda si Lee ne serait pas un peu rebuté par le mélange déconcertant des genres musicaux et des instruments, allant du rock au jazz et des cuivres à l'accordéon et au sitar. Il vaudrait mieux commencer par quelque chose de plus accessible, des mélodies carrées, entraînantes, relevant du pur rock'n'roll. Le *White Album*, par exemple. Sauf que commencer par ça, ce serait comme entrer dans un film à vingt minutes de la fin. Se retrouver en pleine action, sans savoir qui sont les personnages ni pourquoi on est censé s'intéresser à l'intrigue. En fait, les Beatles constituaient une histoire en eux-mêmes. Les écouter, c'était comme lire un livre. Il fallait commencer par le commencement. *Please Please Me*. Ig sortit toute la pile et la posa sur le lit.

— Ça en fait beaucoup. Quand veux-tu que je te les rende ? demanda Lee.

Au départ, Ig ne comptait pas les lui donner. Il le décida à l'instant où Lee lui posa la question. Lee l'avait sorti des ténèbres rugissantes, il l'avait fait reprendre son souffle en lui tapant dans le dos et il n'avait rien reçu en retour. Cent dollars de CD, ce n'était rien. Rien du tout.

— Tu peux les garder.

Lee lui jeta un regard confus.

— En échange des magazines ? Il faut les payer avec du liquide.

— Non. Pas pour les magazines.

— Ben alors ?

— Pour m'avoir sauvé de la noyade.

Lee regarda la pile de CD, posa timidement la main dessus.

— Merci. Je ne sais pas quoi dire. Rien ne t'y oblige. Tu dois être un peu cinglé.

Ig s'apprêtait à répondre, mais pris d'un soudain élan d'affection pour Lee Tourneau, il fut trop ému pour trouver les mots. Lee le regarda à nouveau d'un air perplexe, puis il détourna vite les yeux.

— Toi aussi tu joues de la trompette, comme ton père ? demanda-t-il en sortant l'instrument de son étui.

— Mon frère en joue. Moi je sais, mais je ne pratique pas vraiment.

— Pourquoi ?

— Je ne respire pas bien.

Lee fronça les sourcils.

— En fait, j'ai de l'asthme, expliqua Ig. Je manque d'air quand j'essaie d'en jouer.

— Tu ne deviendras jamais célèbre, alors.

Ce n'était pas méchant. Un simple constat.

— Tu sais, mon père n'est pas si célèbre que ça. Il fait du jazz. On ne peut pas devenir célèbre avec le jazz.

Plus maintenant en tout cas, songea Ig.

— Je n'ai jamais écouté un disque de ton père. Je n'y connais pas grand-chose en jazz. Ça ressemble à la musique qu'on entend toujours en sourdine dans les vieux films de gangsters ?

— Souvent, oui.

— Avec ces filles des années 1920 en robes droites qu'on appelait des garçonnes. Et des tueurs en feutres mous qui débarquent dans un night-club pour arroser la salle avec leurs mitrailleuses en tirant sur tout ce qui bouge, dit Lee en mimant l'action avec ferveur. Les magnums de champagne, les rupins et leurs rombières, les vieux caïds sur le retour, tout le monde y passe… Ouais, j'aime bien ces musiques qui servent de fond sonore aux scènes de tuerie.

C'était la première fois depuis qu'il le connaissait qu'Ig voyait Lee s'enflammer comme ça.

— J'en ai aussi, déclara-t-il.

Il sortit un disque de Glenn Miller, plus un autre de Louis Armstrong, qu'il ajouta à ceux des Beatles. Puis, comme Armstrong était placé en dessous d'AC/DC, il demanda :

— Tu aimes bien *Back in Black* ?

— C'est le titre d'un album ?

Ig saisit le disque et le posa sur la pile qui n'en finissait pas de monter.

— Dans celui-là il y a une chanson parfaite pour les fusillades et les règlements de compte. Elle s'appelle *Shoot to Thrill*, précisa-t-il, mais penché sur l'étui de trompette ouvert, Lee contemplait les autres trésors d'Ig.

Quand il le vit toucher le crucifix et la chaîne en or de la jolie rousse, Ig en fut si contrarié qu'il eut envie de refermer violemment l'étui sur les doigts de Lee. Il chassa cette idée aussi vivement qu'il l'aurait fait d'une araignée campée sur le dos de sa main. C'était vraiment nul, d'avoir ce genre d'impulsion, même l'espace d'un instant. Surtout envers Lee, qui avait l'air d'un petit rescapé après une inondation, tout trempé et transi, avec la goutte au nez. Ig aurait dû lui préparer quelque chose de chaud. Une tasse de chocolat ou un bol de soupe fumant avec des tartines. Il avait envie de le gâter, de le dorloter en lui donnant toutes sortes de trucs… Mais pas la croix.

Gardant son calme, il longea le lit et se tourna pour prendre dans l'étui la liasse de billets de banque, obligeant Lee à se redresser et à ôter sa main de la croix. Ig préleva un billet de cinq dollars et dix de un dollar.

— Pour les magazines, précisa-t-il.

Lee plia les billets et les fourra dans sa poche.

— T'aimes bien les photos de cul ? lança-t-il sans transition et sans gêne aucune, comme s'ils parlaient encore de musique.

— Sûr. Comme tout le monde, répondit Ig, décontenancé.

— Mon distributeur a toutes sortes de magazines. J'ai vu des trucs renversants dans sa réserve. Dans une des revues, il n'y a que des photos de femmes enceintes.

— Beurk ! s'écria Ig avec un joyeux dégoût.

— On vit une drôle d'époque, commenta Lee sans trace de désapprobation. Dans une autre, il n'y a que des vieilles ; c'est l'une des plus chouettes. On y voit des nanas de plus de soixante ans en train de s'astiquer. Et toi, t'en as des revues pornos ?

Lee croisa le regard d'Ig, qui répondait pour lui.

— Montre, dit-il.

Ig sortit la boîte du jeu de société Candy Land du fond de son placard, là où une dizaine d'autres étaient rangés.

— Candy Land. Pas mal, commenta Lee.

Ig comprit avec un temps de retard. Sans réfléchir, il avait planqué ses revues dans cette boîte parce que personne ne jouait plus à Candy Land.

Il posa le jeu sur le lit, souleva le couvercle et le plateau et sortit la barquette en plastique qui contenait les pièces. Dessous, il y avait un catalogue de Victoria Secret, et le *Rolling Stone* avec Demi Moore nue en couverture.

— C'est gentillet, mais ça ne casse pas des briques. Franchement, Ig, je me demande pourquoi tu les caches, remarqua Lee sans une once de méchanceté.

Lee mit de côté le *Rolling Stone* et découvrit en dessous un exemplaire de *Uncanny X-Men*[1], celui où Jean Grey apparaissait en corset noir.

— Là oui, ça vaut le coup d'œil. Phénix, si douce, si bonne, si compatissante et tout d'un coup bam ! La voilà en cuir noir. C'est ton truc ? Les saintes-nitouches perverses ?

— Je n'ai pas de truc, répondit Ig. Je ne sais pas comment c'est arrivé là.

— Tout le monde a un truc qui lui fait de l'effet, déclara Lee, avec raison.

C'était exactement ce qu'Ig avait pensé à propos de la musique quand Lee lui avait dit qu'il n'avait pas de préférence.

— Mais se masturber en s'excitant sur une bande dessinée… Personne t'a jamais fait de branlette ? ajouta-t-il.

La pièce sembla soudain se dilater autour d'Ig, comme l'intérieur d'un ballon qui se remplit d'air. Une idée affolante lui traversa l'esprit : Lee allait peut-être lui proposer ses services. Si cette terrible hypothèse se confirmait, Ig lui dirait qu'il n'avait rien contre les homos, simplement, il n'en était pas.

Mais Lee poursuivit :

— Tu te rappelles la nana avec qui j'étais lundi ? Elle me l'a fait. Elle a même poussé un petit cri quand j'ai eu fini. J'ai jamais rien entendu d'aussi drôle. J'aurais voulu l'enregistrer.

— Sans blague ? demanda Ig, à la fois soulagé et secoué. Ça fait longtemps que vous sortez ensemble ?

---

1. Illustré paru en France sous le nom de *Strange*.

— Ce n'est pas du tout comme ça entre nous. Elle vient chez moi à l'occasion pour me parler des garçons et des misères qu'on lui fait au bahut… Mais ce n'est pas ma petite amie, elle sait juste que ma porte lui est ouverte.

Ig crut deviner de l'ironie dans cette dernière formule et il faillit rire, mais Lee semblait sincère.

— C'est pour me faire une faveur qu'elle me branle de temps en temps. Sinon, je l'aurais déjà tabassée tellement elle peut me gonfler à jacter sans arrêt.

Lee replaça soigneusement le numéro d'*Uncanny X-Men* au fond de la boîte de Candy Land, et Ig rangea le tout dans le placard. Quand il revint vers le lit, Lee avait la croix à la main, il l'avait sortie de l'étui. À cette vue, Ig sentit son cœur dégringoler dans sa poitrine.

— Elle est jolie. C'est à toi ?

— Non, répondit Ig.

— Je me disais aussi. C'est plus un truc de gonzesse. D'où elle vient ?

Il aurait dû prétendre qu'elle appartenait à sa mère. Cela aurait été tellement plus simple. Mais Ig sentait sa langue devenir de plomb quand il mentait, et puis Lee lui avait sauvé la vie.

— De l'église, répondit-il, catastrophé, sachant que Lee devinerait le reste.

Pourquoi cela lui semblait-il si mal de dire la vérité ?

Lee avait enroulé les deux bouts de la chaîne en or autour de son index et la croix reposait sur la paume de sa main.

— Elle est cassée, remarqua-t-il.

— C'est pour ça que je l'ai trouvée.

— C'était une rousse qui la portait ? Une fille de notre âge ?

— Elle l'a laissée. Je vais la lui réparer.

— Avec ça ? demanda Lee en donnant une pichenette au couteau suisse avec lequel Ig avait essayé d'ouvrir et de détordre les maillons de la chaîne en or. Impossible. Il te faudrait une paire de petites pinces. Tu sais, mon père a quelques outils de précision. Je parie que je pourrais la réparer en un rien de temps. Je suis doué pour ça : réparer les choses.

Lee tourna enfin son regard vers Ig. Il n'avait pas besoin d'en dire plus. Ig savait très bien ce qu'il voulait et il se sentait horriblement mal. À l'idée de lui donner la chaîne, il avait la gorge serrée, comme cela lui arrivait au début d'une crise d'asthme. Pourtant, une réponse s'imposait, la seule qui lui permettrait de garder un peu d'estime pour lui-même, de croire qu'il était quelqu'un de bien, qui ne pensait pas qu'à lui.

— Bien sûr, dit Ig. Tu n'as qu'à l'emporter chez toi et voir si tu peux faire quelque chose.

— D'accord. Je vais la réparer et je la lui redonnerai dimanche prochain.

— Tu ferais ça ? dit Ig, en proie à une terrible crampe qui lui tenaillait l'estomac.

Lee acquiesça en hochant la tête et revint à la croix.

— Avec plaisir. Je t'ai demandé quel était ton truc. Le genre de fille qui t'excitait. Eh bien cette fille, c'est mon type. J'aime bien ce qu'elle dégage. On devine qu'elle ne s'est jamais mise nue devant personne à part son père. Tu sais, la chaîne... J'ai vu quand elle s'est cassée. J'étais sur le banc juste derrière elle. J'ai voulu l'aider à la remettre. Elle est mignonne, mais un peu pimbêche. Je pense que c'est le cas pour presque toutes les jolies filles tant qu'elles sont encore vierges. C'est la chose la plus précieuse qu'elles auront jamais. Et c'est pour ça que les garçons leur tournent autour en espérant être le premier. Après, une fois que c'est fait, elles se détendent, elles deviennent plus relax. En tout cas, j'apprécie que tu m'aies confié ce truc. Ça me donne un ticket avec elle.

— Pas de prob, fit Ig, avec le sentiment d'avoir cédé quelque chose de bien plus précieux qu'une croix au bout d'une chaîne en or.

Ce n'était que justice, Lee le méritait, il lui avait sauvé la vie sans aucune contrepartie. Alors pourquoi Ig ne trouvait-il pas ça juste du tout ?

Il proposa à Lee de passer un jour qu'il ne pleuvrait pas pour profiter de la piscine, d'une voix qui ne semblait pas venir de lui, mais d'une source extérieure, la radio par exemple.

— D'accord, accepta Lee.

Ig avait mal au ventre. Il était content que Lee s'en aille. Il avait envie de s'allonger un moment sur son lit pour se reposer. Lee était déjà presque à la porte, avec son sac en bandoulière, quand Ig s'aperçut qu'il avait laissé les disques.

— Et ta musique ? fit-il.

Lee jeta un coup d'œil à la pile de CD.

— Je n'ai rien pour les écouter.

Était-il pauvre à ce point ? s'interrogea à nouveau Ig. Habitait-il un appartement ou une caravane ? La nuit, se réveillait-il à cause des voisins, des cris, des bruits de portes qui claquent, des flics venus arrêter l'ivrogne d'à côté qui avait encore tabassé sa copine ? Raison de plus pour ne pas lui en vouloir d'avoir pris la croix. Ig se détestait d'être aussi mesquin. Il aurait dû être content de lui faire plaisir en lui cédant la croix. Au lieu de ça, il était jaloux.

La honte le fit se retourner pour fouiller dans son bureau. Il se redressa avec le baladeur qu'il avait reçu comme cadeau de Noël.

— Merci, dit Lee quand Ig le lui tendit avec les écouteurs. Tu n'es pas obligé de me donner tout ça. Je n'ai rien fait. À part être là au moment où… tu sais.

Ig fut soudain saisi d'un intense élan d'affection pour ce gosse pâle et malingre, qui n'avait pas l'habitude de sourire. Il se rappela l'instant où Lee l'avait sauvé. Depuis lors, chaque minute de sa vie était un cadeau, et ce cadeau, c'est Lee qui lui faisait. Son estomac se dénoua, il fut à nouveau capable de respirer normalement.

Lee fourra le baladeur, les écouteurs et les disques dans sa sacoche avant de la remettre sur son épaule et de s'en aller. D'une fenêtre du premier étage, Ig le regarda descendre la colline, monté sur son mountainboard. Il bruinait toujours, et sous les grosses roues du skate, des gerbes d'eau jaillissaient de l'asphalte luisant.

Vingt minutes plus tard, Ig entendit la Jaguar se garer avec ce bruit de moteur sorti tout droit d'un film d'action qui était si doux à son oreille. Il revint se poster à la fenêtre du premier, comptant voir Terry descendre de voiture en compagnie d'Eric Hannity et d'une ou deux filles, au milieu d'éclats de rires et de fumée de cigarettes. Mais Terry en sortit seul. Il resta un moment planté près de la Jaguar, puis gagna à pas lents la porte d'entrée, le dos raide, comme s'il était bien plus vieux que son âge et venait de rouler des heures au lieu de juste faire un tour en ville.

Ig était au milieu de l'escalier quand Terry entra dans la maison, sa tignasse noire luisante de pluie. En voyant qu'Ig le regardait, il lui adressa un sourire fatigué.

— Salut frérot. J'ai quelque chose pour toi, annonça-t-il en lui balançant une boule d'un rouge foncé, qu'Ig rattrapa au vol.

Dessus, il reconnut la silhouette aguicheuse de la fille qui portait une feuille d'érable comme cache-sexe. La bombe-cerise était plus lourde qu'il ne l'aurait cru, froide et rugueuse au toucher.

— Voici tes gages, dit Terry.

— Ah, merci, fit Ig. Avec ce qui est arrivé, j'ai cru qu'Eric avait oublié.

En fait, Ig s'était résolu depuis peu à accepter l'idée qu'Eric Hannity ne tiendrait pas son engagement, et qu'il s'était cassé le nez pour rien.

— Eh ben je lui ai rafraîchi la mémoire.

— Tout va bien ?

— Oui, maintenant que c'est réglé... Il ne voulait pas casquer, soi-disant parce que tu portais des baskets quand tu as descendu la colline, ajouta-t-il, une main posée sur la rampe d'escalier.

— Sans blague ? C'est le truc le plus mesquin que j'aie jamais entendu.

Terry ne répondit pas, il resta planté là à frotter du pouce le bord de la rampe.

— Vous ne vous êtes quand même pas bagarrés pour ça ? Pour un vulgaire pétard.

— Ce n'est pas juste un pétard. Tu as vu ce qu'il a fait de cette dinde ?

Bon, mais quel rapport ? se demanda Ig.

— Tu sais ce qu'Eric projetait de faire avec ? reprit Terry avec un sourire piteux. Il y a un môme à l'école qu'il ne peut pas blairer. Ben Townsend. Je le connais. Il joue dans la fanfare. C'est un brave gosse. Mais la mère de Ben est dans les assurances, figure-toi. Elle y bosse comme standardiste ou quelque chose comme ça. Alors Eric l'a pris en grippe.

— Juste parce que sa mère travaille dans les assurances ?

— Tu sais que le père d'Eric n'est pas trop bien. Il ne peut rien soulever, il ne peut pas travailler et il a même du mal à… bref il a du mal à chier. C'est vraiment désolant. Ils devaient recevoir plein de fric de l'assurance, mais ils n'ont encore rien touché. J'imagine qu'ils n'auront jamais un centime. Alors Eric veut se venger, et il s'est focalisé sur Ben.

— Juste parce que sa mère travaille pour la compagnie d'assurances qui baise son père ?

— Non ! s'écria Terry. Le plus dingue dans cette histoire, c'est qu'elle bosse dans une compagnie qui n'a rien à voir avec celle-là.

— Ça n'a pas de sens.

— Non, ça n'a pas de sens. Pas la peine de chercher à comprendre. Eric voulait se servir de la bombe pour faire exploser un truc qui appartient à Ben Townsend, et il m'a appelé pour voir si je voulais en être.

— Qu'est-ce qu'il voulait faire exploser ?

— Son chat.

Horrifié, Ig se sentit lui-même un peu sonné, comme après une commotion.

— Il ne parlait peut-être pas sérieusement, fit-il.

— Ouais, quand il a vu que je me fâchais, il a fait comme s'il s'était foutu de ma gueule, mais il ne m'a donné la bombe que quand je l'ai menacé de raconter toutes nos embrouilles à son père. Alors il me l'a jetée à la tête et il m'a dit de foutre le camp. Le père d'Eric s'est rendu plusieurs fois coupable de brutalités policières envers son propre fils. Je suis bien placé pour le savoir.

— Dans son état ?

— Il n'arrive pas à chier, mais ça ne l'empêche pas de manier la ceinture. Pourvu qu'Eric ne devienne jamais flic. Lui et son père, c'est la même graine. Avec eux, on a le droit de garder le silence quand ils vous écrasent la gorge avec leur botte.

— Tu aurais vraiment raconté à son père que…

— Non. Sûrement pas. Comment j'aurais pu cafter tout ce qu'Eric a fait alors que j'étais dans le coup ? C'est la première règle du chantage… On croit connaître quelqu'un, reprit Terry après un petit silence. Mais on ne voit que ce qu'on veut bien en voir. Eric est un salaud. Je me suis toujours senti moi-même dans la peau d'une petite frappe quand j'étais avec lui. Tu n'es pas dans la fanfare, alors tu ne peux pas comprendre, Ig. Comment draguer les filles et se faire craindre des mecs quand ton plus grand talent, c'est de jouer *America the Beautiful* à la trompette ? J'aimais bien la façon dont les gens nous regardaient. C'est comme ça que j'y trouvais mon compte. Quant à Eric ? Je ne sais pas… Il appréciait que je paie pour lui et que ma famille fréquente des gens célèbres, je suppose.

Ig faisait rouler la bombe-cerise dans sa main. Il sentait bien qu'il devait dire quelque chose, mais quoi ? Quand enfin il parla, ce qu'il dit était complètement à côté de la plaque.

— À ton avis, qu'est-ce que je devrais faire exploser avec ça ?

— Je ne sais pas. Mais mets-moi dans le coup, hein ? Garde-la en réserve quelque temps, une semaine ou deux. Quand j'aurai passé mon permis, on fera une virée au Cap Code avec deux ou trois autres de la bande. On pourra faire un feu de camp sur la plage et trouver quelque chose sur place.

— Pour finir l'été en beauté, conclut Ig.

— Ouais. L'idéal, ce serait de provoquer un cataclysme planétaire. À défaut, essayons au moins de détruire quelque chose de précieux, de beau et d'irremplaçable.

15

Pendant tout le trajet jusqu'à l'église, Ig eut les mains moites et mal au ventre. C'était ridicule, puisqu'il ne connaissait même pas son nom et ne lui avait jamais dit un mot.

Sauf qu'elle lui avait envoyé un signal. Dans une église pleine de monde dont beaucoup de jeunes de leur âge, elle l'avait regardé droit dans les yeux et lui avait décoché un message avec sa croix incandescente. Comment avait-il pu la céder comme s'il s'agissait d'une carte de base-ball ou d'un vulgaire CD ? Ig avait beau se répéter que Lee était un pauvre gosse solitaire en manque d'affection, que les choses suivaient leur propre cours et qu'il avait bien fait, l'horreur l'envahissait tel un mur d'un noir opaque. Comment avait-il pu tolérer que Lee lui prenne sa croix ? Lee l'aurait sur lui aujourd'hui. Il la donnerait à la fille, elle le remercierait, et à la sortie de la messe, ils discuteraient un moment pour faire plus ample connaissance. Dans son esprit, il les voyait déjà se promener ensemble ; en le croisant, la rouquine jetait un coup d'œil dans sa direction, mais son regard glissait sur lui sans paraître le reconnaître, et il voyait luire la croix réparée au creux de sa gorge.

Pour l'heure, Lee se trouvait sur le même banc que la semaine passée, et il portait la croix autour de son cou. Ce fut la première chose qu'Ig remarqua, et ce fut comme s'il avait avalé d'un seul coup une tasse de café bouillant. Une crampe brûlante lui tordit l'estomac, son sang ne fit qu'un tour et son cœur battit à tout rompre, comme intoxiqué à la caféine.

Le banc devant Lee demeura vide jusqu'au tout début de l'office. Trois vieilles dames corpulentes se glissèrent alors là où la jeune fille se trouvait la semaine précédente. Lee et Ig passèrent les vingt minutes suivantes à tendre le cou pour fouiller les bancs du regard, en quête de sa tresse d'un roux ardent qu'il était impossible de manquer. Enfin, Lee tourna la tête vers Ig de l'autre côté de l'allée et haussa les épaules d'un geste comique auquel Ig répondit de même, en l'exagérant encore, comme s'il était le complice de Lee dans une conspiration visant à entrer en contact avec la fille qui parlait en morse.

Complice, Ig ne l'était certes pas. Quand vint le moment de réciter le Notre Père, il baissa la tête et pria dans des termes qui n'avaient rien à voir avec le texte original. Il voulait récupérer la croix. Qu'importe si c'était bien ou mal. Il le voulait plus que tout au monde, plus même que l'air qui lui avait été rendu quand il sombrait dans l'eau noire et mugissante peuplée d'âmes à la dérive. Il ne connaissait pas le nom de la fille rousse, mais il savait qu'ils étaient faits pour prendre du bon temps et être ensemble ; ces dix minutes durant lesquelles elle lui avait lancé des éclairs en pleine figure étaient les meilleures qu'il avait jamais passées à l'église. Il est des choses qu'on ne saurait céder, quelle que soit sa dette.

Quand l'office fut fini, Ig se leva et regarda les fidèles défiler vers la sortie, sentant comme d'habitude la main de son père posée sur son épaule. Sa famille était toujours parmi les dernières à sortir de n'importe quel lieu public : église, théâtre, stade de base-ball. En passant, Lee Tourneau lui fit un signe de tête résigné d'un air de dire : « On ne gagne pas à tous les coups. »

Dès que l'allée fut évacuée, Ig gagna le banc où la fille était assise la semaine passée et s'agenouilla pour renouer le lacet de sa chaussure. Quand son père l'interrogea du regard, Ig lui fit comprendre d'un signe de tête qu'ils pouvaient avancer et qu'il les rattraperait. Il attendit que sa famille eût quitté la nef avant de se relever.

Les trois grosses dames qui avaient pris place sur le banc de la rouquine étaient encore là, elles rassemblaient leurs affaires et se drapaient dans leurs châles. Ig se rendit alors compte qu'il les avait déjà vues. Elles étaient sorties en groupe avec la mère de la jeune fille le dimanche précédent tout en bavardant, et sur le moment, Ig s'était demandé si elles étaient de la famille, des tantes peut-être. L'une d'elles n'était-elle pas montée dans la voiture avec la jeune fille après l'office ? Ig n'en était plus très sûr. Il craignait de prendre ses désirs pour la réalité.

— Excusez-moi, dit-il.

— Oui ? fit la dame qui était la plus proche, une grande femme aux cheveux teints d'un brun métallique.

— Il y avait une jeune fille là, dimanche dernier, commença Ig en désignant le banc. Elle a oublié quelque chose par mégarde, et j'aurais voulu le lui rendre. Une jeune fille rousse…

La femme ne répondit pas, mais resta sur place, alors qu'elle aurait pu avancer dans l'allée pour gagner la sortie. Ig finit par comprendre qu'elle attendait qu'il la regarde dans les yeux, ce qu'il fit.

Alors il vit à la façon dont elle le considérait qu'elle n'était pas dupe, et il sentit son pouls palpiter.

— Merrin Williams, précisa la femme. Ses parents ne sont arrivés en ville que le week-end dernier pour s'installer dans leur nouvelle maison. Je suis bien placée pour le savoir, car c'est moi qui la leur ai vendue. C'est aussi moi qui les ai amenés à l'église. Ils sont repartis à Rhode Island pour finir le déménagement. Elle sera là dimanche prochain. Je pense les revoir d'ici là. Si vous voulez, je puis leur rendre ce que Merrin a oublié.

— Non, répondit Ig. Ça ira.

— Mmm, murmura la femme. À votre air, je me doutais que vous préféreriez le lui rendre vous-même.

— Quel air ? demanda Ig.

— Je vous le dirais bien, si nous n'étions pas dans une église.

16

Quand Lee revint la fois d'après, ils se baignèrent dans la piscine et jouèrent au basket-ball dans le petit bain jusqu'à ce que la mère d'Ig vienne leur apporter des croque-monsieur sur un plateau. Lydia ne pouvait pas se contenter de préparer des sandwichs normaux, elle se devait d'ajouter sa touche à elle, cette pointe de raffinement qui la distinguait de la mère de famille américaine moyenne : elle avait donc remplacé le cheddar par du brie. Ig et Lee les mangèrent, assis sur des chaises longues, tandis qu'une mare se formait sous leur siège. Il fallait toujours qu'au moins l'un d'eux soit trempé jusqu'aux os quand ils étaient ensemble.

Lee fut poli avec Lydia, mais dès qu'elle se fut éloignée, il ouvrit le croque-monsieur.

— Quelqu'un a dégueulé sur mon sandwich, déclara-t-il en considérant le fromage crémeux fondu sur le jambon.

Ig s'étrangla de rire la bouche pleine, et fut pris aussitôt d'une quinte de toux qui lui déchira la poitrine. Lee le tapa dans le dos machinalement. Décidément, ça devenait une habitude.

— Tu vis dangereusement. Pour les autres, il s'agit simplement de déjeuner, mais pour toi, c'est encore une occasion de t'étrangler. Je n'avais encore jamais rencontré quelqu'un qui frôle la mort à chaque instant, remarqua Lee en clignant des yeux dans la lumière du soleil.

— Je suis plus coriace que je n'en ai l'air, rétorqua Ig. Un peu comme les cafards.

— J'ai bien aimé AC/DC, dit Lee. C'est la musique idéale pour liquider quelqu'un.

— Et celle des Beatles ?

Lee réfléchit un instant avant de répondre.

— Elle me donnerait plutôt envie de me suicider.

Ig s'esclaffa encore. Le secret de Lee, c'était qu'il ne cherchait jamais à vous faire rire, il ne semblait même pas se douter qu'il pouvait être drôle. Cet air réservé, impassible, rappelait à Ig le flegme glacé d'un agent secret en mission dans un film d'espionnage. D'autres fois, Lee était fermé comme un mur, insensible aussi bien à ses propres vannes qu'à celles d'Ig, il ne riait jamais, au point qu'on aurait dit un extraterrestre venu sur terre pour étudier les émotions humaines. Un genre de Mork[1].

Ig avait beau en rire, il était consterné. Ne pas aimer les Beatles, c'était presque aussi terrible que de ne pas les connaître du tout.

— Je vais te les rendre, affirma Lee en voyant son air chagrin. Il vaut mieux que tu les reprennes.

— Non. Garde-les et écoute-les un peu plus. Peut-être que tu finiras par entendre quelque chose que tu aimeras.

— Il y a certains trucs qui m'ont plu, précisa Lee, mais Ig sut qu'il mentait. Surtout un…, ajouta-t-il d'un air évasif, laissant Ig deviner auquel des soixante titres il pouvait bien faire allusion.

---

1. Personnage d'une série télé fantastique interprété par Robin Williams.

— *Happiness Is a Warm Gun* ?

Lee lui décocha une pichenette. Ig avait mis en plein dans le mille.

— Et le jazz, ça t'a plu ?

— Ouais. Je ne sais pas. Je n'ai pas pu vraiment en écouter.

— Comment ça ?

— C'est comme de la musique de supermarché. Au bout d'un moment, on l'oublie, on n'écoute même plus.

Ig en frissonna.

— Alors tu seras un tueur à gages, plus tard ? demanda-t-il.

— Pourquoi ?

— Puisque la seule musique qui t'intéresse, c'est celle qui va bien avec des meurtres.

— Non. C'est juste que la musique sert de toile de fond à ce qu'on fait. C'est tout son intérêt, non ? Elle va avec le décor.

Il n'allait pas en discuter avec Lee, mais une telle ignorance le navrait. Heureusement, avec le temps, leur amitié s'approfondirait, et Lee apprendrait que la musique vous embrase, elle sert de garde-fou contre la monotonie de la vie et ses heures creuses en vous procurant toutes les émotions qu'on a peu de chance d'éprouver dans le cours ordinaire des jours, aller au bahut, regarder la télé, remplir le lave-vaisselle après dîner. Sans doute qu'en grandissant dans un parc à caravanes, Lee était passé à côté de pas mal de choses, les bonnes choses de la vie. Il lui faudrait quelques années pour rattraper le coup.

— Alors qu'est-ce que tu comptes faire plus tard ? demanda Ig.

Lee engloutit le reste de son sandwich et répondit la bouche pleine :

— J'aimerais être membre du Congrès.

— Sans blague ? Pour quoi faire ?

— Promulguer une loi qui oblige les salopes qui se droguent à se faire stériliser pour qu'elles ne puissent pas avoir des mômes dont elles ne s'occuperont pas, déclara Lee froidement, sans colère.

Ig s'était demandé pourquoi il ne parlait pas de sa mère.

Lee toucha la croix qu'il avait autour du cou, nichée juste au-dessus de sa clavicule.

— J'ai pensé à elle, reprit-il au bout d'un moment. Tu sais, la fille de l'église.

— Tu m'étonnes, s'exclama Ig.

Il s'était efforcé de prendre un ton badin, mais sa voix avait sonné dure et sèche, même à ses propres oreilles. Lee ne sembla pas le remarquer.

— Je parie qu'elle n'est pas d'ici, poursuivit-il, le regard vague, perdu au loin. Je ne l'avais encore jamais vue à l'église. Elle a dû venir rendre visite à de la famille ou un truc de ce genre. Je parie qu'on ne la reverra plus jamais... Notre fille de l'air, ajouta-t-il avec une pointe d'humour nostalgique.

Elle sera là dimanche prochain. La vérité était là, comme un morceau de sandwich coincé dans sa gorge. Il ne pouvait pas la dire. Il n'avait pas non plus assez de cran pour mentir, sachant combien il était nul à ce jeu-là.

— Tu as réparé la croix, dit-il au lieu de ça.

Lee ne baissa pas les yeux sur la chaîne, il joua juste avec la croix tout en contemplant la lumière qui dansait sur la surface de l'eau.

— Ouais. Je l'ai gardée sur moi au cas où je tomberais sur elle en vendant les magazines... Tu sais, reprit-il après une petite pause, les revues cochonnes dont je t'ai parlé ? Celles que mon distributeur a dans sa réserve ? Il y en a une qui s'appelle *Cherries*[1]. C'est ma préférée, les filles qui posent dedans se prétendent vierges, mais c'est du flanc. Il suffit de les regarder pour s'en rendre compte, elles ont un tatouage sur la hanche, des noms de stripteaseuses et elles sont trop maquillées. Elles se sont habillées en jeunes filles comme il faut pour la séance, mais à la suivante, elles se fringuent en femmes-flics ou en pom-pom girls, et c'est tout aussi faux. N'empêche, on peut s'imaginer en les regardant ce que ça ferait d'être le premier. Mais la fille de l'église, elle, c'est pas du toc, ajouta-t-il en frottant la croix entre le pouce et l'index. Ce qui me branche là-dedans, c'est l'idée de voir enfin quelque chose de vrai. La moitié des gens jouent la comédie, ils n'éprouvent pas réellement les sentiments qu'ils affichent. Les jeunes filles surtout se donnent des airs, prennent des attitudes et en changent comme de tenue, juste pour qu'un gars continue à s'intéresser à elles. Comme Glenna, qui me tient en me faisant une branlette de temps en temps. En fait, ça ne lui plaît pas, elle le fait juste parce qu'elle n'aime pas être seule. Quand une fille perd sa virginité, par contre, ça fait peut-être mal, mais c'est réel. C'est sûrement la chose la plus réelle, la plus intime, la plus vraie qu'on puisse voir chez quelqu'un d'autre. Finis les faux-semblants. Et l'on se demande quel air elle aura à ce moment-là, quand elle ne trichera plus. C'est ce qui me vient en tête quand je pense à la fille de l'église.

Ig regrettait d'avoir mangé la moitié de son sandwich. Autour du cou de Lee, la croix étincelait au soleil, et quand Ig fermait les yeux, il la voyait encore, en une suite d'images rémanentes

1. Cerises, mot qui en argot américain désigne la virginité.

qui l'avertissait d'un terrible danger. Il sentait venir la migraine.

— Alors si tu ne fais pas carrière en politique, tu gagneras ta vie en tuant des gens ? dit-il en rouvrant les yeux.

— Ça se pourrait.

— Et comment t'y prendrais-tu ? Quelle serait ta méthode ? s'enquit Ig en se demandant lui-même comment il s'y prendrait pour tuer Lee et lui reprendre la croix.

— Tout dépend de qui il s'agit. Une camée qui doit du fric à son dealer, ou le président ?

Ig poussa un long soupir.

— Quelqu'un qui sait la vérité sur toi. Un témoin à charge. S'il vit, tu vas en prison.

— Je le ferais cramer dans sa bagnole, répondit Lee. Avec une bombe. Je suis sur le trottoir de l'autre côté de la rue, je le regarde monter en voiture et s'installer au volant. À l'instant où il démarre, j'appuie sur le bouton de ma télécommande pour qu'après l'explosion, la voiture en flammes continue à rouler.

— Hé, attends, enchaîna Ig. J'ai quelque chose à te montrer.

Sans tenir compte du regard intrigué que Lee lui jeta, Ig se leva et rentra dans la maison. Il revint trois minutes plus tard et se rassit sur sa chaise longue.

— Regarde ça, dit-il en ouvrant la main droite pour découvrir la bombe-cerise qu'il avait cachée dans son poing.

Lee la considéra sans broncher, mais Ig commençait à lire en lui et il ne fut pas dupe, car quand il avait ouvert la paume et que Lee avait vu ce qu'elle contenait, il s'était redressé malgré lui.

— Eric Hannity m'a payé mon dû, déclara Ig. C'est ce que j'ai gagné pour avoir descendu la colline en chariot. Tu as vu ce que ça a donné, l'autre jour ?

— Ouais, il a plu de la dinde pendant une plombe.

— T'imagines ce que ce serait si on en fourrait une dans une voiture ? Faudrait trouver une épave quelque part. Je parie qu'on pourrait faire sauter le capot avec ce truc. Terry m'a dit que ce sont des pré-lois.

— Des quoi ?

— Ces bombes datent d'avant les lois de protection de l'enfance. Les feux d'artifice qu'on fabrique maintenant font autant d'effet que quand on pète dans sa baignoire. Pas celles-là.

— Si elles sont illégales, comment peut-on s'en procurer ?

— Il est illégal d'en fabriquer de nouvelles. Celles-là proviennent d'un ancien stock.

— C'est ce que tu vas faire ? Trouver une épave et la faire sauter ?

— Non. Mon frère m'a dit d'attendre que nous allions au Cape Cod début septembre, pour le week-end du Labour Day. D'ici là, il aura son permis et il m'y emmènera.

— Ça ne me regarde pas, mais je ne vois pas pourquoi ce serait à lui de décider, remarqua Lee.

— Non. Il faut que j'attende. Eric Hannity ne voulait même pas me donner la bombe, sous prétexte que je n'étais pas vraiment à poil quand j'ai descendu la colline, puisque j'avais gardé mes baskets. Mais Terry l'a fait cracher. C'est grâce à lui si je l'ai. Et il veut qu'on attende d'aller au Cape Cod.

Pour la première fois au cours de leur brève amitié, Lee sembla irrité. Il grimaça, se tortilla sur sa chaise longue comme si quelque chose lui rentrait dans le dos.

— C'est stupide d'appeler ça des « Eve's Cherries », remarqua-t-il. On devrait les appeler des « Eve's Apples ».

— Pourquoi ?

— À cause de la Bible.

— La Bible dit seulement qu'ils mangèrent du fruit de l'Arbre de la Connaissance, sans préciser que c'étaient des pommes. C'étaient peut-être des cerises.

— De toute façon, tout ça c'est du baratin.

— Ouais, admit Ig. Moi non plus je n'y crois pas. Ça remonte au temps des dinosaures.

— Et Jésus, tu y crois ?

— Pourquoi pas ? On a écrit sur lui autant que sur César.

Il jeta un regard en coin à Lee et à son profil de médaille. Pour ressembler à César, il ne lui manquait que la couronne de laurier.

— Et tu crois qu'il pouvait faire des miracles ? demanda Lee.

— C'est possible. Je ne sais pas. Mais au fond, est-ce que ça compte tellement, si le reste est vrai ?

— J'ai fait un miracle, une fois.

Ig voulait bien l'admettre. Son père prétendait avoir vu un ovni dans le désert du Nevada, une nuit qu'il était dehors en train de boire des coups avec le batteur de Cheap Trick.

— C'était bien ? s'enquit Ig sans demander quel miracle Lee avait accompli.

Lee hocha la tête, son regard bleu perdu dans le lointain.

— J'ai réparé la lune. Quand j'étais petit. Et depuis, je suis doué pour réparer les choses. C'est ce que je sais faire de mieux.

— Comment l'as-tu réparée ?

Lee plissa un œil et, levant une main vers le ciel, il pinça une lune imaginaire entre le pouce et l'index.

— Comme ça, en la remontant d'un cran, expliqua-t-il avec un claquement de langue.

Ig n'avait pas envie de causer religion, mais démolition.

— Ça va faire des miracles quand je vais amorcer ce truc, affirma-t-il, et le regard de Lee revint à la bombe-cerise qu'Ig tenait dans sa main. Je vais expédier quelque chose jusque chez le Bon Dieu. T'as une idée ?

Lee regardait la bombe-cerise comme un pochard accoudé à un bar mate une fille qui finit de se désaper sur scène. Ils n'étaient pas copains depuis longtemps, mais un mode s'était établi entre eux, et c'était le moment où Ig était censé lui offrir la bombe, comme il avait donné à Lee son argent, ses CD, la croix de Merrin Williams. Mais il ne la lui offrit pas, et Lee était dans l'impossibilité de la lui réclamer. Ig se dit qu'il ne la lui donnait pas pour ne pas le gêner comme la dernière fois, quand il lui avait fait cadeau des CD. Mais la vérité était tout autre : Ig avait besoin d'avoir une emprise sur Lee, pour compenser la croix. Plus tard, après le départ de Lee, il s'en voudrait d'être un gosse de riche avec piscine, assez puant pour faire miroiter ses trésors à un gosse de pauvre qui n'avait que sa mère et vivait dans un mobile-home.

— Tu pourrais le fourrer dans une citrouille, suggéra Lee, à quoi Ig répliqua que ça ressemblerait trop à la dinde.

À partir de là, ils enchaînèrent, Lee faisant des propositions, Ig pesant le pour et le contre : jeter la bombe dans la rivière pour voir s'ils pourraient tuer des poissons, la lâcher dans des cabinets extérieurs pour voir s'il en jaillirait un geyser de merde, se servir d'une fronde pour la lancer sur le clocher de l'église et voir quel genre de son elle ferait en explosant… Lee n'était jamais à court d'idées.

— Tu veux absolument découvrir le genre de musique que j'aime, déclara Lee. Eh bien je vais te le dire. Ce que j'aime, c'est quand ça pète, les bruits d'explosion, de verre brisé… Pour moi, ça, c'est de la musique.

17

Ig attendait son tour au salon de coiffure quand il entendit qu'on tapait à la vitre derrière son dos. Jetant un coup d'œil par-dessus son épaule, il découvrit Glenna, plantée sur le trottoir, à quelques centimètres de lui. Elle le regardait, le nez aplati contre la vitrine. Elle était si proche qu'il aurait senti son souffle dans son cou s'il n'y avait eu la plaque de verre entre eux. Son haleine formait sur la vitre un halo blanc sur lequel elle traça du doigt les mots suivants : « J'AI VU TON Z », avant de dessiner grossièrement en dessous une bite et deux couilles.

Affolé, Ig s'empressa de vérifier si sa mère avait remarqué ou non quelque chose, mais Lydia était à l'autre bout de la pièce. Elle donnait ses instructions à la coiffeuse, campée derrière le fauteuil où Terry, en tablier, assis bien droit sur son siège, attendait patiemment qu'on l'embellisse encore. Quant à Ig, rien ne parviendrait à lui sauver la mise. Lui couper les cheveux, c'était comme tailler une haie laissée à l'abandon et qui partait dans tous les sens. On pouvait juste espérer le rendre un peu plus présentable.

Ig lança à Glenna un regard furibard en secouant la tête pour lui dire de ficher le camp. Elle effaça message et inscription de la manche de son superbe et insolite blouson en cuir.

Elle n'était pas seule. Highway To Hell était là, ainsi que l'autre zonard aux cheveux longs qui faisait partie du même groupe à la fonderie et devait avoir dans les dix-sept ans. Les deux garçons étaient à l'autre bout du parking et ils fouillaient dans un fût en fer qui servait de poubelle. C'était donc une manie chez eux ?

Glenna racla la vitre de ses longs ongles pointus vernis de bleu nacré. Des ongles de sorcière. Ig jeta à nouveau un regard à sa mère et vit qu'il pouvait s'éclipser un moment. Absorbée, Lydia décrivait quelque chose en agitant les mains en l'air, la coupe parfaite sans doute, ou bien encore une sphère imaginaire, une boule de cristal où l'apprentie de dix-neuf ans pouvait lire que dans un avenir proche, elle recevrait un bon pourboire, à condition d'acquiescer docilement en mâchant son chewing-gum pendant que Lydia lui expliquait par le menu comment faire son boulot.

Quand Ig sortit, Glenna avait tourné le dos au salon et appuyait ses fesses rebondies contre la vitrine. Elle observait Highway to Hell et son pote aux cheveux longs qui campaient toujours près du baril, au-dessus d'un sac-poubelle ouvert. Longs Tifs touchait sans cesse le visage d'Highway to Hell, qui riait d'un gros rire niais chaque fois que l'autre l'effleurait de la main, presque tendrement.

— Pourquoi as-tu donné cette croix à Lee ? demanda Glenna.

Cela lui fit un choc. Pourquoi diable lui posait-elle justement la question qui ne cessait de le tarauder depuis plus d'une semaine ?

— Il m'a dit qu'il la réparerait, répondit Ig.

— Elle est réparée. Alors pourquoi ne te la rend-il pas ?

— Elle n'est pas à moi… mais à une fille qui l'a oubliée à l'église. Je voulais la réparer pour la lui rendre, mais je n'ai pas réussi et Lee a dit qu'il y arriverait avec les outils de son père. Maintenant il la porte, au cas où il tomberait sur la fille en démarchant pour son œuvre de bienfaisance.

— Œuvre de bienfaisance, mes fesses, dit-elle en reniflant. Tu n'as qu'à la lui réclamer. Et demande aussi qu'il te rende tes CD.

— Il n'a pas de musique.

— Il n'en veut pas, rétorqua Glenna. S'il en voulait, il pourrait s'en acheter lui-même.

— Je ne sais pas… Les CD ne sont pas donnés et…

— Et alors ? Il n'est pas dans le besoin, tu sais, remarqua Glenna. Il vit à Harmon Gates. Mon père entretient leur jardin. C'est comme ça qu'on s'est connus, Lee et moi. Mon vieux m'a envoyée là-bas pour planter des pivoines. Les parents de Lee sont pleins aux as. C'est lui qui t'a dit qu'il n'avait pas les moyens de s'acheter des CD ?

Ig n'en revenait pas. Ainsi Lee habitait à Harmon Gates, un quartier résidentiel, il avait un jardinier et, chose plus incroyable encore, une mère… ?

— Ses parents vivent ensemble ? s'enquit-il.

— Si on peut dire. Sa mère travaille à l'hôpital d'Exeter. Ça fait un sacré trajet et elle n'est pas beaucoup là. De toute manière, Lee et sa mère ne s'entendent pas.

Ig en resta coi. C'était comme si Glenna parlait d'un tout autre individu, un complet inconnu. Il s'était figuré une image très nette de la vie de Lee Tourneau : la caravane qu'il partageait avec son père qui roulait en pick-up, la mère qui avait disparu quand il était gosse pour fumer du crack et se prostituer dans les quartiers chauds de Boston. Bien sûr, Lee n'avait jamais dit à Ig qu'il vivait en caravane, ni que sa mère était une pute camée jusqu'aux yeux, mais c'était sous-entendu dans la vision que Lee avait du monde, et dans sa façon d'éviter certains sujets.

— Est-ce qu'il t'a fait croire qu'il n'avait pas de quoi se payer des trucs ? insista Glenna.

Ig fit non de la tête.

— Je me disais aussi, poursuivit-elle, puis elle fit rouler un caillou du pied et finit par relever la tête. Elle est plus jolie que moi ?

— Qui ça ?

— La fille de l'église. La fille à qui appartient cette croix.

Ig chercha en vain une formule gracieuse, un pieux mensonge qu'il ferait par délicatesse, mais il n'était décidément pas doué pour ça et son silence parla pour lui.

— Ouais, dit Glenna en souriant d'un air contrit. Je m'en doutais.

Ig détourna les yeux, trop peiné par son sourire malheureux pour continuer à la regarder en face. Mais Glenna semblait de taille à encaisser. Elle était franche du collier, et ne devait pas aimer qu'on lui raconte des bobards.

Highway To Hell et Longs Tifs rigolaient toujours en croassant comme des corbeaux, sans qu'Ig sache pourquoi.

— Tu ne connaîtrais pas une voiture qu'on pourrait faire cramer ? demanda Ig. Une épave, pas une caisse qui appartienne à quelqu'un.

— Pourquoi ?

— Lee a envie de faire péter une bagnole.

Elle plissa le front en essayant de deviner pourquoi Ig avait brusquement changé de sujet. Puis elle regarda Highway to Hell.

— Le père de Gary – en fait c'est mon oncle –, il a un tas de vieilleries dans les bois derrière chez lui, à Derry. Il dit qu'il vend des pièces de mécanique-auto, mais je me demande s'il lui arrive d'avoir des clients.

— Tu devrais en parler à Lee à l'occasion, conseilla Ig.

On cogna à la vitre derrière eux et ils se retournèrent. Lydia salua Glenna d'un geste crispé en lui décochant un sourire condescendant, puis elle jeta à Ig un regard impatient. Il hocha la tête, mais quand sa mère leur eut tourné le dos, au lieu de s'empresser de la rejoindre à l'intérieur, il traînassa un peu.

Glenna pencha la tête d'un air inquisiteur.

— Alors si on fout le bordel quelque part, tu veux en être ?

— Non, je n'y tiens pas. Mais allez-y, éclatez-vous.

— Éclatez-vous, le singea-t-elle en se marrant. Et tes cheveux, qu'est-ce que tu vas leur faire ?

— Je ne sais pas. La même chose que d'habitude.

— Tu devrais te les faire raser, suggéra-t-elle. La boule à zéro. Ça t'irait bien.

— Hein ? Non, pas possible, avec ma mère.

— Bon, mais tu devrais au moins te les faire couper très courts pour les faire rebiquer à la punk. Et te décolorer les pointes… Les cheveux font partie de nous, de ce qu'on est. Trouve quelque chose pour te singulariser un peu. Tu n'as donc pas envie d'avoir de la personnalité ? demanda-t-elle, et elle lui ébouriffa les cheveux. Tu pourrais être quelqu'un d'intéressant en faisant un petit effort.

— Ce n'est pas moi qui décide, et ma mère va vouloir que je m'en tienne à ce qu'on fait d'habitude.

— Ah, trop dommage. Moi j'aime bien les coupes un peu barjo, déclara Glenna.

— Ah ouais ? intervint Gary, alias Highway to Hell. Eh ben tu vas être servie !

Ils tournèrent tous deux la tête vers Gary et son pote aux cheveux longs, qui s'étaient rapprochés. Ils avaient récupéré des chutes de cheveux dans la poubelle et les avaient collés sur le visage de Gary, en lui faisant une sorte de barbe rousse un peu hirsute, comme celle de Van Gogh dans ses autoportraits. Elle n'était pas du tout assortie au duvet qui bleuissait le crâne rasé de Gary.

— Bon Dieu, fit Glenna d'un air dépité. Personne ne s'y trompera, trouduc.

— Passe-moi ton blouson, répliqua Gary. Si je le mets, je parie qu'on me donnera au moins vingt piges.

— T'aurais l'air d'un attardé, objecta Glenna. Et pas question que tu te fasses coincer avec ce blouson sur le dos.

— Il est vraiment chouette, commenta Ig.

Glenna lui jeta un regard étrangement malheureux.

— C'est Lee qui me l'a donné. C'est quelqu'un de très généreux, ajouta-t-elle.

18

Lee ouvrit la bouche pour dire quelque chose, puis se ravisa.

— Quoi ? demanda Ig.

Au lieu de lui répondre, Lee parut encore hésiter.

— J'aime bien cet air de Glenn Miller, rat-a-tat-tat, dit-il enfin. On pourrait faire danser un cadavre sur cet air-là.

Ig se contenta de hocher la tête.

Ils profitaient de la piscine, en ce beau mois d'août. Plus de pluie, ni de froid hors de saison. Il faisait au moins trente degrés, un ciel sans nuage, et Lee avait mis une couche blanche d'écran total sur son nez pour le protéger des coups de soleil. Ig était vautré sur une grosse bouée, Lee étalé sur un matelas pneumatique. Tous les deux flottaient sur l'eau tiède, si chlorée que les vapeurs qui en montaient leur piquaient les yeux. Il faisait trop chaud pour chahuter.

Lee portait toujours la croix autour du cou. Elle reposait sur le matelas loin de sa gorge, tendue vers Ig, comme si par le magnétisme de son regard, il avait le pouvoir de l'attirer dans sa direction. Le soleil la faisait étinceler, émettant un signal d'éclairs staccato réguliers qui lui blessait les yeux. En l'occurrence, Ig n'avait pas besoin de connaître le morse pour savoir de quoi elle l'avertissait. C'était samedi, et demain matin, Merrin Williams serait à l'église. *Dernière chance*, scandait la croix en éclats de lumière. *Dernière chance, dernière chance.*

Lee gardait les lèvres un peu entrouvertes, comme s'il avait envie d'en dire plus, mais ne savait comment s'y prendre.

— Gary, le cousin de Glenna, va faire un feu de joie dans quelque temps, annonça-t-il enfin. Chez lui. Une sorte de fête de fin d'été. Il y aura des fusées à eau, de la bière… Ça te dirait de venir ?

— Quand ça ?

— Le dernier dimanche du mois.

— Je ne pourrai pas. Mon père a un concert avec John Williams et les Boston Pops. C'est la première. On va toujours à ses premières.

— Ouais, je comprends, dit Lee.

Il se mit la croix dans la bouche et la suçota d'un air pensif. Il finit par lâcher le morceau.

— Est-ce que tu serais prêt à la vendre ?

— Vendre quoi ?

— La bombe-cerise. Il y a une vieille caisse qui n'appartient à personne, chez Gary. Une épave qu'on pourrait faire cramer sans problème en versant de l'essence dessus… Ce n'est pas pour ça que je t'ai demandé si tu voulais venir, reprit-il après un petit silence. J'ai pensé qu'on se marrerait plus si tu étais là.

— Non. Je sais, déclara Ig. C'est juste que ça me ferait drôle de te la vendre.

— Tu ne vas pas me faire des cadeaux sans arrêt. Si tu te décidais à la vendre, combien en voudrais-tu ? J'ai économisé un peu d'argent grâce aux pourboires sur les ventes de magazines.

Tu pourrais aussi emprunter vingt dollars à ta maman, susurra une voix intérieure qu'Ig eut du mal à reconnaître comme la sienne.

— Je ne veux pas de ton argent, refusa Ig. Mais je veux bien te l'échanger contre autre chose.

— Contre quoi ?

— Contre ça, répondit Ig en désignant la croix d'un hochement de tête.

Voilà. C'était dit. Ig retenait son souffle, c'était comme une capsule d'oxygène mêlée d'effluves chimiques qui lui brûlaient la gorge. Lee lui avait sauvé la vie, il l'avait sorti de la rivière alors qu'il était inconscient et l'avait fait respirer à nouveau en lui tapant dans le dos, et Ig était prêt à tout lui donner pour l'en remercier, tout excepté la croix. La rouquine lui avait fait signe à lui, pas à Lee. Ig savait que ce marchandage n'avait rien d'honorable, qu'aucun argument valable moralement ne pouvait le justifier. À peine avait-il réclamé la croix qu'il s'était senti comme flétri, rabougri. Il s'était toujours cru le héros de sa propre histoire, un type bien, à la conscience nette. Or un type bien n'aurait pas fait ça. Peut-être qu'il y avait plus important dans la vie qu'être toujours le brave gars.

Lee le dévisageait, un demi-sourire au coin des lèvres. Ig sentit le feu lui monter aux joues, mais il n'en eut pas honte. Il était même content d'être gêné, puisque c'était pour elle.

— Je sais, ça peut surprendre, mais je crois que j'ai le béguin. Je t'en aurais parlé plus tôt, mais je ne voulais pas te damer le pion, expliqua-t-il.

Sans aucune hésitation, Lee défit la chaîne.

— Il suffisait de demander. C'est toi qui l'as trouvée, pas moi. Elle te revient de droit. Je n'ai fait que la réparer. Et si ça peut t'aider à brancher cette fille, tant mieux pour toi.

— Je croyais que c'était ton type. Tu n'es pas...

Lee l'interrompit en agitant la main en l'air.

— Hé mec, je ne vais pas me prendre la tête avec un copain pour une nana dont je ne connais même pas le nom. Tous ces trucs que tu m'as donnés, ces CD. Bon, pour la plupart, c'est de la daube, mais j'apprécie quand même. Je ne suis pas un ingrat, Ig. Si tu la revois un jour, vas-y, fonce. Je serai de tout cœur avec toi. Mais je ne pense pas qu'elle reviendra.

— Si, murmura Ig.

C'était sorti tout seul. Il fallait qu'il soit absolument sûr que Lee s'en fichait, car ils étaient amis, amis pour la vie.

Lee attendait, en le considérant toujours avec un petit sourire.

— J'ai rencontré quelqu'un qui la connaît, reprit Ig. Elle n'était pas là dimanche dernier parce que sa famille quitte Rhode Island pour s'installer ici, et qu'ils ont dû retourner là-bas pour finir de déménager.

Lee ôta la chaîne pour de bon et la jeta à Ig, qui la saisit à l'instant où la croix touchait l'eau.

— Vas-y, grand fou, à l'attaque, s'exclama Lee. C'est toi qui as trouvé ce truc. D'ailleurs, elle n'avait pas l'air de m'avoir à la bonne. Et puis j'ai tout ce qu'il me faut rayon nanas, ces temps-ci. Glenna est venue me voir hier pour me parler de la caisse qui se trouve chez Gary, et à un moment, elle m'a pris dans sa bouche, figure-toi. Pas longtemps. Mais elle l'a fait, déclara Lee avec le sourire ravi d'un enfant qui a un nouveau ballon. C'est une sacrée salope, hein ?

— Tu l'as dit, acquiesça Ig en souriant piteusement.

19

Ig vit Merrin Williams et n'en laissa rien paraître, ce qui n'était pas si facile, car son cœur cognait dans sa poitrine, se jetait contre ses côtes comme un forcené contre les barreaux de sa cellule. Il avait songé à cet instant chaque jour à chaque heure ou presque, depuis le dimanche où il l'avait vue pour la première fois, et la charge émotionnelle était presque trop forte pour ses nerfs surmenés. Elle portait un pantalon en lin crème, un chemisier blanc aux manches relevées et cette fois, ses cheveux pendaient librement. Lorsqu'il remonta l'allée avec sa famille, elle chercha son regard, mais il fit comme si de rien n'était.

Lee et son père entrèrent juste un peu avant le début de l'office et prirent place sur un banc situé à l'avant, du côté d'Ig. Lee tourna la tête et observa longuement la jeune fille en la détaillant de la tête aux pieds. Elle parut ne pas le remarquer, resta les yeux braqués sur Ig. Quand Lee eut fini de la mater, il jeta un regard entendu à Ig par-dessus son épaule d'un air faussement désapprobateur, avant de revenir face à l'autel.

Durant les cinq premières minutes de l'office, Merrin garda les yeux obstinément fixés sur Ig, qui garda lui-même les siens rivés sur le père Mould, tout en nouant et dénouant ses mains moites.

Elle ne détacha son regard de lui que lorsque le père Mould eut dit : « Prions ». Glissant du banc, elle s'agenouilla et joignit les mains. Alors seulement Ig sortit la croix de sa poche. La tenant dans sa paume, il chercha un rayon de soleil et la pointa sur elle. Une croix de lumière dorée effleura la pommette de la jeune fille et la frappa au coin de l'œil. La première fois qu'un éclair l'éblouit, elle cligna des paupières, tressaillit la deuxième fois, et regarda Ig la troisième. La croix n'était que lumière, une lumière d'or pur qui brûlait au centre de sa main et se reflétait sur la joue de la jeune fille. Elle le considéra d'un air étrangement solennel, un peu comme un opérateur-radio dans un film de guerre reçoit un signal d'un compagnon d'armes pour une question de vie ou de mort.

Lentement, il orienta la croix de-ci de-là pour délivrer en morse le message qu'il avait mémorisé durant la semaine. Il fallait une extrême précision, de sorte qu'il maniait la croix comme s'il s'était agi d'une goutte de nitroglycérine. Quand il eut terminé, il soutint son regard encore un instant, puis referma la main sur la croix et détourna à nouveau les yeux. Son cœur battait si fort que son père agenouillé à côté de lui devait sûrement l'entendre. Mais non, il priait mains jointes, paupières closes.

Ig Perrish et Merrin Williams prirent soin de ne pas se regarder durant tout le reste de l'office. Pourtant il sentait qu'elle l'observait du coin de l'œil tout comme lui observait avec délectation la façon dont elle se levait pour chanter, dont elle se tenait bien droite, les épaules en arrière, dont ses cheveux flamboyaient dans le rai de lumière filtrant par les vitraux.

Le père Mould bénit l'assemblée et exhorta les fidèles à s'aimer les uns les autres, résolution on ne peut plus conforme à celle qu'Ig avait en tête. Tandis que les gens commençaient à se diriger en file vers la sortie, Ig demeura à sa place, la main de son père posée sur son épaule, comme toujours. Merrin Williams avança dans l'allée suivie de son père, et Ig s'attendait à ce qu'elle s'arrête pour le remercier d'avoir réparé sa croix, mais elle ne lui jeta pas même un regard. Au lieu de ça, elle se tourna vers son paternel et bavarda avec lui tout en avançant vers la sortie. Comme Ig s'apprêtait à lui parler, son regard fut attiré par sa main gauche et son index, tendu vers un point derrière elle, vers le banc où elle s'était trouvée durant l'office. C'était un mouvement de la main si anodin qu'il pouvait n'être dû qu'au balancement de son bras, mais Ig était certain qu'elle lui signifiait ainsi où l'attendre.

Quand l'allée fut dégagée, Ig avança et s'écarta pour laisser son père, sa mère et son frère passer devant. Mais au lieu de les suivre, il se retourna pour se diriger vers l'autel et le chœur. Comme sa mère l'interrogeait du regard, il désigna le fond de l'église, d'où partait le couloir qui menait aux toilettes. On ne pouvait pas toujours faire semblant de renouer ses lacets. Sa mère continua d'avancer en s'appuyant au bras de Terry, qui jeta lui-même à son frère un regard soupçonneux, mais suivit le mouvement.

Ig attendit un court moment dans le couloir sombre qui menait au bureau du père Mould. À présent, l'église était pratiquement vide. Il la vit le chercher des yeux dans la nef, mais lui resta dans l'ombre, l'observant. Elle se dirigea vers l'autel latéral, alluma une bougie, se signa, s'agenouilla pour prier. Ses cheveux lâchés lui cachaient la figure, et Ig approcha en se disant qu'elle ne devait pas le voir. En fait, il n'avait pas l'impression de marcher, c'était comme s'il se déplaçait non sur ses jambes, mais sur un moyen de transport extérieur à lui, comme s'il se retrouvait à nouveau lancé sur le chariot de supermarché ; c'était la même sensation grisante de vertige et de haut-le-cœur, de douceur et de risque, comme s'il dévalait une pente sur le versant du monde.

Il attendit qu'elle relève la tête pour s'adresser à elle.

— Hé, j'ai trouvé ta croix. Tu l'avais oubliée. Dimanche dernier, comme tu n'étais pas là, je me suis demandé si j'aurais l'occasion de te la rendre, l'aborda-t-il en lui tendant la croix et la mince chaîne en or, qu'elle recueillit au creux de ses mains.

— Tu l'as réparée.

— Non, rectifia Ig. C'est mon ami Lee Tourneau qui l'a réparée. Il est doué pour ça.

— Oh, alors tu le remercieras de ma part.

— Tu pourras le faire toi-même, s'il est encore là. Lui aussi fréquente cette église.

— Peux-tu me l'attacher ? demanda-t-elle en lui tendant la chaîne, puis elle se tourna, souleva la masse de ses cheveux et pencha la tête en avant, découvrant sa nuque blanche.

Ig s'essuya les mains sur le devant de sa chemise, puis il ouvrit le fermoir et lui passa délicatement la chaîne autour du cou, en espérant qu'elle ne remarque pas que ses mains tremblaient.

— En fait, tu as déjà rencontré Lee, reprit Ig, histoire de dire quelque chose. Il était assis juste derrière toi le jour où la chaîne s'est cassée.

— Ah, ce gars qui a essayé de me la remettre ? J'ai cru qu'il allait m'étrangler avec.

— Et moi, je ne t'étrangle pas ? demanda Ig.

— Non.

Il avait du mal à passer l'anneau dans le crochet du fermoir, tant la nervosité rendait ses mains maladroites. Elle attendit patiemment.

— Pour qui faisais-tu brûler un cierge ? voulut-il savoir.

— Pour ma sœur.

— Tu as une sœur ?

— Plus maintenant, répondit-elle sèchement, d'une voix dénuée d'émotion, et avec un douloureux pincement de cœur, Ig sut qu'il n'aurait pas dû demander.

— Tu as compris le message ? bredouilla-t-il, sentant un besoin pressant de changer de sujet.

— Quel message ?

— Celui que je t'ai envoyé en morse. Tu connais le morse, n'est-ce pas ?

Elle rit, un éclat de rire brutal, inattendu, qui surprit Ig au point qu'il faillit lâcher la chaîne. Juste après, il réussit enfin à l'ajuster autour de sa gorge. Elle se retourna. Il eut un choc de la voir aussi proche. Il lui aurait suffi de lever un peu les mains pour les poser sur ses hanches.

— Non. J'ai fait une ou deux fois des sorties chez les scouts, mais ça ne m'a pas appris grand-chose. Le camping, ça me connaît. Mon père travaillait pour l'Office des forêts. Quel message m'as-tu envoyé ?

Elle le troublait. Il s'était préparé à cette conversation en prévoyant ce qu'elle pourrait dire et les brillantes reparties qui conviendraient, mais tout s'était envolé.

— Tu m'as bien envoyé un message l'autre dimanche, non ? demanda-t-il, et il la vit encore s'esclaffer.

— Je vérifiais juste combien de temps je pourrais t'éblouir avant que tu découvres d'où ça venait. C'était quoi ce message, d'après toi ?

Mais Ig fut incapable de lui répondre. Sa trachée-artère se resserrait à nouveau et il avait les joues en feu. Comment avait-il pu s'imaginer qu'elle ait essayé de lui dire quelque chose, pire, quelque chose d'aussi intime que le mot « nous » ? C'était ridicule. Aucune fille au monde n'enverrait un tel message à un garçon auquel elle n'avait jamais adressé la parole. C'était évident, maintenant qu'il y réfléchissait.

— Je disais : « Elle est à toi », déclara-t-il enfin, après avoir décidé d'ignorer la question qu'elle venait de lui poser.

C'était la seule chose à faire, tout comme il était obligé de lui mentir sur la réponse qu'il lui avait faite en morse, même si son mensonge sonnait vrai. Car lui aussi n'avait envoyé qu'un seul et unique mot, répondant à son « nous » par un « oui ».

— Merci, Iggy.

— Comment connais-tu mon prénom ? demanda-t-il, et il fut surpris de la voir rougir subitement.

— Je me suis renseignée, avoua-t-elle. Je ne sais plus pourquoi, je…

— Toi, c'est Merrin.

Elle le considéra avec surprise.

— Moi aussi je me suis renseigné, reconnut-il.

Elle regarda vers le portail de l'église.

— Mes parents doivent m'attendre.

— Bon, fit-il.

Le temps d'arriver à l'atrium, il avait découvert qu'ils suivraient le même cours d'anglais à la rentrée, qu'elle habitait sur Clapham Street, et que sa mère l'avait inscrite comme volontaire à la collecte de sang que l'église organisait à la fin du mois. Ig participerait lui aussi à la campagne.

— Je n'ai pas vu ton nom sur la feuille d'inscription, remarqua-t-elle.

Ils firent trois pas avant qu'Ig en déduise qu'elle avait cherché son nom sur la feuille. Il lui jeta un coup d'œil et la vit sourire d'un air énigmatique.

Lorsqu'ils franchirent le seuil, la clarté du soleil était si vive par contraste qu'un instant, Ig en fut presque aveuglé. Il distingua à peine une masse sombre qui fonçait sur lui, leva la main instinctivement et attrapa un ballon de football américain. Quand sa vision se fut ajustée, il aperçut son frère, Lee Tourneau, le père Mould et quelques autres garçons, dont Eric Hannity, qui se déployaient sur la pelouse.

— Ig, par ici ! cria Mould.

Ses parents étaient avec ceux de Merrin, leurs deux pères discutaient avec entrain, comme de vieilles connaissances. Quant à la mère de Merrin, une femme mince aux lèvres pincées et sans couleur, elle avait une main en visière et souriait à sa fille d'un air un peu chagrin. L'air sentait le goudron chaud, les voitures chauffées par le soleil, l'herbe fraîchement coupée. Ig, qui n'avait rien d'un sportif, balança son bras en arrière et lança le ballon avec un effet de torsion parfaitement réussi. Le ballon fendit l'air pour retomber en plein dans les grosses mains calleuses du père Mould, qui le brandit au-dessus de sa tête et traversa la pelouse verte au pas de course en chemise noire et col blanc.

La partie se prolongea encore presque une demi-heure, les pères, les fils et le prêtre se pourchassant sur la pelouse. Lee jouait quart-arrière ; lui non plus n'avait rien d'un athlète, mais il tenait bien son rôle tout en gardant cet air impassible, presque glacé, avec sa cravate jetée par-dessus une épaule. Merrin envoya valser ses chaussures et se mit de la partie. C'était la seule fille dans le lot.

— Merrin, avec cette herbe coupée, tu vas tacher ton pantalon de vert et on n'arrivera jamais à le récupérer, lui lança sa mère.

— Laisse-la s'amuser un peu, rétorqua le père avec un petit geste désinvolte de la main.

C'était censé être une variante du jeu à treize sans placage, mais Merrin projetait Ig à terre à chaque jeu en plongeant à ses pieds, si bien que cela devint un gag et que tout le monde finit par se tordre de rire, à force de voir Ig soufflé par cette gamine de seize ans épaisse comme une brindille. Celui qui riait le plus fort était Ig lui-même, il déviait de sa trajectoire exprès, pour lui donner l'occasion de le rétamer.

— Tu ferais mieux de t'asseoir le cul par terre dès qu'on lance le ballon, le charria-t-elle au bout de la cinquième ou sixième fois qu'elle l'eut plaqué au sol. Parce que je peux continuer comme ça toute la sainte journée, tu sais. Qu'est-ce qui te fait rire ?

Elle était à genoux sur lui, ses cheveux roux lui chatouillaient le nez. Elle sentait le citron et la menthe. La chaîne qui pendait de sa gorge l'éblouissait encore, transmettant cette fois un message d'un plaisir presque insoutenable.

— Rien, dit-il. Je te comprends cinq sur cinq.

20

Tout le reste de l'été, ils ne cessèrent de tomber l'un sur l'autre, comme un fait exprès. Une fois, Ig se rendit au supermarché avec sa mère, et Merrin y était avec la sienne. Ils finirent par errer ensemble dans les allées, et elle entama un sachet de cerises qu'ils se partagèrent tout en cheminant.

— Ce n'est pas ce qu'on appelle du vol à l'étalage ? souligna Ig.

— Du moment que la preuve a disparu, personne ne peut nous chercher des noises, répondit-elle, et crachant un noyau dans sa main, elle le lui tendit.

Elle lui donna ainsi tous ses noyaux, comptant sur lui pour qu'il les en débarrasse, ce qu'il fit en les mettant dans la poche de son jean. Une fois rentré chez lui, il sentit au fond de sa poche un petit tas de noyaux gluants à l'odeur douceâtre, gros comme le poing serré d'un bébé.

Quand la Jaguar dut passer le contrôle technique, Ig accompagna son père, car il avait appris que le père de Merrin travaillait chez Masters Auto. Il n'avait aucune raison de penser que Merrin serait aussi au magasin un mercredi, par un bel après-midi ensoleillé, mais elle était là, assise sur le bureau de son père et balançant les pieds, comme si elle l'attendait et commençait à s'impatienter. Ils prirent des sodas à l'orange au distributeur et restèrent à bavarder dans un couloir au fond du magasin, sous des néons qui bourdonnaient. Elle lui annonça qu'elle irait en randonnée à Queen's Face le lendemain avec son père. Ig dit que le sentier passait juste derrière chez lui, et elle lui proposa de faire la balade avec eux. Ses lèvres étaient orange à cause du soda. Ce n'était pas compliqué d'être ensemble. C'était même la chose la plus naturelle du monde.

Il était aussi naturel que Lee soit de la partie. Sa présence empêchait que les choses ne prennent un tour trop sérieux. Il s'invita lui-même à la balade en disant qu'il voulait vérifier les pistes de moutainboarding. Pourtant, le moment venu, il oublia d'emporter sa planche.

Durant l'ascension, Merrin prit son T-shirt par le devant et le décolla de son torse pour s'éventer, en faisant mine d'étouffer à cause de la chaleur.

— Ça vous arrive de faire un plongeon dans la rivière ? demanda-t-elle en montrant du doigt la Knowles, qui sinuait à travers la forêt en bas dans la vallée, serpent noir au dos recouvert d'écailles luisantes.

— Oui. Chez Ig, c'est même une manie, répondit Lee, et Ig se mit à rire.

Merrin leur lança un regard perplexe, mais Ig ne fit que secouer la tête.

— Si tu veux mon avis, continua Lee, la piscine de chez Ig est bien plus agréable. Quand est-ce qu'on l'invite là-bas pour piquer une tête ? demanda-t-il en se tournant vers Ig.

Celui-ci sentit la chaleur lui monter au visage, car il avait maintes fois fantasmé sur cette vision de Merrin en bikini ; seulement, dès qu'il songeait à le lui proposer, le souffle lui manquait.

Durant ces premières semaines, Merrin et lui ne parlèrent qu'une fois de sa sœur, Regan. Comme

Ig demandait à Merrin pourquoi ils avaient déménagé de Rhode Island, Merrin haussa les épaules.

— Mes parents étaient très déprimés, après la mort de Regan. Or ma mère a grandi ici, toute sa famille habite cette région. À la maison, sans Regan, ça n'allait plus.

Regan était morte à vingt ans d'une forme rare et particulièrement foudroyante de cancer du sein, qui l'avait emportée au bout de quatre mois.

— Quelle terrible épreuve, murmura Ig, une expression d'une banalité affligeante, mais la seule qui lui parut sans risque. Je n'arrive pas à imaginer comment ce serait si Terry mourait. C'est mon meilleur ami.

— C'est ce que je croyais aussi, de Regan et de moi.

Ils étaient dans la chambre de Merrin et elle lui tournait le dos, la tête penchée, occupée à se brosser les cheveux.

— Mais elle m'a dit certaines choses quand elle était malade, des méchancetés, continua-t-elle sans le regarder. Jamais je n'aurais cru qu'elle pouvait penser ça de moi. Quand elle est morte, c'est à peine si j'avais l'impression de la connaître. Et je m'en sortais bien, comparé à mes parents et à ce qu'elle a pu leur sortir. Je crois que je ne pourrai jamais lui pardonner ce qu'elle a dit à Papa, conclut-elle d'un ton léger, comme s'ils parlaient d'une chose sans importance, puis elle se tut.

Il se passerait des années avant qu'ils reparlent de Regan. Mais lorsque Merrin lui confia, quelques jours plus tard, qu'elle comptait devenir médecin, Ig n'eut pas besoin de demander quelle serait sa spécialité.

Le dernier jour du mois d'août, Ig et Merrin se retrouvèrent à la collecte de sang organisée au centre paroissial de la communauté du Sacré-Cœur, juste en face de l'église. Dans une salle à l'atmosphère saturée d'odeur de sang et de désinfectant, où de vieux ventilateurs de plafond brassaient mollement l'air brûlant, ils distribuaient aux donneurs des encas et du jus de fruit, tout en ne cessant d'en boire eux-mêmes. Rassemblant son courage, il venait de lui proposer de venir se baigner chez lui quand Terry entra. Ig comprit qu'il le cherchait du regard depuis l'autre bout de la pièce, et il leva la main pour attirer son attention. Son frère lui fit alors signe de le rejoindre d'un simple hochement de tête. Il y avait quelque chose de crispé et d'angoissé dans son attitude. C'était déjà inquiétant en soi de le voir rappliquer ici, car Terry n'était pas du genre à participer à une activité paroissiale par un bel après-midi d'été s'il pouvait l'éviter. En traversant la salle encombrée de lits à roulettes où les donneurs étaient allongés, une aiguille piquée dans le bras, Ig s'aperçut à peine que Merrin le suivait.

Quand il l'eut rejoint, Terry lui prit le bras en le broyant presque et l'entraîna hors de la salle pour gagner le foyer, où ils seraient tranquilles. Les portes s'ouvraient sur la clarté torride du dehors.

— C'est à lui que tu as donné la cerise ? demanda Terry.

Ig n'eut pas besoin de demander de qui il parlait. La voix de Terry, dure, sifflante, l'effrayait, et des picotements de panique se mirent à fourmiller dans sa poitrine.

— Il lui est arrivé quelque chose ?

C'était un dimanche après-midi. Lee était allé chez Gary la veille. Et Ig ne l'avait pas vu à l'église le matin. Il s'en rendait compte seulement maintenant.

— Lui et quelques autres ont scotché une bombe-cerise sur le pare-brise d'une vieille bagnole, et ils se sont tirés vite fait. Mais elle ne s'est pas déclenchée tout de suite, comme c'est souvent le cas, et Lee a cru que l'amorce s'était éteinte. Il est retourné vérifier et le pare-brise a explosé, projetant partout des éclats de verre. Lee en a reçu un dans l'œil, le gauche. Le chirurgien qui lui a enlevé a dit qu'il avait eu du pot que l'éclat ne lui ait pas perforé le cerveau.

Ig eut envie de hurler, mais il se passait quelque chose dans sa poitrine. Ses poumons étaient engourdis, comme si on lui avait injecté de la novocaïne. Il était incapable de parler, incapable d'émettre aucun son.

— Ig, où est ton inhalateur ? lui demanda posément Merrin.

Elle était au courant, pour son asthme.

Il s'efforça de le sortir de sa poche et le lâcha. Elle le ramassa, et il le mit dans sa bouche pour inhaler une bonne dose de produit.

— Écoute, Ig, poursuivit Terry. Il ne s'agit pas seulement de son œil. Il s'est mis dans un sacré pétrin. Il paraît que des flics se sont pointés avec l'ambulance. Tu sais, son super mountainboard ? En fait, il l'a chouré. Les flics ont aussi repris à sa copine un blouson de cuir qui vaut dans les deux cents dollars. Ce matin, la police a demandé à son père l'autorisation de fouiller sa chambre, et elle était bourrée de trucs volés. Lee a travaillé une quinzaine de jours à la galerie marchande, à l'animalerie, et il avait la clef du couloir d'accès qui longe l'arrière des boutiques. Il s'est servi, il a embarqué des tas de trucs, dont des piles de magazines volés au marchand de journaux. Il filoutait les gens en leur faisant croire qu'il les vendait pour recueillir des fonds pour une œuvre de charité. C'est la merde. Il va se retrouver au tribunal pour enfants, si l'un des commerces l'attaque en justice. D'une certaine façon, ce ne serait pas plus mal pour lui qu'il perde un œil, ça lui vaudrait un peu de compassion, et peut-être qu'il n'irait pas…

— Mon Dieu, s'exclama Ig.

Il n'avait retenu qu'une chose dans tout cet exposé : « Lee a reçu un éclat de verre dans l'œil gauche, et il risque de le perdre. » Tout le reste n'était que du bruit, un riff expérimental que Terry jouait à la trompette. Ig pleurait en serrant la main de Merrin. Quand lui avait-elle pris la main ? Il n'aurait su le dire.

— Il va falloir que tu lui parles, déclara Terry. Pour t'assurer qu'il va fermer sa gueule. On a intérêt à se couvrir sinon on va tous se faire allumer. Si quelqu'un découvre que tu lui as donné cette bombe-cerise. Et que c'est de moi que tu la tenais… Bon Dieu, je risque de me faire virer de la fanfare.

Ig tremblait, il était incapable de parler et il lui fallut à nouveau inhaler une dose de produit.

— Tu peux le lâcher deux secondes ? lança Merrin à Terry d'un ton mordant. Laisse-le reprendre son souffle.

Terry lui lança un regard surpris, interrogateur. Il resta un instant bouche bée, puis garda le silence.

— Viens, Ig. Allons dehors, dit-elle en l'entraînant.

Ig descendit les marches dans la lumière du soleil, les jambes flageolantes, tandis que Terry restait en arrière.

L'air était immobile, chargé d'humidité, oppressant. Clair le matin même, le ciel était à présent assombri par une masse de nuages qui progressait telle une flottille de porte-avions. Une rafale de vent brûlant venue de nulle part les assaillit. Le vent sentait le fer, comme des rails chauffés au soleil, et quand Ig ferma les yeux, il revit la piste Evel Knievel, avec ses deux vieux tuyaux en métal à demi enterrés qui dévalaient la pente tels des rails de montagnes russes.

— Tu n'y es pour rien, assura-t-elle. Il ne va pas t'en vouloir. Allons-y. La collecte de sang est presque finie. Rassemblons nos affaires et allons le voir. Maintenant. Toi et moi.

À l'idée d'aller avec elle, Ig se recroquevilla intérieurement. Il avait troqué la bombe-cerise contre elle. Ce serait horrible de l'amener avec lui. Ce serait comme enfoncer le couteau dans la plaie. Lee lui avait sauvé la vie, Ig l'en avait remercié en lui prenant Merrin, et à cause de lui, Lee venait de perdre un œil. Ig avait eu la fille et la vie sauve. En échange, Lee avait reçu un éclat de verre dans l'œil avec en prime un procès au cul… Ig inhala encore du produit.

— Tu ne peux pas venir avec moi, déclara-t-il quand il eut assez d'air pour parler, songeant déjà que la seule façon pour lui de réparer sa faute et de se racheter, ce serait d'en finir avec elle.

Mais au fond, il savait qu'il ne le ferait pas. Des semaines plus tôt, il avait conclu un marché, pas juste avec Lee, mais avec lui-même : il ferait ce qu'il faudrait pour être le compagnon de Merrin Williams. Renoncer à elle ne suffirait pas à lui donner le beau rôle dans cette histoire. Il était trop tard pour redorer son blason. C'en était fini d'être le bon gars.

— Pourquoi pas ? C'est aussi mon ami, répliqua-t-elle.

C'est vrai, se dit Ig, doublement surpris de ne pas s'en être rendu compte plus tôt.

— Je ne sais pas. S'il m'en veut, il risque d'évoquer un marché qu'on a conclu tous les deux, dit-il, et aussitôt, il sut qu'il n'aurait pas dû.

— Quel marché ? insista-t-elle.

— Tu ne te mettras pas en colère ?

— Je ne sais pas. Dis-le-moi, on verra après.

— C'est moi qui ai trouvé ta croix, mais ensuite, je l'ai donnée à Lee pour qu'il la répare. Seulement, il a voulu la garder, alors j'ai dû marchander pour qu'il me la rende. Et je la lui ai échangée contre la bombe-cerise.

— Et alors ? s'enquit-elle en plissant le front.

Il la regarda dans les yeux d'un air désemparé, pour qu'elle saisisse. Mais c'était peine perdue.

— Il voulait la garder pour avoir un moyen de t'aborder, expliqua-t-il.

Une lueur de compréhension apparut enfin dans les yeux de Merrin. Elle ne souriait pas.

— Parce que tu crois que..., commença-t-elle, puis elle s'interrompit et le fixa avec un calme glacial, à lui dessécher les couilles. Tu crois avoir échangé cette bombe contre moi, c'est ça, Ig ? Tu crois que c'est comme ça que ça marche ? Que si c'est lui qui m'avait rendu la croix au lieu de toi, alors Lee et moi serions...

Là encore elle s'interrompit, car aller plus loin, c'eût été admettre qu'elle et Ig étaient ensemble maintenant, une chose sous-entendue, mais qu'ils n'auraient jamais osé formuler à haute et intelligible voix.

— Ig, reprit-elle enfin. Je l'avais laissée sur le banc exprès pour toi.

— Comment ça ?

— Je m'ennuyais à mourir. Et je me suis vue assise là à crever de chaud dans cette église et à mourir d'ennui dimanche après dimanche en écoutant le père Mould déblatérer sur mes péchés.

Il fallait que je trouve une bonne raison d'être ici... Je ne pouvais pas me contenter d'écouter quelqu'un en parler, autant que je commette moi-même quelques péchés. Alors je t'ai vu assis sur ton banc avec ton air de cul-bénit, tu semblais boire ses paroles, et soudain j'ai su, Ig. J'ai su qu'avec toi, ce serait des heures de rigolade assurées. Que j'aurais un plaisir fou à me payer ta tête.

Pour finir, Ig alla bien voir Lee Tourneau tout seul. Quand Merrin et lui revinrent au centre pour débarrasser les cartons de pizza et les bouteilles de jus de fruit vides, il y eut un grondement de tonnerre bas et soutenu, qui dura au moins dix secondes et fut plus ressenti qu'entendu. Ig se sentit vibrer comme un diapason, jusque dans les os. Cinq minutes plus tard, la pluie crépitait sur le toit, si fort qu'il devait crier pour que Merrin l'entende, alors qu'elle se trouvait juste à côté de lui. Il faisait si sombre et les trombes d'eau étaient telles qu'il était difficile de voir le trottoir depuis les portes ouvertes. Ils avaient pensé à se rendre chez Lee à vélo, mais le père de Merrin vint la chercher pour la ramener à la maison dans son break, et il n'en fut donc plus question.

Terry avait eu son permis deux jours plus tôt, il avait réussi l'examen du premier coup, et le lendemain, il conduisit Ig chez Lee Tourneau. La tempête avait cassé des arbres, arraché des poteaux télégraphiques, et Terry dut négocier sa route entre les branches tombées et les boîtes aux lettres renversées. Gideon était dans un état de désolation, comme si de fortes secousses sismiques avaient ébranlé toute la ville.

Harmon Gates était un entrelacs de rues de banlieue avec des maisons peintes en couleurs acidulées, des garages attenants prévus pour deux voitures, et à l'occasion une piscine à l'arrière. La mère de Lee Tourneau était dehors, devant sa villa de style XVIIIe siècle ; d'un air revêche, elle s'occupait d'enlever des branchages tombés sur sa Cadillac. Elle devait approcher la cinquantaine. Terry déposa Ig en lui disant d'appeler à la maison quand il voudrait qu'il revienne le chercher.

Lee avait une grande chambre aménagée dans le sous-sol. Sa mère escorta Ig en bas et ouvrit la porte sur une pénombre caverneuse, éclairée par la seule lueur bleue d'une télévision.

— Tu as de la visite, annonça-t-elle d'une voix sans timbre, puis elle fit entrer Ig et referma la porte derrière lui, pour les laisser seuls.

Lee était assis, torse nu, agrippé au bord du lit. Une rediffusion de *Soap* passait à la télé, mais Lee avait baissé le son de sorte que c'était juste une source de lumière avec des silhouettes qui bougeaient. Un bandage couvrait son œil gauche et lui enveloppait presque complètement la tête. Les stores étaient baissés. Lee gardait la tête inclinée vers le bas, sans regarder ni Ig ni la télé.

— Il fait sombre ici, commenta Ig.

— La lumière du soleil me fait mal à la tête.

— Comment va ton œil ?

— On ne sait pas.

— Y a-t-il une chance que…

— D'après eux, il ne perdra pas toute sa vision.

— Ah… tant mieux.

Lee restait assis là, Ig attendait.

— Tu sais tout ?

— Je m'en fiche, dit Ig. Tu m'as sorti de la rivière, pour moi c'est la seule chose qui compte.

Lee renifla, et Ig se rendit compte seulement alors qu'il pleurait. Il pleurait de douleur comme quelqu'un qu'on torture en écrasant une cigarette sur le dos de sa main. En s'approchant, Ig trébucha sur une pile de CD, les disques qu'il lui avait donnés.

— Tu veux que je te les rende ? demanda Lee.

— Non.

— Alors qu'est-ce que tu veux ? Que je te rende ton argent ? Je n'en ai pas.

— Quel argent ?

— Celui des magazines que je t'ai vendus. Ceux que j'ai volés, ajouta-t-il avec une amertume presque enjouée.

— Non.

— Alors pourquoi es-tu ici ?

— Parce qu'on est amis.

Ig fit encore un pas en avant et poussa un petit cri. Lee pleurait des larmes de sang qui tachaient le bandage et gouttaient sur sa joue gauche. Comme il se touchait distraitement la joue, ses doigts devinrent rouges.

— Est-ce que ça va ? demanda Ig.

— Ça fait mal quand je pleure. Il faut que j'arrête de flipper comme ça, dit-il en respirant par à-coups. J'aurais dû t'en parler. C'est moche, de t'avoir vendu ces magazines. De t'avoir raconté des bobards. Quand je t'ai mieux connu, j'ai eu envie de rattraper le coup, mais c'était trop tard. Ce n'est pas des façons de faire, entre potes.

— Tout ça, c'est du passé. Tu ne peux pas savoir comme je regrette de t'avoir filé la bombe-cerise.

— Ne t'en fais pas pour ça. Je la voulais. C'est moi qui l'ai décidé. Mais essaie de ne pas trop me détester. J'ai vraiment besoin de quelqu'un qui ne me laisse pas tomber.

Il n'avait pas à le demander. À la vue du sang qui trempait le bandage, Ig sentait ses genoux mollir. Au prix d'un grand effort de volonté, il s'empêcha de penser à la façon dont il avait appâté

Lee avec la bombe-cerise, en parlant de toutes les choses qu'ils pourraient faire exploser ensemble. Comment il avait rusé pour éloigner Merrin de Lee, Lee qui s'était jeté à l'eau pour le sauver de la noyade. C'était une trahison qu'il ne pourrait jamais expier.

Il s'assit à côté de son ami.

— Elle va te demander de ne plus me fréquenter, dit Lee.

— Ma mère ? Non. Non, elle est contente que je sois venu te voir.

— Pas ta mère. Merrin.

— Qu'est-ce que tu racontes ? Elle voulait venir avec moi. Elle s'inquiète pour toi.

— Ah bon ?

Lee frémit étrangement, comme saisi d'un long frisson.

— Je sais pourquoi c'est arrivé, affirma-t-il.

— C'était un accident à la con, voilà tout.

— Non, c'était pour me rappeler.

— Te rappeler quoi ? finit par demander Ig, voyant qu'il gardait le silence.

Lee luttait pour refouler ses larmes, et il s'essuya la joue d'un revers de main, qui laissa sur sa peau une longue traînée sombre.

— Te rappeler quoi ? répéta Ig, mais ce n'était pas le moment d'insister car Lee tremblait à force de réprimer ses sanglots.

Sa question demeura donc sans réponse.

LE SERMON DE FEU

21

Ig s'éloigna de la maison, de Terry et de ses terribles confessions, de sa grand-mère et de son fauteuil roulant qui étaient allés s'écraser tous deux en bas de la colline. Il avançait sans but précis, sachant seulement qu'il n'irait pas en ville, ni chez Glenna. Tout contact humain lui était odieux.

Il maintenait une porte close dans son esprit en pesant de tout son poids mental sur elle, tandis que deux hommes poussaient de l'autre côté pour l'ouvrir et entrer de force dans ses pensées : son frère et Lee Tourneau. Il lui fallait mobiliser toute sa volonté pour empêcher ces deux envahisseurs de faire irruption dans son dernier bastion, les empêcher de pénétrer dans sa tête. Qu'adviendrait-il quand enfin ils réussiraient à enfoncer la porte ? Et lui, que ferait-il ?

Ig suivit l'étroite route nationale qui traversait des prairies ensoleillées et des bois dont les feuillages se rejoignaient, formant des couloirs de pénombre tremblotante. Sur le bas-côté, il vit un chariot de supermarché renversé dans un fossé, et se demanda comment ce genre d'objets pouvait se retrouver dans des endroits pareils, loin de tout. Quand on abandonne quelque chose, comment être certain que personne n'en fera un mauvais usage par la suite ? Une nuit, cédant à un accès de rage immature, Ig avait abandonné par orgueil Merrin Williams, l'être qui lui était le plus cher au monde, et voilà ce qui était arrivé.

Il songea à sa descente en chariot sur la piste Evel Knievel dix ans plus tôt, et sans même s'en rendre compte, toucha l'arête de son nez, qui était restée tordue suite à sa fracture. Malgré lui, son esprit projeta une image de sa grand-mère dévalant la colline dans le fauteuil roulant qui rebondissait violemment sur les bosses et les creux du terrain avant de percuter la clôture. Pourvu qu'elle se soit rompu le cou. Vera lui avait déclaré que dès qu'elle le voyait, elle avait envie d'être morte, et Ig, qui avait toujours été un petit-fils dévoué, ne demandait qu'à lui rendre ce service. Ce serait un bon début. Et il avait encore du pain sur la planche.

Des crampes lui nouaient l'estomac, qu'il attribua à la tension et à l'angoisse qui l'habitaient, mais quand son ventre se mit aussi à gargouiller, il dut se résoudre à l'évidence : il avait faim. Il réfléchissait au moyen de se procurer de quoi manger avec le minimum de contacts humains, quand il vit l'enseigne de *L'Enfer* clignoter sur sa gauche.

C'était le pub où Merrin et lui avaient passé leur dernière soirée. Il n'y était pas retourné depuis et doutait qu'on lui fasse bon accueil, mais cette seule idée était comme une invite, dans l'état d'esprit où il se trouvait. Ig tourna pour s'engager dans le parking.

C'était le début d'après-midi, ce moment de répit un peu intemporel qui suit le coup de feu de midi et précède le moment où les gens viennent prendre un verre après leur journée de travail. Il y avait peu de véhicules garés là, sans doute ceux d'alcooliques invétérés, se dit Ig.

Il descendit de voiture, le soleil dans le dos. Pointant ses cornes noires vers la porte rouge de

L'Enfer, son ombre de trois mètres de long se profila sur le sol poussiéreux, tel un dessin crayonné par un enfant.

Quand il passa la porte, Merrin était déjà là. La salle grouillait de collégiens et d'étudiants venus regarder le match, pourtant il la repéra tout de suite. Elle était assise dans leur box habituel, face à lui. La voir lui faisait toujours le même effet, surtout quand ils ne s'étaient pas vus depuis un moment ; il prenait soudain conscience de son propre corps, de sa peau nue sous ses vêtements. Voilà trois semaines qu'il ne l'avait pas vue, et après cette soirée, il ne la reverrait pas avant Noël, mais entre-temps, ils mangeraient des cocktails aux crevettes, boiraient quelques bières, et finiraient entre les draps frais et parfumés du lit de Merrin. Ses parents étaient partis camper à Winnipesaukee, ils auraient donc toute la maison pour eux. Ig avait la bouche sèche en pensant à ce qui les attendait après le dîner, et cela lui faisait presque regretter de perdre du temps à boire et à manger. Mais il savait aussi que ces préliminaires faisaient partie du plaisir, qu'il leur fallait prendre leur temps pour profiter pleinement de cette soirée.

D'ailleurs, ils avaient des tas de choses à se dire. Elle était inquiète, et ça se comprenait. Car le lendemain, il partirait à midi moins le quart sur un vol de la British Airways pour travailler à Amnesty International, et pendant six mois, ils seraient à un océan l'un de l'autre. Ils n'avaient encore jamais été séparés aussi longtemps.

Il le devinait toujours quand elle se faisait du souci, en connaissait tous les symptômes. Elle rentrait en elle-même et lissait tout ce qui lui tombait sous la main, des serviettes de table, sa jupe, ses cravates, comme si en repassant des choses aussi insignifiantes, elle pouvait aplanir l'avenir qui s'ouvrait devant eux pour les mener à bon port. Elle en oubliait de rire, devenait si sérieuse, si responsable que c'en était presque comique. Elle lui faisait penser à une petite fille qui aurait enfilé les vêtements de sa mère, et cela le faisait rire. Quand elle avait cet air grave, il n'arrivait pas à la prendre au sérieux.

Ig savait qu'inquiétude et logique vont rarement de pair, pourtant Merrin n'avait vraiment pas de quoi se tourmenter. D'autant qu'il n'aurait pas pris ce poste à Londres si elle ne l'y avait pas poussé. Merrin ne voulait pas qu'il laisse passer cette opportunité, et elle l'en avait persuadé en démolissant l'une après l'autre toutes ses réserves : quel mal y avait-il à faire un essai de six mois ? Au cas où le travail ne lui plaisait pas, il pourrait rentrer. Mais Ig savait d'avance qu'il l'aimerait. C'était le boulot dont il avait toujours rêvé, et Merrin le savait aussi. Si, comme il le prévoyait, il décidait de rester en Angleterre, elle viendrait l'y rejoindre. Harvard était en partenariat avec l'Imperial College de Londres, et c'était Shelby Clarke, la directrice d'études de Merrin, qui sélectionnait les participants ; elle obtiendrait son admission, aucun doute là-dessus. Ils prendraient un appartement à Londres. Elle lui servirait du thé et des pancakes en petite culotte, et ensuite, ils s'enverraient en l'air. Il avait donc accepté le poste, et on l'avait envoyé à New York faire un stage d'été de trois mois. Il en revenait juste, elle lissait tout ce qu'elle avait sous la main, et il n'en était pas surpris.

Il traversa la salle bondée en jouant presque des coudes pour la rejoindre et se pencha au-dessus de la table pour l'embrasser avant de se glisser sur la chaise face à elle. Elle ne lui tendit pas ses lèvres, et il n'eut droit qu'à poser un baiser sur sa tempe.

Il y avait un verre de martini vide posé devant elle, et quand la serveuse vint, elle en commanda un autre, ainsi qu'une bière pour Ig. Il la mangeait des yeux, admirant la courbe veloutée de sa gorge, l'éclat sombre de ses cheveux dans la lumière tamisée, si bien qu'au début, il l'écouta à peine, ponctuant de-ci de-là ce qu'elle lui disait d'un murmure d'approbation. Il ne commença vraiment à tendre l'oreille que quand Merrin suggéra de considérer sa période d'essai à Londres comme une pause dans leur relation, et il crut d'abord qu'elle faisait de l'humour. Il ne comprit qu'elle était sérieuse que lorsqu'elle enchaîna en affirmant que ce serait bénéfique pour lui comme pour elle qu'ils fréquentent d'autres gens.

— Tout nus ou habillés ? plaisanta Ig.

— Ça ne nous ferait pas de mal, conclut-elle, avant d'avaler la moitié de son martini.

Plus que ce qu'elle disait, la façon dont elle avait bu son verre presque d'un trait lui fit un choc. À croire qu'elle voulait se donner du courage, et elle en avait déjà pris un, sinon deux, avant son arrivée.

— Tu crois que je ne vais pas pouvoir tenir deux mois, c'est ça ? demanda-t-il.

Il s'apprêtait à faire une mauvaise vanne sur la masturbation quand bizarrement, son souffle se coinça dans sa gorge, et il fut incapable de finir sa phrase.

— Je n'ai pas envie de m'angoisser pour ce qui se passera les mois à venir, répliqua Merrin sans l'ombre d'un sourire. Nous ne savons pas dans quel état d'esprit tu seras à ce moment-là. Ni quel sera le mien. Je ne veux pas que tu te sentes obligé de revenir juste pour moi. Ni que tu comptes que j'aille m'installer là-bas avec toi. Parlons plutôt du présent. Avec combien de filles es-tu sorti, dans toute ta vie ?

Intrigué, il scruta son visage, car il lui avait vu bien des fois cet air soucieux, concentré, mais cela ne l'avait encore jamais effrayé.

— Tu connais déjà la réponse, dit-il.

— Moi, point final. À notre époque, ça ne se fait pas, Ig. On ne reste pas collé toute sa vie avec celui ou celle qui fut le premier ou la première. Il faut avoir d'autres expériences. Au moins deux ou trois.

— Des expériences, hein ? Quel joli mot. C'est d'un goût !

— Très bien. Disons qu'il faudrait que tu baises avec d'autres nanas.

Des hourrahs montèrent de l'assemblée, des rugissements d'approbation enthousiastes. Un joueur avait dû réussir un beau coup.

Il allait dire quelque chose, mais il avait comme de la bouillie dans la bouche, et il dut avaler une gorgée de bière. Il n'en restait qu'un fond. Ig ne se rappelait pas du moment où on lui avait apporté son bock, ni de l'avoir bu. La bière était tiède et salée, comme de l'eau de mer. Merrin avait attendu jusqu'à aujourd'hui, douze heures avant son départ, pour lui annoncer que…

— Tu veux rompre, c'est ça ? Tu veux casser, et tu as attendu jusqu'à maintenant pour me le dire ?

La serveuse était plantée à côté de leur table, un panier de chips à la main.

— Vous voulez autre chose ? s'enquit-elle avec un sourire crispé.

— Un autre martini et une autre bière, s'il vous plaît, commanda Merrin.

— Non, pas de bière, intervint Ig comme un enfant boudeur, d'une voix rêche et maussade qu'il eut du mal à reconnaître comme la sienne.

— Alors ce sera deux martinis au citron vert, conclut Merrin.

— C'est quoi ce bordel ? s'exclama Ig dès que la serveuse se fut éloignée. J'ai un billet d'avion, un appartement loué, un bureau. Je dois entrer en fonction dès lundi matin, et tu me sors ça maintenant ? Qu'est-ce que tu attends, au juste ? Tu veux que je les appelle demain pour leur dire : « Merci, mais tout compte fait, je ne vais pas prendre ce boulot que sept cents autres candidats convoitaient » ? Tu veux me mettre à l'épreuve ? Pour voir ce qui compte le plus pour moi, toi ou le boulot ? Si c'est le cas, c'est infantile et insultant.

— Non, Ig. Je veux que tu partes, et je veux que…

— … que je saute d'autres nanas.

Elle tressaillit, et lui-même fut un peu surpris de la vulgarité de son ton.

— Que ce soit maintenant ou plus tard, tu le feras de toute façon, affirma-t-elle.

Absurdement, une phrase lui revint, prononcée par son frère : « C'est comme ça, mec. Tu peux passer le reste de ta vie estropié ou dégonflé. » Ig n'était pas sûr que Terry l'ait vraiment dite, peut-être l'avait-il imaginé, pourtant elle lui vint à l'esprit aussi claire et précise que les paroles d'une chanson qu'on aime et qu'on connaît par cœur.

La serveuse déposa doucement son martini devant lui, et il avala d'un trait plus d'un tiers de son verre. La brûlure sucrée de l'alcool le prit par surprise car il n'en avait encore jamais bu. Elle descendit lentement dans sa gorge pour se répandre dans ses poumons. Sa poitrine était une vraie fournaise, et il eut une suée qui lui piqua la peau. Il porta la main à sa cravate, s'efforça d'en desserrer le nœud. Quelle idée d'avoir mis cette chemise boutonnée jusqu'au col ! Il cuisait là-dedans comme en enfer.

— Tu auras des regrets, tu penseras forcément aux choses que tu as ratées, poursuivait Merrin. Les hommes sont comme ça. Je suis réaliste, c'est tout. Je n'ai pas envie de me retrouver à quarante balais flanquée d'un mari qui fricote avec la baby-sitter. Je ne veux pas que tu en viennes là à cause de moi.

Il s'efforça à la patience, pour retrouver un ton calme, débonnaire. Le calme, passe encore, il pourrait y arriver. Mais pas la bonne humeur.

— Ne me dis pas comment sont les autres hommes, reprit-il. Je sais ce que je veux. Je veux la vie dont nous avons rêvé toutes ces dernières années. Combien de fois avons-nous parlé des prénoms que nous donnerions à nos enfants ? Pour toi, tout ça, c'était du flan ?

— Justement, c'est là le problème, du moins en partie. Tu vis comme si nous avions déjà des enfants, comme si nous étions déjà mariés. Mais nous ne sommes pas mariés et nous n'avons pas d'enfants. Pour toi, les gosses sont déjà là, parce que tu vis dans ton petit monde, pas dans la réalité. Je ne suis même pas sûre d'avoir jamais voulu des enfants.

Ig arracha sa cravate, la jeta sur la table. Il ne supportait plus la moindre entrave autour de son cou.

— Ne me raconte pas de salades. Nous en avons parlé des milliers de fois, et tu n'étais pas la dernière, il me semble.

— Je ne sais plus où j'en suis, Ig. Depuis qu'on se connaît, je n'ai pas eu un seul moment à moi pour réfléchir à ma vie. Tu ne m'as pas lâchée un seul jour…

— Alors je t'étouffe ? C'est ça que tu es en train de me dire ? Foutaises…

Elle détourna les yeux, en attendant qu'il retrouve son calme. Il s'y efforça en expirant longuement, en s'exhortant à la patience, et fit une nouvelle tentative.

— Tu te rappelles cette journée qu'on a passée tous les deux dans la maison dans l'arbre ? demanda-t-il. Cette cabane avec les rideaux blancs, qu'on n'a jamais retrouvée ? Tu disais que ce genre d'aventure n'arrive pas aux couples ordinaires. Que nous étions différents. Que notre amour était marqué d'un sceau spécial, que ce qui nous était donné, très peu de gens sur terre y avaient droit. Tu disais que nous étions faits l'un pour l'autre. Qu'on ne pouvait en ignorer les signes.

— Ce n'était pas un signe. C'était juste un après-midi passé dans la cabane de quelqu'un d'autre.

Ig secoua la tête lentement. Lui parler, c'était comme battre des mains pour faire fuir un essaim de frelons. Cela ne servait qu'à se faire piquer, pourtant il était lancé et incapable de s'arrêter.

— Tu ne te rappelles pas qu'on l'a cherchée ? On l'a cherchée tout l'été, et on n'a jamais pu la retrouver. Et tu as dit que c'était une maison de l'esprit, tu ne t'en souviens pas ?

— Oui, j'ai dit ça pour qu'on arrête de la chercher. C'est précisément ce dont je parle, Ig. Toi et ton mysticisme. On ne peut pas simplement baiser. Il faut que ce soit une expérience transcendantale, qui change la vie. C'est déprimant à la longue, un peu dingue même, et je suis lasse de faire comme si c'était normal. Tu t'entends ? Pourquoi sommes-nous en train de parler de cette putain de cabane ?

— Ça me débecte de t'entendre dire ça.

— Ah oui ? Ça te déplaît de m'entendre parler de baise ? Pourquoi, Ig ? Est-ce que ça jure avec l'idée que tu te fais de moi ? Tu ne veux pas quelqu'un de réel. Tu veux une image pieuse pour la regarder pendant que tu te fais une branlette.

— Deux autres, commanda Ig à la serveuse qui attendait, et elle s'éloigna sans un mot.

Ils se fixèrent dans le blanc des yeux. Ig se retenait à la table, résistant à l'envie de la renverser.

— Nous étions des mômes quand on s'est rencontrés, continua-t-elle. On a laissé filer notre relation vers quelque chose de beaucoup trop sérieux pour un simple flirt de collégiens. Si chacun de nous passait un peu de temps avec quelqu'un d'autre, ça nous aiderait à prendre du recul. Quitte à se remettre ensemble après, pour voir si vraiment nous nous aimons encore comme quand nous étions gosses. Je ne sais pas. Avec un peu de temps, nous aurions peut-être un autre regard sur ce que nous avons à nous offrir.

— Sur ce que nous avons à nous offrir ? répéta Ig. On croirait entendre un conseiller bancaire parlant de placements à long terme.

Elle se massa la gorge d'un air piteux, et Ig remarqua alors qu'elle ne portait pas sa croix. Fallait-il en déduire quelque chose ? La croix était pour eux comme une bague de fiançailles, bien avant qu'ils aient envisagé de passer leur vie ensemble. Il ne se rappelait pas avoir jamais vu Merrin sans elle, et cette idée lui inspira un vague malaise.

— Alors tu as déjà fait ton choix ? demanda Ig. Tu sais avec qui tu veux baiser pour qu'on prenne du recul ?

— Ce n'est pas comme ça que je vois les choses. Je veux seulement…

— Mais si. C'est ça le fond de l'histoire, tu l'as dit toi-même. Il faut qu'on aille baiser ailleurs.

Elle resta bouche bée, hésitante.

— Oui, admit-elle. Je suppose que ça en fait partie. Moi aussi je dois coucher avec d'autres mecs. Sinon tu risques de vivre comme un moine une fois que tu seras en Angleterre. Ce sera plus facile pour toi de passer le cap si tu sais que je le fais aussi.

— Donc il y a quelqu'un.

— Il y a quelqu'un avec qui… je suis sortie une ou deux fois.

— Pendant que j'étais à New York, constata-t-il. Qui est-ce ?

— Tu ne le connais pas. D'ailleurs peu importe.

— Je veux savoir.

— Ce n'est pas important. Je ne te poserai pas de questions sur ce que tu feras à Londres.

— Sur qui je me ferai, tu veux dire.

— Oui. Je m'en fiche. Je n'ai pas envie de savoir.

— Mais moi oui. Quand est-ce que ça s'est passé ?

— Quoi ?

— Quand as-tu commencé à voir ce type ? La semaine dernière ? Qu'est-ce que tu lui as dit ? Que vous deviez attendre que je m'envole pour Londres ? Ou même pas ?

Comme elle entrouvrait les lèvres pour répondre, il vit quelque chose dans ses yeux, une petite lueur, craintive. Une chaleur cuisante l'envahit, et il sut alors ce qu'il refusait de savoir. Il sut qu'elle avait manœuvré durant tout l'été pour en arriver là, depuis le début, quand elle l'avait poussé à prendre le poste.

— Ça dure depuis combien de temps ? Tu as déjà couché avec lui ?

Elle secoua la tête, mais il n'aurait su dire si elle faisait non, ou si elle refusait de répondre. Elle clignait des paupières pour retenir ses larmes et, ô surprise, il n'avait même pas envie de la consoler.

C'était nouveau. Il était en proie à quelque chose qu'il ne comprenait pas, un mélange pervers de rage et d'excitation. Avec stupeur, il découvrait que c'était bon d'être dupé, trompé, d'avoir un motif pour lui faire du mal. Voir jusqu'où il pourrait aller, comment il pourrait la châtier. Il avait envie de la flageller avec ses questions. Et en même temps, des images lui venaient : Merrin à genoux dans un fouillis de draps, son corps nu traversé de rais de lumière vive filtrant par les stores vénitiens à moitié baissés, devant un autre que lui qui lui prenait les hanches. L'idée l'excitait et l'épouvantait à la fois.

— Ig, dit-elle doucement. S'il te plaît.

— Pas de s'il te plaît. Il y a des choses que tu me caches. Des choses que je dois savoir. Il faut que je sache si tu as déjà baisé avec lui. Dis-le-moi.

— Non.

— Bon. Est-ce qu'il était là quand j'ai appelé de New York ? Assis à côté de toi, les mains glissées sous ta jupe ?

— Non. Nous avons déjeuné ensemble, Ig. C'est tout. On a parlé à l'occasion. Surtout de nos études.

— Tu as déjà pensé à lui pendant que je te baisais ?

— Bon sang, non. Que vas-tu imaginer ?

— Je veux tout savoir. Tous ces trucs merdiques que tu ne me dis pas, ces sales petits secrets.

— Pourquoi ?

— Parce que ça va m'aider à te détester.

La serveuse venue leur apporter leurs verres restait campée près de leur table, comme figée.

— Vous voulez ma photo ou quoi ? aboya Ig, et elle recula en chancelant un peu.

Elle n'était pas la seule à les observer. Les clients assis aux autres tables s'étaient tournés vers eux.

Quelques-uns les considéraient gravement, tandis que d'autres, surtout des jeunes couples, les fixaient en écarquillant les yeux et en se retenant de rire. Quoi de plus divertissant qu'une scène de rupture en public ?

Quand Ig revint à Merrin, elle s'était levée. Debout derrière sa chaise, elle tenait sa cravate dans ses mains. Elle l'avait prise quand il l'avait jetée, et n'avait cessé depuis de la plier et de la lisser.

— Où vas-tu ? demanda-t-il.

Comme il la prenait par l'épaule alors qu'elle essayait de s'esquiver, elle vacilla et se cogna contre la table. Elle était ivre. Ils l'étaient tous les deux.

— Ig, dit-elle. Mon bras.

Alors seulement il se rendit compte qu'il lui broyait presque l'épaule. Il la relâcha au prix d'un grand effort de volonté.

— Je ne prends pas la fuite. J'ai juste besoin de me rafraîchir un peu, déclara-t-elle en faisant un geste vers son visage.

— On n'a pas fait le tour de la question. Il reste beaucoup de choses que tu ne m'avoues pas.

— Ce n'est pas par méchanceté. Je n'ai pas envie de te blesser, Ig.

— Trop tard.

— Parce que je t'aime.

— Je ne te crois pas.

Il le dit pour lui faire mal, sans savoir au juste s'il le croyait ou non, et éprouva une violente satisfaction en voyant que les yeux de Merrin brillaient de larmes. Elle chancela et s'appuya encore d'une main sur la table pour se redresser.

— Si je t'ai caché certaines choses, c'est pour te protéger. Je sais que tu es quelqu'un de bien et que tu mérites mieux que ce que tu as eu depuis qu'on s'est mis ensemble.

— Là-dessus, on est d'accord, admit-il. Je mérite mieux.

Elle attendit qu'il en dise plus, mais à nouveau, il était à bout de souffle. Elle lui tourna le dos et navigua tant bien que mal à travers la foule vers les toilettes pour dame. Il but le reste de son martini en la regardant s'éloigner. Elle avait de l'allure, en chemisier blanc et jupe gris perle. Ig vit un ou deux lycéens tourner la tête pour la mater, puis l'un d'eux dit quelque chose, et l'autre rit.

Ig sentit son sang couler dans ses veines et battre dans ses tempes, chaud, épais. En revanche, il ne perçut pas la présence de l'homme qui s'était posté à côté de la table, ne l'entendit pas non plus quand il s'adressa à lui en disant « monsieur » ; il ne le vit que quand le type se pencha sur lui pour le regarder dans les yeux. C'était un costaud, sans doute un adepte du bodybuilding, dont les muscles saillaient sous une chemise de tennis blanche.

— Monsieur, répéta le gars en le scrutant de ses petits yeux bleus enfoncés sous un front proéminent. Nous allons devoir vous prier vous et votre femme de quitter la salle. On ne peut tolérer que vous malmeniez le personnel.

— Ce n'est pas ma femme. Juste un bon coup.

— Surveillez votre langage et partez cuver votre cuite ailleurs, répliqua sèchement le barman.

Ou était-ce le videur ?

Ig se leva et sortit de son portefeuille deux billets de vingt dollars qu'il déposa sur la table avant de se diriger vers la sortie. En partant, il sentit qu'il faisait le bon choix. Assis en face de Merrin, il avait voulu lui faire cracher le morceau en la faisant souffrir le plus possible. Mais maintenant qu'elle était hors de vue et qu'il avait de l'espace pour respirer, il trouvait que ce serait une erreur de lui donner le temps de se justifier, de diluer sa haine avec des larmes en lui disant encore combien elle l'aimait. Il ne voulait pas comprendre, il ne voulait pas compatir.

Elle reviendrait et trouverait la table désertée. Son absence serait plus éloquente que tout ce qu'il pourrait exprimer en restant. Et si Merrin comptait sur lui pour la raccompagner, tant pis pour elle. Elle était assez grande pour se débrouiller toute seule et prendre un taxi. C'était bien ce qu'elle cherchait en voulant baiser avec un autre pendant qu'il serait en Angleterre, non ? Prouver qu'elle était devenue adulte.

Il n'avait jamais été aussi sûr de sa décision. À mesure qu'il progressait vers la sortie, des applaudissements l'accompagnèrent, les gens se mirent à taper des pieds et à claquer des mains de plus en plus fort, jusqu'au moment où il ouvrit enfin la porte sur un déluge de pluie et de coups de tonnerre.

Le temps d'arriver à sa voiture, il était trempé jusqu'aux os. Il enclencha la marche arrière et commença à reculer avant même d'avoir allumé ses phares. Malgré les essuie-glaces qui balayaient le pare-brise à un rythme frénétique, l'eau y coulait à flots, déformant sa vision. Il entendit un craquement, jeta un regard en arrière, et s'aperçut qu'il avait tapé contre un poteau télégraphique.

Il ne lui vint même pas à l'esprit de sortir pour mesurer les dégâts. Pourtant, avant de s'engager sur la nationale, il regarda du côté passager, et, il la vit, plantée à trois mètres de la voiture, les bras serrés sur sa poitrine, les cheveux dégoulinant de pluie et pendant comme des cordes raides. Elle le fixa d'un air malheureux à travers le parking, mais ne lui fit pas signe de s'arrêter, ou de revenir. Ig appuya sur l'accélérateur et s'éloigna.

À travers la vitre ruisselante, le monde était un désordre de flous impressionnistes en vert et noir. En fin d'après-midi, la température avait grimpé jusqu'à quarante degrés. Ig avait réglé la climatisation au maximum et ne l'avait pas baissée depuis. L'air froid de la soufflerie le faisait frissonner dans ses vêtements trempés sans qu'il s'en rende compte.

Ses émotions lui venaient par à-coups. Il la détestait, il avait envie de lui cracher toute sa haine à la figure, et l'instant d'après, avec un serrement de cœur, il la revoyait sous la pluie, et il avait envie de revenir pour la prier d'une voix posée de monter dans la voiture. Dans son esprit, elle était toujours plantée là sous la pluie, l'attendant. Il leva les yeux vers le rétroviseur comme pour la voir, alors qu'il avait déjà dû faire un kilomètre. Au lieu de *L'Enfer* et de son parking, il vit une voiture de police qui lui collait au train, noire, au toit surmonté d'un gyrophare éteint.

Vérifiant le compteur de vitesse, il s'aperçut qu'il approchait des cent cinquante kilomètres à l'heure et que ses cuisses tremblaient d'une tension presque douloureuse. Il décéléra, son pouls battant à tout rompre, et voyant un Dunkin' Donuts désaffecté aux fenêtres condamnées sur le côté droit de la chaussée, il quitta la route.

La Gremlin allait encore trop vite, et les pneus crissèrent en faisant voler les graviers. Dans le rétro latéral, il vit la voiture de patrouille continuer sa route. Sauf que ce n'était pas une voiture de police, juste une GTO noire équipée d'une galerie.

Il resta assis derrière le volant à frissonner, le temps que son cœur batte moins vite. Ce serait idiot de continuer à rouler par ce temps, bourré comme un coing. Il attendrait que la pluie cesse ; déjà elle tombait moins dru. Sa prochaine pensée fut que Merrin essaierait peut-être de l'appeler chez lui, pour s'assurer qu'il était bien rentré. Il entendait déjà avec satisfaction sa mère lui répondre : « Non, Merrin, il n'est pas encore rentré. Tout va bien ? »

Alors il se rappela son téléphone portable. Merrin essaierait sans doute d'abord de l'appeler sur son portable. Il le sortit de sa poche, l'éteignit, et le jeta par terre devant le siège passager. Il était certain qu'elle l'appellerait, et l'idée le séduisait assez, qu'elle puisse s'imaginer qu'il lui était arrivé malheur, qu'il avait eu un accident ou s'était volontairement jeté contre un arbre, par désespoir.

La deuxième chose à faire, c'était d'arrêter de trembler. Il renversa son siège, éteignit le moteur et prit un coupe-vent sur la banquette arrière qu'il étendit sur ses jambes. Le plus fort de la tempête était passé, la pluie crépitait sur le toit de la Gremlin à un rythme moins effréné. Il ferma les yeux et se laissa bercer par son tambourinement doux et profond. Il était 7 heures du matin quand le soleil qui pointa à travers les arbres le réveilla.

Il se hâta de rentrer chez lui, prit une douche expresse, s'habilla, rassembla ses bagages. Ce n'était pas ainsi qu'il avait compté quitter la ville. Son père, sa mère et sa grand-mère prenaient leur petit déjeuner dans la cuisine, et ils le regardaient d'un œil amusé s'agiter en tous sens, déboussolé. Ils ne lui demandèrent pas où il avait passé la nuit, persuadés qu'ils étaient de le savoir déjà, et Ig n'avait ni le temps ni le cœur de leur raconter ce qui était arrivé. Sa mère arborait un petit sourire entendu, et il préférait la quitter sur cette impression plutôt que de la voir changer de visage et le regarder partir d'un air navré.

Hothouse ayant suspendu ses émissions pour l'été, Terry était à la maison, et il avait promis d'emmener Ig à l'aéroport Logan, mais il n'était toujours pas levé. Vera lui apprit qu'il avait fait la fête toute la nuit avec ses vieux copains et qu'il n'était rentré qu'après le lever du jour. En entendant arriver la voiture, elle avait jeté un petit coup d'œil dehors, et avait surpris Terry plié en quatre, vomissant dans le jardin.

— Dommage qu'il ne soit pas à L.A., ironisa sa grand-mère. La photo d'une star de la télé en train de dégobiller dans les buissons. Quel scoop pour les paparazzi ! Ça aurait fait la une du magazine *People*. C'est drôle, j'ai cru remarquer qu'il avait même changé de tenue depuis hier au soir.

Lydia Perrish en perdit le sourire et se mit à piquer sans relâche des grains sur sa grappe de raisin. Quant à Derrick, il se radossa dans son fauteuil et dévisagea Ig d'un air intrigué.

— Ça va, Ig ? Tu n'as pas l'air dans ton assiette.

— On dirait que Terence n'est pas le seul à avoir pris une cuite la nuit dernière, lança Vera.

— Tu es assez en forme pour conduire ? S'il le faut, je t'emmène, proposa Derrick. Je peux être prêt en dix minutes.

— Non, prends ton petit déjeuner tranquillement. Il vaut mieux que je parte sans tarder. Dites à Terry que j'espère qu'il s'en remettra et que je l'appellerai une fois arrivé en Angleterre.

Ig les embrassa tous, puis il sortit dans la fraîcheur du matin et l'herbe brillante de rosée. Il fit en quarante-cinq minutes les quatre-vingt-dix kilomètres qui le séparaient de l'aéroport. Ce ne fut que sur la fin du trajet, juste après le champ de courses de Suffolk Downs, qu'il fut obligé de ralentir et se retrouva coincé un bon moment derrière une file de camions, au pied d'une colline dominée par une croix de dix mètres de haut. Partout ailleurs, c'était l'été, mais là, dans l'ombre dense de cette croix, on se serait cru en fin d'automne, et il frissonna un peu.

Le terminal de la British Airways était bondé. Avec un billet en classe économique, Ig dut faire longtemps la queue pour retirer sa carte d'accès au vol. Le grand hall résonnait des échos de voix, des claquements des hauts talons sur les dalles de marbre, des annonces incompréhensibles déversées par les haut-parleurs. Il avait fait enregistrer ses bagages et patientait encore pour passer la borne de sécurité quand il sentit, plutôt qu'il ne l'entendit, une sorte d'agitation derrière lui. Jetant des coups d'œil à la ronde, il vit que les gens bougeaient sur le côté pour faire place à un contingent de policiers en casques et gilets pare-balles, armés de M16, qui avançait dans sa direction. L'un d'eux faisait des signes en désignant la queue.

Se détournant, Ig vit que d'autres policiers arrivaient en sens inverse et que les deux groupes se refermaient en se rapprochant. Il se demanda s'ils s'apprêtaient à se saisir de quelqu'un qui attendait comme lui de passer la sécurité, un individu considéré comme dangereux et figurant sur les listes de Big Brother. Il tordit le cou pour regarder par-dessus son épaule les policiers qui approchaient par-derrière. Ils marchaient en pointant vers le sol les canons de leurs armes, les visières de leurs casques baissées, le regard braqué sur la portion de la file où il se trouvait. Leurs armes étaient effrayantes, mais pas autant que leur air sinistre et résolu.

Alors il remarqua autre chose, encore plus drôle. Ig eut la nette impression que l'officier qui les commandait visiblement, celui qui indiquait par des gestes précis à ses hommes de se déployer et de bloquer les issues, semblait le désigner, lui.

22

Une fois qu'il eut franchi le seuil de *L'Enfer*, Ig attendit que ses yeux s'ajustent à la pénombre caverneuse de la salle, éclairée seulement par de grands écrans de télévision et des machines à sous digitales. Un couple était assis au bar, deux silhouettes qui semblaient n'être elles-mêmes que des ombres. Derrière le bar, un grand costaud s'occupait d'accrocher des bocks propres au-dessus du comptoir du fond. Ig le reconnut : c'était le videur qui l'avait expulsé la nuit où Merrin avait été tuée.

Sinon, il constata avec plaisir que la salle était vide. Il n'avait pas envie qu'on le voie. Il voulait juste manger un morceau sans avoir à passer sa commande, ni à parler à quiconque. Mais comment faire ? Ig y réfléchissait quand son portable se mit à vrombir doucement.

C'était son frère. L'obscurité se contracta autour de lui comme un muscle. À l'idée de répondre, de lui parler, la haine et l'effroi qu'il ressentit lui donnèrent le vertige. Que pourrait-il lui dire ? Il tint le téléphone dans sa main et le regarda ronronner dans sa paume, jusqu'à ce que la sonnerie se taise.

Aussitôt Ig commença à se poser des questions. Terry se rappelait-il la confession qu'il venait de lui faire ? Pour que les cornes pervertissent leur esprit, fallait-il que les gens les voient ? Peut-être était-il encore possible d'avoir une conversation normale en parlant avec quelqu'un au téléphone ? Et Vera, était-elle morte pour de bon ? Et lui, était-il devenu pour de vrai le meurtrier que tout le monde voyait en lui ?

Non. Il n'était pas prêt et préférait ne pas savoir. Il avait besoin de rester encore seul dans le noir, besoin de cette petite cellule d'isolement et d'ignorance pour reprendre des forces.

Ben oui, intervint dans son esprit une voix moqueuse qui se raillait de lui. C'est bien comme ça que tu as passé les douze derniers mois. Alors un après-midi de plus…

Quand ses yeux se furent habitués à l'obscurité ténébreuse de *L'Enfer,* il repéra un box vide dans un coin où des gens avaient mangé des pizzas, peut-être des parents avec leurs gosses, songea Ig en remarquant les gobelets en plastique et les pailles qu'ils contenaient. Il y avait des restes sur les assiettes. Surtout, l'un des adultes qui avaient présidé cette pizza-partie avait laissé un bock de bière à moitié plein. Ig se glissa dans le box en faisant couiner la banquette en skaï rouge et saisit le bock. La bière était tiède. La dernière personne à en boire avait eu des herpès infectés à répétition et une sérieuse hépatite. Mais quand on se retrouve du jour au lendemain pourvu d'une paire de cornes, on ne va pas faire la chochotte pour si peu.

Une porte battante menant à la cuisine s'ouvrit sur une serveuse qui passa brusquement d'un espace carrelé de blanc et brillamment éclairé par des néons à la pénombre. Munie d'une bouteille de détergent et d'un essuie-tout, elle traversa la salle d'un pas décidé en se dirigeant droit sur lui.

C'était celle qui les avait servis, Merrin et lui, durant leur dernière soirée ensemble. Son visage encadré par deux mèches de cheveux noirs qui soulignaient son long menton pointu rappelait en féminin celui du sorcier qui menait toujours la vie dure à Harry Potter dans les films. Le professeur Snail, ou un truc de ce genre. Dans une autre vie, Ig avait rêvé des bons moments qu'il passerait à lire les aventures d'Harry Potter avec les enfants que Merrin et lui auraient ensemble.

La serveuse ne regardait pas vers le box, et Ig se recroquevilla sur son siège. Mais il était trop tard pour songer à s'esquiver sans être vu. Il envisagea de se cacher sous la table, idée grotesque à laquelle il renonça aussitôt. Un instant plus tard, elle se penchait pour débarrasser les assiettes. Il y avait une lampe suspendue juste au-dessus du box, et Ig avait beau se ratatiner au fond de la banquette en skaï, elle projetait l'ombre de sa tête, et de ses cornes, sur la table. La serveuse vit l'ombre en premier, puis leva les yeux pour le regarder.

Ses pupilles se rétrécirent, elle devint toute pâle et les assiettes qu'elle tenait lui échappèrent des mains pour retomber avec fracas sur la table. Le plus étonnant, ce fut qu'il n'y eut même pas de casse. Elle s'apprêtait visiblement à hurler quand son regard se posa sur les cornes. Alors le cri sembla se coincer dans sa gorge, et elle resta plantée là.

— La pancarte disait « Installez-vous », j'ai suivi la consigne, déclara Ig.

— Oui, oui. Le temps de débarrasser et… je vous apporte la carte.

— En fait, j'ai déjà mangé, remarqua Ig en désignant les assiettes devant lui.

Les yeux de la femme passaient sans cesse de ses cornes à son visage.

— C'est vous. Ig Perrish.

Ig hocha la tête.

— Vous nous avez servis ma petite amie et moi il y a un an, lors de notre dernière soirée, confirma-t-il. Je regrette la manière dont je me suis comporté avec vous. Tout ce que je peux dire, c'est que vous ne m'avez pas vu sous mon meilleur jour. Quoique ce n'était rien, comparé à ce que je suis devenu.

— Je n'en garde aucun regret.

— Ah, tant mieux. Je pensais vous avoir fait une très mauvaise impression.

— Non, je veux dire que je ne regrette pas le moins du monde d'avoir menti à la police. Je regrette juste qu'ils ne m'aient pas crue.

Ig sentit ses tripes se nouer. C'était reparti pour un tour. En fait, elle se parlait à elle-même, ou plus précisément, elle conversait avec son petit démon intérieur, un démon qui se trouvait juste avoir le visage d'Ig Perrish. S'il ne trouvait pas un moyen de contrôler ce truc, d'atténuer l'effet des cornes, lui aussi perdrait la tête, en admettant qu'il ne soit pas déjà fou.

— Quels mensonges avez-vous faits ?

— J'ai dit à la police que vous aviez menacé de l'étrangler. Que je vous avais vu dehors en train de la malmener.

— Pourquoi leur avez-vous dit ça ?

— Pour que vous ne vous en tiriez pas comme une fleur. Regardez-vous. Elle est morte, et vous êtes là. Vous vous en êtes bien sorti au bout du compte, comme mon père s'en est bien sorti malgré ce qu'il nous a fait, à ma mère et à moi. Je voulais que vous alliez en prison. Et puis j'avais envie d'être dans le journal, ajouta-t-elle en secouant machinalement la tête pour chasser les cheveux de son visage. Je voulais être un témoin capital. Si vous passiez en justice, moi, j'étais sûre de passer à la télé…

Ig la fixait, médusé.

— J'ai fait de mon mieux, continua-t-elle. Quand vous êtes parti ce soir-là, votre petite amie a couru derrière vous, et elle a oublié son manteau. Je suis sortie pour le lui remettre, et je vous ai vu partir en voiture sans elle. Mais ce n'est pas ce que j'ai dit à la police. Je leur ai dit que quand j'étais dehors, je vous ai vu la forcer à monter en voiture, puis démarrer en trombe. C'est ça qui m'a baisée. En reculant, vous avez dû tamponner un poteau télégraphique, et un client qui a entendu le choc a regardé par une fenêtre pour voir ce qui se passait. Il a assuré à la police vous avoir vu partir sans elle. L'inspecteur m'a demandé de passer au détecteur de mensonges pour confirmer ma version des faits, et j'ai dû revenir sur ma déclaration. À partir de là, ils n'ont plus cru un mot de ce que je leur avais dit par ailleurs. Mais je sais ce qui s'est passé. Je sais que vous êtes revenu la chercher deux ou trois minutes plus tard.

— Vous vous trompez. Quelqu'un d'autre l'a embarquée, affirma Ig.

De penser à ce quelqu'un lui donnait la nausée.

Apparemment, l'idée qu'elle avait pu se tromper à son sujet ne semblait pas perturber la serveuse. Quand elle reparla, ce fut comme si Ig n'avait rien dit.

— Je savais que je vous reverrais un de ces jours. Qu'est-ce que vous allez me faire ? M'obliger à vous suivre sur le parking ? M'emmener quelque part pour me sodomiser ? s'enquit-elle, visiblement pleine d'espoir.

— Hein ? Vous pouvez toujours courir.

La lueur d'excitation s'éteignit dans ses yeux.

— Vous allez quand même me menacer ?

— Non.

— Je pourrais dire que si. Je pourrais dire à Reggie que vous m'avez menacée de représailles. Ce serait une bonne histoire.

Son sourire s'effaça encore un peu, et elle lança un regard sombre vers le costaud derrière le bar.

— Mais il ne marchera pas. Reggie pense que je suis une mytho complète. C'est vrai, j'aime bien raconter mes petites histoires. Je n'aurais jamais dû raconter à Reggie que Gordon, mon petit ami, était mort dans le World Trade Center, alors que j'avais déjà raconté à Sarah – l'autre serveuse qui bosse ici – qu'il était mort en Irak. J'aurais dû me douter qu'ils recouperaient leurs infos. N'empêche. Gordon pourrait très bien avoir crevé quelque part. Pour moi, il est bel et bien mort. Il a rompu par e-mail, alors qu'il aille se faire foutre. Pourquoi est-ce que je vous raconte tout ça ?

— Parce que vous ne pouvez vous en empêcher.

— C'est vrai. Je ne peux m'en empêcher, reconnut-elle, avec un indéniable frisson de sensualité.

— Votre père, il vous a fait du mal ? demanda Ig sans être certain d'avoir envie de savoir.

— Il prétendait nous aimer, mais il mentait. Il s'est barré à Washington avec mon instit quand j'étais en CM2. Ils ont fondé une famille, et il a eu une autre fille, qu'il aimait bien plus que moi. S'il m'avait vraiment aimée, il m'aurait emmenée avec lui, au lieu de me laisser avec ma salope de mère, une vieille aigrie et dépressive. Je ferai toujours partie de ta vie, qu'il disait. Tu parles. Je déteste les menteurs. Enfin, les autres. Mes petites histoires à moi ne font de mal à personne. Voulez-vous savoir celle que j'ai racontée sur vous et votre petite amie ?

La pizza qu'il avait mangée pesait comme du plomb sur son estomac.

— Je n'y tiens pas vraiment.

Mais elle retrouva le sourire et devint rouge d'excitation.

— Il arrive que des gens viennent poser des questions sur ce que vous lui avez fait. Un coup d'œil et je sais ce qu'ils réclament. S'ils veulent juste les grandes lignes, ou s'ils ont envie de quelques détails bien sordides. En général, les jeunes en sont friands. Je leur dis qu'après lui avoir défoncé la tête, vous l'avez retournée pour la sodomiser.

En voulant se dresser, Ig se cogna les genoux contre le dessous de la table et ses cornes heurtèrent la lampe en verre dépoli suspendue au-dessus. La lampe se mit à se balancer, projetant d'avant en arrière et d'arrière en avant l'ombre cornue d'Ig. On aurait dit que son ombre se retenait de se jeter sur la serveuse. Mais Ig dut se rasseoir tant il s'était fait mal aux genoux.

— Vous n'êtes qu'une sale…

— Oui, je sais, reconnut la serveuse avec une pointe de fierté. Je suis mauvaise. Mais vous devriez voir leurs visages quand je leur raconte ça. Les filles surtout aiment ce passage. C'est toujours excitant d'entendre des anecdotes de ce genre, profanations, perversions et tutti quanti. Tout le monde apprécie les faits divers bien macabres, et selon moi, la sodomie ajoute un peu de piquant à la chose.

— Vous rendez-vous compte que vous parlez d'une femme que j'ai aimée ? demanda Ig.

Il avait du mal à reprendre son souffle, l'air qu'il inspirait semblait râper l'intérieur de sa poitrine comme du papier de verre.

— Sûr, acquiesça-t-elle. C'est bien pour ça que vous l'avez tuée. En général, les gens ne tuent pas par haine, mais par amour. Parfois je voudrais que mon père nous ait assez aimées ma mère et moi pour nous tuer, puis se supprimer. Au moins notre vie commune se serait terminée en une vraie tragédie, au lieu d'une minable histoire d'abandon. S'il avait eu le cran de commettre un double homicide, on serait tous passés à la télé.

— Je ne l'ai pas tuée, dit Ig.

La serveuse finit par réagir en fronçant les sourcils et en faisant la moue, visiblement déçue.

— Ah bon ? C'est pas fun. Je vous trouvais intéressant parce que vous aviez tué quelqu'un, justement. Bon, vous avez quand même cette paire de cornes. Ça, c'est fun. C'est une modif ?

— Une quoi ?

— Une modification corporelle. Vous vous l'êtes faite vous-même ?

Ig ne se souvenait toujours pas de la veille au soir. Il se rappelait tout ce qui précédait son ivresse et son accès de fureur dans les bois près de la fonderie, mais ensuite, c'était le trou noir. Pourtant, il sut immédiatement quoi répondre à cette question.

— Oui. Je me suis fait ça tout seul, comme un grand.

23

La serveuse venait de lui dire qu'il serait bien plus intéressant s'il avait tué quelqu'un, alors pourquoi n'irait-il pas régler son compte à Lee Tourneau ?

Quel plaisir de savoir où aller, de remonter en voiture avec une destination précise en tête. Ig démarra en trombe dans un nuage de poussière. Lee travaillait au bureau du député à Portsmouth, dans le New Hampshire, soit à quarante minutes d'ici, et il était d'humeur à conduire. Pendant le trajet, il aurait le temps de réfléchir au moyen qu'il allait employer.

Il envisagea d'abord de le tuer à mains nues, de l'étrangler comme Lee avait étranglé Merrin, Merrin qui l'aimait, qui avait été la première à venir chez lui le consoler le jour où sa mère était morte… Ig serrait le volant comme s'il tenait Lee à la gorge en le secouant assez fort pour ébranler la colonne de direction. Sa haine pour Lee était le sentiment le plus jouissif qu'il ait éprouvé depuis des lustres.

Ensuite, Ig se dit qu'il devait y avoir un démonte-pneu dans le coffre. Il pourrait enfiler le coupe-vent qui était sur le siège arrière et dissimuler l'outil dans sa manche. Quand Lee serait en face de lui, il le laisserait glisser dans sa main et lui assénerait un coup sur le crâne. En imaginant le choc du métal sur le crâne de Lee et son bruit un peu mouillé, Ig frissonna d'excitation. L'ennui, c'était qu'avec le démonte-pneu, tout irait trop vite, Lee n'aurait pas le temps de savoir ce qui l'avait frappé. Dans l'idéal, Ig forçait Lee à monter en voiture et il l'emmenait quelque part pour le noyer. Lui maintenir la tête sous l'eau en le regardant se débattre. À cette évocation, Ig grimaça un sourire sans se rendre compte de la fumée qui lui sortait des narines. Il faisait si clair dans la voiture qu'elle se distinguait à peine et pouvait passer pour une pâle brume de chaleur.

Après avoir presque perdu l'usage de son œil gauche, Lee s'était calmé et avait fait profil bas. Il effectua vingt heures de travail bénévole pour chacun des magasins qu'il avait volés, sans rapport avec la valeur de ce qu'il avait pris – une paire de baskets à trente dollars ou un blouson de cuir à deux cents dollars. Il écrivit une lettre au journal local en détaillant chacun de ses délits et en s'excusant auprès des gérants, amis, mère, père, Église. Il attrapa le virus de la religion et se porta volontaire pour chaque bonne œuvre de la paroisse du Sacré-Cœur. Chaque été, il travaillait au camp Galilée avec Ig et Merrin.

Et une fois par an, Lee était convié à monter en chaire durant un office du dimanche matin. Il commençait toujours par s'adresser aux enfants en leur disant qu'il était un pécheur, qu'il avait volé et menti en trompant ou manipulant ses amis et ses parents. Qu'il avait été aveugle, mais qu'il avait retrouvé la vue (ceci en désignant son œil crevé). Chaque fois, c'était le même discours moralisateur. Ig et Merrin l'écoutaient depuis le fond de la chapelle, et quand Lee montrait son œil gauche en citant *Amazing Grace*, cela donnait inévitablement à Ig la chair de poule. Quelle chance j'ai de le connaître et de faire un peu partie de son histoire, songeait-il avec fierté.

Car c'était une sacrée bonne histoire. Les filles en particulier appréciaient la conversion de Lee, son repentir, la façon dont il parlait de son âme, l'amour que les enfants lui portaient. Il y avait quelque chose de fascinant dans la noblesse avec laquelle il admettait posément les choses qu'il avait faites, sans honte ni gêne aucune. Les filles avec lesquelles il sortait aimaient être la seule et unique tentation qu'il s'autorisait.

Lee avait été admis au petit séminaire de Bangor, dans le Maine, mais il renonça à la théologie lorsque sa mère tomba malade et qu'il dut rentrer pour s'occuper d'elle. À cette époque, ses parents avaient divorcé, son père vivait avec sa deuxième épouse en Caroline du Sud. Lee donnait ses médicaments à sa mère, il changeait ses draps, ses couches, et regardait la télé avec elle. Quand il n'était pas à son chevet, il était à l'université du New Hampshire, où il faisait des études de communication ; les samedis, il allait à Portsmouth travailler au bureau du député fraîchement élu.

Il avait commencé comme bénévole, mais au moment où sa mère mourut, il était employé à plein-temps comme responsable de la commission des affaires religieuses. Beaucoup de gens étaient persuadés que c'était grâce à Lee que le député avait été réélu. Son adversaire, un ancien juge, avait signé une dérogation permettant à une criminelle enceinte de se faire avorter, un acte que Lee considérait comme la condamnation d'un fœtus à la peine capitale, et qu'il dénonçait publiquement en ces termes. Lee s'était rendu dans la moitié des églises de l'État pour en parler. Du haut de la chaire, en costume cravate et chemise blanche immaculée, il avait de l'allure, et il ne manquait jamais d'évoquer son passé de pécheur, sachant que tout le monde adorait ça.

Le travail de Lee durant la campagne avait aussi donné lieu au seul et unique conflit qu'il ait eu avec Merrin, bien qu'on ne puisse vraiment parler de conflit quand l'un des deux protagonistes refuse de se défendre. Merrin lui avait passé un sacré savon au sujet de l'avortement, mais Lee avait pris les choses calmement.

— Dis-moi de quitter ce boulot, Merrin, et demain, j'envoie ma lettre de démission sans l'ombre d'une hésitation. Mais si je le garde, alors je suis tenu de faire ce pour quoi on m'a engagé, et de le faire bien.

— Tu n'as pas honte, avait rétorqué Merrin.

Lee avait répondu qu'il se demandait parfois s'il n'avait pas que ça, justement.

— Mon Dieu, ne me fais pas le coup de la sincérité, avait lancé Merrin, mais ensuite, elle l'avait laissé tranquille.

Lee aimait bien la regarder. Ce n'était pas nouveau. Ig l'avait vu parfois la reluquer quand elle se levait de table et que sa jupe froufroutait autour de ses jambes. Il n'y trouvait rien à redire. Merrin était à lui. Et puis Lee avait bien le droit de se rincer l'œil. Avec le temps, Ig en était venu à se sentir personnellement responsable de sa cécité partielle, aussi pouvait-il difficilement lui en vouloir. Lee disait souvent que l'accident aurait pu le rendre totalement aveugle, et qu'il essayait de s'en mettre plein la vue en savourant toutes les belles choses comme si c'était sa dernière bouchée de crème glacée. Lee avait le chic pour faire des déclarations de ce genre en avouant simplement ses plaisirs et ses fautes, sans crainte qu'on se moque de lui. D'ailleurs, personne ne se serait moqué de lui, au contraire, tout le monde l'applaudissait des deux mains. Sa transformation radicale était sacrément édifiante. Peut-être qu'un jour prochain, il se lancerait lui-même en politique. Des rumeurs avaient déjà circulé à ce sujet, même si Lee les rejetait en riant. Il citait même cette réplique de Groucho Marx disant qu'un groupe qui l'accepterait comme membre ne méritait pas qu'on en fasse partie. César lui-même n'avait-il pas trois fois refusé le trône ? s'était souvenu Ig.

Quelque chose lui martelait les tempes à grands coups sonores et réguliers. Il sortit de l'autoroute pour suivre la nationale jusqu'aux bureaux du député, sis dans un édifice dont la façade était pourvue d'un grand atrium en verre qui s'avançait en triangle, comme la proue d'un énorme tanker. Ig gagna l'entrée située à l'arrière du bâtiment.

Le parking était aux deux tiers vide et cuisait sous le soleil d'après-midi. Ig se gara, saisit son coupe-vent en nylon bleu et sortit de voiture. Il faisait bien trop chaud pour porter ce genre de vêtement, mais il le mit quand même. Il aimait la sensation du soleil sur son visage et sur sa tête, la chaleur scintillante de l'asphalte sous ses pieds. Même, il s'en délectait.

Il ouvrit le coffre arrière, puis la niche intégrée où se trouvait le démonte-pneu ; il était verrouillé à un panneau en métal, mais les écrous étaient croûtés de rouille, et il se fit mal aux mains en essayant de les défaire. Ig y renonça et regarda dans le kit d'urgence. Il contenait une fusée éclairante, un tube huileux et lisse enveloppé de papier rouge. Ig sourit. Une fusée au magnésium, c'était bien mieux qu'un démonte-pneu. Avec ça, il pourrait brûler la jolie petite gueule de Lee. Peut-être même l'aveugler des deux yeux, ce qui serait aussi chouette que de le tuer. Et puis le feu lui allait si bien… Ne disait-on pas que c'était le seul ami du diable ?

Ig s'avança dans la chaleur miroitante du bitume. Cet été, les cigales étaient sorties pour s'accoupler, et les arbres derrière le parking vibraient de leur chant, un bourdonnement profond, sonore, comme produit par un grand poumon mécanique. Le bruit lui emplissait la tête, c'était celui de sa migraine, de sa folie, de sa rage d'une pureté éclatante. Un fragment de l'Apocalypse lui revint, parlant des sauterelles qui s'abattaient par nuées sur le monde pour le détruire. Ces cigales-là sortaient tous les dix-sept ans pour s'accoupler, puis elles mouraient. Lee Tourneau était un insecte de la pire espèce, bien pire que les sauterelles ou les cigales. Il avait violé Merrin, et maintenant, il fallait qu'il meure. Ig l'y aiderait. Alors qu'il traversait le parking, il fourra la fusée éclairante dans la manche de son coupe-vent et l'y maintint avec sa main droite.

Il approcha d'une porte à deux battants en plexiglas portant le nom de l'honorable député du New Hampshire. Dans les vitres teintées, il vit son reflet : un homme maigre, suant dans un coupe-vent zippé jusqu'au cou, l'air d'un déjanté qui s'apprête à commettre un crime. Sans parler des cornes, dont les pointes avaient crevé la peau de ses tempes, montrant dessous l'os rose taché de sang. Pire encore que les cornes, il y avait son sourire. S'il s'était trouvé à l'intérieur du bâtiment et avait vu venir un type pareil, il aurait aussitôt verrouillé les portes et appelé les flics.

Il pénétra dans l'air climatisé d'un espace calme et feutré. Un gros type aux cheveux en brosse siégeait derrière un bureau et causait avec entrain dans un casque à écouteurs. À droite du bureau se trouvait un portique de contrôle équipé d'un détecteur de métaux, par où les visiteurs étaient priés de passer. Un agent d'une cinquantaine d'années trônait derrière le moniteur de rayons X en mâchant du chewing-gum. Derrière le bureau du réceptionniste, une vitre en plexiglas coulissante donnait sur une petite pièce nue, à part une carte du New Hampshire punaisée au mur et un moniteur de sécurité. Un deuxième agent, un type énorme et baraqué, y était assis devant une table pliante, penché sur des paperasses. Ig ne voyait pas son visage, mais il avait un cou de taureau, pas un poil sur le caillou, et sa grosse tête blanche avait quelque chose d'obscène.

Les agents de police, le détecteur à métaux, tout cela rappelait à Ig de fort mauvais souvenirs, dont ce moment où il s'était fait arrêter à l'aéroport Logan, et une suée âcre lui piqua la peau. Sa dernière visite en ces lieux remontait à plus d'un an, et alors, il n'y avait pas de portique de sécurité.

— Au revoir, beauté, dit le réceptionniste dans son casque, puis il appuya sur un bouton et regarda Ig.

Il avait une face de lune, grosse et ronde, et derrière ses lunettes carrées, ses yeux reflétaient le désarroi… ou la consternation.

— Puis-je vous aider ? demanda-t-il.

— Oui. Pourriez-vous…, commença Ig, mais quelque chose attira son attention : le moniteur de sécurité situé dans la petite pièce, de l'autre côté de la vitre en plexiglas.

Il affichait une vue panoramique de la zone de réception, les plantes en pot, les canapés, et Ig lui-même. Sauf qu'il était mal réglé, car Ig y apparaissait comme dédoublé, en deux silhouettes qui s'écartaient, se chevauchaient, puis fusionnaient à nouveau ; cette partie de l'écran était instable, tremblotante. La première image le montrait tel qu'il était, un type pâle et émacié aux cheveux déjà clairsemés, pourvu d'un bouc et d'une paire de cornes recourbées. Mais il y avait une autre image, sombre, indistincte, qui ne cessait de sauter, apparaissant et disparaissant par saccades. Cette deuxième version était dépourvue de cornes, c'était lui non tel qu'il était aujourd'hui, mais tel qu'il était dans le passé. On aurait dit que son âme essayait de se libérer du démon auquel elle était ancrée.

L'agent de police assis devant le moniteur dans la petite pièce nue et brillamment éclairée l'avait aussi remarqué, il s'était retourné sur sa chaise à roulettes, de sorte qu'Ig ne voyait plus que son oreille et son cuir chevelu blanc et lisse, tel un boulet de canon d'os et de chair, posé sur le culot épais du cou. Au bout d'un moment, l'agent tapa du poing sur le moniteur pour essayer de corriger l'image, et le frappa si fort qu'un instant, l'écran s'obscurcit.

— Monsieur ? dit le réceptionniste.

Ig détourna les yeux du moniteur.

— Pourriez-vous... pourriez-vous appeler Lee Tourneau ? Dites-lui qu'Ig Perrish est venu le voir.

— Je dois vous demander votre permis de conduire et vous imprimer une étiquette d'identification avant de pouvoir vous faire passer, débita machinalement le type de l'accueil en fixant les cornes avec une fascination ébahie.

Ig lança un coup d'œil au portique de sécurité et sut qu'il ne pourrait le passer avec une fusée éclairante fourrée dans sa manche.

— Dites-lui que je l'attends dehors. Dites-lui qu'il va être ravi de me voir.

— Ça m'étonnerait, rétorqua l'agent. Je ne vois pas qui pourrait avoir envie de vous voir.

Vous êtes affreux. Vous avez des cornes, et vous êtes affreux. Je regrette même d'être venu travailler aujourd'hui tellement vous me faites horreur. Moi qui ai failli ne pas venir... Une fois par mois, je m'accorde une journée de décompression et je reste chez moi. C'est bon pour ma santé mentale, précisa-t-il, et son regard devint vague. Je mets les dessous de ma mère et je me fais une bonne branlette. Pour une vieille sur le retour, elle a des trucs vraiment coquins. Un corset de satin noir, et des tas de porte-jarretelles super chouettes.

Les yeux vitreux, il en bavait littéralement.

— J'apprécie surtout que vous considériez ça comme bénéfique pour votre santé mentale, souligna Ig. Appelez Lee Tourneau, voulez-vous ?

Le type de l'accueil pivota d'un quart de tour sur la droite, en lui tournant le dos à moitié. Il appuya sur un bouton, puis murmura dans le microphone incorporé à son casque. Il écouta un instant, puis dit « d'accord » et revint à Ig, sa face de lune luisante de sueur.

— Il est en réunion toute la matinée.

— Dites-lui que je sais ce qu'il a fait. Répétez-lui ça mot pour mot. Dites à Lee que s'il veut en parler, je l'attendrai cinq minutes dans le parking.

Le réceptionniste lui lança un regard médusé, puis hocha la tête et pivota à nouveau.

— Monsieur Tourneau ? susurra-t-il dans son casque. Il dit qu'il sait ce que vous avez fait... ? répéta-t-il en faisant de sa phrase une question.

Mais Ig n'entendit pas ce que le réceptionniste avait encore à dire, car l'instant suivant, une voix résonna à son oreille, une voix qu'il connaissait bien mais n'avait pas entendue depuis des années.

— Putain ! Mais c'est Iggy Perrish ! s'exclama Eric Hannity.

Se retournant, Ig se trouva face à l'agent au crâne rasé qui était assis devant le moniteur de sécurité, derrière la vitre en plexiglas. À dix-huit ans, Eric était un adolescent grand et musclé, un vrai mannequin de catalogue, avec des cheveux bruns bouclés coupés court. Il aimait se balader pieds nus, la chemise ouverte, le jean tombant sur les hanches. Mais à presque trente ans maintenant, ses traits avaient perdu de leur netteté pour devenir un bloc de chair, et ses cheveux se clairsemant, il les avait rasés plutôt que de livrer une bataille perdue d'avance. Il était magnifique la boule à zéro ; avec un anneau à l'oreille, il aurait pu jouer Monsieur Propre dans un spot publicitaire. Comme par fatalité, il avait suivi les traces de son père en embrassant une carrière qui lui procurait à la fois de l'autorité et une couverture légale pour maltraiter les gens à l'occasion. Du temps où Ig et Lee étaient encore amis (s'ils l'avaient jamais été), Lee avait mentionné qu'Eric était chargé de la sécurité du député. Selon lui, il s'était beaucoup radouci. Lee était parti à la pêche une ou deux fois avec lui. « Bon, pour appâter, il se sert des foies des manifestants qu'il a éviscérés, disait Lee. Il faut de tout pour faire un monde. »

— Eric, répondit Ig en reculant d'un pas. Comment vas-tu ?

— Impeccable, mec, je suis si heureux de te voir ! Et toi, Ig ? Ça boume ? T'as zigouillé quelqu'un ce week-end ?

— Ça va, déclara Ig.

— Tu n'en as pas l'air. On dirait que tu as oublié de prendre ta pilule.

— Quelle pilule ?

— Ben tu dois être malade pour te balader en anorak en suant comme un porc alors que dehors, il fait quarante degrés à l'ombre. En plus, tu as des cornes qui te sortent de la tête, et ça, tu ne vas pas me dire que c'est normal. Remarque, quelqu'un de normal n'aurait jamais tabassé à mort sa petite amie en la laissant crever dans les bois, ajouta Hannity tout en considérant Ig avec un plaisir manifeste. Tu sais que je suis fan de toi depuis ce coup-là, Ig ? Sans déconner. Ça faisait longtemps que j'avais envie qu'un truc comme ça arrive à ta putain de famille, histoire de lui rabattre son caquet. Ton frère surtout, qui passe à la télé tous les soirs avec une pin-up à moitié à poil sur les genoux et qui se fait une masse de fric, lui qui n'a jamais travaillé honnêtement un seul jour de sa vie. Et voilà que c'est arrivé. Grâce à toi, ta famille s'est retrouvée dans la merde jusqu'au cou et elle n'est pas près d'en sortir. Sincèrement, j'ai adoré. Tu pourrais pas nous faire un bis, Ig ?

Ig luttait pour empêcher ses jambes de trembler. Hannity le dominait de vingt centimètres et il devait peser cinquante kilos de plus que lui.

— Je suis juste venu discuter un peu avec Lee, affirma-t-il.

— Et si c'était ça, ton bis, hein ? poursuivit Eric Hannity comme s'il n'avait rien entendu. Tu te pointes au bureau du député après avoir ruminé un tas de conneries, avec une arme cachée dans ton anorak. Car tu as une arme, hein ? C'est pour ça que tu portes ce blouson, pour la cacher. Tu as un flingue, et je vais pouvoir te descendre, et je passerai en première page du *Boston Herald* pour avoir tué un forcené, le frère de Terry Perrish. Ça serait top, hein ? La dernière fois que j'ai vu ton frère, il m'a offert des billets gratis pour son show au cas où j'irais à L.A. Tout ça pour se faire mousser et m'en mettre plein la vue. J'adorerais ça, être le héros qui t'a réglé ton compte en te foutant une balle dans le citron avant que tu recommences. Aux funérailles, j'irais voir Terry et je lui demanderais s'il a toujours des billets gratis à m'offrir. Juste pour voir sa gueule. Allons, Ig. Avance jusqu'au détecteur, que je puisse avoir une bonne raison de te trouer la peau.

— Je ne veux pas entrer. Je vais attendre Lee dehors, dit Ig en reculant déjà vers la porte, trempé de sueur.

Comme il avait les mains moites, il poussa la porte du coude et l'espace d'un instant, il sentit la fusée glisser de sa manche. Terrifié, il crut qu'elle allait tomber par terre devant Hannity, mais il réussit à la rattraper avec son pouce et à la coincer.

Tout ce temps, Eric Hannity l'observait d'un air affamé, presque animal.

Quand Ig sortit dans la lumière du jour, le passage sans transition de la fraîcheur du bureau à la canicule extérieure lui causa un bref étourdissement. Le ciel s'éclaircit, s'obscurcit, puis redevint bleu.

Il était si déterminé durant le trajet jusqu'au bureau du député. Dans son esprit, tout avait semblé clair, net et précis. Il comprenait maintenant son erreur. Quelle crétinerie de s'être imaginé qu'il allait pouvoir tuer Lee Tourneau avec une fusée de signalisation ! D'ailleurs, Lee n'allait même pas daigner sortir pour lui parler.

En traversant le parking, son pas s'accéléra avec les battements de son cœur. Ce qu'il fallait, c'était s'en aller, rentrer à Gideon. Trouver un endroit tranquille où il serait seul et pourrait réfléchir. Après la journée qu'il avait passée, il avait désespérément besoin de retrouver ses esprits. Venir ici était un acte d'une telle imprudence que cela l'effrayait de penser qu'il pouvait se montrer si bêtement impulsif. Il y a de fortes chances pour qu'Eric Hannity cherche à me rattraper, songeait-il sans même oser se retourner, et si je ne me grouille pas un peu, je ne pourrai plus partir du tout. Pourtant une autre voix lui susurrait : « Dans dix minutes, Eric ne se rappellera même pas que tu es venu. Ce n'est pas à toi qu'il a parlé, c'est à son petit démon. »

Ig jeta la fusée à l'arrière de la Gremlin, claqua la portière du coffre, et il s'apprêtait à monter en voiture quand il entendit Lee l'appeler.

— Iggy ?

Au son de cette voix, sa température corporelle changea, elle chuta de plusieurs degrés, comme s'il avait avalé trop vite une boisson glacée. Ig se retourna et vit Lee à travers la brume de chaleur qui montait du bitume, une silhouette déformée, tremblotante, qui apparaissait et disparaissait, l'aura d'une âme au lieu d'un homme en chair et en os. Ses cheveux d'un blond blanc semblaient flamboyer. Eric Hannity était posté à côté de lui, son crâne rasé luisant au soleil, les bras croisés sur son torse puissant, les mains cachées sous les aisselles.

Hannity resta posté en arrière, près de l'entrée du bâtiment, mais Lee avança vers Ig. Dans la chaleur étouffante du jour, il semblait marcher sur l'air, couler comme du liquide ; pourtant, à mesure qu'il se rapprochait, sa silhouette prit de la consistance, et d'esprit mouvant sans substance, créé par une distorsion de l'air brûlant et de la lumière, il devint un homme, rien qu'un homme dont les pieds reposaient sur le sol. Il portait un jean et une chemise blanche, une tenue qui lui donnait davantage l'allure d'un charpentier que celle d'un assistant parlementaire. En s'approchant, il ôta ses lunettes de soleil réfléchissantes. Une fine chaîne d'or brillait à sa gorge.

Le bleu de son œil droit était de la teinte exacte du ciel d'août. Quant à son œil gauche, suite à l'accident, il n'avait pas été atteint d'une cataracte ordinaire, celle qui forme une taie blanche sur la rétine, mais d'une cataracte corticale, qui se manifestait par un éclat bleu pâle, une terrible étoile blanche perçant le noir de sa pupille. L'œil droit était clair, attentif, fixé sur Ig, mais l'autre était un peu tourné vers l'intérieur et semblait regarder au loin. Lee disait que son œil gauche voyait encore, mais pas nettement. C'était comme voir le monde à travers une fenêtre savonnée de blanc. Oui, Lee semblait fixer Ig de son seul œil droit. Qui sait ce que le gauche regardait ?

— J'ai eu ton message, dit Lee. Donc, tu sais.

Ig fut saisi, il n'avait pas imaginé que même sous l'influence des cornes, Lee admettrait son crime aussi crûment. Une autre chose le désarma, cet air timide, ce demi-sourire d'excuse sur le visage de Lee, une expression un peu gênée, comme si avoir violé et tué la femme qu'Ig aimait était une simple faute de savoir-vivre, telle que laisser des traces de boue sur un tapis neuf.

— Je sais tout, ordure, déclara Ig d'une voix tremblante.

Lee pâlit, des taches de couleur fleurirent sur ses joues. Il leva la main gauche, paume en avant, comme pour dire : « Attends un peu. »

— Ig. Je ne vais pas me chercher des excuses. Je sais, ce n'était pas une chose à faire, mais j'avais un peu trop bu, et manifestement, elle avait besoin de réconfort… Ensuite on s'est un peu emballés.

— C'est tout ce que tu trouves à dire pour ta défense ? Je suis venu ici pour te tuer.

Lee le scruta un moment, puis jeta un coup d'œil à Eric Hannity par-dessus son épaule et revint à Ig.

— Étant donné ton passif, tu ne devrais pas plaisanter, Ig. Après ce qui t'est arrivé, tu devrais faire gaffe à ce que tu dis en présence d'un policier. Surtout un flic comme Eric, qui prend tout au premier degré.

— Je ne plaisante pas.

— Ça n'excuse rien, mais sache que je me sens nul d'avoir fait ça, poursuivit Lee en triturant la chaîne en or qu'il avait autour du cou. En même temps, je ne suis pas mécontent que tu l'aies découvert. Ce n'était pas une fille pour toi, Ig. Tu es mieux sans elle.

Ig ne put s'en empêcher, un grondement de rage s'échappa de sa gorge et il avança vers Lee. Il pensait le faire reculer, mais Lee resta sur place, il se contenta de lancer un autre regard à Eric, qui hocha la tête en retour. Ig jeta lui-même un coup d'œil au policier, et il se figea en s'apercevant que son holster était vide. Vide parce qu'Eric tenait le revolver et le cachait sous son aisselle. Sans vraiment le voir, Ig sentait que le flingue était là, il sentait son poids, son volume, comme s'il le tenait lui-même. Eric s'en servirait, Ig n'en doutait pas une seconde. Il mourait d'envie de tuer le frère de Terry Perrish et de passer en première page des journaux. UN POLICIER ABAT UN FORCENÉ SOUPÇONNÉ DE MEURTRE. Si Ig posait la main sur Lee, il lui fournirait juste le prétexte dont il avait besoin pour l'exécuter. Les cornes feraient le reste, elles pousseraient Hannity à assouvir ses plus bas instincts. C'est ainsi qu'elles marchaient.

— Je ne me doutais pas que tu tenais à elle, dit enfin Lee en respirant régulièrement, sans saccades. Bon sang, Ig, c'est une moins que rien. Glenna est une brave fille, mais elle n'a jamais valu grand-chose. Je croyais que tu t'étais juste maqué avec elle pour ne plus habiter chez tes vieux.

Ig ne comprenait rien à ses propos. Un moment, le monde sembla se figer, même les stridulations des cigales marquèrent une pause. Alors Ig comprit, il se rappela ce que Glenna lui avait avoué le matin même, la première confession que les cornes avaient provoquée. Dire que cette scène ne datait que de ce matin…

— Ce n'est pas d'elle dont je parle, reprit Ig. Comment as-tu pu t'imaginer que je parlais d'elle ?

— Alors de qui ?

C'était incompréhensible. Dès que les gens voyaient Ig, leurs secrets leur tombaient de la bouche. Ils ne pouvaient s'en empêcher. Le type de l'accueil voulait se travestir avec les fringues de sa mère, Eric Hannity voulait avoir un prétexte pour zigouiller Ig, qu'on voie sa gueule dans les journaux, et maintenant, c'était au tour de Lee. Or le seul acte inavouable qu'il avait à confesser, c'était de s'être fait tailler une pipe sur un parking un soir de beuverie.

— Merrin, dit alors Ig d'une voix rauque. Je parle de ce que tu as fait à Merrin.

Lee pencha la tête, juste un peu, comme un chien dresse l'oreille pour écouter un bruit lointain, puis il poussa un léger soupir.

— Je ne pige pas, Ig, affirma-t-il en secouant à peine la tête. Qu'est-ce que je suis censé avoir fait à…

— Tu l'as tuée, ordure. Je sais que c'est toi. Tu l'as tuée et tu as obligé Terry à la boucler.

Lee le scruta longuement, puis il lança encore un coup d'œil à Eric Hannity, pour vérifier s'il risquait d'entendre leur conversation, devina Ig. Mais non, Eric était trop loin. Quand Lee revint à lui, son visage était vide, sans expression. C'était un changement si brusque qu'Ig faillit pousser un cri de terreur. Plutôt comique pour un diable d'avoir peur d'un homme, alors que ça devrait être le contraire.

— C'est Terry qui t'a dit ça ? demanda Lee. Dans ce cas, c'est un sacré menteur.

Lee était manifestement insensible à l'effet des cornes, et Ig ne comprenait pas pourquoi. Il y avait un mur dressé entre elles et lui, que les cornes ne pouvaient transpercer. Ig essaya de les forcer à faire leur boulot, et un instant, il sentit en elles un élancement intense, dû à un soudain afflux de chaleur et de sang, mais cela ne dura pas. C'était comme de jouer de la trompette alors qu'un gros tampon de chiffon bourre le tuyau. On peut s'épuiser à souffler dedans, elle ne produira aucun son. Lee pouvait-il même voir les cornes ? Il n'avait fait aucune remarque à leur sujet, ne les avait pas regardées.

— J'espère qu'il n'est pas allé raconter ça à d'autres, continua Lee. Ni toi non plus.

— Pas encore. Mais sous peu, tout le monde saura ce que tu as fait.

— Il vaudrait mieux pas, menaça Lee, et sa mâchoire se durcit. Tu es en train d'enregistrer ?

— Oui, répondit Ig, trop lentement.

De toute façon, ce n'était pas la bonne réponse ; personne n'usant de ce genre de ruse n'irait l'admettre ouvertement.

— Mais non, tu ne nous enregistres pas. Tu n'as jamais su mentir, Ig, souligna Lee en souriant.

Sa main gauche triturait la chaîne en or qu'il avait autour du cou. Il gardait la droite fourrée dans sa poche.

— Dommage pour toi, reprit-il. Si tu avais enregistré cette conversation, tu aurais peut-être pu aboutir à quelque chose. Mais tel que c'est parti, tu ne pourras jamais prouver quoi que ce soit. Peut-être que ton frère avait bu quand il t'a dit ça, je ne sais pas, mais si j'étais toi, je me sortirais ça de la tête. Je n'irais sûrement pas colporter à la ronde des histoires à dormir debout qui ne feront du bien à personne. Réfléchis. Tu imagines Terry allant voir la police pour raconter que c'est moi qui ai tué Merrin sans autre argument que sa parole contre la mienne ? Et ce alors qu'il a gardé le silence durant toute une année ? Sans aucun élément qui vienne confirmer ses dires ? Parce qu'il n'y en a aucun, Ig. Ils ont tous disparu. Si jamais il faisait ça, au mieux, ce serait la fin de sa carrière. Au pire, on se retrouverait tous les deux en taule. Parce que je te promets que je n'irai pas sans lui. Si j'y vais, il y va aussi.

Lee sortit la main de sa poche pour se frotter l'œil, le bon, comme pour en ôter un grain de poussière. Un instant, le droit fut fermé, et il fixa Ig de son iris troué de rayons blancs. Pour la première fois, Ig comprit ce qu'il y avait de si terrible dans cet œil. Il n'était pas mort. Il était juste… occupé à d'autres choses. Comme s'il y avait deux Lee Tourneau. Celui qui avait été son ami durant plus de dix ans, un homme qui pouvait reconnaître devant des enfants qu'il était un pécheur, un homme qui donnait son sang à la Croix-Rouge trois fois par an. Et l'autre Lee Tourneau, celui qui considérait le monde autour de lui avec l'intérêt d'un animal à sang froid.

Après avoir ôté ce qui le gênait en se frottant l'œil, Lee laissa retomber sa main contre son flanc et la remit l'air de rien dans sa poche. Il avança de nouveau. Ig recula, pour rester hors de sa portée. Pourquoi était-ce vital à ce point-là de rester à distance de Lee Tourneau ? Ig l'ignorait. Les stridulations des cigales dans les arbres formaient un vrombissement terrible, lancinant, qui lui emplissait la tête.

— Elle était ton amie, Lee, dit Ig, reculant toujours en contournant l'avant de la voiture. Elle avait confiance en toi, et tu l'as violée, tu l'as tuée, tu l'as laissée dans les bois.

— Tu te trompes sur un point, rectifia Lee d'une voix basse et posée. Ce n'était pas un viol. Je comprends que tu préfères cette version-là, mais franchement, elle avait envie que je la baise. Cela faisait des mois qu'elle cherchait à m'allumer en m'envoyant des messages, en jouant à des petits jeux. Tout ça derrière ton dos. En fait, elle attendait juste que tu partes pour Londres pour conclure.

— Non, protesta-t-il, tandis qu'une chaleur malsaine lui montait au visage, partant de derrière les cornes. Elle a peut-être couché avec quelqu'un d'autre, mais elle n'aurait jamais couché avec toi, Lee.

— Elle t'a avoué qu'elle voulait coucher avec d'autres. De qui crois-tu qu'elle parlait ? Franchement, Ig, ça revient sans arrêt, comme une rengaine. Un jour ou l'autre, il faut que tes nanas viennent me sucer la queue, ajouta-t-il en montrant les dents avec un rictus féroce, agressif, sans un brin d'humour.

— Elle s'est débattue.

— Tu ne voudras pas me croire, Ig, mais ça aussi elle le voulait, elle voulait que je la force, que ce soit moi qui mène le jeu. Sans doute qu'elle en avait besoin. C'était le seul moyen pour elle de dépasser ses inhibitions. Tout le monde a un côté sombre. Tu sais qu'elle a joui pendant qu'on baisait, hein ? Là-bas dans les bois avec moi... Elle a joui fort. C'était sûrement un de ses fantasmes. Un relent primitif. Être prise de force pendant qu'elle se débattrait bec et ongles dans la sombre forêt.

— Et se faire défoncer le crâne à coups de pierre pour finir ? Ça faisait aussi partie du fantasme ?

Entre-temps, Ig avait contourné l'avant de la Gremlin jusqu'au côté passager, et Lee l'avait suivi pas à pas, mais il s'arrêta.

— Va demander à Terry. C'est lui qui s'est chargé de ça.

— Tu mens, murmura Ig.

— La vérité ne compte pas dans cette affaire, dit Lee, et sa main gauche ressortit de l'ouverture de sa chemise.

Elle tenait une croix en or, qui scintilla au soleil. Lee se mit à la sucer, puis il la laissa retomber.

— Personne ne sait ce qui s'est passé cette nuit-là. Si je l'ai frappée avec la pierre, si c'est Terry, si c'est toi… Personne ne saura jamais ce qui s'est vraiment passé. Tu n'as pas un seul élément à faire valoir, et je ne vais passer de marché avec aucun de vous deux, alors qu'est-ce que tu veux au juste ?

— Je veux te voir crever le nez dans la poussière. Que tu meures comme elle, sans espoir, en proie à la peur et à la souffrance.

Lee sourit, comme si on lui avait fait un compliment.

— Vas-y, fais-le, railla-t-il.

Il avança d'un pas en cherchant à lui porter un coup, mais Ig ouvrit soudain la portière, qui vint durement cogner Lee dans les jambes, et quelque chose tomba par terre, avec un bruit de métal raclant l'asphalte.

C'était un couteau suisse avec une lame de dix centimètres, qui tournoya sur le sol. Lee chancela en poussant un cri étranglé, le souffle coupé, et Ig saisit l'occasion pour grimper dans la voiture et passer sur le siège du conducteur. Il ne prit même pas la peine de claquer la portière passager.

— Eric ! hurla Lee. Eric, il a un couteau !

La Gremlin démarra en grinçant furieusement et Ig appuya sur le champignon avant même d'être calé dans son siège. La voiture fit une embardée, et la portière côté passager se ferma en claquant d'un coup sec. Dans le rétro, il vit qu'Eric Hannity traversait le parking au pas de course, en tenant le canon de son pistolet pointé vers le sol.

Les pneus arrière firent voler des débris d'asphalte qui brillèrent au soleil. En s'éloignant, Ig jeta encore un coup d'œil dans le rétro et il les vit plantés dans le nuage de poussière. Le bon œil de Lee était à nouveau fermé, et il agitait la main pour chasser la poussière qui volait dans l'air. Mais son œil gauche resté ouvert suivait Ig avec une étrange fascination.

24

Au retour, il ne prit pas l'autoroute. Pour rentrer où, d'ailleurs ? Cette fois, Ig conduisait machinalement, sans destination précise. Ce qui venait de se passer le laissait passablement perplexe. C'était moins ce que Lee avait pu dire ou faire que ce qu'il n'avait pas dit ou fait. Les cornes ne semblaient pas l'atteindre. Parmi tous les gens qu'Ig avait rencontrés aujourd'hui, Lee était le seul à ne lui avoir révélé que ce qu'il voulait bien ; sa confession était délibérée, elle ne répondait pas à une pulsion irrépressible.

Ig voulait quitter la route dès que possible. Et si Lee allait appeler la police pour leur dire qu'il s'était pointé aux bureaux du député l'esprit dérangé pour se ruer sur lui avec un couteau ? Non, Lee ne mêlerait pas la justice à cette affaire s'il pouvait l'éviter. Pourtant, Ig prit garde de ne pas faire d'excès de vitesse et il guetta dans le rétroviseur l'apparition d'éventuelles voitures de patrouille.

Il aurait voulu avoir les nerfs d'acier d'un Dr Dre, mais il arrivait au seuil critique où son corps et son esprit menaçaient de le lâcher tant il était épuisé, à bout de souffle. Impossible de continuer comme ça. Il lui fallait reprendre sa vie en main. En fait, il lui fallait une scie, une putain de scie aux dents bien acérées, pour couper ces satanés trucs qui lui sortaient de la tête.

Le soleil tapait sur la vitre par éclairs sur un rythme régulier, hypnotique. Des images se succédaient au même rythme dans son esprit. Le couteau suisse ouvert, tournoyant sur le bitume. Vera dévalant la colline en fauteuil roulant, Merrin lui décochant un message avec sa croix dix ans plus tôt à l'église, son apparition dans le moniteur de sécurité au bureau du député, la croix d'or brillant au cou de Lee... Ig tressaillit et ses genoux cognèrent le volant. Une idée lui vint, particulièrement odieuse : c'était la croix de Merrin que Lee portait, après l'avoir prise comme trophée sur son cadavre. Sauf que Merrin ne la portait pas lors de leur dernière soirée. La croix était ordinaire, sans marque distinctive, pourtant Ig en était certain : c'était la sienne, celle que Merrin portait autour du cou le premier jour où il l'avait vue.

Il ne cessait de tortiller son bouc en se demandant si l'insensibilité de Lee à l'influence des cornes pouvait venir de là, tout simplement, si la croix de Merrin coupait l'effet des cornes, ou l'atténuait considérablement. Les croix éloignaient bien les vampires, non ? Quelles conneries... Pas plus tard que ce matin, il était entré dans la maison du Seigneur. Or le père Mould et sœur Bennett lui avaient déballé tous leurs secrets, lui demandant même la permission de pécher encore.

Sauf qu'à ce moment-là, le père Mould et sœur Bennett ne se trouvaient pas dans l'église, mais au sous-sol, qui n'était pas un lieu sacré, mais un gymnase. Portaient-ils sur eux quelque insigne religieux, croix ou autre ? Ig se rappela que la croix du père Mould était pendue à l'une des barres du banc de musculation, et que la sœur ne portait rien autour du cou. Alors, Ig Perrish ? Que dites-vous de ça ? Rien. Ig se contenta de rouler.

En croisant un Dunkin'Donuts condamné sur sa gauche, il se rendit compte qu'il approchait des bois en lisière de la ville, non loin de la route qui menait à la vieille fonderie. Il était à moins d'un kilomètre de l'endroit où Merrin avait été tuée, là où, la veille, il avait piqué une crise de rage et s'était pissé dessus en voulant profaner les divers objets qu'on y avait déposés à sa mémoire, pour finir par tomber dans les vapes. C'était comme si le cours de la journée avait dessiné un grand cercle qui le ramenait inévitablement à son point de départ.

Il ralentit et tourna. La Gremlin rugit un peu en cahotant sur la piste de graviers bordée d'arbres dont les branches formaient une voûte de feuillage. À quinze mètres de la route principale, le sentier était bloqué par une chaîne portant un panneau « Défense d'entrer ». Il la contourna par le côté et rejoignit le chemin juste après.

Bientôt, la fonderie apparut à travers les arbres. Elle se trouvait sur un terrain à découvert en haut d'une colline et aurait dû être au soleil. Pourtant, elle était dans l'ombre. Peut-être un nuage masquait-il le soleil ? Mais non, remarqua Ig en clignant des yeux. À travers le pare-brise, le ciel de fin de journée était d'une incroyable clarté.

Il roula jusqu'au bord de la prairie qui entourait les ruines de la fonderie, puis s'arrêta et descendit de voiture en laissant tourner le moteur.

Quand il était môme, la fonderie ressemblait à un château en ruines sorti tout droit d'un conte des frères Grimm, un château niché au fond de la sombre forêt, où un méchant prince attirait des innocents pour les massacrer… Et c'était advenu. Ig était surpris de découvrir avec ses yeux d'adulte que la fonderie n'était pas si loin dans les bois en fin de compte, seulement à une trentaine de mètres de la route. Il approcha du lieu où le corps de Merrin avait été retrouvé, devenu un mémorial pour ses parents et amis. Il connaissait le chemin, il y était venu souvent depuis sa mort. Des serpents le suivaient, mais il fit mine de ne pas les remarquer.

Le cerisier était comme il l'avait laissé la veille au soir. Les photos qu'il avait arrachées des branches gisaient éparses dans les mauvaises herbes et les buissons. L'écorce pâle du tronc s'écaillait en montrant le bois rouge qui pourrissait en dessous. Ig avait uriné sur les herbes, sur ses pieds, et sur le visage de la Vierge Marie en plastique disposée au creux de deux grosses racines. Cette Marie au sourire béat, symbole d'une histoire qui ne voulait rien dire, servante d'un Dieu qui n'était plus bon à rien ni à personne, il l'avait méprisée, outragée. Il était certain que Merrin avait appelé Dieu à son secours en son cœur sinon à haute voix, aux pires moments de son martyre. La ligne étant encombrée, on l'avait priée de renouveler son appel ultérieurement. Une fois qu'elle serait bel et bien morte.

Son regard effleura par hasard la statue de Marie, s'en détourna, puis y revint. On aurait dit qu'elle était passée par les flammes. La moitié droite de sa face radieuse était noircie comme un marshmallow grillé trop longtemps au-dessus d'un feu de camp ; quant au côté gauche, il avait fondu comme de la cire et était tout plissé et déformé. À cette vue, Ig eut un léger vertige, il chancela, posa le pied sur quelque chose de rond et de lisse qui roula sous son talon et…

… l'espace d'un instant il fit nuit, les étoiles tournoyèrent au-dessus de sa tête, et lui, scrutant le ciel

à travers les branches et les feuilles frémissantes, dit : « Je te vois là-haut. » À qui parlait-il ? À Dieu ? Il chancela dans la nuit tiède avant de…

… se retrouver le cul par terre dans la poussière. Il regarda devant ses pieds et vit qu'il avait trébuché sur une bouteille de vin, celle qu'il avait apportée la veille au soir. Il la ramassa, la secoua, vit le vin bouillonner à l'intérieur.

Ig se releva et, renversant la tête, troublé, il regarda les branches du cerisier, dont les feuilles frémirent doucement. Passant une langue pâteuse sur son palais, il sentit le goût âcre de sa salive, puis il fit demi-tour et regagna la voiture.

En chemin, il piétina un ou deux serpents, toujours sans leur prêter attention. Il déboucha la bouteille et en but une gorgée. Après avoir chauffé toute la journée au soleil, le vin était brûlant, mais Ig s'en fichait. Il avait le goût de Merrin quand il la butinait, un goût d'huiles et de cuivre. Un goût d'herbes aussi, comme si le vin avait absorbé la fragrance de l'été, après avoir passé la soirée sous l'arbre.

Ig roula jusqu'à la vieille fonderie en rebondissant doucement sur la prairie envahie de hautes herbes. Tout en roulant, il scruta le vieil édifice, guettant un signe de vie. Dans son enfance, un après-midi d'été comme celui-ci, la moitié des gamins de Gideon serait venue là en quête de sensations, une cigarette, une bière, un baiser, un petit pelotage en douce, ou encore un avant-goût de mort sur la piste Evel Knievel. Mais les lieux étaient vides et désolés à la dernière lueur du jour. Peut-être que, depuis le meurtre, les gosses n'aimaient plus autant venir ici. Peut-être croyaient-ils ces lieux hantés. Peut-être n'avaient-ils pas tort.

Il gagna l'arrière du bâtiment et gara la Gremlin à l'ombre d'un chêne. Une jupe bleue en dentelles, un long bas noir et un manteau pendaient des branches, comme les fruits moisis d'un arbre à linge. Au bas du pare-chocs avant partaient les vieux tuyaux rouillés qui descendaient jusqu'à l'eau. Il éteignit le moteur et sortit pour jeter un coup d'œil.

Ig n'y était pas entré depuis des années, mais la fonderie était à peu près comme dans son souvenir, béant à ciel ouvert, ses arches et ses piliers de brique montant dans la lumière rougeâtre et oblique de la fin du jour. Trente ans de graffiti couvraient ses murs en couches successives. Pour la plupart, les messages personnels étaient incohérents, mais au fond, ils n'avaient pas grande importance et se ressemblaient tous : *Je suis. J'étais. Je veux être.*

Un des murs s'était en partie écroulé, et Ig contourna un amas de briques, puis dépassa un tonneau rempli d'outils rouillés. À l'autre bout de la plus grande salle se trouvaient la cheminée et le haut-fourneau, dont la gueule ouverte était assez grande pour qu'on puisse y entrer en rampant.

Ig s'en approcha et scruta par l'ouverture l'espace au-delà. Il vit un matelas et des bouts de chandelles rouges à moitié fondues. Une couverture bleue sale et tachée était rejetée du matelas. Derrière, sous le puits de lumière cuivrée centré juste sous la cheminée, il y avait les restes d'un feu de camp. Ig ramassa la couverture et la sentit. Elle puait l'urine rance, la fumée, et il la relâcha aussitôt.

En revenant à la voiture pour prendre la bouteille de vin et son portable, il dut enfin admettre que les serpents le suivaient. Il entendait leurs bruissements dans l'herbe sèche. Il devait y en avoir une bonne dizaine. Ig saisit un débris de béton gisant parmi les herbes, se tourna et leur jeta dessus. Un serpent l'esquiva tranquillement. Aucun ne fut touché. Ils s'immobilisèrent et l'observèrent dans les dernières lueurs du jour.

Il concentrait son regard sur la voiture en s'efforçant de les ignorer quand un serpent ratier de soixante centimètres de long tomba du chêne audessus et heurta le capot de la Gremlin avec un petit bang. Ig recula en poussant un cri d'effroi, puis avança pour s'en saisir et le rejeter au loin.

Il pensait l'avoir pris par la tête, mais il l'avait saisi trop lentement, à mi-corps, et le serpent, se tortillant sur lui-même, planta ses crochets dans sa main. C'était comme d'avoir le pouce perforé par une agrafeuse industrielle. Ig grogna et balança le serpent dans les buissons. Puis il fourra son pouce dans sa bouche et suça le sang. Il n'était pas inquiet. Il n'y avait pas de serpents venimeux dans le New Hampshire. Non, pour être exact, Dale Williams, qui aimait bien emmener Ig et Merrin en randonnée dans les White Mountains, les avait mis en garde contre les serpents à sonnettes. Mais en leur racontant ça, il gardait l'air réjoui, avec ses bonnes grosses joues d'un rouge luisant, et Ig n'avait entendu personne d'autre parler de serpents à sonnettes dans le New Hampshire.

Il pivota sur lui-même. Décidément, il était bien entouré. Il y en avait presque une vingtaine à présent.

— Fichez-moi le camp ! rugit-il.

Ils se figèrent en l'observant de leurs yeux en fentes pailletés d'or, puis s'éparpillèrent en virant de-ci de-là dans les hautes herbes. Ig crut en voir un ou deux lui lancer en partant un regard désappointé.

Il repartit d'un air digne vers la fonderie et se hissa par une ouverture située à un mètre cinquante du sol. Une fois là, il se retourna pour jeter un dernier regard dans le crépuscule. Un seul serpent avait désobéi et l'avait suivi jusqu'aux ruines. Il glissait en tous sens juste en dessous, c'était une petite couleuvre rayée au dessin délicat, et elle le fixait de l'air avide et excité d'une groupie qui fait le siège sous le balcon d'une rock star.

— Va te faire voir ailleurs ! lui cria-t-il.

Peut-être se l'imagina-t-il, mais il lui sembla qu'elle se tortillait plus frénétiquement encore, comme en extase. Elle lui fit penser aux spermatozoïdes qui nagent en frétillant pour remonter jusqu'à la matrice, à une sorte d'énergie érotique débridée… Un enchaînement d'idées assez déconcertant. Tournant le dos, il s'éloigna aussi vite qu'il le put sans se mettre à courir.

Il resta dans le fourneau à biberonner, et à chaque gorgée de vin, la pénombre autour de lui devint plus dense. Quand il n'y eut plus une goutte de merlot au fond de la bouteille, il suça son pouce meurtri par la morsure du serpent.

Pas question de passer la nuit dans la Gremlin. D'abord parce qu'il avait de mauvais souvenirs de la dernière fois où il s'y était assoupi, ensuite parce qu'il n'avait guère envie de se réveiller pour voir le pare-brise recouvert d'une masse grouillante de serpents.

Ig aurait bien voulu allumer les bougies, mais il redoutait d'aller jusqu'à la voiture pour se servir de l'allume-cigares, car il était certain que les serpents étaient toujours là à l'attendre dans le noir.

Peut-être trouverait-il un briquet ou une boîte d'allumettes quelque part dans le fourneau ? Comme il fourrait la main dans sa poche pour prendre son portable et se servir de l'écran lumineux pour regarder, il sentit quelque chose, une petite boîte en carton de la taille d'une…

Une boîte d'allumettes. Médusé, il la sortit de sa poche et quand il l'eut sous les yeux, des frissons lui parcourent l'échine. Non seulement parce qu'il ne fumait pas et se demandait comment cet objet avait pu lui tomber entre les mains, mais surtout parce qu'il était écrit ALLUMETTES LUCIFER en gros sur la pochette, dans un lettrage noir tarabiscoté, sous un dessin montrant une silhouette de diable noir bondissant de la boîte, la tête rejetée en arrière, avec un bouc torsadé et des cornes dressées vers le ciel.

Un instant, ce fut là, tout près : le souvenir de ce qui s'était passé la veille au soir, de ce qu'il avait fait, mais dès qu'il voulut s'en saisir, il lui glissa des mains tel un serpent.

Il ouvrit le petit tiroir de la boîte Lucifer. Il en restait une dizaine. C'étaient de grosses allumettes de cuisine aux têtes enduites d'une drôle de teinte, un noir violacé un peu malsain. Elles sentaient l'œuf pourri, et devaient être là depuis un bon bout de temps. Ce serait un miracle s'il parvenait à en allumer une. Pourtant celle qu'il racla sur le grattoir prit feu en sifflant au premier essai.

Ig se mit à allumer les bougies. Il y en avait six en tout, disposées en une sorte de demi-cercle. Elles projetaient leur clarté rougeâtre sur les briques, et il vit son ombre surgir et rebondir sur la voûte du plafond, avec ses cornes bien reconnaissables. Puis, baissant les yeux, il s'aperçut que l'allumette s'était consumée dans ses doigts sans qu'il ait ressenti la moindre brûlure. Frottant son pouce contre son index, il regarda les restes noircis de l'allumette s'effriter. Son pouce ne lui faisait plus mal là où le serpent ratier l'avait mordu. Dans la semi-pénombre, il n'en distinguait même plus la marque.

Quelle heure pouvait-il être ? Comme il n'avait pas de montre, il ralluma son téléphone portable pour regarder l'heure affichée sur l'écran : presque 9 heures. La batterie était faible et il y avait cinq messages, qu'il se mit à écouter.

Premier message : « Ig, c'est Terry. Vera est à l'hôpital. Le frein de son fauteuil roulant a lâché, elle a dévalé la colline et a percuté la barrière. Elle a de la chance d'être en vie. Elle s'est pété la gueule plus une ou deux côtes. On l'a placée en soins intensifs, et il est trop tôt pour se prononcer. Rappelle-moi. » Clic, c'était fini. Aucune allusion à leur rencontre le matin même dans la cuisine, mais Ig n'en était pas surpris. Pour Terry, elle ne s'était pas produite.

Deuxième message : « Ig, c'est ta mère. Terry t'a dit, pour Vera. On la garde sous perfusion de morphine, mais au moins, son état est stationnaire. J'ai parlé avec Glenna. Elle ne sait pas trop où tu es. Rappelle-moi. Je sais qu'on a parlé plus tôt dans la journée, mais c'est une telle pagaille dans ma tête que je ne me rappelle pas quand, ni de quoi. » Elle concluait en disant « Je t'aime », ce qui le fit ricaner… Cette facilité avec laquelle les gens mentent aux autres, et à eux-mêmes.

Troisième message : « Salut, fiston. C'est Papa. Je suppose que tu es au courant : ta grand-mère a percuté la barrière à fond la caisse, comme un camion fou. Je faisais une petite sieste et quand je me suis réveillé, il y avait une ambulance devant la maison. Tu devrais appeler ta mère. Elle est bouleversée… C'est bizarre, j'ai rêvé de toi, ajouta son père après un petit silence. Un drôle de rêve. »

Le suivant était de Glenna : « Ta mémé est à l'hosto, aux urgences. Elle a perdu les pédales et son fauteuil est allé se flanquer en plein dans la barrière en bas de la maison. Je ne sais pas où tu es, ni ce que tu fabriques. Ton frère est venu. Il te cherchait. Si tu reçois ce message, tu devrais passer à l'hôpital. Ta famille a besoin de toi... Euh, excuse, reprit Glenna après avoir fait un petit rot. J'ai mangé un de ces beignets de supermarché ce matin et il m'est resté sur l'estomac. J'ai eu mal au ventre toute la journée... J'irais bien à l'hôpital avec toi, mais je n'ai jamais rencontré ta mémé, et je connais à peine tes parents. C'est bizarre, mais c'est comme ça. Ou peut-être qu'au contraire, ce n'est pas bizarre du tout. Tu es le garçon le plus gentil du monde, Ig, je l'ai toujours pensé. Mais je crois qu'au fond, tu as toujours eu honte d'être avec moi après être resté toutes ces années avec elle. Parce que c'était une fille bien, qui ne faisait jamais d'erreurs, tandis que moi je ne fais que ça, je me plante tout le temps et j'ai de mauvaises manières. Je ne t'en veux pas, tu sais. D'avoir honte. Si ça peut te rassurer, moi non plus je ne m'estime pas beaucoup. Je me fais de la bile pour toi, Ig. Prends bien soin de ta mémé. Et de toi. »

Ce message-là le prit au dépourvu, ou peut-être fut-ce sa réaction qui le surprit. Il s'était attendu à n'avoir pour elle que haine et mépris, or sa tendresse prenait le dessus. Glenna n'avait pas été avare avec lui, ni de son corps ni du reste. Elle l'avait pris comme il était, et il n'était pas un cadeau, avec son cafard permanent, son obsession malsaine pour une petite amie morte. Et c'était vrai : Ig s'était mis avec elle parce que d'une certaine façon, cela l'aidait d'être avec quelqu'un d'aussi paumé que lui, quelqu'un qu'il pouvait prendre un peu de haut. Glenna avait un tatouage, un bunny de playboy, dont elle ne se rappelait pas qui le lui avait tatoué, ni où, ni quand, tant elle était ivre à ce moment-là, et elle collectionnait les embrouilles… Elle s'était maquée une demi-douzaine de fois avec des mecs dont aucun ne rachetait l'autre : un homme marié, un dealer qui la maltraitait, un gars qui avait pris des photos d'elle à son insu pour les montrer ensuite à ses potes. Sans parler de Lee Tourneau.

Il réfléchit à ce qu'elle lui avait confessé sur Lee Tourneau le matin même. Lee avait été son premier flirt, il avait volé pour elle. Ig ne s'était jamais senti possessif ni exclusif envers Glenna, il n'avait jamais cru en l'avenir de leur relation, ils partageaient juste le même appart, le même lit, sans former un couple à proprement parler. Pourtant, imaginer Glenna à genoux et Lee Tourneau lui fourrant sa bite dans la bouche était une vision d'horreur qui le faisait presque défaillir de dégoût. Aussi, à l'idée de Lee rôdant autour de Glenna, il avait peur pour elle, mais il n'eut pas le temps de s'attarder là-dessus. Le répondeur enchaînait le dernier message. C'était à nouveau Terry.

« Je suis toujours à l'hosto, disait-il. Pour être franc, je m'en fais plus pour toi que pour Vera. Personne ne sait où tu es et ton putain de téléphone ne répond jamais. Je suis passé chez toi. Glenna ne t'a pas vu depuis hier soir. Est-ce que vous vous êtes disputés ? Elle n'avait pas l'air dans son assiette… »

Terry observa un petit silence et quand il reparla, ce fut d'un ton mesuré, il semblait peser ses mots et les choisir avec un soin étrange.

« Je sais qu'on a causé une fois tous les deux depuis que je suis rentré, mais je ne me souviens pas du tout de quoi, ni si on a fait des projets pour les jours à venir… Quand tu as ce message, rappelle-moi. Dis-moi où tu es. »

Ig crut que c'était tout. Que Terry allait raccrocher. Mais non, il y eut une inspiration saccadée, puis, d'une voix rauque, angoissée, son frère ajouta : « Pourquoi est-ce que je n'arrive pas à me rappeler ce qu'on s'est dit la dernière fois qu'on s'est parlé ? »

Chacune des bougies projetait son ombre sur la voûte en brique du plafond, ce qui faisait six diables réunis au-dessus de lui tels des proches veillant autour d'un cercueil. Leurs silhouettes oscillaient, sur une mélopée funèbre qu'eux seuls pouvaient entendre.

Ig s'inquiétait pour Glenna, il mâchouillait sa barbe en se demandant si Lee Tourneau chercherait à le retrouver pour lui régler son compte et risquait de lui rendre visite dans la nuit. Mais quand il appela à l'appartement, il n'y eut aucune sonnerie et le répondeur se déclencha d'office. Ig ne laissa pas de message. Qu'aurait-il pu lui dire ? « Salut chérie, je ne rentrerai pas ce soir… Je veux rester seul tant que je n'aurai pas décidé ce que je vais faire de ces cornes. Au fait, ce soir, évite de tailler une pipe à Lee Tourneau. Ce n'est pas un mec bien. » Si elle ne répondait pas au téléphone, c'est qu'elle était déjà couchée. Elle avait dit qu'elle était patraque. Basta, pensa Ig. Laisse tomber. Lee ne va pas venir frapper à sa porte à minuit armé d'une hache. Il chercherait à se débarrasser de lui en prenant le minimum de risques, Ig en était persuadé.

Il prit la bouteille, la porta à ses lèvres, mais elle était toujours désespérément vide, et cela le mit en rage. C'était déjà pénible d'être un rebut de l'humanité, il fallait en plus qu'il soit sobre. De dépit, il se tourna, et il s'apprêtait à balancer la bouteille vide quand il se figea soudain en découvrant ce qui se trouvait à l'entrée du fourneau.

Les serpents avaient réussi à pénétrer dans la fonderie, et il y en avait tant qu'il en eut le soufflé coupé. Ils formaient une masse mouvante qui grouillait à la porte du fourneau, piquetée d'yeux noirs avides qui brillaient à la lueur des bougies. Après un instant d'hésitation, il acheva son geste, et la bouteille heurta le sol devant eux, projetant des éclats de verre. Pour la plupart, les serpents s'éparpillèrent, disparaissant dans les piles de briques ou par l'une des nombreuses ouvertures. Certains pourtant ne s'éloignèrent qu'à peine et le fixèrent d'un air presque accusateur.

Il claqua la porte sur eux, se jeta sur le matelas puant et tira la couverture sur lui. Ses pensées étaient pleines de bruit et de fureur, peuplées de gens qui le harcelaient en lui confessant à grands cris leurs péchés et en lui demandant la permission d'en commettre davantage. Il ne voyait vraiment pas comment il pourrait jamais s'endormir, mais le sommeil vint à lui, il étouffa sa conscience en tirant un sac noir sur sa tête, et pendant six heures, Ig fut comme mort.

25

Iggy se réveilla dans le fourneau, enveloppé dans la vieille couverture souillée d'urine. Il faisait une fraîcheur agréable au pied de la cheminée, et il se sentait en pleine forme. Les brumes du sommeil se dissipant, une idée s'imposa à lui, réjouissante entre toutes. Ce qui s'était passé la veille n'était qu'un mauvais rêve.

Oui, il avait uriné sur la croix et la Vierge Marie en maudissant Dieu et sa propre vie, ivre d'alcool et de chagrin, possédé d'une rage dévastatrice. Mais, dans le moment de vide qui avait suivi, il avait titubé jusqu'ici pour finir par tomber dans les pommes. Tout le reste n'était qu'un cauchemar particulièrement convaincant : les cornes qui lui étaient poussées, ces atroces confessions qui s'étaient succédé jusqu'à la plus terrible de toutes, celle de Terry et de son impossible secret ; lui-même, relâchant le frein du fauteuil roulant et précipitant Vera en bas de la colline ; sa visite au bureau du député et sa troublante confrontation avec Lee Tourneau et Eric Hannity ; puis son retour à la fonderie, quand il s'était réfugié dans le haut-fourneau désaffecté pour échapper à une horde de serpents éperdus d'amour.

Avec un soupir de soulagement, Ig porta les mains à ses tempes. Les cornes. Elles étaient là, dures comme de l'os, et brûlaient d'une fièvre malsaine. Un cri résonna soudain, comme pour ponctuer sa propre horreur. Pourtant, il ne venait pas de lui, mais de loin, du dehors. Malgré la trappe en fer et les murs de brique voûtés qui étouffaient les sons extérieurs, il entendit encore au milieu de rires une jeune fille qui criait d'une voix aiguë, angoissée : « Non, s'il te plaît, arrête ! »

Le cœur battant, Ig poussa sur la trappe et se faufila par l'ouverture pour se retrouver dans la clarté d'un matin d'août. Un autre cri de peur, ou de douleur, lui vint de la gauche, par l'une des trouées du bâtiment. À son timbre un peu rauque et voilé, Ig comprit que la voix n'était pas celle d'une fille, mais celle d'un jeune garçon en proie à la panique. Pour autant, il ne ralentit pas et courut pieds nus sur le sol en béton. En passant devant le tonneau rempli de vieux outils rouillés, il attrapa au vol le premier qui lui tomba sous la main, sans s'arrêter ni y jeter un coup d'œil.

Ils étaient dehors, sur l'asphalte : trois garçons habillés et un quatrième, vêtu en tout et pour tout d'un caleçon blanc trop étroit. Son corps maigre était maculé de boue. Il n'avait guère plus de treize ans. Les autres étaient plus vieux, ils devaient être en première ou en terminale.

L'un d'eux était assis à califourchon sur le garçon presque nu, et il fumait une cigarette. Ses cheveux rasés lui faisaient une tête en forme d'ampoule électrique. Quelques mètres plus loin, un petit gros en débardeur observait la scène ; sa face hilare luisait de sueur, et ses bouts de seins grassouillets tremblotaient tandis qu'il sautillait d'un pied sur l'autre. Debout sur la gauche, celui qui semblait le plus âgé de tous tenait par la queue une petite couleuvre. Impossible mais vrai, Ig la reconnut sans la moindre hésitation : c'était celle qui, la veille, lui avait jeté des regards langoureux. Elle se tortillait désespérément en cherchant à se dresser pour mordre, mais c'était peine perdue. De l'autre main, le garçon serrait une paire de cisailles de jardin. Ig se trouvait derrière eux tous, dans l'encadrement, deux mètres au-dessus du sol.

— Ça suffit, Jesse ! Arrête ! Ça suffit ! hurlait le jeune garçon en caleçon au gars qui était assis sur lui.

On voyait qu'il avait pleuré aux traînées de peau rose que les larmes avaient laissées sur son visage crasseux.

Le Jesse en question secoua de la cendre brûlante sur son visage.

— Ferme-la, Peau de Zob. Je te dirai quand ça suffira.

Peau de Zob avait déjà été brûlé plusieurs fois avec la cigarette. Ig voyait trois marques rouge vif de chair enflammée sur sa poitrine. Jesse passait le bout de sa cigarette d'une brûlure à l'autre, en la tenant juste à un centimètre de la peau. La braise rougeâtre suivait le triangle grossier formé par les trois points rouges.

— Tu sais pourquoi je t'ai marqué d'un triangle ? demanda Jesse. Parce que c'est comme ça que les Nazis marquaient les pédés. Ça te va au poil. Ton haleine pue comme si tu venais de sucer une bite.

Le gros se tordit de rire, et le troisième s'avança.

— J'ai juste ce qu'il faut pour lui rincer la bouche et lui rafraîchir l'haleine, dit-il, et d'un coup de cisailles, il trancha la tête de la couleuvre qui rebondit sur le bitume comme une balle en caoutchouc.

Secoué de spasmes, son corps décapité s'enroulait et se déroulait frénétiquement.

— Putain, Rory ! hurla le gros en sautillant d'enthousiasme. Comment que tu l'as décapité, ce fils de pute !

Le dit Rory s'accroupit à côté de Peau de Zob et lui fourra sous le nez le cou tranché du serpent d'où le sang giclait en pulsant.

— Suce ça, ordonna Rory. Tout ce que t'as à faire, c'est de le sucer et Jesse te foutra la paix.

Ce dernier rit, puis il tira une longue taffe sur sa cigarette, de sorte que la braise s'alluma d'un rouge intense, venimeux.

— Assez, gronda Ig d'une voix qu'il ne reconnut pas, une voix de basse, qui semblait monter du fond d'une cheminée tant elle résonnait.

Quand il parla, la cigarette de Jesse grésilla et sauta en l'air comme un pétard. Jesse hurla, il s'écarta du jeune garçon couché par terre pour se jeter sur le côté, dans les hautes herbes. Ig bondit du palier en ciment et flanqua le manche de l'outil qu'il tenait dans le ventre du petit gros. Il sentit la même résistance dure, élastique, que lorsqu'on donne un coup dans un pneu, et le choc remonta le long du manche en le faisant vibrer jusqu'à sa main. Le petit gros se plia en deux, le souffle coupé, puis se mit à tousser. Puis Ig pivota et pointa son outil sur le dénommé Rory. C'était une vieille fourche aux dents courbes et rouillées.

Rory lâcha le corps de la couleuvre qui heurta le bitume et se tortilla désespérément comme pour essayer de s'enfuir. Il se leva lentement et en reculant, il marcha sur un bric-à-brac instable de planches en bois, de vieilles boîtes de conserve et de fils de fer rouillés qui le fit chanceler. Il tomba et se retrouva assis, fixant avec stupeur la fourche pointée sur lui. Ig sentit un point lui transpercer les poumons, une douleur aiguë comme il en éprouvait souvent lors de ses crises d'asthme, et il expira en essayant de chasser la crispation de sa poitrine. De la fumée lui sortit des narines. En bordure de son champ de vision, il vit le jeune garçon en caleçon se redresser sur les genoux et s'essuyer la figure, tout tremblant.

— Je veux me tirer d'ici, bredouilla Jesse.

— Moi aussi, renchérit le petit gros.

— Tant pis pour Rory, qu'il se démerde, ajouta Jesse. De toute façon, on lui doit rien.

— Ouais. À cause de lui, on m'a accusé d'avoir inondé les toilettes du collège et j'ai été collé quinze jours, alors que je n'avais même pas tiré la chasse, se plaignit le petit gros. J'étais là par hasard. Qu'il aille se faire foutre. Je tiens à ma peau !

— Tirez-vous, leur lança Ig.

Jesse et le petit gros décampèrent vers les bois.

Ig abaissa la fourche, la planta dans le sol et s'appuya sur le manche tout en toisant l'adolescent assis sur le tas de décombres. Rory n'essayait pas de se lever, il le fixait en retour, comme fasciné.

— Vas-y, raconte-moi ce que tu as fait de pire dans ta vie, lui demanda Ig. Je veux savoir si tu viens de passer un cap, ou si pour toi, c'est de la gnognotte.

— J'ai volé quarante dollars à ma mère pour acheter de la bière, débita Rory, et John (c'est mon grand frère) l'a tabassée quand elle a dit qu'elle ne savait pas où le fric était passé. Il a cru qu'elle mentait et qu'elle l'avait bouffé en s'achetant des jeux à gratter, et moi je n'ai rien dit, parce que j'avais peur qu'il m'en colle une à moi aussi. Je n'ai pas regardé, mais j'ai entendu, quand il l'a battue. Ça faisait comme quand on donne des coups de pied dans une pastèque. Elle a encore la gueule de travers, et quand je l'embrasse pour lui souhaiter bonne nuit, je me sens mal.

À la fin de son discours, son short en coton était taché d'une grande auréole à l'entrejambe.

— Vous allez me tuer ?

— Pas aujourd'hui, répondit Ig, sans rien montrer de son dégoût, alors que cette odeur de pisse lui soulevait le cœur. Allez, casse-toi.

Rory se remit debout. Les jambes tremblantes, il s'écarta et se retira vers la lisière des arbres. Comme il marchait à reculons, le regard braqué sur Ig et sur sa fourche, il faillit trébucher sur le jeune garçon qui était resté à genoux en culotte, avec aux pieds une paire de baskets aux lacets défaits. Il tenait contre lui ses vêtements roulés en boule et le reluquait d'un air dégoûté, comme si Ig était une vieille charogne pourrie.

— Tu veux un coup de main ? lui proposa Ig en avançant vers lui.

Peau de Zob bondit sur ses pieds et recula de quelques pas.

— Ne vous approchez pas.

— Ne le laisse pas te toucher, prévint Rory.

Ig croisa le regard de Peau de Zob.

— J'ai juste voulu t'aider, dit-il d'une voix posée, en s'efforçant à la patience.

Le petit retroussa les lèvres en un rictus de dégoût, mais ses yeux avaient cet air brumeux et lointain qu'Ig commençait à bien connaître et qui montrait qu'il était sous l'emprise des cornes.

— Tu parles ! T'as tout fait foirer, beugla-t-il.

— Il te brûlait avec sa cigarette, remarqua Ig.

— Et alors ? Tous les nouveaux qui rejoignent l'équipe de natation se font marquer. J'avais plus qu'à sucer ce bout de serpent pour montrer que j'aimais le goût du sang, et j'aurais fait partie de la bande. Fallait pas t'en mêler.

— Fiche-moi le camp. Allez au diable, tous les deux.

Ils détalèrent et rejoignirent les deux autres, qui attendaient à la lisière des arbres. Un instant, ils restèrent à l'ombre des pins.

— C'est quoi ce mec ? demanda Jesse.

— Il me fout les jetons, avoua Rory.

— Je veux juste m'en aller et oublier tout ça, gémit le petit gros.

Alors Ig eut une idée et il s'avança vers eux.

— Non, leur lança-t-il. N'oubliez pas. Rappelez-vous qu'il y a un truc pas net qui fiche la frousse ici. Et faites en sorte que tout le monde le sache. Dites-leur bien de ne pas approcher de la vieille fonderie. Cet endroit est à moi maintenant.

Il se demanda s'il entrait dans le champ de ses nouveaux pouvoirs de les forcer à ne pas oublier, alors que tous les autres semblaient frappés d'amnésie sitôt qu'il les quittait. Il avait constaté combien il pouvait être persuasif par ailleurs, peut-être pourrait-il aussi avoir un effet là-dessus.

Les garçons le scrutèrent encore un moment, fascinés, puis le petit gros rompit le charme, il se mit à courir et les autres suivirent le mouvement. Ig les regarda jusqu'à ce qu'ils disparaissent. Puis il ramassa du bout de la fourche la couleuvre décapitée qui saignait toujours et la porta dans la fonderie, où il l'enterra sous un cairn de briques.

26

En milieu de matinée, il s'enfonça dans les bois pour chier un coup, et se retrouva les fesses à l'air, près d'une souche. Quand il remonta son caleçon, une couleuvre rayée de trente centimètres s'y était lovée. Il hurla, saisit la couleuvre et la jeta dans les feuilles.

Il s'essuya avec un vieux papier journal, mais comme il se sentait sale, il descendit la piste Evel Knievel pour se laver dans la rivière. L'eau était délicieusement fraîche sur sa peau nue, et fermant les yeux, il s'abandonna au courant. Les stridulations des cigales formaient une harmonique qui enflait puis diminuait comme le rythme d'une respiration. Lui respirait bien, mais quand il ouvrit les yeux, il vit que des serpents d'eau fusaient sous lui à la vitesse de torpilles. Poussant un cri d'horreur, il se hissa sur le rivage. Là, il enjamba ce qu'il prit pour un rondin de bois flotté échoué sur la berge ; en fait c'était un serpent ratier long comme un homme qui s'éloigna en rampant dans l'herbe mouillée.

Tout frissonnant, Ig se réfugia dans la fonderie, mais il n'y avait pas moyen de leur échapper. Tapi dans le fourneau, il les vit se faufiler entre les briques par des trous du mortier et se laisser tomber des fenêtres béantes pour se rassembler de l'autre côté de la trappe. Cette pièce était comme une baignoire dont on aurait ouvert à fond les robinets, sauf qu'au lieu d'eau, c'étaient des serpents qui y coulaient, formant une masse liquide qui se déversait sur le sol en ondulant.

Accablé, Ig les observait. Dans sa tête, ses pensées bourdonnaient avec la même insistance lancinante que le chant des cigales, ce signal obsédant émis par les mâles qui appelaient sans relâche les femelles pour s'accoupler.

Les cornes. Comme les insectes, les cornes transmettaient un signal. Elles émettaient un appel continu sur Radio Serpent : « Hé les reptiles, la chanson suivante est pour tous les amoureux. » Oui, les cornes faisaient pareillement sortir de l'ombre serpents, péchés, secrets honteux.

Dans le tonneau aux vieux outils, il avait vu une longue scie rouillée, et à nouveau, il songea à couper les cornes. Il appuya le pouce sur la pointe de la corne gauche jusqu'à sentir une vive piqûre, retira la main, et vit une goutte de sang d'un rouge rubis. Elles faisaient partie de lui, de son crâne, de son squelette. Elles étaient même l'élément le plus solide, le plus réel de son monde présent, et il frémit d'horreur en imaginant les dents de la scie entaillant leur matière vivante, la douleur atroce, le sang qui jaillissait. Ce serait comme de scier l'une de ses chevilles. L'ablation des cornes requérait une véritable opération chirurgicale sous anesthésie.

Sauf que sous leur influence, le chirurgien chargé de l'intervention risquerait de faire n'importe quoi, endormir l'infirmière au lieu de son patient pour la prendre sur la table d'opération... Ou pire encore. Il fallait trouver un moyen de couper le signal qu'elles émettaient sans avoir à les amputer, trouver comment bloquer leurs ondes et mettre Radio Serpent en veilleuse.

À défaut, son seul recours pour l'instant, c'était d'aller là où il n'y aurait pas de serpents. Voilà douze heures qu'il n'avait rien avalé, et Glenna travaillait au salon le samedi matin. Elle ne serait donc pas à l'appartement, et il pourrait s'y sustenter. En plus, il avait de l'argent liquide en réserve là-bas, ainsi que presque toutes ses fringues. Peut-être pourrait-il aussi lui laisser un mot pour la mettre en garde contre Lee : « Chère Glenna, je suis juste passé manger un sandwich et prendre quelques trucs car je compte m'absenter un petit moment. Ne laisse pas Lee Tourneau t'approcher, c'est lui le meurtrier de Merrin. Avec amour, Ig. »

Il monta dans la Gremlin et un quart d'heure plus tard, il se garait au coin de la rue qui passait devant l'immeuble. Quand il sortit de voiture, la chaleur lui tomba dessus comme s'il ouvrait en grand la porte d'un four réglé sur le gril. Pourtant, il n'en fut pas incommodé.

Peut-être aurait-il dû, par précaution, faire une ou deux fois le tour du pâté de maisons pour s'assurer qu'aucun flic ne surveillait les lieux pour le cueillir, suite à une plainte déposée par Lee Tourneau. Mais il préférait risquer le coup. Si Sturtz et Posada l'attendaient, Ig ferait appel aux cornes, et hop, ils se jetteraient l'un sur l'autre pour se faire des mamours. Cette idée le fit sourire.

Pourtant, dans la cage d'escalier, il n'y avait personne que lui et son ombre cornue haute de trois mètres cinquante, qui le précéda jusqu'au dernier étage. Glenna n'avait pas verrouillé la porte en partant, ce qui ne lui ressemblait pas.

Peut-être avait-elle d'autres soucis en tête en quittant l'immeuble. Elle devait s'inquiéter pour lui, se demander où il était. Ou bien elle s'était réveillée tard et avait dû se dépêcher. Glenna n'était pas du matin. Ig lui servait de réveil, c'était lui qui faisait le café et qui la tirait du sommeil.

Ig poussa la porte. Il avait quitté cet endroit hier matin, pourtant, c'était comme s'il n'avait jamais vécu ici, comme s'il le voyait pour la première fois. Le mobilier récupéré dans des vide-greniers ne payait pas de mine : un divan d'occasion en velours râpé, un de ces fauteuils en forme de sac qui avait crevé et d'où la garniture s'échappait. Il n'y avait pratiquement rien à lui ici, aucune photo ni objet personnel, juste quelques livres de poche sur l'étagère, quelques CD, et un aviron vernis avec des noms écrits dessus. L'aviron venait de son dernier séjour au camp Galilée, où il avait donné des cours de javelot et avait été élu moniteur de l'année. Tous les autres moniteurs avaient signé dessus, ainsi que les gosses de son équipe. Ig ne se rappelait pas comment ce truc avait échoué ici, ni ce qu'il comptait en faire.

Il regarda dans la cuisine par l'ouverture du passe-plat. Un carton de pizza vide était posé sur un comptoir jonché de miettes. Des mouches tournaient autour de l'évier qui débordait d'assiettes ébréchées.

Glenna avait dit une ou deux fois qu'il leur fallait de la vaisselle neuve, mais Ig n'avait pas relevé. Lui avait-il jamais rapporté un cadeau ? Non, rien, à part de la bière. Quand elle était au lycée, Lee Tourneau s'était au moins fendu pour elle d'un blouson de cuir, même s'il l'avait volé. L'idée que Lee ait pu valoir quelque chose à un moment de sa vie le mit mal à l'aise.

Il n'avait pas envie de penser à Lee pour l'instant, cela le faisait se sentir sale. Il voulait juste se préparer un petit déjeuner, emballer quelques affaires, nettoyer la cuisine, écrire un mot et s'en aller, dans cet ordre. Il ne voulait pas être ici au cas où quelqu'un viendrait à passer pour le voir : ses parents, son frère, la police, Lee Tourneau. Il serait plus en sécurité à la fonderie, où il avait peu de chance de rencontrer qui que ce soit. Et puis il étouffait dans cet appartement humide qui manquait d'air et de lumière. Il ne l'avait jamais trouvé aussi glauque jusqu'à aujourd'hui. Pourquoi les stores étaient-ils baissés ? D'habitude, ils ne l'étaient pas.

Il trouva une casserole, la remplit d'eau, la posa sur la cuisinière, régla la plaque de cuisson au maximum. Il restait juste deux œufs, qu'il mit à cuire. Puis il s'engagea dans le petit couloir qui menait à la chambre, contourna une jupe et un slip que Glenna avait enlevés et laissés par terre. Les stores de la chambre étaient baissés, mais ça, c'était normal. Sachant où trouver ses affaires, il ne prit pas la peine d'allumer la lumière. Devant la commode, il s'arrêta, perplexe. Les tiroirs étaient tous ouverts, les siens et ceux de Glenna. Quelqu'un avait-il fouillé ? Terry peut-être, pour essayer de découvrir ce qui lui était arrivé. Mais non, ce n'était pas le style de son frère de jouer au détective privé. Les petits détails s'additionnèrent dans son esprit : la porte d'entrée non verrouillée, les stores baissés pour que personne ne puisse voir dans l'appartement, la commode fouillée. Tout cela était lié. Un bruit interrompit ses réflexions. Un bruit de chasse d'eau venant de la salle de bains.

Il en resta saisi. Serait-ce Glenna ? Sa voiture n'était pas dans le parking, et Ig ne voyait pas pourquoi elle serait à la maison. Il allait l'appeler pour lui faire savoir qu'il était là quand la porte des toilettes s'ouvrit sur Eric Hannity.

Il tenait son pantalon d'une main et un magazine de l'autre, un *Rolling Stone*. Il leva les yeux, leurs regards se croisèrent. Laissant choir la revue, Eric releva son pantalon, boucla sa ceinture. Bizarrement, il portait des gants en latex bleus.

— Qu'est-ce que tu fous ici ? demanda Ig.

Eric détacha une petite matraque de sa ceinture.

— Lee veut te parler. Tu ne l'as pas laissé finir, l'autre jour. Et tu le connais. Il aime bien avoir le dernier mot.

— Il t'a envoyé ?

— Juste pour surveiller l'appartement. Voir si tu passais par là… Je pige pas, ajouta Eric en plissant le front. Ces cornes, elles me font un drôle d'effet. Quand tu t'es pointé chez le député, tu les avais déjà. Je viens seulement de m'en souvenir. En plus, Lee m'a dit qu'on s'était causé toi et moi hier, mais je ne me rappelle pas de quoi. Remarque, on s'en fout. Parler, je laisse ça à Lee, c'est son truc. Moi, je suis un homme d'action.

Tout en parlant, il n'avait cessé de balancer lentement sa matraque au bout de sa main droite.

— Et qu'est-ce que tu comptes faire ? demanda Ig.

— Je vais te faire ta fête.

— Et moi je vais hurler, déclara Ig, glacé, frémissant d'effroi.

— Ouais. Je m'en réjouis d'avance.

Ig bondit vers la porte. Mais la salle de bain donnait dans le couloir de l'entrée, et Eric plongea sur la droite pour lui couper la voie. Ig voulut le gagner de vitesse, il s'esquiva en cherchant à le précéder, mais sut au même moment qu'il n'y arriverait pas. Eric tenait sa matraque coincée sur son bras, comme un joueur de football américain tient le ballon quand il s'apprête à piquer un sprint jusqu'à l'autre bout du terrain.

Ig se prit les pieds dans quelque chose et perdit l'équilibre. Eric se retourna et Ig entendit le sifflement de la matraque quand elle passa derrière sa tête, puis un bruit de bois qui craque lorsqu'elle heurta le cadre de la porte. Il en tomba un morceau gros comme le poing d'un bébé.

Il leva les avant-bras juste avant de s'écraser au sol, ce qui lui évita sans doute de se casser le nez pour la deuxième fois de sa vie. Regardant entre ses coudes, il vit qu'il s'était pris les pieds dans un slip de Glenna, un slip en soie noire imprimé de diablotins rouges dont il se débarrassa en secouant la jambe. S'il essayait de se lever, il prendrait un coup de matraque sur la nuque. Au lieu de ça, il avança frénétiquement à quatre pattes. L'officier de police posa son lourd godillot taille quarante-huit sur le cul d'Ig et lui flanqua un coup qui le fit s'affaler sur le menton. Ig s'écrasa face contre terre sur le parquet vernis. Son épaule heurta l'aviron appuyé contre le mur, qui lui tomba dessus.

Ig roula sur lui-même et voulut se débarrasser de l'aviron. Eric Hannity lui fonçait dessus, brandissant la matraque. Il avait le regard vide de ceux qui subissent l'influence des cornes. Or les cornes poussaient les gens à commettre les pires méfaits, et cette fois, Ig en ferait les frais.

Il se débattit sans réfléchir et leva l'aviron à deux mains, presque comme une offrande. Par hasard, il lut quelque chose écrit sur le manche : « Pour Ig, de ton meilleur pote Lee Tourneau, pour t'aider la prochaine fois que tu te retrouveras le bec dans l'eau. »

Eric abattit sa matraque. Elle cassa l'aviron en deux, au point le plus étroit du manche. La pagaie vola en l'air et le frappa en pleine figure. Il grogna et chancela en arrière. Ig lui jeta le manche noueux à la tête. Il l'atteignit au-dessus de l'œil droit et rebondit, ce qui donna à Ig le temps de se relever sur ses coudes puis sur ses pieds.

Mais Eric se ressaisit plus vite qu'Ig ne l'escomptait, et il se précipita sur lui. Ig fit un saut en arrière. La matraque passa si près qu'elle fit claquer le tissu de son T-shirt. Dans sa lancée, elle heurta l'écran de télévision, qui se fissura ; dans le poste, il y eut un fort craquement doublé d'un éclair blanc.

En reculant, Ig se cogna à la table basse, et un instant, il faillit culbuter. Mais il se redressa tandis qu'Eric Hannity récupérait sa matraque plantée dans la télé. Ig se retourna, marcha sur la table basse, enjamba le canapé, et s'abrita derrière. Deux pas de plus, et il se retrouva dans la kitchenette.

Eric Hannity le scrutait par l'ouverture du passe-plat. Ig s'accroupit, haletant, avec un point au poumon. Il y avait deux issues à la cuisine, mais qu'il prenne à gauche ou à droite, il serait dans le salon avec Eric, et il faudrait le doubler pour gagner la cage d'escalier.

— Je ne suis pas venu te tuer, prétendit Eric Hannity. En fait, je voulais juste t'impressionner, faire entrer un peu de bon sens dans ta cervelle de dingue pour que tu te tiennes à distance de Lee Tourneau. Mais rien à faire. Je n'arrête pas de me dire que je devrais te fracasser le crâne comme tu l'as fait à Merrin Williams. Un type avec des cornes n'a pas le droit de vivre. En te liquidant, je rendrais un sacré service à la société et à l'État du New Hampshire.

Les cornes faisaient leur œuvre.

— Je t'interdis de me faire du mal, ordonna Ig en s'efforçant de plier Eric Hannity à sa volonté, cherchant à insuffler aux cornes toute la force et la concentration dont il était capable.

Mais elles ne jouaient pas de cet air-là. Ce n'était pas ainsi qu'elles marchaient. Elles vibraient douloureusement, sans le frisson de plaisir qu'il ressentait d'habitude. Jamais elles ne dissuaderaient quelqu'un de pécher, même si sa propre vie en dépendait.

— Tu peux te brosser, répondit Hannity.

Ig le scrutait par l'ouverture du passe-plat, le sang lui montait à la tête, il bourdonnait dans ses oreilles avec un grondement sourd comme de l'eau qui commence à bouillir. De l'eau qui commence à bouillir. Ig regarda par-dessus son épaule la casserole sur le fourneau. Les œufs flottaient dans l'eau bouillante.

— Je vais te tuer et couper ces sales trucs, poursuivit Eric. Ou peut-être les couper d'abord et ensuite te tuer. Je parie que tu as un couteau de cuisine assez costaud pour ça. Personne n'en saura rien. Après ce que tu as fait à Merrin Williams, il doit y avoir une bonne centaine de gens dans cette ville qui souhaitent ta mort. Je serai un héros, même si personne d'autre que moi ne le sait. Mon père sera fier de moi.

— Oui, approuva Ig en mettant toute sa volonté dans les cornes. Viens me chercher. Tu sais que tu en as envie. N'attends pas, fais-le, fais-le maintenant.

Ces mots résonnèrent comme une douce musique aux oreilles d'Hannity. Se lançant en avant sans faire le tour, il se précipita vers le passe-plat, les lèvres retroussées en un rictus de fureur, ou un sourire sadique. S'appuyant d'une main sur le comptoir, il se propulsa par l'ouverture la tête la première. Ig prit la casserole et lui flanqua l'eau bouillante en pleine figure.

Hannity fut rapide, il leva sa main libre pour se protéger le visage, mais l'eau lui trempa le bras et aspergea sa grosse tête rasée. Il hurla, s'affala par terre, et Ig en profita pour se ruer vers la sortie. Hannity trouva encore le temps de se lever pour lui balancer la matraque. Elle heurta une lampe posée sur un guéridon, qui explosa. Mais Ig dévalait déjà les marches quatre à quatre, comme s'il lui était poussé des ailes, au lieu de cornes.

27

Quelque part au sud de la ville, il se gara sur le bas-côté de la route, descendit de voiture et resta sur la banquette de sûreté les bras croisés sur sa poitrine, attendant que les tremblements cessent. Ils venaient par vagues et le secouaient de la tête aux pieds avec une violence inouïe. Peu à peu, les accès s'espacèrent jusqu'à se calmer pour de bon, le laissant faible et étourdi. Ig se sentait aussi léger qu'une feuille d'érable que le vent emporte et fait tourbillonner. Le bourdonnement continu des cigales avait quelque chose d'insolite, il lui rappelait le genre de son qui accompagne un rayon mortel dans un film de science-fiction.

Donc il avait raison, il avait bien appréhendé la situation. Lee échappait effectivement à l'influence des cornes. Contrairement aux autres, lui n'avait pas oublié qu'ils s'étaient vus la veille, et il savait qu'Ig représentait une menace. Il chercherait à s'en prendre à lui avant qu'Ig trouve un moyen de l'atteindre. Il fallait réfléchir, élaborer un plan, et ça n'allait pas de soi. Ig n'avait même pas eu le temps de manger quelque chose, et il avait des vertiges tant la faim le tenaillait.

Il remonta en voiture et resta les mains posées sur le volant, en essayant de décider d'une destination. Curieusement, il se rappela que sa grand-mère aurait quatre-vingts ans aujourd'hui ; elle avait de la chance d'être encore de ce monde. Il était déjà presque midi. Toute la famille devait être à l'hôpital pour lui chanter *Joyeux Anniversaire* et manger le gâteau à son chevet, donc... le frigidaire de chez ses parents ne serait pas gardé. On n'est jamais si bien servi que par soi-même, songea Ig en faisant demi-tour.

Bien sûr, il se pouvait que les horaires de visites commencent plus tard dans la journée, et qu'il y ait quelqu'un à la maison. Mais après tout, quelle importance ? Ils oublieraient sa venue dès l'instant où il quitterait les lieux. Ce qui soulevait une bonne question : Eric Hannity oublierait-il ce qui venait de se passer chez Glenna alors qu'Ig lui avait jeté une casserole d'eau bouillante à la figure ?

Il n'était pas non plus certain de vouloir passer chez ses parents ni vu ni connu. Surtout s'il tombait sur Terry. Certes, il lui faudrait s'occuper de Lee Tourneau, mais il avait aussi besoin de voir Terry. Ce serait une erreur de le laisser filer comme si de rien n'était. L'idée de son frère reprenant sa vie à L.A. et faisant son numéro de trompettiste de charme dans *Hothouse* l'exaspérait et le remplissait de haine. Ce salaud devrait lui rendre des comptes. Et si par un heureux hasard, il le trouvait tout seul à la maison ? Ce serait trop beau. Une chance du diable.

Ig envisagea de se garer sur le chemin coupe-feu qui passait à quatre cents mètres au dos de la maison afin d'arriver par-derrière et d'escalader le mur pour jeter un coup d'œil sans se montrer. Et puis merde, se résigna-t-il en prenant l'allée. Il faisait trop chaud pour ces ruses de sioux, et il avait trop la dalle.

Dans l'allée, il n'y avait que la Mercedes louée par Terry.

Ig se gara à côté et resta assis après avoir coupé le moteur, aux aguets. Un nuage de poussière l'avait poursuivi jusqu'en haut de la colline et bouillonnait encore autour de la Gremlin. Il scruta la maison dans la torpeur brûlante du début d'après-midi. Peut-être que Terry avait laissé sa voiture pour se rendre à l'hôpital avec ses parents. C'était le plus vraisemblable, sauf qu'Ig n'y croyait pas, il savait que son frère était là.

Il ne fit aucun effort pour rester discret. En fait, il sortit de la Gremlin, claqua la portière, puis observa la maison, hésitant. Il s'attendait à voir du mouvement au premier étage, Terry écartant un peu un rideau pour regarder qui venait d'arriver. Mais non, il ne perçut aucun signe de vie.

Une fois entré, il constata que la télé était éteinte dans le petit salon, ainsi que l'ordinateur dans le bureau de sa mère. Il fila vers la cuisine, tira un tabouret, ouvrit la porte du réfrigérateur et mangea en puisant dedans directement. Il but à longs traits la moitié d'une brique de lait, puis attendit que se dissipe la sensation de froid qui lui était montée à la tête, un vif élancement parti de derrière les cornes qui obscurcit un instant sa vision. Il repéra ensuite un plat d'œufs à la diable protégé par du film alimentaire. Sa mère les avait sans doute préparés pour l'anniversaire de Vera, mais sa grand-mère n'en profiterait pas. Aujourd'hui, elle aurait droit à un menu sous perfusion hypernutritif. Il les dévora en se les fourrant dans la bouche l'un après l'autre avec les doigts. C'était diablement bon, 666 fois meilleur que les œufs durs qu'il s'était fait cuire chez Glenna.

Il nettoyait le plat à grands coups de langue en le faisant tourner quand il crut entendre quelqu'un marmonner à l'étage au-dessus. Il se figea et tendit l'oreille. Oui, une voix masculine grommelait des sons inarticulés. Ig déposa le plat dans l'évier et prit un couteau de cuisine au support aimanté accroché au mur, le plus gros de tous. Le couteau se détacha avec un tintement musical. Peut-être n'en ferait-il aucun usage, mais il se sentait mieux ainsi. Après ce qui lui était arrivé à l'appartement, ce serait une erreur de se déplacer sans arme. Il monta l'escalier. L'ancienne chambre de son frère était tout au bout de la longue galerie du premier étage.

La porte était entrebâillée. Ig s'arrêta sur le seuil, le couteau à la main. On avait transformé cette pièce en chambre d'amis quelques années plus tôt et elle était aussi impersonnelle qu'une chambre d'hôtel. Son frère dormait, allongé sur le dos, un bras en travers des yeux. Il émit un petit bruit de dégoût, suivi d'un claquement de lèvres. Sur la table de nuit, Ig repéra un flacon de Benadryl. Si Ig avait hérité de l'asthme, son frère était allergique à tout et n'importe quoi : abeilles, cacahuètes, pollen, poils de chats… Gideon-ville, New Hampshire, anonymat. Ces marmonnements étaient dus au traitement antihistaminique, qui plongeait toujours Terry dans un sommeil à la fois lourd et étrangement agité, où il semblait commenter par divers bruits et grognements le cheminement de sa pensée.

Ig se faufila jusqu'au chevet du lit et s'assit sur la table de nuit, le couteau à la main. Froidement, sans passion, il envisagea de le plonger dans la poitrine de Terry en décomposant son geste avec précision, clouer son frère sur le lit en appuyant un genou sur sa poitrine, trouver un creux entre deux côtes, puis planter la lame des deux mains tandis que Terry se débattrait en reprenant brusquement conscience.

Mais il en était incapable. Ig doutait même de pouvoir poignarder Lee Tourneau dans son sommeil.

— Keith Richards, dit Terry très clairement, et Ig en fut si surpris qu'il bondit sur ses pieds. Il l'aime, ouais, il aime le show, putain.

Ig observa son frère, croyant qu'il allait se redresser en clignant des yeux, mais non, il ne se réveillait pas, il parlait juste dans son sommeil. D'Hollywood, de son boulot à la con, des rock stars qu'il fréquentait, des taux d'audimat qui grimpaient, des top models qu'il se tringlait. Vera était à l'hôpital, Ig avait disparu, mais au pays des rêves, Terry se repaissait des meilleures séquences de *Hothouse*. Un instant, la haine le suffoqua, et il eut du mal à reprendre son souffle. Son frère comptait sûrement repartir le lendemain pour la côte ouest par le premier vol ; il détestait ce pays de péquenauds, et n'y restait jamais plus que nécessaire, même avant la mort de Merrin. Ig ne voyait aucune raison de le laisser repartir indemne. Terry était tellement dans les vapes qu'il pourrait lui prendre la main droite, celle qui jouait de la trompette, la poser sur la table de nuit, et lui trancher les doigts d'un seul coup de couteau avant qu'il se réveille. Ig avait bien perdu son grand amour, Terry n'aurait qu'à se débrouiller. Il pourrait toujours apprendre à jouer du mirliton.

— Salopard, enfoiré d'égoïste, je te déteste, murmura Ig, et à l'instant où il lui prit le poignet pour écarter son bras de ses yeux…

Terry se réveille et promène un regard vague autour de lui. Où est-il ? Il ne reconnaît pas la voiture dans laquelle il se trouve, ni la route qui défile dans la nuit. La pluie tombe si dru que les essuie-glaces ne peuvent plus faire face, au-dehors le monde est pris dans le tourbillon de la tempête, les arbres se tordent sur un ciel noir et opaque. Il se frotte la figure pour tenter de s'éclaircir les idées et regarde qui est assis à côté de lui, s'attendant à trouver son frère. Mais non, c'est Lee Tourneau qui conduit.

Le reste de la nuit commence à lui revenir dans le désordre. Il tient quelque chose dans sa main gauche, un joint éteint, et pas juste un petit mégot d'herbe locale, mais un gros pétard de Tennessee Valley. Ce soir, il s'est pinté dans deux bars différents, puis il est parti en virée avec Lee pour finir autour d'un feu de camp à la rivière, sous le pont de la route de l'ancienne foire. Il a trop fumé, trop bu, et il sait qu'il le regrettera. Demain matin, il doit conduire Ig à l'aéroport ; son frérot s'envole pour cette bonne vieille Angleterre. Le matin, c'est bientôt, dans deux ou trois heures, or Terry est pour l'heure incapable de conduire. Quand il ferme les yeux, la Cadillac de Lee se transforme en un morceau de beurre qui glisse sur une poêle inclinée. C'est ce tournis nauséeux qui l'a tiré du sommeil.

Il se redresse, se force à se concentrer sur ce qui l'entoure. Tiens, on dirait la route de campagne qui circonscrit la ville en dessinant un croissant sur *la périphérie de Gideon, mais ça n'a pas de sens, il n'y a rien ici à part la vieille fonderie et* L'Enfer, *et ils n'ont aucune raison d'aller en aucun de ces lieux. Quand ils ont quitté la rivière, Terry a supposé que Lee le ramenait chez lui, et il a frissonné d'aise en pensant à son lit propre et douillet. Le moment qu'il préfère lorsqu'il séjourne chez ses parents, c'est celui où il se réveille dans son ancienne chambre, couché dans son vieux lit, avec l'odeur du café qui monte d'en bas, les rais de soleil qui encadrent les persiennes, et une belle journée qui lui tend les bras.*

À part ça, Terry se félicite d'avoir quitté Gideon, il n'en éprouve aucun regret.

Cette soirée en est un bon exemple, une parfaite illustration. Durant l'heure que Terry a passée au feu de camp sur la rivière, il s'est senti complètement extérieur à la scène, comme spectateur. Les pick-up garés sur la berge, les copains bourrés qui font du catch dans la glaise pendant que leurs nanas poussent des cris d'excitées, Judas Coyne[1] *à fond la caisse sur le ghetto-blaster, un gars pour qui jouer une chanson avec quatre power chords au lieu de trois constitue une prouesse musicale. Bienvenue chez les ploucs. Alors quand le tonnerre a commencé à gronder et que les premières grosses gouttes de pluie sont tombées, toutes chaudes, Terry s'est dit, quelle chance. Comment Papa a-t-il fait pour vivre ici depuis vingt ans ? Au bout de deux jours, j'en ai ma claque.*

Son principal expédient est actuellement au creux de sa main gauche, et Terry a beau savoir qu'il a déjà dépassé ses limites, il est tenté de rallumer le joint pour tirer une taffe. Il le ferait en tout autre compagnie, mais pas avec Lee Tourneau assis à côté de lui. Il sait qu'il n'aurait droit de sa part à aucun reproche, pas même à un regard désapprobateur, mais Lee est l'assistant d'un député attaché aux super-valeurs de la famille chrétienne, qui a fait de la lutte antidrogues un de ses chevaux de bataille, et Lee l'aurait dans le baba s'il se faisait arrêter dans une voiture infestée de fumée de marijuana.

Lee est passé à la maison un peu avant 19 heures pour dire au revoir à Ig. Il est resté pour jouer au poker avec eux, c'est-à-dire Ig, Terry et Derrick

---

1. Héros du précédent roman de Joe Hill, *Le Costume du mort* (Lattès, 2008), Judas Coyne est un chanteur de hard-rock.

Perrish, et Ig a gagné à tous les coups, il les a refaits de trois cents dollars.

— Tiens, a dit Terry en jetant une poignée de billets de vingt dollars à son petit frère. Achète-toi du champagne. Vous le boirez à notre santé, Merrin et toi, après vos tendres ébats.

Ig a rigolé, ravi en même temps qu'un peu gêné, et il s'est levé pour embrasser son père, puis Terry, sur la tempe. Un geste inattendu qui l'a fait tressaillir.

— Ça te prend souvent de me fourrer ta langue dans l'oreille ? a-t-il lancé à son frère, et Ig s'est marré une dernière fois avant de s'esquiver.

— Et toi, que vas-tu faire de ta soirée ? lui a demandé Lee.

— Je sais pas… Peut-être regarder les Griffin *à la télé. Pourquoi ? Il se passe quelque chose en ville ?*

Deux heures plus tard ils étaient au bord de la rivière, et un ancien copain de lycée dont Terry ne se rappelait plus le nom leur tendait un joint.

Ils étaient sortis soi-disant pour boire un verre et saluer les vieux potes, mais sur la berge, un peu en retrait du feu, Lee avait dit à Terry que le député adorait son show, et qu'il souhaitait le rencontrer. Terry n'avait pas bronché, il avait tapé sa canette de bière contre celle de Lee en disant bien sûr, on organisera ça un de ces jours. Lee l'avait sans doute manœuvré depuis le début pour en arriver là, mais il ne lui en voulait pas. Il fallait bien que Lee fasse son boulot, comme tout le monde, comme Terry. Et son boulot à lui consistait à faire beaucoup de bien ; son travail avec Habitat for Humanity, par exemple. Terry sait que Lee consacre une partie de ses étés à s'occuper des gosses défavorisés de Gideon au camp Galilée, avec Ig à ses côtés. Même qu'au fil des années, à force de les côtoyer, Terry se sent un peu coupable. Lui n'a jamais voulu sauver le monde. Ce qu'il désire depuis toujours, c'est s'éclater en jouant de la trompette et qu'on le paie pour ça. C'est le seul truc qui le branche vraiment. Et pourquoi pas, trouver une fille à son goût, une petite marrante qui aime faire la fête, pas un top model de L.A., le genre maniaque accro à sa voiture et à son portable. Non, juste une fille drôle, naturelle, pas bégueule, un peu cochonne même. Une fille de la côte est, sapée en jean, qui aime bien le groupe Foreigner. Il a déjà le bon job, alors le bonheur n'est pas loin.

— Qu'est-ce qu'on fiche ici ? demande Terry en scrutant la nuit à travers la pluie. Je croyais qu'on avait notre compte et qu'on rentrait.

— Parle pour toi. Il y a cinq minutes, tu ronflais en bavant comme un bébé. Quand je raconterai à tes fans que Terry Perrish a dormi dans ma caisse en trempant le siège avant, elles me tomberont dans les bras.

Terry ouvre la bouche pour répliquer ; s'il s'est fait plus de deux millions de dollars cette année, c'est en partie grâce à son don de la repartie, *mais là, il se retrouve à court, la tête complètement vide.*

— Tu crois qu'Ig et Merrin sont toujours à L'Enfer *? demande-t-il au bout d'un moment. C'est à deux pas d'ici.*

— On va vérifier, suggéra Lee. On y sera dans une minute.

— Tu rigoles ? Ils n'ont pas du tout envie de nous voir débarquer. C'est leur dernière nuit.

Lee lance à Terry un regard surpris, du coin de son bon œil.

— Comment le sais-tu ? Elle t'a dit qu'elle rompait avec lui ?

Terry sort instantanément de son état comateux, comme s'il venait de s'asseoir sur une punaise.

— Qu'est-ce que tu racontes ?

— C'est leur dernière nuit pour de bon. Elle trouve qu'ils se sont engagés trop jeunes. Elle

veut avoir d'autres aventures, connaître d'autres hommes.

Terry n'en revient pas, il se recroqueville sur son siège en tirant sans réfléchir sur le joint éteint.

— Tu n'étais pas au courant ? demande Lee.

— Non. Je parlais juste de leur dernière nuit avant qu'Ig parte pour l'Angleterre.

— Ah.

Terry regarde la pluie qui noie le pare-brise. On se croirait dans un portique de lavage automatique. Il n'arrive pas à imaginer Ig sans Merrin, et il est tellement assommé par cette nouvelle qu'il met un certain temps à réagir.

— Et toi, comment le sais-tu ? dit-il enfin.

— Elle m'en a parlé, répond Lee. Elle a peur de le blesser. J'ai passé pas mal de temps à Boston cet été à travailler pour le député, et comme elle y était aussi, on s'est beaucoup vus, ces derniers temps. Plus qu'Ig et elle ne se sont vus.

Terry regarde le monde sous-marin au-dehors, il voit une lueur rougeâtre approcher sur la droite. Ils y sont presque.

— Alors pourquoi venir les déranger maintenant ?

— Elle devait m'appeler si elle avait besoin qu'on la raccompagne chez elle. Et elle ne l'a pas fait.

— C'est donc qu'elle n'a pas besoin de toi.

— Mais elle risque de ne pas téléphoner si elle n'est vraiment pas bien. Je veux juste voir si la voiture d'Ig est encore là ou non. Le parking est à l'avant. On n'aura même pas besoin d'y entrer.

Terry ne suit pas son raisonnement, il n'arrive pas à comprendre pourquoi Lee tient tant à vérifier si la voiture d'Ig s'y trouve ou non. D'après lui, Merrin n'aura pas envie qu'ils soient dans le coin si ça s'est mal terminé entre eux.

Mais Lee ralentit déjà, il tourne la tête pour regarder le parking sur la droite.

— Apparemment… la Gremlin n'est plus là…, remarqua Lee en se parlant à lui-même, l'air presque contrarié. Elle serait rentrée chez elle avec lui ? Non, je n'y crois pas.

C'est Terry qui la voit. Merrin, debout sous la pluie sur le bas-côté de la route. Elle s'est réfugiée sous les larges branches d'un noyer.

— Lee, elle est là. Juste là.

Au même instant, elle les repère et sort de son abri en levant le bras. Terry la voit à travers l'eau qui dégouline sur la vitre passager. On dirait un tableau impressionniste, une fille aux cheveux cuivrés, un cierge blanc à la main. Lee s'arrête pile, et à mesure qu'elle avance vers la voiture, Terry voit que c'est un doigt qu'elle lève pour leur faire signe tout en courant pieds nus sous la pluie, ses hauts talons noirs à la main.

La Cadillac est une deux-portes. Sans que Lee ait besoin de le lui dire, Terry détache sa ceinture, se tourne pour passer à l'arrière en basculant par-dessus le siège avant, et juste au moment où il se penche, Lee lui donne un coup de coude dans les fesses qui le déséquilibre. Au lieu d'atterrir sur le siège, Terry tombe la tête la première dans le trou au pied de la banquette. Là, il se cogne la tempe contre une boîte à outils métallique qui est posée par terre. Le choc est rude. Il se redresse et s'assoit en appuyant la paume de sa main contre sa tempe. Quelle erreur d'avoir sauté par-dessus le siège, son mal de mer est reparti de plus belle, c'est comme si la voiture était soulevée du sol par un géant qui la secoue tel un gobelet à dés. Terry ferme les yeux, il lutte contre ce tournis incessant qui lui donne la nausée.

Quand il se risque à nouveau à regarder autour de lui, Merrin est montée dans la voiture et Lee

Tourneau, de biais, lui fait face. Terry voit du sang sur la paume de sa main. Il s'est bien amoché, même si la douleur aiguë du début a presque disparu pour céder la place à une douleur sourde, lancinante. Il essuie le sang sur la jambe de son pantalon et lève les yeux.

Visiblement, Merrin vient de pleurer. Elle est pâle et tremblante, comme quelqu'un qui se relève de maladie ou qui vient au contraire d'y succomber, et le sourire forcé qu'elle lui adresse est pitoyable.

— Merci d'être passés me prendre, dit-elle. Vous me sauvez la vie.

— Et Ig, où est-il ? demande Terry.

Merrin lui jette un regard, mais elle détourne aussitôt les yeux et Terry s'en veut de lui avoir demandé ça.

— Je… je ne sais pas. Il est parti.

— Tu lui as dit ? lance Lee.

Le visage de Merrin se crispe, se chiffonne plutôt, et elle regarde par la vitre l'enseigne rouge de L'Enfer *qui clignote dans la nuit, sans répondre.*

— Comment a-t-il pris la chose ? insiste Lee.

Terry voit le reflet de Merrin dans la vitre, elle se mord les lèvres et lutte pour retenir ses larmes.

— On ne pourrait pas juste rentrer ? suggère-t-elle seulement.

Lee hoche la tête, il met son clignotant, puis fait demi-tour sous la pluie.

Terry a envie de lui toucher l'épaule, de la rassurer d'une manière ou d'une autre, de lui faire savoir que quoi qu'il ait pu se passer au pub, il ne lui en veut pas. Mais depuis dix ans qu'ils se connaissent, il se refuse à la toucher. Il a toujours gardé ses distances, même en imagination, n'a jamais laissé Merrin entrer un seul instant dans ses fantasmes. Ce ne serait pas si tragique, pourtant Terry sent qu'il mettrait quelque chose en danger. Quoi au juste ? Il ne saurait le dire.

— Hé, tu veux mon veston ? propose-t-il au lieu de ça, parce qu'elle tremble sans pouvoir s'arrêter dans ses vêtements trempés.

Lee semble seulement le remarquer, alors qu'il ne cesse depuis le début de la reluquer, au moins autant qu'il regarde la route. Il baisse la climatisation.

— Ça va, dit-elle, mais Terry a déjà ôté son veston et il le lui tend. Merci Terry, ajoute-t-elle d'une petite voix en l'étendant sur ses jambes. Tu dois penser que…

— Je ne pense rien du tout, la coupe Terry. Alors relax.

— Ig…

— Je suis sûr qu'il va bien. Ne t'inquiète pas.

Elle lui fait un sourire reconnaissant, douloureux, puis elle se penche vers lui et tend la main pour effleurer son front, là où il s'est cogné contre la boîte à outils.

— Et toi, ça va ?

Instinctivement, Terry tressaille à son contact. Merrin retire sa main, elle a du sang au bout des doigts.

— On devrait te faire un pansement.

— Ça va. Ne t'inquiète pas, dit Terry.

Elle hoche la tête, revient vers l'avant, et aussitôt son sourire s'efface, ses yeux deviennent vagues, ils contemplent au loin quelque chose que personne d'autre ne peut voir. Elle ne cesse de plier et de déplier un bout de tissu entre ses doigts. C'est une cravate, la cravate d'Ig. C'est pire que de la voir pleurer, et Terry détourne les yeux. Ce n'est plus du tout agréable d'être défoncé. Il voudrait s'allonger sans bouger quelque part et fermer les yeux quelques instants. Faire un petit somme, puis se réveiller frais et dispos. La nuit a tourné à l'aigre, et il a besoin d'un coupable, quelqu'un sur qui rejeter la faute et s'énerver. Ig.

Ça l'énerve qu'Ig soit parti en laissant Merrin sous la pluie. C'est si puéril, ridicule même. Mais ça n'a rien de surprenant. Merrin est tout pour lui, amie de cœur et d'esprit, doudou pour adultes, guide spirituel, garde-fou… À croire qu'ils sont mariés depuis l'âge de quinze ans. N'empêche, leur histoire a commencé comme un amour de collège, et elle l'est restée. Terry est certain qu'Ig n'a même jamais embrassé une autre fille, encore moins baisé, et ça fait un moment qu'il lui souhaite de vivre d'autres d'expériences. Terry ne veut pas vraiment que Merrin et lui se quittent, non. Mais les premières amours sont par nature immatures. Donc Merrin a voulu leur donner à tous deux une chance de grandir. Pourquoi pas ?

Demain matin, durant le trajet jusqu'à l'aéroport, Terry sera seul avec Ig et ils pourront en profiter pour faire le point. Ces idées qu'Ig se faisait sur Merrin et sur leur couple, que c'était écrit, que Merrin a quelque chose de plus que les autres et leur amour aussi, qu'ensemble ils vivent de petits miracles, tout cela formait un piège étouffant. Si Ig déteste Merrin à présent, c'est juste parce qu'il tombe des nues, qu'il découvre enfin qu'elle est quelqu'un de bien réel, avec ses manques, ses besoins, et un désir de vivre dans ce monde-ci, au lieu du monde idéal où Ig les a enfermés. Elle l'aime assez pour le laisser partir, et il devrait le comprendre, il devrait avoir envie de faire pareil, quand on aime quelqu'un, on doit le laisser libre, et… putain, c'est juste les paroles d'une chanson de Sting, Let Them Free.

— Merrin, est-ce que ça va ? demande Lee.

Elle tremble toujours convulsivement.

— Oui. Non… Lee, s'il te plaît. Arrête-toi, dit-elle d'un ton pressant.

La route qui mène à l'ancienne fonderie apparaît sur la droite, vite, trop vite pour s'y engager, mais Lee tourne quand même. Terry s'appuie au dossier de Merrin en retenant un cri. Les pneus du côté passager crissent et font voler des graviers dans les arbres, laissant dans le chemin un creux profond sur plus d'un mètre de longueur.

Les buissons raclent le pare-chocs. Tandis que la grand-route disparaît derrière eux, la Cadillac cahote et rebondit dans les ornières, elle roule beaucoup trop vite vu l'état de la piste. Droit devant, il y a une chaîne en travers. Lee freine, le volant gigote dans ses mains, la voiture dérape par l'arrière et s'arrête pile devant la chaîne ; les phares touchent la chaîne qui se tend sur la calandre. Merrin ouvre la portière, sort la tête et vomit, secouée de spasmes. Salaud d'Ig. Maintenant, Terry le maudit.

Il n'apprécie guère plus Lee et sa façon de conduire. Ils ont beau être arrêtés, Terry a l'impression qu'ils avancent toujours en glissant sur le côté. S'il avait encore le joint à la main, il le balancerait par la fenêtre. Rien qu'à l'idée de le mettre dans sa bouche, il a envie de gerber, ce serait comme avaler un cafard vivant ; mais il ne sait pas ce qu'il en a fait, en tout cas il ne l'a plus. Il touche à nouveau sa tempe meurtrie et tressaille.

La pluie fait des claquettes sur le pare-brise. Sauf que ce n'est plus la pluie ; juste des gouttes d'eau que le vent fait tomber des branches. Cinq minutes plus tôt, l'averse était torrentielle, elle rebondissait sur la route, mais comme le font souvent les orages d'été, elle a cessé aussi vite qu'elle est venue.

Lee sort et fait le tour de la voiture pour s'accroupir à côté de Merrin. Il lui murmure quelque chose d'un ton posé. Apparemment, il n'apprécie pas ce qu'elle lui répond. Il réitère, et cette fois, Terry entend ce que Merrin lui rétorque d'un ton presque hostile.

— Non, Lee. Je veux juste rentrer chez moi, me changer et rester seule.

Lee se lève, il va jusqu'au coffre, l'ouvre, en sort quelque chose. Un sac de gym.

— Tiens, là-dedans il y a un survêtement sec, chaud, et qui ne sent pas le vomi. Un haut et un pantalon.

Merrin le remercie et sort de la voiture dans la nuit humide et venteuse, le veston de Terry sur les épaules. Elle tend la main pour prendre le sac de gym, mais Lee ne le lui donne pas tout de suite.

— Il fallait que tu le fasses, tu sais. C'était dingue de penser que tu pourrais, que lui ou toi vous pourriez…

— Je veux juste me changer, d'accord ?

Elle lui prend le sac de gym des mains et descend le chemin. Quand elle passe devant les phares allumés, sa jupe et son chemisier deviennent un bref instant transparents. Terry se surprend à regarder, il se force à détourner les yeux, et s'aperçoit alors que Lee regarde lui aussi. Ce bon vieux Lee en pincerait-il pour Merrin Williams ? se demande-t-il pour la première fois. La jeune fille continue son chemin en marchant d'abord dans la trouée de lumière que les phares creusent dans l'obscurité, puis elle s'écarte de la piste pour s'enfoncer dans le noir. Terry ne le sait pas, mais il la voit en vie pour la dernière fois.

Lee est planté près de la portière passager restée ouverte et il la regarde s'éloigner, comme s'il hésitait à remonter en voiture. Terry voudrait lui dire de s'asseoir, mais il n'en a ni la volonté ni l'énergie. Lui aussi suit Merrin des yeux, puis il n'en peut plus. Il déteste la façon dont la nuit semble se dilater et se contracter comme si elle respirait. Sous la fonderie, les phares éclairent un bout de prairie, et il déteste la façon dont les herbes mouillées fouettent la nuit inlassablement. Il les entend par la portière ouverte. Elles bruissent en sifflant, comme des serpents exhibés dans un zoo. Et puis il a encore un peu le tournis ; c'est comme s'il glissait inexorablement vers un lieu où il n'a pas envie d'aller. La douleur dans sa tempe droite n'arrange rien. Il finit par se coucher sur la banquette arrière.

Ah ! ça va mieux. Le skaï brun marbré de beige qui recouvre la banquette bouge aussi, comme des volutes de crème dans une tasse de café qu'on remue, mais c'est déjà beaucoup plus rassurant comme vision pour un mec défoncé que des herbes qui ondulent frénétiquement dans la nuit.

Il a besoin de fixer ses pensées sur quelque chose d'agréable, pour apaiser son esprit nauséeux. La production cherche des invités pour la prochaine saison, le mélange habituel d'artistes consacrés et de nouveaux arrivés sur la scène de la culture pop, Mos Def et Def Leppard, the Eels et the Crowes, mais ce qui excite vraiment Terry, c'est de recevoir Keith Richards. Keith était au Viper Room[1] *avec Johnny Depp il y a quelques mois, et il a dit à Terry qu'il trouvait le show super chouette, et qu'il serait super content d'y passer n'importe quand, d'accord mec ? Suffit de demander, alors qu'est-ce que t'attends ? Ce sera d'enfer, d'avoir Richards sur le plateau, il lui consacrera toute la dernière demi-heure, même si les producteurs détestent quand Terry change le format initial de l'émission pour la transformer en concert, soi-disant parce qu'un demi-million*

1. Le *Viper Room* est un night-club de Hollywood, dont Johnny Deep fut un temps propriétaire.

de spectateurs changent de chaîne pour regarder Letterman[1]*. Qu'ils aillent se faire foutre.*

Ses pensées commencent à dériver doucement. Il se voit, Perrish lui-même, avec Keith Richards lors d'un festival, devant une foule de huit mille personnes qui se sont rassemblées à la vieille fonderie. Ils jouent Sympathy for the Devil, *et Terry a accepté de faire la voix lead parce que Mick est à Londres. Terry s'avance vers le micro, puis Keith Richards lève sa Telecaster et joue le blues du diable. Son solo de guitare frénétique et grinçant est une drôle de berceuse, mais elle fait son effet, et Terry Perrish sombre enfin dans un sommeil troublé.*

Quand il émerge, ils ont repris la route, la Cadillac file au long de la nuit qui se déroule comme un ruban, Lee est au volant, et à côté de lui, le siège passager est vide. Terry a récupéré son veston, qui est soigneusement étalé sur ses jambes et ses genoux ; c'est sans doute Merrin qui l'a bordé ainsi quand elle est revenue à la voiture, elle est toujours si prévenante. Pourtant, le veston est sale et mouillé, et quelque chose de lourd le maintient sur ses genoux. C'est une pierre de la taille et de la forme d'un œuf d'autruche, une pierre mouillée, avec des brins d'herbe rêches et de la boue collés dessus. Que fait-elle là ? Merrin a dû l'y mettre pour une bonne raison, mais Terry est bien trop abruti pour la saisir. Il pose la pierre par terre. Elle est poisseuse au toucher, comme de la bave d'escargot. Terry s'essuie les doigts sur sa chemise, il étale son veston sur ses cuisses, et se rallonge.

1. David Letterman est animateur de télévision et humoriste.

Sa tempe gauche le lance toujours là où il s'est cogné en plongeant vers la banquette arrière, et quand il la touche, il constate qu'il saigne à nouveau.

— Merrin est bien rentrée ? demande-t-il.

— Quoi ? dit Lee.

— Merrin ? On l'a déposée ?

Lee conduit un moment sans répondre, puis il répond :

— Oui, oui, on l'a déposée.

Terry hoche la tête, satisfait.

— C'est une brave petite, conclut-il. J'espère qu'elle et Ig s'en sortiront.

Lee se contente de rouler.

Terry repart dans ses rêves de grandeur : il est sur scène avec Keith Richards, devant une foule extatique qui se donne avec la même ferveur que lui. Pourtant une question dont il ignorait qu'elle lui titillait l'esprit lui vient aux lèvres, presque malgré lui :

— Et cette pierre, c'est quoi ?

— Un indice compromettant, répond Lee.

Terry hoche la tête comme si cela allait de soi.

— Très bien. Autant ne pas aller en taule si on peut l'éviter.

Lee part d'un rire rauque, cassant, un peu comme un chat qui tousse parce qu'il a une boule de poils dans la gorge ; or Terry ne l'a encore jamais entendu rire, et ça lui fait un drôle d'effet, pas particulièrement agréable. Puis il sombre à nouveau. Cette fois, aucun rêve ne l'attend, il plisse le front dans son sommeil, de l'air d'un cruciverbiste qui a une réponse sur le bout de la langue, mais n'arrive pas à l'énoncer.

Quelque temps après, il rouvre les yeux et se rend compte que la voiture ne roule plus. En fait, la

Cadillac est garée depuis un bon moment. Il ignore comment, mais il le sait.

La lumière est différente. Ce n'est pas encore le matin, pourtant la nuit se retire, elle a déjà ramassé presque toutes ses étoiles. Des nuages s'effilochent sur un fond de ciel sombre, les lambeaux de la tempête de la nuit passée, ils filent vite, poussés par le vent. Couché comme il est, Terry a une bonne vue du ciel par l'une des vitres de côté. Il sent l'aube venir, hume une fragrance d'herbe trempée de pluie et de terre qui tiédit. Quand il se redresse, il voit que Lee a laissé la portière ouverte du côté du conducteur et son siège plié en avant.

Il tend la main pour prendre son veston qui a dû glisser de ses genoux pendant son sommeil et tomber par terre. Il y a bien cette fichue boîte à outils, mais pas de veston. Terry descend de voiture.

Ses os craquent un peu quand il s'étire et écarte les bras, puis il se fige dans la même position, tel un homme cloué à une croix invisible.

Lee, assis sur l'escalier de chez sa mère, fume une cigarette. C'est sa maison maintenant. Ça fait plus d'un mois qu'il a enterré sa mère. Dans l'obscurité, Terry ne voit pas le visage de Lee, seulement le bout orange de sa Winston. Il ne sait pas trop pourquoi, mais cette vision de Lee l'attendant sur les marches du perron l'angoisse.

— Quelle nuit ! s'exclame-t-il.

— Et elle n'est pas finie, répond Lee.

Il tire sur sa cigarette, la braise rougeoie, et l'espace d'un instant, Terry voit la moitié de son visage, celle à l'œil crevé. Dans la lueur sinistre du petit matin, l'œil blanc et aveugle semble un globe de verre empli de fumée.

— Comment va ta tête ?

Terry porte la main à sa tempe, puis la laisse retomber.

— Ça va. Pas de quoi en faire un plat.
— Moi aussi j'ai eu un accident.
— Un accident ? Rien de grave j'espère ?
— Moi non…

Brusquement, Terry prend conscience de la sueur âcre qui accompagne sa gueule de bois, un genre de moiteur désagréable. Il baisse les yeux et voit des traces de doigts noires sur sa chemise, sans doute de la boue. Il n'a qu'un vague souvenir de s'être essuyé la main. Quand il revient à Lee, il craint d'entendre ce qu'il a à dire.

— … mais Merrin, si. C'est vraiment arrivé par accident, continue Lee. Je ne me suis pas rendu compte que c'était grave, et ensuite, il était trop tard pour l'aider.

Terry le fixe avec stupeur, attendant la suite.

— Tu vas trop vite, vieux. Que s'est-il passé ?

— C'est ce qu'on va devoir déterminer toi et moi. C'est de ça dont je veux te parler. On doit bien mettre notre histoire au point, avant qu'on la découvre.

Terry réagit comme il se doit : il rit. Lee a un humour pince-sans-rire bien à lui. Si le jour s'était levé et que Terry ne se sentait pas si patraque, il apprécierait. Pourtant sa main droite n'a pas l'air de trouver ça drôle. D'elle-même, elle tapote sa poche de pantalon pour vérifier s'il a son portable sur lui.

— Terry, dit doucement Lee. Je sais, c'est terrible. Mais je ne plaisante pas. On est vraiment dans la merde. Aucun de nous n'est coupable, ce n'est la faute de personne, c'était un accident, mais ils vont nous accuser de l'avoir tuée.

Terry voudrait le prendre à la rigolade, mais au lieu de ça il dit :

— Arrête.

— Non, je ne peux pas. Il faut que tu m'écoutes.

— Elle n'est pas morte.

Lee tire sur sa clope, la braise rougeoie, et son œil blanc embué de fumée scrute Terry.

— Elle était ivre et elle m'a allumé. Je suppose que c'était sa façon de se venger d'Ig. Elle était nue, elle m'a sauté dessus, et quand j'ai voulu la repousser… Elle a trébuché sur une racine ou autre chose, et elle est tombée en se cognant la tête sur une pierre. Je me suis éloigné, et quand je suis revenu… C'était horrible. Crois-moi ou non, j'aurais donné mon autre œil plutôt que de lui faire du mal.

Ce que Terry respire, ce n'est plus de l'oxygène, mais de la terreur à l'état pur, elle lui emplit les poumons comme un gaz toxique. Ça bouillonne dans son ventre et dans sa tête. Le sol tangue sous ses pieds. Il faut qu'il trouve son portable. Qu'il demande de l'aide aux autorités, à des gens compétents, calmes, qui ont l'habitude de gérer les situations d'urgence. Il retourne à la voiture, se penche sur le siège arrière pour récupérer son veston. Son portable doit y être. Mais le veston n'est pas par terre comme il l'aurait cru. Il n'est pas non plus sur le siège avant.

La main de Lee sur sa nuque le fait sursauter et il pousse un petit cri en s'écartant de lui.

— Terry, il faut qu'on décide ce qu'on va dire.

— Il n'y a rien à décider. Je veux mon téléphone.

— Tu peux te servir de celui de la maison, si tu veux.

Terry écarte Lee d'un geste du bras et se dirige vers le perron. Lee jette sa cigarette et le suit, sans se presser.

— Si tu veux appeler les flics, ce n'est pas moi qui t'en empêcherai. J'irai avec toi les retrouver à la fonderie pour leur montrer où est le corps. Mais tu ferais mieux d'attendre de savoir ce que je vais leur dire avant de téléphoner, Terry.

Celui-ci grimpe les marches quatre à quatre, traverse la véranda, ouvre la porte grillagée, la porte d'entrée, et pénètre en chancelant dans le vestibule. S'il y a un téléphone, il ne le distingue pas dans l'obscurité. La cuisine est plus loin sur la gauche.

— Nous avions tous trop bu, poursuivit Lee. Nous étions ivres, et toi, tu étais complètement défoncé. Mais elle, bien plus que nous. C'est ce que je leur dirai en premier. Elle a cherché à nous allumer tous les deux dès qu'elle est montée en voiture. Ig l'avait traitée de pute, et elle était décidée à lui prouver qu'il avait raison.

Terry n'écoute qu'à moitié. Il entre dans une petite salle à manger, s'écorche le genou sur une chaise à dossier droit, chancelle, puis continue pour rejoindre la cuisine. Lee le suit tout en discourant d'un ton calme, insupportable.

— Elle nous a dit de nous garer pour qu'elle puisse se changer parce que ses vêtements étaient trempés, et puis elle nous a fait son numéro à poil, debout dans la lumière des phares. Toi, tu n'as rien dit, tu t'es contenté de la regarder en l'écoutant déblatérer sur Iggy, comment elle comptait lui rendre la monnaie de sa pièce. Elle m'a d'abord sauté dessus, puis elle s'est attaquée à toi. Elle était si bourrée qu'elle ne se rendait pas compte que tu étais en colère. Tout en se collant à toi, elle s'est mise à parler de tout le fric qu'elle pourrait se faire en vendant aux tabloïdes l'histoire de Terry Perrish mêlé à un viol collectif. Que ça vaudrait le coup, juste pour voir la tête qu'Ig ferait. C'est là que tu l'as frappée. Tu l'as frappée avant que je me rende compte de ce qui se passait.

Terry est dans la cuisine, devant le comptoir, la main posée sur le téléphone, mais il ne décroche pas. Pour la première fois, il tourne la tête et regarde Lee, sa longue silhouette dégingandée, sa couronne de cheveux blond platine, son mauvais œil, blanc, terrible, mystérieux. Terry pose une main sur la poitrine de Lee et le repousse violemment, assez pour le plaquer contre le mur. Les fenêtres vibrent. Lee ne bronche pas.

— Personne ne va croire à ces conneries.

— Qu'en sais-tu ? Ce sont tes empreintes sur la pierre.

Terry le prend par sa chemise et le secoue en le cognant contre le mur. Une cuillère tombe du comptoir et tinte en heurtant le sol. Lee le fixe, imperturbable.

— Tu as jeté ton joint juste à côté du corps. Et c'est elle qui t'a filé ce coup à la tête, enchaîna Lee. En se débattant. Après l'avoir tuée, tu t'es nettoyé avec ses dessous. C'est ton sang qu'on trouvera sur son slip. Ta blessure à la tempe. Je l'ai tamponnée avec ses sous-vêtements pendant que tu étais dans le coaltar. Il faut que tu comprennes bien la situation, Terry. Tu es dedans jusqu'au cou. Autant que moi. Peut-être plus.

Terry serre le poing, puis se retient. Il y a une sorte d'avidité sur le visage de Lee, une impatience qui lui allume l'œil, et il respire d'un souffle léger, rapide. Terry ne le frappe pas.

— Qu'est-ce que tu attends ? Vas-y, dit Lee.

Terry n'a jamais frappé quelqu'un sous l'emprise de la colère ; il approche de la trentaine et n'a jamais donné un seul coup de poing. Au lycée, il n'a pas une seule fois participé à une bagarre ; tout le monde l'aimait bien.

— Si tu me cognes, j'appellerai moi-même la police, déclare Lee. Je dirai que j'ai essayé de la défendre. Ça jouera encore en ma faveur.

Terry recule en chancelant et baisse la main.

— Je m'en vais, affirma-t-il. Un conseil : prends-toi un avocat. Moi, je vais appeler le mien. Où est mon veston ?

— Avec la pierre. Et son slip. En lieu sûr, pas ici. Je me suis arrêté quelque part en rentrant. Tu m'as conseillé de me débarrasser d'un indice compromettant, mais je ne l'ai pas fait…

— Tu vas fermer ta sale…

— J'ai pensé que tu pourrais essayer de tout me coller sur le dos. Vas-y, Terry. Appelle-les. Mais je te promets que si tu me fous dans la merde, je t'entraînerai avec moi au fond du trou. À toi de voir. Vas-y, satisfais ta bonne conscience. Rappelle-toi seulement que personne ne te croira, pas même ton propre frère, et qu'il te haïra d'avoir tué sa bien-aimée quand tu étais bourré et camé jusqu'aux yeux. Peut-être qu'au début, il doutera, mais donne-lui le temps. Toi, tu auras vingt ans de taule pour te féliciter d'avoir été fidèle à tes beaux principes moraux. Adieu Hothouse, *adieu L.A., les stars de ciné, les mannequins de rêve. Bon Dieu, Terry. Elle est morte depuis déjà quatre heures. Si tu étais innocent, tu aurais dû signaler sa mort tant que le corps était encore chaud. Maintenant, ça ferait mauvais effet. Les flics se diront forcément que tu avais d'abord envisagé de le cacher.*

— Je vais te buter, murmura Terry.

— Bien sûr. Comme ça tu auras deux cadavres sur les bras. Histoire de te simplifier la vie.

Terry se détourne, il fixe désespérément le téléphone sur le comptoir, il sent que s'il ne décroche pas dans la minute qui suit, tout ce qu'il y a de bon dans sa vie lui sera enlevé. Pourtant il ne peut s'y résoudre. Il est comme un naufragé sur une île déserte qui regarde un avion passer dans le ciel quarante mille pieds au-dessus sans aucun moyen de lui signaler sa présence, et qui voit disparaître sa dernière chance d'être secouru.

— Ou bien, poursuit Lee, deuxième version des faits, ce n'est ni toi ni moi, elle a été tuée par

un inconnu. On lit ça tous les jours dans les journaux. Personne ne nous a vus la prendre en voiture. Personne ne nous a vus tourner vers la vieille fonderie. Pour le reste du monde, après le feu de camp, toi et moi, nous sommes rentrés chez moi, on a joué aux cartes, et on s'est écroulés devant la télé en regardant Sports Center. *Ma maison est à l'autre bout de la ville par rapport à* L'Enfer. *Il n'y a aucune raison qu'on soit passés par là-bas.*

Terry est oppressé, il a du mal à respirer, ça lui fait penser à Ig ; c'est ce que son frère doit ressentir quand il a une crise d'asthme. Curieux comme il n'arrive pas à tendre le bras pour prendre le téléphone.

— Voilà. J'ai dit ce que j'avais à dire, poursuit Lee. En gros, ça se résume ainsi : tu peux passer le reste de ta vie taulard, ou trouillard. Libre à toi. Mais crois-moi. Les trouillards ont la part belle.

Terry ne bouge pas, il se tait, incapable de regarder Lee. Il sent les battements affolés de son pouls dans son poignet.

— Réfléchis un peu, enchaîne Lee sur un ton posé, plein de bon sens. Si tu passes un contrôle anti-dopes maintenant, tu es bon. Ce n'est pas dans ton intérêt d'aller chez les flics dans cet état. Tu as dû dormir trois heures maxi, et tu n'as pas les idées claires. Elle est morte depuis des heures, Terry. Pourquoi ne pas t'accorder le temps de la réflexion ? Ils mettront peut-être des jours à la retrouver. Ne fais aucun geste inconsidéré que tu puisses regretter par la suite, quand il sera trop tard. Attends d'être sûr de ton choix.

« Ils mettront peut-être des jours à la retrouver… » Quelle phrase terrible. Elle suscite une image, Merrin couchée parmi les fougères et l'herbe mouillée, les yeux ouverts baignés de pluie, des bestioles rampant dans ses cheveux. Elle est suivie d'une autre,

Merrin sur le siège passager, frissonnant dans ses vêtements trempés, et ce regard timide, malheureux, qu'elle lui a jeté en disant : « Merci d'être passés me prendre. Vous me sauvez la vie. »

— Je veux rentrer chez moi, dit Terry.

Sa voix qu'il voudrait ferme et vertueuse sort rauque, fêlée, en un soupir à peine audible.

— Bien sûr, acquiesce Lee. Je vais te ramener. Mais laisse-moi te donner une de mes chemises avant de partir. Tu as son sang partout sur celle que tu portes.

Il désigne les traînées qui maculent le devant de sa chemise, et maintenant seulement, dans la lueur opalescente de l'aube, Terry se rend compte qu'elles ont la couleur et la consistance du sang séché.

Ig vit tout à l'instant où il lui toucha la main ; c'était comme s'il était assis dans la voiture avec eux, durant le trajet jusqu'à la vieille fonderie. Il vit tout, et plus encore. Il vit la conversation que Terry eut avec Lee, trente heures plus tard, dans la cuisine de Lee. C'était un jour ensoleillé, et un temps incroyablement clément pour la saison ; des gamins criaient dans la rue, des ados chahutaient dans la piscine des voisins. Ce matin resplendissant de lumière et de normalité jurait tellement avec le fait qu'Ig était au même moment sous les verrous et Merrin dans un frigo à la morgue que c'en était insoutenable. Debout, adossé contre le comptoir de la cuisine, Lee observait Terry d'un air impassible, tandis que Terry passait sans répit d'une idée et d'une émotion à l'autre, et que sa voix s'étranglait tour à tour de rage et de douleur. Lee le laissa se défouler avant d'intervenir.

— Ils vont relâcher ton frère, alors garde ton calme, lui recommanda-t-il d'un ton posé.

Les indices qu'ils auront relevés pour l'expertise médico-légale ne correspondront pas, et ils devront le blanchir publiquement.

Il tenait une belle poire dorée qu'il faisait passer d'une main dans l'autre.

— Quels indices ?

— Des empreintes de pas. Des traces de pneus… Du sang, je suppose. Elle m'a peut-être griffé. Mon sang ne coïncidera pas avec celui d'Ig, et il n'y a aucune raison qu'ils l'analysent aussi. En tout cas, ça vaudrait mieux pour toi. Attends que ça se tasse. Dans huit heures maxi, ils le relâcheront, et à la fin de la semaine, il sera lavé de toute accusation. Toute cette histoire sera définitivement derrière vous, pour lui comme pour toi. Jusque-là, tiens-toi tranquille.

— Ils disent qu'elle a été violée, déclara Terry.

— Je ne l'ai pas violée. Pour qu'il y ait viol, il faut que la fille ne soit pas consentante, rétorqua Lee, et il mordit dans la poire juteuse.

Pire encore, Ig entrevit ce que Terry avait tenté de faire cinq mois plus tard, assis sur le siège conducteur de sa Viper, les vitres baissées, la porte du garage fermée, le moteur en marche. Terry sombrait dans l'inconscience sous l'effet des gaz d'échappement qui bouillonnaient autour de lui quand la porte du garage s'ouvrit avec fracas derrière lui. Sa femme de ménage ne s'était jamais pointée une seule fois le samedi matin, mais elle était là et le regardait à travers la vitre, effarée, serrant contre sa poitrine le linge propre qu'elle rapportait du pressing. C'était une immigrée mexicaine de cinquante ans qui comprenait assez bien l'anglais, mais il était peu probable qu'elle ait pu déchiffrer les quelques mots écrits sur la feuille pliée qui dépassait de la poche de chemise de Terry :

AUX PERSONNES CONCERNÉES
L'an dernier mon frère, Ignatius Perrish, a été emmené en garde à vue, soupçonné d'avoir agressé et tué Merrin Williams, sa plus chère amie. IL EST INNOCENT. Merrin, qui était aussi mon amie, a été agressée et tuée par Lee Tourneau. Je le sais parce que j'étais présent, et même si je n'ai pas participé à ce crime, j'en suis complice dans la mesure où je l'ai dissimulé, et je ne peux vivre plus longtemps en ayant…

Mais Ig n'alla pas plus loin, il lâcha la main de Terry, comme s'il avait reçu une petite secousse due à l'électricité statique. Terry ouvrit les yeux, les pupilles dilatées dans l'obscurité.

— Maman ? marmonna-t-il d'une voix abrutie par les médocs.

Il faisait sombre dans la chambre, assez sombre pour que Terry ne puisse discerner que vaguement la silhouette debout près de son lit. Ig mit sa main derrière son dos en pressant le manche du couteau.

Il s'apprêtait à dire à Terry de se rendormir, chose absurde entre toutes, quand le sang pulsa soudain dans ses cornes, et la voix qui sortit de sa bouche ne fut pas la sienne, mais celle de sa mère, non pas imitée, mais authentique, et ce fut elle qui dit : « Rendors-toi, Terry. »

Saisi, Ig recula et se cogna la hanche contre la table de nuit, où le verre d'eau et la lampe qui y étaient posés s'entrechoquèrent doucement. Terry ferma à nouveau les yeux, mais il se mit à remuer un peu, comme s'il risquait à tout instant de se redresser.

— Maman, quelle heure est-il ? demanda-t-il.

Ig observait son frère, sans se demander comment il avait réussi à prendre la voix de Lydia ;

cela, il le savait déjà. Le don des langues… Un des tours préférés du malin quand il s'ingénie à susurrer aux gens ce qu'ils ont envie d'entendre en prenant la voix de ceux qui leur sont chers. Mais pourrait-il le refaire à volonté ?

— Chut, murmura Ig.

Le sang pulsa dans les cornes, et sa voix fut celle de Lydia Perrish ; c'était facile… Il n'avait même pas besoin d'y réfléchir.

— Chut, mon chéri. Tu n'as rien à faire. Tu n'as pas besoin de te lever. Repose-toi.

Terry soupira et roula sur le côté en lui tournant le dos.

Ig s'était préparé à tout, sauf à avoir de la compassion pour son frère. En un sens, il l'avait aussi perdu la nuit où Merrin avait été tuée, ce qui n'enlevait rien à ce qu'elle avait subi.

Il s'accroupit dans le noir pour contempler Terry couché sur le flanc sous les draps, songeant au sortilège qu'il pourrait lui jeter grâce au nouveau don qu'il venait de se découvrir.

— Tu devrais rentrer chez toi demain, mon chéri. Reprendre ta vie. Tu as des émissions à préparer. Un tas de choses à régler. Ne t'en fais pas pour ta grand-mère. Elle va s'en sortir, dit-il enfin, de la voix de leur mère.

— Et Ig ? chuchota Terry, le dos tourné. Je ferais mieux de rester tant qu'on ne sait pas où il est allé, non ? Ça m'inquiète.

— Peut-être qu'il a besoin d'être seul en ce moment. C'est un triste anniversaire. Je suis sûre qu'il va bien et qu'il ne voudrait pas que tu délaisses ton travail. Tu dois penser à toi… pour une fois. Retourne à L.A. demain, Terry, conclut-il de la voix de Lydia en insufflant aux cornes toute la force de sa volonté, si bien qu'elles en frissonnèrent de plaisir.

— Demain. D'accord, acquiesça Terry.

Ig se retirait pour retrouver la lumière du jour quand Terry parla à nouveau.

— Je t'aime, dit-il.

Un instant Ig resta sur le seuil, le souffle court, sentant son pouls battre curieusement dans sa gorge.

— Je t'aime aussi, Terry, dit-il de la voix de leur mère, avant de refermer doucement la porte.

28

Dans l'après-midi, Ig prit la nationale et s'arrêta à une petite épicerie de campagne où il acheta un peu de fromage, du saucisson sec, de la moutarde, deux miches de pain, deux bouteilles de vin rouge et un tire-bouchon.

L'épicier était un vieil homme à qui ses petites lunettes cerclées de métal et son pull boutonné jusqu'au cou donnaient un air d'intellectuel. Affalé derrière le comptoir, le menton posé sur son poing, il feuilletait la *New York Review of Books*. Il lui jeta un coup d'œil indifférent, puis se mit à enregistrer ses achats en tapant sur les touches de la caisse.

Ce faisant, il confessa à Ig que son épouse de quarante ans souffrait de la maladie d'Alzheimer, et qu'il songeait sérieusement à l'attirer en haut de l'escalier qui descendait au sous-sol pour la pousser afin qu'elle se rompe le cou. Il était certain que sa chute mortelle serait considérée comme un accident. Wendy l'avait aimé corps et âme, elle lui avait écrit des lettres chaque semaine pendant qu'il était à l'armée et lui avait donné deux jolies filles, mais il n'en pouvait plus de la laver et de l'entendre délirer. Il voulait se mettre en ménage avec Sally, une vieille amie à lui, qui habitait à Boca Raton. Quand sa femme mourrait, il toucherait presque trois quarts d'un million de dollars de prime d'assurance, et alors ce serait la belle vie – golf, tennis, bons petits plats mijotés par Sally, pour les années qu'il lui resterait. Il voulait savoir ce qu'Ig en pensait. Celui-ci répondit qu'il irait sûrement brûler en enfer. Cela va sans dire, acquiesça l'épicier en haussant les épaules.

Durant toute sa confession, il s'était adressé à Ig en russe, et ce fut en cette langue qu'Ig lui-même conversa avec lui, langue qu'il n'avait jamais étudiée, et qu'il maniait avec une aisance soudaine, imméritée, dont il ne fut pourtant pas surpris. Il avait bien parlé à Terry avec la voix de leur mère. D'ailleurs avec son caractère universel, le langage du péché était l'esperanto originel.

Ig s'éloigna de la caisse en songeant à la façon dont il avait trompé Terry en usant de la voix que son frère avait précisément envie d'entendre. Jusqu'où un tel pouvoir s'étendait-il ? À quel point Ig pouvait-il ainsi égarer l'esprit d'autrui ? Il s'arrêta sur le seuil de la boutique et regarda en arrière pour considérer avec intérêt le commerçant assis derrière le comptoir, qui s'était replongé dans son journal.

— Vous ne décrochez pas ? lui lança Ig.

L'autre leva la tête pour le dévisager d'un air perplexe.

— Votre téléphone… il sonne, expliqua Ig, dont les cornes vibraient d'une ardeur tout à fait plaisante.

L'épicier considéra le téléphone silencieux avec curiosité, décrocha, mit l'écouteur contre son oreille. Ig avait beau se trouver à l'autre bout de la pièce, il entendait la tonalité.

— Robert, c'est Sally, dit Ig.

La voix n'était pas la sienne. Une voix rauque, profonde, quoique indéniablement féminine, avec une pointe d'accent du Bronx, celle d'une certaine Sally, une complète inconnue qui habitait à Boca Raton.

— Sally ? répéta l'épicier en plissant le front. On a parlé il y a seulement deux ou trois heures. Je croyais que tu ne voulais pas te ruiner à coups d'appels longue distance.

Les cornes frémirent d'une sensualité euphorique.

— J'économiserai quand je n'aurai plus à t'appeler tous les jours, répliqua Ig de la voix de Sally. Quand est-ce que tu me rejoins ? Je n'en peux plus d'attendre. Ça me tue.

— Je ne peux pas, tu le sais bien, répondit l'épicier en parlant dans le vide. Tu sais ce que cela coûterait de placer Wendy dans un foyer. Qu'est-ce qu'il nous resterait pour vivre ?

— Qui a dit que nous avions besoin de vivre comme un pacha ? Je ne te demande pas de manger du caviar tous les jours – la salade niçoise, ça m'ira très bien. Tu veux attendre qu'elle meure. Et si c'est moi qui pars la première ? On sera bien avancés. Je ne suis plus toute jeune, ni toi non plus. Place-la dans un établissement où on prendra soin d'elle, et puis viens me rejoindre ici, pour que je puisse prendre soin de toi.

— Je lui ai promis de ne pas la placer dans un foyer tant qu'elle vivrait.

— Elle n'est plus la femme à qui tu as fait cette promesse, et j'ai peur de ce qui risque d'arriver si tu restes avec elle. Choisis un péché que nous puissions au moins assumer tous les deux, c'est tout ce que je demande. Rappelle-moi quand tu auras pris ton billet, et je viendrai te chercher à l'aéroport.

Ig coupa la connexion, et comme il lâchait prise, la sensation de douleur exquise se retira de ses cornes. L'épicier fixait l'écouteur, bouche bée ; Ig entendait bourdonner la tonalité. Quand il s'éclipsa, l'épicier ne leva pas les yeux, il avait déjà oublié sa venue.

Ig fit un feu dans la cheminée, puis il ouvrit la première bouteille de vin et but à longues goulées, sans attendre que le vin s'aère. Les vapeurs de l'alcool lui embrumèrent l'esprit en lui procurant un doux vertige, telles les mains d'une amante lui serrant la gorge. Il sentait qu'il lui fallait réfléchir à un plan, décider de la marche à suivre concernant Lee Tourneau, mais le mouvement des flammes, les braises rougeoyantes qui s'effondraient en libérant des gerbes d'étincelles exerçaient sur lui une fascination engourdissante. Il goûtait aussi l'amertume un peu rêche du vin qui décapait ses pensées comme un racloir de vieille peinture. Quand Ig était enfant, tous ses héros portaient la barbe : Jésus, Abraham Lincoln, Dan Haggerty[1]. Et lui-même tirait fierté de son bouc, car il compensait un peu sa calvitie précoce. Tout en devisant, il le lissait et le tortillait à plaisir. Il s'attaquait à sa deuxième bouteille de vin quand il entendit le feu chuinter doucement.

Durant l'heure qui suivit, Ig apprit beaucoup. Le feu lui chuchotait des plans, des stratagèmes, il cherchait à l'encourager d'une voix douce et sifflante à grand renfort d'arguments théologiques. Ig penchait la tête, attentif, comme envoûté, et la hochait parfois pour acquiescer. La voix du feu parlait d'or.

1. Dan Haggerty, acteur américain connu pour sa liberté d'esprit et son amour des animaux.

À la tombée de la nuit, il ouvrit la trappe du haut-fourneau et trouva la foule grouillante de ses fidèles, attendant d'écouter La Parole. Il y en avait des mille et des cents, couchés les uns sur les autres, formant un tapis de serpents noués, entrelacés, et quand Ig sortit de la cheminée, leur masse presque liquide s'écarta pour lui ouvrir un passage jusqu'au tas de briques situé au centre de la salle. Il grimpa sur sa petite montagne, s'y campa avec sa fourche et sa deuxième bouteille de vin, et s'adressa à eux en ces termes :

— On doit préserver son âme, de crainte qu'elle n'aille à sa perte et se consume. Le Christ lui-même mettait en garde ses apôtres contre celui qui détruirait leurs âmes en enfer. Or je vous le déclare, une telle issue est intrinsèquement impossible. L'âme est invulnérable. Elle perdure à jamais. Comme le nombre pi, elle ne connaît ni fin ni conclusion. Comme lui, c'est une constante. Pi est un nombre irrationnel, qui ne peut ni se fractionner ni se diviser. Il en va de même pour l'âme, elle est une équation irrationnelle, indivisible, qui exprime à la perfection ce que vous êtes. L'âme ne serait d'aucune utilité au démon si elle pouvait être détruite. Et elle n'est pas perdue quand elle se place sous la protection de Satan, contrairement à ce qu'on dit. Il sait toujours exactement comment poser le doigt dessus.

Une épaisse torsade de serpents se risqua sur la pile de briques. Ig la sentit glisser sur son pied gauche, mais il n'y fit pas attention, tout dévoué qu'il était à répondre aux besoins spirituels de son troupeau.

— Satan fut longtemps considéré comme l'adversaire, mais Dieu craint la femme bien plus qu'Il ne craint le diable, avec raison. En réalité, dotée du pouvoir de donner la vie, ce fut elle et non l'homme qui fut faite à l'image du Créateur, et elle s'est avérée à tous égards un objet de vénération plus digne que le Christ, ce fanatique mal rasé qui appelait la fin du monde de ses vœux. Si Dieu sauve, ce n'est pas ici et maintenant. Son salut est sans cesse différé. Comme tous les escrocs, Il vous demande de payer d'abord, en vous assurant que votre rétribution viendra. Les femmes, en revanche, offrent un genre de salut bien différent, plus immédiat et plus gratifiant. Elles ne réservent pas indéfiniment leur amour pour un temps lointain, indéterminé, mais en font cadeau dans ce monde-ci, souvent à ceux qui le méritent le moins. Tel fut mon cas. Et celui de bien d'autres hommes. Dès l'origine, le diable et la femme s'allièrent contre Dieu, depuis que Satan vint au premier homme sous la forme d'un serpent et murmura à Adam que le vrai bonheur ne réside pas dans la prière, mais entre les cuisses d'Eve.

À ses pieds, en pleine extase, les serpents sifflaient, se tortillaient, luttaient pour se faire de la place en se mordillant les uns les autres.

Un gros serpent brun commença à s'enrouler autour de sa cheville. Ig se pencha et le prit pour le regarder de plus près. C'était une vipère de la couleur des feuilles mortes, avec une unique rayure orange qui courait sur son dos. Sa queue se terminait en une suite d'anneaux couverts de poussière. Ig n'avait encore jamais vu de serpent à sonnettes, à part dans les films de Clint Eastwood. Elle se laissa soulever sans faire aucun effort pour se dégager. La vipère le regardait de ses yeux pailletés d'or aux longues pupilles fendues tout en dardant sa langue noire. Sa peau froide et lisse semblait aussi tendue sur ses muscles qu'une paupière fermée sur un globe oculaire. Sa queue (mais tout son corps n'était-il pas qu'une longue queue flanquée d'une tête ?) s'étirait sur le bras d'Ig. Au bout d'un moment, Ig enroula la vipère sur ses épaules tel un foulard ou une cravate dénouée. Les anneaux du bruiteur reposaient sur sa peau nue.

Il revint à son public, et comme il avait un peu perdu le fil de son discours, il rejeta la tête en arrière pour boire une gorgée de vin qui descendit dans sa gorge en le brûlant délicieusement. Le Christ aimait le vin ; là-dessus, au moins, il avait raison. Comme le fruit du jardin, ce divin nectar apporte la liberté, la connaissance, en causant aussi quelques ravages. Ig exhala de la fumée et reprit son argumentation où il l'avait laissée.

— Regardez comment a fini la fille que j'aimais et qui m'aimait. Elle portait la croix de Jésus autour du cou et elle se rendait régulièrement à l'Église, l'Église qui n'a jamais rien fait pour elle à part recevoir son argent à la quête et la traiter de pécheresse. Chaque jour Merrin chérissait Jésus dans son cœur, elle le priait chaque nuit, et voyez quel bien elle en a retiré. Jésus sur sa croix. Tant de gens ont pleuré sur Jésus sur sa croix. Comme si personne d'autre n'avait souffert comme il a souffert. Comme si des millions d'hommes, de femmes, d'enfants n'avaient pas connu des morts bien pires que la sienne, sans qu'aucune trace d'eux ne subsiste. Si j'avais vécu au temps de Pilate, je lui aurais volontiers enfoncé ma lance dans le flanc, lui qui tirait fierté de sa douleur.

» Merrin et moi, nous étions comme mari et femme. Mais elle voulait plus, elle voulait la liberté, et une chance de se découvrir. Elle voulait connaître d'autres hommes, elle voulait aussi que je connaisse d'autres femmes. Je l'ai détestée pour ça. Et Dieu aussi l'a détestée. À l'idée qu'elle puisse baiser avec un autre, Il s'est détourné d'elle, et quand elle L'a appelé pendant son supplice, Il a fait mine de ne pas l'entendre. Sans doute trouvait-Il qu'elle méritait son sort. Désormais, Dieu n'est plus pour moi qu'un écrivain de romans de gare, qui construit ses histoires sur des intrigues nulles et sadiques. Ses récits ne font qu'exprimer la terreur que lui inspire le pouvoir de la femme, celui de choisir qui aimer et comment aimer, de redéfinir l'amour selon son bon plaisir, et non selon Sa volonté. Non, décidément, cet auteur n'est pas digne de Ses propres personnages. Quant au diable, il est en premier lieu un critique littéraire qui fustige publiquement et à bon droit ce scribouillard sans talent.

La vipère lovée autour de son cou alla nicher amoureusement sa tête contre sa cuisse. Il la caressa gentiment tout en arrivant au point culminant de son sermon enflammé.

— Seul le diable aime les hommes pour ce qu'ils sont et se délecte de la fourberie avec laquelle ils s'abusent eux-mêmes, leur curiosité éhontée, leur manque de maîtrise, leur tendance à enfreindre les règles sitôt qu'elles sont édictées, leur volonté de renoncer à leur âme immortelle pour une bonne partie de jambes en l'air. Car seuls ceux qui ont le courage de risquer leur âme par amour ont le droit d'en avoir une, et cela le diable le sait, contrairement à Dieu.

» Et Dieu dans tout ça ? Dieu aime l'homme, nous dit-on, mais l'amour, ça se prouve par des actes, non par des mots. Si vous étiez sur un bateau et que vous ne sauviez pas un homme qui se noie, vous iriez brûler en enfer, sûr et certain ; pourtant Dieu, dans Sa grande sagesse, n'éprouve pas le besoin d'épargner à quelqu'un un peu de souffrance, et malgré Sa passivité, Il est célébré, révéré. Où est la logique de cette morale ? En vérité, il n'y en a pas. Seul le diable œuvre en actes et non en paroles, il promet de punir les hommes qui veulent faire de la terre un enfer pour ceux qui osent aimer de toutes les fibres de leur être.

» Je ne prétends pas que Dieu est mort. Non, Il est bien vivant, mais Il n'est pas en position d'offrir le salut, étant damné Lui-même pour Sa criminelle indifférence. Il s'est perdu dès lors qu'Il a exigé fidélité et vénération avant d'offrir Sa protection. Un marché de dupes, typique d'un gangster. Tandis que le diable est tout sauf indifférent. Le diable est toujours là pour aider ceux qui sont enclins à pécher, autrement dit à vivre. Sur sa ligne à lui, il y a toujours quelqu'un prêt à vous répondre.

La vipère lovée autour de ses épaules approuva en agitant sa cascabelle d'un petit coup sec, comme des castagnettes. Il la souleva, baisa sa petite tête froide, puis la posa par terre. Comme il retournait vers la cheminée, la mer de serpents s'écarta encore pour lui laisser le champ libre. Il laissa sa fourche appuyée contre le mur, juste à côté de la trappe, et grimpa dans la cheminée. Mais une fois là, au lieu de se reposer, il lut sa Bible un moment à la lueur des flammes. À un certain passage du Deutéronome qui proscrit les vêtements aux fibres mélangées, estimant qu'il méritait réflexion, Ig fit une pause et médita tout en tortillant son bouc.

— Seul le diable veut que l'homme dispose d'un large choix de tenues de style léger, confortable, murmura-t-il enfin en essayant d'édicter un nouveau proverbe. Exception faite du polyester. Sur cette question, Satan et le Seigneur sont d'accord.

29

Ig fut réveillé par un son métallique suivi d'un grincement. Il se redressa dans l'obscurité qui sentait la suie. Le feu était éteint depuis longtemps. Comme il plissait les yeux pour voir qui avait ouvert la trappe, il reçut un violent coup dans la mâchoire qui fit valser sa tête de côté. S'affalant sur les coudes et les genoux, il cracha du sang, avec trois de ses dents.

Une main gantée de cuir noir plongea dans la cheminée et le saisit par les cheveux pour le tirer hors du fourneau, lui cognant au passage la tête contre la trappe d'acier, avec un tintement sonore rappelant celui d'un gong. On le jeta sur le sol en béton, et quand il essaya de se redresser, il reçut un coup de botte ferrée dans le flanc. Ses bras cédèrent, et il s'étala à nouveau en atterrissant cette fois sur le menton. Ses dents claquèrent tel un clapboard : « Scène 666, première prise, action ! »

Sa fourche. Il l'avait appuyée contre le mur, juste à l'extérieur du fourneau. Il roula sur lui-même pour la prendre, mais ses doigts heurtèrent le manche maladroitement, et la fourche tomba avec fracas. Alors qu'il cherchait à la saisir, Lee Tourneau lui écrasa la main du talon de sa botte, et les os de ses doigts craquèrent comme du petit bois bien sec. Il tourna la tête vers Lee et reçut au même instant un autre coup de clef d'acier, juste entre les cornes. Un éclair blanc explosa dans sa tête telle une bombe au phosphore, et le monde disparut.

Quand il rouvrit les yeux, Lee le tenait par le col de sa chemise pour mieux le traîner. Ses genoux glissaient sur le sol en béton et ses mains étaient ramenées devant lui, les poignets attachés par du ruban adhésif. Il essaya bien de se redresser d'une secousse, mais ne réussit qu'à battre un peu l'air de ses pieds. Le monde résonnait des stridulations infernales des cigales, et il mit un moment à comprendre que le bruit était à l'intérieur de sa tête, car les cigales se taisent la nuit.

La vieille fonderie n'ayant pas de toit, intérieur et extérieur se confondaient. Pourtant à un moment, Ig sentit qu'ils étaient passés par une ouverture pour se retrouver dehors dans la nuit, même si ses genoux raclaient toujours du béton poussiéreux. Il ne pouvait lever la tête, mais il avait l'impression d'avoir laissé derrière lui tous les murs et d'être à ciel ouvert. Il entendait le moteur de la Cadillac tourner au ralenti non loin de là. Ils devaient se trouver derrière le bâtiment, non loin de la piste Evel Knievel. Sa langue tournait dans sa bouche telle une anguille nageant dans du sang, tâtant parfois un trou, là où une dent manquait.

S'il voulait user de ses cornes sur Lee, il devait essayer de le faire maintenant, avant qu'il n'accomplisse ses desseins. Mais comme il s'apprêtait à parler, une douleur atroce lui broya la mâchoire, et il réussit seulement à ne pas crier. Sa mâchoire était fracturée, sans doute en plusieurs endroits. Le sang coulait de ses lèvres à gros bouillons, et un gémissement de bête blessée lui échappa.

Ils se trouvaient en haut d'une volée de marches en béton, et Lee fit une pause tant il était essoufflé.

— Bon Dieu, Ig, tu pèses ton poids. À te voir, on ne te croirait pas aussi lourd. Je ne suis pas taillé pour ce genre de corvée, conclut-il en le lâchant.

Ig tomba, il dévala les marches en se cognant d'abord l'épaule, puis la figure, et ce fut comme s'il se cassait à nouveau la mâchoire. Cette fois, il ne put s'en empêcher, il poussa un cri rauque, étranglé, avant de s'étaler au pied des marches, le nez dans la poussière.

Une fois là, il demeura complètement immobile, avec le sentiment qu'il ne fallait surtout pas bouger d'un pouce, qu'il était vital pour lui d'attendre que la douleur atroce s'atténue au moins un peu, et avec elle le noir qui obscurcissait sa vision. Au loin il entendit des bottes racler les marches en béton et piétiner la terre caillouteuse. Une portière de voiture s'ouvrit, puis claqua en se refermant. Les bruits de bottes se rapprochèrent. Il entendit aussi des sons qu'il ne put identifier, un petit tintement métallique et une sorte de glouglou, comme du liquide remué.

— Je savais que je te trouverais ici, dit Lee. Tu ne peux pas t'en empêcher, il faut que tu y reviennes, hein ?

Ig lutta pour soulever la tête et le regarder. Lee était accroupi à côté de lui. Il portait un jean noir et une chemise blanche boutonnée jusqu'au col, dont les manches étaient relevées sur ses avant-bras minces et musclés. Son visage était calme, presque débonnaire. D'une main, il triturait machinalement la croix nichée dans les poils blonds et bouclés de sa poitrine.

— J'ai su que je te trouverais ici après le coup de fil de Glenna, il y a une ou deux heures, déclara-t-il avec un sourire en coin. Elle est rentrée chez elle et a trouvé son appart dévasté, sa télé fracassée, du bordel partout. Elle m'a tout de suite appelé. Elle pleurait, Ig. Elle avait l'air bouleversée. Elle croit que d'une façon ou d'une autre, tu as deviné notre… petit rendez-vous galant sur le parking, et que tu la détestes maintenant. Elle a peur que tu te fasses du mal. Je lui ai dit que je craignais plus pour elle que pour toi, et je lui ai proposé de passer la nuit avec moi. Eh bien crois-le ou non, elle a décliné mon offre. Elle a soutenu qu'elle n'avait pas peur de toi et qu'elle avait besoin de te parler, avant que les choses aillent plus loin entre elle et moi. Sacrée Glenna. Une brave môme, douce, gentille, mais tellement paumée et mal dans sa peau. Une épave dans ton genre. En moins pire.

Oubliant sa mâchoire brisée, Ig voulut crier à Lee de ne pas s'approcher de Glenna. Mais quand il ouvrit la bouche, il n'en sortit qu'un son inarticulé. Avec la douleur qui irradiait de sa mâchoire fracassée montait un voile noir qui s'étendait et se refermait sur lui. Ig expira, souffla du sang par ses narines, et lutta de toutes ses forces pour repousser les ténèbres qui le submergeaient. Lee susurrait, si doucement qu'Ig l'entendait à peine.

— Eric ne se rappelle pas ce qui s'est passé ce matin chez Glenna… Comment se fait-il qu'il ne se souvienne de rien, sauf du moment où tu lui as jeté une casserole d'eau bouillante à la figure et où il a failli s'évanouir ? Pourtant il s'est passé quelque chose là-bas. Mais quoi ? Peut-être que j'aurais dû emmener Eric avec moi cette nuit… Je suis sûr qu'il aurait apprécié… Tu verrais sa gueule. Tu ne l'as pas raté, Ig. Encore un peu, et il aurait dû aller se faire soigner à l'hôpital en inventant un bobard quelconque pour expliquer comment il s'est fait ça. Remarque, pour commencer, il n'aurait pas dû aller chez Glenna. À se demander si ce flic respecte la loi, ironisa Lee avec un petit rire. En fin de compte, il vaut sans doute mieux le laisser en dehors de ça. Ce genre de chose se règle plus facilement sans témoins.

Lee était toujours à genoux, la lourde clef rouillée pendait de sa main droite.

— Je peux comprendre qu'Eric ne se souvienne pas de ce qui s'est passé chez Glenna, après ce qu'il a reçu en pleine poire, continua-t-il. Il y a de quoi vous faire perdre la mémoire. Par contre, je ne m'explique pas ce qui est arrivé quand tu t'es pointé au bureau du député hier. Trois personnes t'ont vu entrer : Chet, notre réceptionniste, Cameron, qui s'occupe de passer les gens aux rayons x, et Eric. Pourtant, cinq minutes après ton départ, aucun d'eux ne se rappelait ta venue. Sauf moi. Même Eric n'y a pas cru jusqu'à ce que je lui montre la vidéo. On vous y voit tous les deux en train de discuter, mais Eric est incapable de me dire de quoi vous avez parlé. Et il y a autre chose… La vidéo elle-même. Elle est brouillée par endroits, comme si la bande déconnait…, dit-il, et il s'interrompit un instant, l'air songeur. Il y a comme une distorsion, mais seulement autour de toi. Comment as-tu fait pour les influencer et déformer cette vidéo ? Et pourquoi suis-je à l'abri de ton influence ? Voilà ce que j'aimerais savoir. Tu m'écoutes, Ig ? lui lança Lee, et comme il ne répondait pas, il lui enfonça la clef en fer dans l'épaule.

En fait, Ig n'en avait pas perdu une miette, mais tandis que Lee déblatérait, lui rassemblait le peu de forces qui lui restait et se préparait à bondir.

Il avait ramené ses genoux sous lui, retrouvé son souffle, et il attendait juste le bon moment. Enfin, il vint. Ig se releva en faisant voler la clef, se jeta sur Lee en lui décochant un coup d'épaule en pleine poitrine, qui le fit tomber sur le cul. Alors Ig leva les mains et prit Lee à la gorge.

Au moment où sa peau toucha la sienne, il faillit à nouveau hurler. Il fut, l'espace d'un instant, dans la tête de Lee, et c'était comme se retrouver à nouveau dans la rivière Knowles, entraîné dans un tourbillon furieux vers un lieu de ténèbres glacé et rugissant. Alors Ig sut tout, et il sut qu'il ne voulait pas savoir, surtout ne pas savoir.

Lee avait toujours la clef à la main, il se releva et Ig en reçut un coup violent dans le ventre, qui le fit suffoquer. Sous le choc, il fut projeté de côté, et ses doigts attrapèrent la chaîne d'or autour du cou de Lee. La chaîne cassa net, et la croix vola dans la nuit.

Lee se dégagea en se tortillant et se remit sur ses pieds. Toujours à quatre pattes, Ig luttait pour retrouver sa respiration.

— Essaie un peu de m'étrangler, sac à merde, beugla Lee en lui décochant un coup de pied dans les côtes.

Il y eut un craquement sinistre. Ig grogna et s'effondra face contre terre.

Lee le bourra de coups de pied dans les reins, dans le ventre, puis Ig sentit quelque chose de mouillé sur sa nuque. Un crachat. Alors il y eut un court répit, Lee se tint tranquille, et ils purent tous les deux souffler un peu.

— C'est quoi ces trucs sur ta tête ? demanda enfin Lee, visiblement surpris. Bon Dieu, Ig. On dirait des cornes.

Ig luttait en tremblant contre les vagues de douleur qui fusaient dans son dos, son flanc, sa main droite écrasée, son visage. De la main gauche, il griffait la terre noire, y creusait des sillons en s'agrippant de toutes ses forces à sa conscience, pour gagner seconde après seconde encore un peu de lucidité au lieu de sombrer. Lee venait de dire quelque chose. À propos des cornes.

— Alors c'est ça qu'on voyait sur la vidéo, reprit Lee, un peu essoufflé. Des cornes. Putain de merde. Je croyais que la bande était défectueuse. Mais ça n'avait rien à voir. Ça venait de toi. Tu sais, il me semble bien que je les ai vues hier, en te regardant de mon mauvais œil. Normalement de cet œil-là, je ne vois que des ombres, mais quand je t'ai regardé, je me suis dit, tiens…

Il ne finit pas sa phrase et porta la main à sa gorge nue.

Quand Ig ferma les yeux, il vit une sourdine en cuivre enfoncée dans une trompette. Enfin, il en avait trouvé une pour les cornes. La croix de Merrin étouffait leur signal, elle avait formé un cercle de protection autour de Lee Tourneau qu'elles ne pouvaient traverser. Privé de la croix, Lee était devenu sensible à leur influence. Évidemment, il était trop tard pour qu'Ig en tire aucun bénéfice.

— Ma croix, dit Lee en se touchant le cou. La croix de Merrin. Tu l'as cassée. Tu l'as cassée en essayant de m'étrangler. C'est parfaitement déplacé, Ig. Si tu crois que j'ai envie de t'infliger ça… Non, crois-moi. Mais j'y suis obligé. Par contre, tu sais qui je me ferais bien ? Ma petite voisine. Elle a quatorze ans, elle habite juste à côté de chez moi, et elle aime prendre des bains de soleil dans son arrière-cour. Je la mate de la fenêtre de ma chambre. Dans son bikini aux couleurs du drapeau américain, elle est vraiment à croquer. Elle me fait le même effet que Merrin. Mais pas touche ! Ce serait trop risqué. En tant que voisin, je serais tout de suite sur la liste des suspects. Il ne faut pas chier dans ses bottes. À moins que… Qu'en dis-tu, Ig ? Je pourrais peut-être m'en tirer. Tu trouves que je devrais me la faire ?

Tout son corps n'était que douleur, pourtant Ig remarqua que la voix de Lee avait changé, il parlait comme dans un rêve, du ton de quelqu'un qui se parle à lui-même. Les cornes marchaient sur Lee comme elles avaient marché sur tous les autres.

Ig secoua la tête et exprima son désaccord par un gémissement. Lee parut déçu.

— Non. Ce n'est pas une bonne idée, hein ? Mais je vais te dire un truc. Il y a une ou deux nuits, j'ai failli venir ici avec Glenna. Ça me démangeait. Quand on est sortis ensemble de la *Station House Tavern* elle était complètement paf, mûre à point, et je lui ai proposé de la raccompagner, avec l'idée de la conduire jusqu'ici, l'enculer un bon coup, et puis la cogner et la laisser dans un coin sombre. Je parie qu'on t'aurait collé sa mort sur le dos. Ig Perrish a encore frappé, il a encore zigouillé une de ses petites amies. Mais Glenna a dû partir, alors dévouée comme elle est, elle m'a sucé dans le parking, devant trois ou quatre gars qui traînaient par là, et je n'ai pas pu. Il y avait trop de témoins qui auraient pu faire le rapprochement. Oh, ça viendra. Ce n'est que partie remise. Des filles comme Glenna qui boivent comme des trous et fument comme des pompiers, avec des tatouages et un casier judiciaire, ça disparaît tout le temps, et six mois plus tard, même des gens qui les connaissaient ont oublié jusqu'à leur nom. À défaut, Ig, cette nuit, je t'ai toi.

Il se pencha, prit Ig par les cornes et le tira à travers les mauvaises herbes. Ig n'avait même plus la force de lui donner des coups de pied. Du sang lui coulait de la bouche et sa main droite battait comme un cœur.

Lee ouvrit la portière avant de la Gremlin, le prit sous les bras et le hissa à l'intérieur. Ig s'affala sur le siège, les jambes pendantes. Lee aussi s'effondra à moitié dans la voiture. Ce dernier effort l'avait épuisé. Ig le sentit s'appuyer d'une main sur son dos pour se redresser, tout en lui enfonçant un genou au creux des reins.

— Hé, Ig. Tu te rappelles le jour où on s'est rencontrés ? Ici même, sur la piste Evel Knievel ? Tu te rends compte que si tu t'étais noyé ce jour-là, j'aurais pu me taper Merry quand elle était vierge, et peut-être que rien de tout ça ne serait arrivé. Pas sûr, remarque. Merrin était déjà une sale petite bêcheuse, à l'époque. Il y a quand même un truc qu'il faut que tu saches, Ig. Ça fait des années que je me sens coupable à cause de ça. Enfin, pas coupable, disons mal à l'aise. En réalité, je ne t'ai absolument pas sauvé de la noyade. Je te l'ai dit je ne sais combien de fois, mais tu n'as jamais voulu me croire, Dieu sait pourquoi. En fait, tu t'es sorti de la rivière tout seul, en pataugeant. Je ne t'ai même pas tapé dans le dos pour te faire reprendre ta respiration. Je t'ai seulement cogné par hasard, en voulant m'écarter, parce qu'il y avait un énorme serpent juste à côté de toi. J'ai une sainte horreur des serpents. Ça tient de la phobie. C'est peut-être bien ce fichu serpent qui t'a sauvé. Il était aussi gros qu'un tuyau d'incendie… Voilà, conclut-il en lui tapotant la nuque de sa main gantée. Ah, je me sens déjà mieux. Ça m'ôte un poids de la poitrine. C'est vrai ce qu'on dit. Une bonne confession fait du bien à l'âme.

Il se leva, prit Ig par les chevilles, remonta ses jambes pour les fourrer dans la voiture. Au fond, Ig n'était pas mécontent de mourir dans la Gremlin.

C'était là qu'il avait vécu les meilleurs moments de sa vie. Là qu'il avait aimé Merrin, là qu'ils avaient eu de merveilleuses conversations et qu'il lui avait tenu la main durant de longs trajets en voiture dans le noir sans qu'aucun d'eux ne parle, goûtant juste à ce silence partagé. Il sentait Merrin toute proche, comme si, levant les yeux, il allait la voir assise sur le siège passager, tendant la main pour lui faire une petite tape affectueuse sur la tête.

Derrière lui, il entendit Lee traîner des pieds ainsi que ce même glouglou qu'il avait déjà entendu, et enfin il comprit. C'était le bruit d'un bidon en fer rempli de liquide. Il venait de se redresser avec effort sur les coudes quand l'essence lui aspergea le dos en trempant sa chemise. L'odeur se répandit dans la voiture et lui piqua les yeux.

Roulant sur le côté, il s'efforça encore de se redresser tandis que Lee finissait de l'arroser d'essence en secouant le bidon pour le vider. Ig cligna des yeux dans les vapeurs piquantes qui faisaient trembloter l'air autour de lui, et vit Lee sortir quelque chose de sa poche. La boîte d'allumettes Lucifer. Il avait dû la prendre au passage en sortant de la fonderie.

— J'ai toujours eu envie de faire ça, commenta Lee.

Il racla l'allumette, puis la jeta par la vitre ouverte.

L'allumette enflammée rebondit sur le front d'Ig, et quand elle tomba, il l'attrapa au vol, sans réfléchir, par réflexe, malgré le ruban adhésif qui entravait ses poignets. Un bref instant, ses mains furent une coupe de feu ourlée de lumière dorée. Revêtu d'un costume de flamme, il devint lui-même une torche vivante. Il hurla, mais sa voix fut couverte par la déflagration qui embrasa soudain l'intérieur de la voiture avec un souffle bas, profond, qui sembla aspirer tout l'oxygène présent dans l'air. Il aperçut Lee qui reculait en chancelant, l'air stupéfié à la lueur des flammes, comme s'il n'était pas tout à fait prêt à assumer un acte pourtant prémédité. La Gremlin devint un char de feu grondant et rugissant.

Ig saisit la portière et tenta de l'ouvrir, mais Lee avança et la fit claquer d'un coup de pied. À travers le pare-brise qui noircissait, au-dessus du tableau de bord dont le plastique commençait à fondre, Ig voyait la nuit, et l'à-pic de la colline ; la rivière était là, en bas. Tâtonnant à travers les flammes, il trouva le levier de vitesse, mit la voiture au point mort, puis relâcha le frein à main. Quand il jeta un regard par la vitre ouverte du côté conducteur, il vit Lee s'éloigner du brasier, blême, l'air hagard. Puis Lee fut derrière lui, et les arbres se mirent à défiler à toute allure tandis que la Gremlin fonçait en descendant la colline. Ig n'avait pas besoin des phares pour voir devant lui, lancé dans ce char enflammé qui projetait une lueur rougeâtre dans l'obscurité.

Les arbres formaient une voûte de feuillage, les buissons fouettaient les flancs de la voiture. Ig n'avait pas repris la piste depuis sa course folle en chariot de supermarché, plus de dix ans plus tôt, et il ne l'avait jamais descendue de nuit, brûlant vif dans une voiture en flammes. Pourtant, il la connaissait dans ses tripes. La pente devint de plus en plus raide, c'était presque comme si la voiture tombait du haut d'une falaise. Les pneus arrière se soulevaient et retombaient avec fracas. La chaleur fit exploser la vitre du côté passager. Ig tenait le volant à présent, et il le sentait fondre, mollir telle une montre à la Dalí pour s'affaisser sur lui-même. Du côté du conducteur, le pneu avant heurta quelque chose, et Ig sentit le volant lui échapper, la Gremlin en flammes virer de côté, mais il résista et réussit à la maintenir sur la piste. Dans ce feu roulant, il ne pouvait plus respirer.

La Gremlin heurta la petite rampe de terre au pied de la piste et fut catapultée dans les étoiles, par-dessus l'eau, laissant derrière elle un panache de feu, telle une comète ou une fusée. Le rideau de flammes qui lui bouchait la vue s'ouvrit devant Ig sous le souffle de l'élan, comme écarté par des mains invisibles. Il vit l'eau d'un noir luisant arriver droit sur lui telle une voie pavée de marbre. Sous la force du choc, le pare-brise explosa, et l'eau vint juste après.

30

Depuis la berge, toujours armé de la clef en fer, Lee Tourneau regardait le courant retourner lentement la Gremlin dont seul l'arrière restait hors de l'eau. Elle n'était plus en flammes, il sortait juste un peu de fumée blanche des bords du coffre. Il demeura là tandis que la voiture s'enfonçait, entraînée par le courant, jusqu'à ce qu'un mouvement à ses pieds attire son attention. Baissant les yeux, il découvrit une couleuvre d'eau qui rampait dans l'herbe ; avec un cri d'effroi, il sauta en arrière et lui décocha un coup de pied. Elle le dépassa tranquillement et se laissa glisser avec un petit floc dans l'eau de la Knowles. Lee recula de plusieurs pas avec une moue de dégoût en voyant un second serpent, puis un troisième se jeter à l'eau, brisant le reflet de la lune sur la rivière en éclats argentés. Il jeta un dernier regard vers la voiture qui coulait, puis tourna le dos et s'éloigna en remontant la colline.

Lee avait disparu quand Ig sortit de l'eau et grimpa sur la berge, dans les herbes. Son corps fumait dans la pénombre. Il fit six pas chancelants sur la terre sableuse, et tomba à genoux. Tandis qu'il s'affalait sur le dos dans les fougères, il entendit claquer une portière de voiture en haut de la colline, et devina en tendant l'oreille que

Lee Tourneau manœuvrait sa Cadillac pour faire demi-tour et s'éloigner. Ig resta couché là, à se reposer sous les arbres qui bordaient la rivière.

Sa peau n'était plus pâle comme le ventre d'un poisson, mais d'un rouge cuivré comme la nuance de certains bois vernis. Jamais il n'avait respiré aussi librement, à pleins poumons. Ses côtes se soulevaient et s'écartaient sans effort à chaque inspiration, avec la régularité puissante d'un soufflet. Il aurait dû avoir mal, puisqu'il s'en était cassé une seulement vingt minutes plus tôt, mais il ne ressentait aucune douleur. Il ne remarquerait que bien plus tard des traces d'ecchymoses vieilles d'un mois sur ses flancs, seul indice montrant qu'on l'avait roué de coups. Ouvrant et refermant la bouche, il fit jouer ses mâchoires, mais là non plus il n'éprouva aucune douleur, et quand sa langue chercha les cavités où ses dents manquaient, elle les sentit lisses et intactes, à leur place habituelle. Il plia la main : souple et indemne, et ses tendons, ses veines, en parfait état. Il se rendait compte seulement maintenant que durant tout le temps où il avait brûlé vif, à aucun moment il n'avait souffert. Au contraire, il était sorti du feu régénéré. L'air tiède de la nuit puait encore l'essence, le plastique fondu, le fer calciné, et cette odeur lui faisait de l'effet, elle l'excitait un peu comme le faisait l'odeur de Merrin, ce mélange grisant de sueur féminine, de citron et de menthe qu'il adorait. Iggy Perrish ferma les yeux et laissa ses poumons s'emplir avec délice en inspirant de longues goulées d'air libres, apaisantes. Quand il rouvrit les yeux, c'était l'aube.

Sur ses muscles et ses os, sa peau était ferme et tendue. Et il ne s'était jamais senti aussi propre. Comme après un baptême, songea-t-il. Les chênes bordaient la rivière en rangs serrés, et sur l'azur radieux du ciel, leurs feuilles palpitantes vibraient d'une lumière d'un vert doré.

Quand Merrin l'avait vue, la maison dans l'arbre était cachée dans des feuilles qui brillaient de ce même vert doré. Ig et elle poussaient leurs vélos le long du sentier forestier qui partait de la ville pour s'enfoncer dans les bois. Ils avaient passé la matinée à repeindre l'église avec une équipe de volontaires, et ils portaient tous deux la même tenue : un grand T-shirt informe et un short en jean éclaboussé de peinture blanche. Ils avaient assez souvent pris ce sentier à vélo ou à pied, mais n'avaient encore jamais vu la cabane dans l'arbre.

Il faut dire qu'elle ne se laissait pas repérer facilement, perchée comme elle était à cinq mètres du sol et nichée au creux d'une couronne de verdure, à la cime d'un arbre au large ramage dont l'espèce leur était inconnue. Au début, quand Merrin avait pointé le doigt, Ig n'avait rien vu. Puis il l'avait discernée. Le soleil qui filtrait à travers les feuilles éclairait le bardeau blanc dont elle était construite. À mesure qu'ils avançaient pour arriver au pied de l'arbre, la cabane se découvrit à eux. C'était un cube blanc avec de grands carrés découpés en guise de fenêtres, ornés de rideaux en nylon bon marché. On aurait dit l'œuvre d'un charpentier chevronné, non celle d'un bricoleur du dimanche, même si elle n'avait rien de particulièrement remarquable. Il n'y avait pas besoin d'échelle pour y monter, les branches basses servaient naturellement de barreaux et menaient jusqu'à la trappe. Peinte sur le dessous, au lait de chaux, une phrase disait : « Soyez béni vous qui entrez ici. »

Ig s'arrêta pour lire l'inscription avec une petite moue ironique, mais continuant sur sa lancée, Merrin coucha son vélo dans les touffes d'herbe tendre au pied de l'arbre, et se mit immédiatement à grimper de branche en branche avec une intrépidité athlétique. Ig resta dessous, et comme il la regardait monter en se frayant un passage dans les branches, il fut frappé par ses cuisses brunies et fuselées, après tout un printemps passé à jouer au foot. Quand elle atteignit la trappe, elle tourna la tête pour le regarder d'en haut. Il dut faire un effort pour détacher les yeux de son short en jean, mais alors, elle croisa son regard et lui fit un petit sourire narquois. Sans rien dire, elle souleva la trappe qui se rabattit avec un bang, et se tortilla par l'ouverture.

Quand il passa lui-même la tête à travers, Merrin était déjà à moitié nue. Un petit tapis poussiéreux recouvrait le sol. Un chandelier en cuivre à neuf branches portant des bougies à moitié consumées était posé sur une table basse, entouré de petites figurines en porcelaine. Dans un coin, il y avait un fauteuil rembourré, au revêtement vert mousse un peu moisi. Les feuilles qu'on voyait par la fenêtre bougeaient suivant un rythme régulier, et leurs ombres dansaient sur la peau de Merrin tandis que la cabane grinçait doucement dans son berceau de branches… Quelle était cette vieille comptine qui parlait d'un berceau dans les arbres ? *Rock-a-bye baby in the treetop. Ig et Merrin en haut de l'arbre qui se balance.* Ig referma la trappe derrière lui et déplaça le fauteuil pour le caler dessus, afin que personne ne risque de les surprendre. Il se déshabilla à son tour, et pendant un moment, ils se bercèrent l'un l'autre amoureusement.

— C'est pour quoi faire, d'après toi, ces bougies et ces petites figurines en porcelaine ? dit-elle ensuite.

Ig se mit à quatre pattes pour les regarder de plus près et elle, se redressant d'un bond, lui donna une claque sur les fesses. Il s'empressa de s'éloigner en riant et s'agenouilla devant la table basse. La ménorah était posée sur un morceau de parchemin poussiéreux sur lequel un texte était inscrit en hébreu, en grandes lettres majuscules. Les bougies avaient fondu sur la ménorah en une dentelle de cire formée de stalactites et stalagmites qui montaient du pied en cuivre. Il y avait une petite Marie au joli minois. Vêtue de bleu, elle était agenouillée devant un ange du Seigneur, grand et solidement bâti, lui-même revêtu d'une robe qui lui faisait comme une toge. Elle tendait la main vers lui, mais les deux figurines étaient placées de telle manière que Marie touchait la cuisse dorée de l'archange, en un geste très suggestif. Le messager de Dieu la toisait avec dédain. Un deuxième ange se trouvait un peu à l'écart ; dos tourné à la scène, face levée vers le ciel, il soufflait d'un air mélancolique dans une trompette dorée.

Un esprit facétieux avait introduit dans ce touchant tableau un extraterrestre à la peau grise dont les yeux noirs à facettes rappelaient ceux d'une mouche. Penché derrière Marie, il lui murmurait quelque chose à l'oreille. Cette figurine-là n'était pas en porcelaine, mais en caoutchouc, sans doute un personnage extrait d'un film de science-fiction tel que *Rencontres du troisième type*.

— Tu connais cette écriture ? demanda Merrin, qui avait rampé pour venir s'agenouiller près de lui.

— C'est de l'hébreu, dit Ig. Ça vient sans doute d'un phylactère.

— Tu as oublié de mettre le tien. Heureusement que je prends la pilule, ajouta-t-elle.

— Il ne s'agit pas de ça.

— Je sais bien.

Ig attendit tout en souriant en son for intérieur.

— Bon, alors c'est quoi, un phylactère ? demanda-t-elle.

— Les Juifs en mettent sur leurs têtes.

— Ah bon. Je croyais que ça s'appelait une kippa.

— Ça, c'est différent. En fait, je ne me rappelle plus très bien s'ils le portent sur la tête ou parfois à leurs bras.

— Et qu'est-ce que ça dit ?

— Je ne sais pas. C'est un passage de l'Écriture.

— Regarde celui-là, il ressemble à ton frère, remarqua-t-elle en pointant l'index sur l'ange à la trompette.

— Mais non…, commença Ig, puis il se rendit compte que si, tout compte fait, l'ange ressemblait bien à Terry, avec son noble front et ses traits princiers.

Quoique Terry aurait préféré mourir plutôt que se balader en robe, sauf peut-être à une fête costumée.

— Et ça sert à quoi, tout ça ? demanda Merrin.

— C'est un autel.

— Un autel ? Pour rendre un culte à qui, à E.T. ? plaisanta-t-elle en indiquant l'extraterrestre.

— Je ne sais pas. Peut-être que ces figurines comptaient pour quelqu'un. Et que c'est une façon de se souvenir de lui, ou d'elle. En fait, c'est sans doute un endroit où se recueillir et prier.

— Oui, c'est aussi mon avis.

— Tu veux prier ? lança Ig sans réfléchir, puis sa gorge se coinça, comme s'il venait de sortir une insanité, ou de faire une proposition qu'elle pourrait juger offensante.

Elle le considéra sous ses paupières à demi closes avec un sourire en coin, et pour la première fois, il se dit que Merrin devait lui trouver un petit grain. Elle regarda la fenêtre donnant sur les feuilles ruisselantes de lumière, le soleil ravivant la couleur des vieux murs délavés, puis revint à lui.

— Oui, acquiesça-t-elle. C'est vachement mieux que de prier à l'église.

Ig joignit les mains, baissa la tête, et il s'apprêtait à parler quand Merrin l'interrompit.

— Tu ne vas pas allumer les bougies ? Ça donnerait un peu d'âme à cet endroit. On vient de le traiter comme le décor d'un film porno.

Dans le tiroir de la table basse, il y avait une boîte contenant des allumettes à tête noire, comme Ig n'en avait encore jamais vu. Il en gratta une, et elle s'enflamma en crachotant. Il alluma les bougies de la ménorah, passant de l'une à l'autre aussi vite qu'il le put, mais la flamme de l'allumette lui brûla les doigts comme il arrivait à la neuvième.

— Bon Dieu, Ig ! s'écria Merrin alors qu'il secouait les doigts. Tu ne t'es pas brûlé au moins ?

— Non, ça va.

C'était vrai. Il n'avait rien senti du tout.

Merrin referma la boîte d'allumettes et elle allait la ranger quand elle s'arrêta pour la regarder de plus près.

— Ça alors ! s'exclama-t-elle.

— Quoi ?

— Rien, dit-elle, avant de refermer le tiroir.

Alors elle pencha la tête, mains jointes, et attendit. En la voyant ainsi, toute nue, avec la masse rouge sombre de ses cheveux tombant sur la blancheur nacrée de ses seins, Ig en eut le souffle coupé. Jamais il ne s'était senti aussi nu de sa vie, même pas la première fois où il s'était déshabillé devant elle. L'amour qu'il éprouva en cet instant était presque plus qu'il ne pouvait le supporter.

Ensemble, ils prièrent. Ig demanda à Dieu de les aider à être bons l'un pour l'autre, et gentils envers autrui. Il allait demander à Dieu de les protéger de tout mal quand il sentit la main de Merrin glisser sur sa cuisse pour s'immiscer doucement entre ses jambes. Il serra les paupières et il lui fallut une bonne dose de concentration pour terminer sa prière. Lorsqu'il eut fini, il dit « Amen », Merrin se tourna vers lui pour murmurer « Amen » tout en posant ses lèvres sur les siennes, et elle l'attira à elle. Ils firent encore l'amour, et quand ils eurent fini, ils s'assoupirent dans les bras l'un de l'autre, ses lèvres à elle collées contre son cou.

Quand Merrin se redressa, et ce faisant le réveilla en déplaçant son bras, la chaleur du jour avait baissé et la cabane était remplie de pénombre. Couvrant d'un bras ses seins nus, Merrin se pencha pour chercher ses vêtements à tâtons.

— Merde, dit-elle. Il faut qu'on se grouille. Mes parents nous attendent pour le dîner. Ils vont se demander où on est.

— Habille-toi. Je vais souffler les bougies.

Tout engourdi, il se pencha sur la ménorah et tressaillit soudain, mal à l'aise, traversé d'un drôle de frisson désagréable.

Il avait manqué l'une des figurines en porcelaine. Le diable. Il était placé au pied de la ménorah, et de même que la cabane était enfouie dans sa cape de verdure, lui était à moitié caché derrière les stalactites de cire qui pendaient des bougies, et il ne se repérait pas facilement. Lucifer se tordait de rire, serrant en poings ses mains rouges décharnées, la tête rejetée vers le ciel, ses yeux jaunes révulsés. Sur ses petits sabots fendus, il semblait danser comme sur des pointes, en proie à un délire extatique.

Ig en eut la chair de poule. Cette figurine aurait dû faire partie du décor disposé devant lui, pourtant elle était à l'écart, dissimulée. Elle n'avait rien de drôle, au contraire, elle lui faisait horreur, et il aurait préféré ne jamais l'avoir vue. Il regretta soudain d'avoir prié ici et frissonna, comme si la température avait brusquement chuté dans la maison-arbre. Mais ce n'était pas un effet de son imagination. Le soleil était passé derrière un nuage, la pièce s'était d'un coup assombrie et refroidie, et un vent âpre remuait les branches.

— Dommage qu'on soit obligés de partir, regretta Merrin derrière lui en enfilant son short. L'air est si bon ici, tu ne trouves pas ?

— Si, répondit Ig d'une voix étrangement rauque.

— Tant pis pour notre petit coin de paradis.

Soudain quelqu'un frappa à la trappe, si fort qu'ils poussèrent tous deux un hurlement. La trappe cognait dur contre le fauteuil placé dessus, à tel point que toute la maison-arbre en tremblait.

— Qu'est-ce que c'est ? s'écria Merrin.

— Hé ! hurla Ig. Qui est là ?

La trappe cogna encore. Le fauteuil tressauta de quelques centimètres, mais ses pieds retombèrent sur le dessus. Ig jeta à Merrin un regard inquiet, et tous deux s'empressèrent de s'habiller. Il se tortilla dans son short tandis qu'elle agrafait son soutien-gorge. La trappe tapa encore, plus fort que jamais. Les figurines posées sur la table basse vacillèrent, et Marie tomba. De sa grotte de cire fondue, le diable semblait guetter la suite des événements d'un air avide.

— Arrêtez ça, putain ! cria Ig, le cœur battant.

Sûrement des saletés de gosses, songea-il. Mais il n'y croyait pas. Car alors, il y aurait eu des gloussements étouffés, suivis de francs éclats de rire, et des bruits de gamins sautant de l'arbre pour déguerpir à toutes jambes.

Une fois rhabillé, Ig allait soulever le fauteuil pour l'écarter, quand il se rendit compte qu'il était terrorisé. Il s'arrêta et regarda Merrin, qui s'était figée alors qu'elle mettait ses baskets.

— Vas-y, murmura-t-elle. Qu'on sache qui c'est.

— Je n'ai pas envie.

C'était le moins qu'il puisse dire. Son cœur vacillait à l'idée de déplacer le fauteuil et de laisser entrer ce qui était là, dehors.

Le pire, ce fut le silence soudain qui suivit. Celui qui cherchait à entrer avait cessé de défoncer la trappe, il attendait juste qu'ils la soulèvent eux-mêmes.

Quand Merrin eut fini d'enfiler ses baskets, elle lui fit un signe de la tête.

— Écoutez…, lança Ig en portant la voix. C'est bon, vous nous avez bien eus. Vous avez réussi à nous fiche la trouille. Bon, on va sortir maintenant.

— Mon Dieu, chuchota Merrin. Tu n'aurais pas dû dire ça, et encore moins le prévenir.

Ils échangèrent un regard. Saisi d'une crainte irrationnelle, Ig ne voulait pas soulever la trappe, convaincu qu'il s'ensuivrait pour eux deux un mal irrémédiable. Pourtant il le fallait bien. Ig écarta donc le fauteuil, et ce faisant, il s'aperçut qu'à l'intérieur de la trappe, une autre inscription était peinte en grosses majuscules blanches, mais il ne prit pas le temps de la lire, s'occupa juste de lever la trappe et sauta tout de suite par l'ouverture, sans réfléchir, en fouettant l'air de ses jambes dans l'espoir de faire tomber le mauvais plaisant qui se trouvait en dessous, et tant pis pour lui s'il se rompait le cou. Ig pensait que Merrin resterait à l'arrière, son rôle à lui étant de la protéger, mais en fait, elle se laissa tomber par la trappe et fut même la première à poser le pied sur la branche en dessous.

Le monde entier semblait tressauter tant son cœur battait la chamade. Il se campa sur la branche à côté d'elle, bras levés, les mains toujours agrippées aux bords de la trappe, et scruta le sol en dessous, haletant. Merrin aussi respirait fort. Il n'y avait personne. Il guetta des bruits de pas ou de course à travers les fourrés, mais n'entendit que le vent, et les rameaux griffant l'extérieur de la cabane.

Il descendit et explora le pourtour de l'arbre en cercles de plus en plus larges, cherchant dans les taillis et le long du sentier des traces de passage, mais ne trouva rien. Quand il retourna au pied de l'arbre, Merrin était toujours campée sur l'une des longues branches qui s'étendaient sous la cabane.

— Tu n'as vu personne, constata-t-elle.

— Non. C'était sûrement le grand méchant loup.

Mieux valait en rire, pourtant il était toujours à cran, mal à l'aise.

Quant à Merrin, si elle l'était, elle ne le montrait pas. Après avoir jeté un dernier regard affectueux à la cabane, elle referma la trappe et sauta des branches. Puis elle releva son vélo et ils se mirent en marche, s'éloignant à chaque pas de ce moment de frayeur intense, inexplicable.

Les dernières lueurs du jour baignaient le sentier d'une tiédeur bienfaisante, et Ig se sentit à nouveau flotter dans une douce euphorie. C'était divin de cheminer ainsi avec Merrin, hanche contre hanche, le dos chauffé par le soleil.

Après un bon moment de silence, ils reprirent la parole au même instant, et éclatèrent de rire.

— Demain, on revient ici, d'accord ? s'enthousiasmait Merrin.

— On pourrait l'aménager à notre goût, cette cabane, hein ? renchérissait Ig.

— Oh oui. Un hamac, c'est ce qu'on met dans ce genre d'endroit... On devrait aussi s'armer d'une fourche, ajouta-t-elle peu après.

Ig chancela, comme si elle venait de le piquer avec les dents de la fourche au lieu de juste en parler.

— Pourquoi une fourche ?

— Pour chasser ce satané truc. Au cas où il reviendrait pour essayer d'entrer pendant qu'on fait l'amour.

— Bon plan, approuva Ig, qui eut soudain la bouche sèche à l'idée de revoir Merrin nue, couchée sur le plancher de la cabane, caressée par la brise et par lui.

En fait, il retourna dare-dare dans la forêt seul, deux heures plus tard, en prenant le sentier forestier qui partait des abords la ville. Pendant le dîner, il s'était rappelé qu'ils n'avaient pas éteint les bougies de la ménorah ; depuis, il imaginait avec angoisse l'arbre en flammes, et le feu se propageant aux cimes des chênes alentour.

Il courait, craignant de sentir à tout moment une odeur de fumée, mais l'air n'était empreint que de bonnes odeurs, les fragrances de l'herbe gorgée de soleil mêlées aux effluves frais qui montaient de la Knowles plus loin, tout en bas de la colline. Persuadé qu'il approchait du but, il ralentit et scruta les arbres environnants, pensant apercevoir la lueur tremblotante des bougies.

Mais rien ne troublait la pénombre veloutée de ce soir d'été. Il essaya de trouver l'arbre immense à l'écorce écailleuse dont l'espèce lui était inconnue, mais dans la nuit, il distinguait mal les feuilles, et la piste n'avait pas le même aspect qu'à la lumière du jour. Finalement, il se rendit compte qu'il était allé beaucoup trop loin, et reprit lentement le chemin en sens inverse. Il fit au moins deux ou trois allers et retours sur la piste, mais ne trouva pas trace de la cabane dans l'arbre. Le vent avait dû éteindre les bougies, ou bien elles s'étaient consumées d'elles-mêmes, décida-t-il pour finir. D'ailleurs, il était peu probable qu'elles tombent et mettent le feu, plantées comme elles étaient dans ce lourd et solide chandelier en cuivre. C'était un peu paranoïaque d'avoir imaginé cet incendie de forêt. Il retrouverait la cabane une autre fois.

Sauf qu'il ne la retrouva jamais, que ce soit avec ou sans Merrin. Ils la recherchèrent une bonne dizaine de fois, de jour, en arpentant le sentier et toutes ses ramifications, au cas où ils auraient pris sans s'en rendre compte un chemin de traverse. Malgré leur quête patiente et méthodique, elle ne réapparut jamais, au point que c'était à se demander s'ils ne l'avaient pas imaginée. Et ce fut bien ce que Merrin finit par conclure, avec le temps ; une hypothèse absurde, mais qui leur convenait à tous deux. La maison dans l'arbre avait existé une heure, un jour, quand ils en avaient eu besoin, puis elle avait disparu.

— Quand on en a eu besoin ? s'étonna Ig.

— Moi, en tout cas, répondit Merrin. J'étais excitée comme une chienne en chaleur.

— Tu as raison, on en a eu besoin, et elle est apparue, approuva-t-il. Une maison de l'esprit. Le temple d'Ig et de Merrin.

Cette idée aussi ridicule que fantasque leur donna un frisson de plaisir superstitieux.

— C'est comme dans la Bible, conclut Merrin avec aplomb. On ne peut pas toujours avoir ce qu'on veut, comme le disent les Rolling Stones, mais quand on a vraiment besoin d'une chose, généralement, on la trouve.

— Ah oui ? Et c'est tiré de quel livre, je peux savoir ? demanda Ig. L'évangile selon Keith Richards ?

LE RÉPARATEUR

31

Sa mère gisait dans la pièce à côté, morte, et Lee Tourneau était un peu éméché.

Il n'était que 10 heures du matin, mais dans la maison, il faisait déjà chaud comme dans un four. La fragrance délicate des rosiers qui bordaient l'allée filtrait par les fenêtres ouvertes et venait se mêler à la puanteur mortifère qui régnait à l'intérieur, le tout formant un mélange écœurant ; bref, ça sentait la merde parfumée à la rose. Il faisait trop chaud pour se saouler la gueule, mais comment supporter cette odeur autrement ?

Il y avait l'air conditionné, mais l'appareil était éteint. Lee l'avait coupé toutes ces dernières semaines, car la vieille carne avait plus de mal à respirer dans une atmosphère lourde et chargée d'humidité. Lorsque sa mère et lui étaient seuls à la maison, il coupait le climatiseur, recouvrait la malade d'un ou deux édredons supplémentaires et la privait de sa morphine, pour qu'elle souffre au moins autant que lui de la chaleur étouffante. Et Dieu sait qu'il faisait chaud. En fin d'après-midi, il allait et venait dans la maison tout nu et transpirant, puis s'asseyait en tailleur à son chevet et lisait des ouvrages théoriques sur la communication et les médias pendant qu'elle s'agitait faiblement sous la masse des couvertures en réclamant à boire à cor et à cri. Les derniers jours, on aurait dit que le mot « soif » était le seul dont la vieille se rappelait encore. Alors Lee se levait pour aller chercher de l'eau fraîche. Au bruit des glaçons qui tintaient dans le verre, sa mère réagissait physiquement en faisant des bruits de gorge, les yeux révulsés, brillants d'excitation, tant elle était avide d'étancher sa soif. Lui se tenait au-dessus d'elle, pile dans son champ de vision, et il buvait posément le verre d'eau en observant le visage jaune et parcheminé, où l'ardeur fébrile se muait en complet désarroi. C'était un jeu dont il ne se lassait jamais car chaque fois, sa mère qui perdait la boule et souffrait de défaillance rénale, le voyait faire comme si c'était la première. Il y avait des variantes. Par exemple, il lui apportait de l'eau salée et la forçait à la boire en la noyant à moitié. Une seule gorgée suffisait pour qu'elle se torde et s'étrangle en essayant de la recracher. Curieux qu'elle ait survécu aussi longtemps. Il avait compté qu'elle n'irait pas au-delà de la deuxième semaine de juin, mais contre toute attente, elle s'était accrochée à la vie jusqu'en juillet.

Il avait toujours sous la main des vêtements posés en tas sur la bibliothèque, à l'entrée de la chambre d'ami, au cas où Merrin et Ig lui feraient une visite surprise. Il ne leur permettait pas d'aller voir sa mère, prétendait qu'elle venait de s'endormir, qu'elle avait besoin de repos. Ils ne devaient pas savoir qu'il faisait une chaleur à crever, là-dedans.

Ig et Merrin lui apportaient des DVD, des bouquins, des pizzas, de la bière. Ils venaient ensemble ou séparément, pour passer un moment avec lui, voir comment il tenait le coup. Dans le cas d'Ig, Lee pensait que c'était par envie. Ig aurait bien aimé avoir des parents affaiblis et dépendants.

L'occasion rêvée pour lui de montrer son dévouement, son esprit de sacrifice, sa grandeur d'âme, sa stoïque abnégation. Quant à Merrin, cela lui donnait un bon prétexte pour venir le retrouver dans la maison surchauffée, boire des martinis, ouvrir le haut de son corsage, s'éventer. Quand elle se pointait dans l'allée, en général Lee allait lui ouvrir torse nu ; il trouvait ça excitant d'être seul avec elle dans la maison, à moitié à poil. Enfin, sans parler de sa mère, qui comptait pour du beurre.

Lee avait pour instruction de faire venir le médecin si l'état de la malade empirait, mais dans ce cas précis, il pensait que la mort était une délivrance, et donc un mieux. Ce fut avec cette idée en tête qu'il appela Merrin en premier. C'était bon d'être nu, debout dans la pénombre de la cuisine, avec à son oreille la voix de Merrin, suave, pleine de sollicitude. Juste le temps de m'habiller et j'arrive, lui dit-elle, et Lee l'imagina aussitôt presque nue, dans sa chambre, chez ses parents. Avec juste un slip en soie. Ou une culotte genre gamine, imprimée de fleurettes roses. Elle demanda s'il avait besoin de quelque chose. Seulement d'une amie, répondit Lee.

Quand il eut raccroché, il s'offrit un autre verre de rhum coca. Il imagina Merrin choisissant une jupe et se mirant dans la glace de sa penderie en se tournant de-ci de-là. Alors il dut arrêter d'y penser, car il commençait à s'exciter un peu trop. Il ferait mieux de s'habiller. Lee hésita à mettre une chemise, mais ce ne serait pas convenable d'apparaître torse nu étant donné les circonstances. Il allait monter à l'étage prendre des vêtements propres, mais tout bien réfléchi, il se ravisa et décida de remettre ceux de la veille, une chemise blanche tachée et un jean, qui se trouvaient dans le panier à linge sale du débarras. Des vêtements froissés et salis compléteraient à merveille le tableau du fils éploré. Cela faisait pratiquement une décennie que Lee se dictait à lui-même son comportement en se posant la question : « Que ferait Ig ? » Un truc psychotechnique qui lui avait assuré son gagne-pain et évité bien des ennuis en le protégeant, en particulier de lui-même.

Merrin serait là dans quelques minutes. Il avait le temps de passer quelques coups de fil. Il prévint donc le médecin que sa mère reposait en paix. Ensuite il appela son père en Floride. Puis le bureau du député, qu'on lui passa en personne. Le député lui demanda s'il voulait bien prier en silence avec lui, là, au téléphone. Oui, répondit Lee, en ajoutant qu'il avait envie de remercier le Seigneur de lui avoir accordé ces trois derniers mois avec sa mère. Ils avaient été vraiment précieux. Tous les deux restèrent silencieux un instant au téléphone. Le député finit par se racler la gorge avec un peu d'émotion, et dit à Lee qu'il serait dans ses pensées. Lee le remercia et prit congé.

En dernier, il appela Ig. Il pensait qu'Ig se mettrait peut-être à pleurer en apprenant la nouvelle, mais non, son ami resta étonnamment calme, posé, affectueux. Lee avait passé les cinq dernières années à fréquenter l'université de façon irrégulière, il avait suivi des cours de psychologie, de sociologie, de théologie, de science politique et de théorie des médias, mais son vrai champ d'investigation était Ig lui-même ; pourtant, malgré des années d'observation assidue, il n'était toujours pas capable de prévoir ses réactions. Ig le surprenait toujours.

— Je ne sais pas comment elle a trouvé la force de résister aussi longtemps, déclara Lee.

— En toi, répondit Ig. Cette force, elle l'a puisée en toi, Lee.

Il en fallait beaucoup pour dérider Lee Tourneau, mais cette fois un éclat de rire sonore lui échappa, qu'il transforma vite en sanglot spasmodique. Lee avait découvert, des années plus tôt, qu'il pouvait pleurer à volonté, et ce faisant, orienter une conversation à sa guise.

— Merci, dit-il.

Encore un truc qu'il avait appris au fil des ans en observant Ig : dire merci à tout bout de champ, même sans raison. Rien de tel pour se mettre les gens dans la poche en leur procurant une bonne dose d'autosatisfaction. Puis il ajouta d'une voix rauque, étranglée, « Il faut que je te laisse », sur un ton parfaitement adapté aux circonstances, d'autant que Merrin s'engageait dans l'allée au volant du break de son père.

Ig répondit qu'il serait bientôt là.

Par la fenêtre de la cuisine, Lee regarda Merrin remonter l'allée. Élégante en jupe de lin bleue et corsage blanc ouvert au col sur sa croix dorée, elle avait les jambes nues, et des escarpins à bride bleu marine. Visiblement, elle avait réfléchi à sa tenue avant de venir ici, et soigné son apparence. Il termina son rhum coca en se dirigeant vers la porte, l'ouvrit alors qu'elle levait la main pour frapper. Il avait encore l'œil humide de sa conversation avec Ig, et il envisagea un instant de verser quelques larmes en clignant des paupières, puis se ravisa. Mieux valait feindre de lutter contre son chagrin plutôt que de se laisser aller.

— Bonjour, Lee, dit-elle.

Merrin semblait elle-même refouler ses larmes. Elle posa une main sur sa joue et l'attira à lui.

Ce fut une brève étreinte, mais l'espace d'un instant, il sentit ses petites mains contre sa poitrine et enfouit son nez dans ses cheveux, humant cette odeur de citron et de menthe si spéciale à Merrin, si enivrante. Il avait couché avec des tas de filles, connaissait leurs senteurs les plus intimes, mais aucune, pas même celle d'une chatte humide, ne valait le parfum de Merrin. Il se disait parfois que s'il n'y avait eu cette odeur, il aurait pu arrêter de penser à elle.

— Tu as de la compagnie ? demanda-t-elle en le tenant par la taille.

— Non, tu es la première…

Il faillit ajouter « que j'ai appelée », mais jugea que ce serait déplacé.

— J'ai appelé Ig, puis je t'ai appelée toi. Je n'ai pas réfléchi que j'aurais dû prévenir mon père en premier, expliqua-t-il.

— Et tu l'as eu ?

— Oui, il y a quelques minutes.

— Très bien, Lee. Tu veux t'asseoir ? Tu veux que je passe des coups de fil à ta place ?

Il la conduisit vers la chambre d'ami où se trouvait sa mère. Il ne lui demanda pas son avis, l'entraîna alors qu'elle le tenait toujours par la taille. Il voulait qu'elle voie sa mère, guettait sa réaction.

Ils s'arrêtèrent sur le seuil. Lee avait actionné le ventilateur de la fenêtre à plein régime dès qu'il avait constaté qu'elle était morte, mais la pièce conservait encore une chaleur sèche, fiévreuse. Les bras flétris de sa mère étaient croisés sur sa poitrine, et ses mains décharnées aux doigts crispés ressemblaient à des griffes, comme si elle essayait de repousser quelque chose. En effet vers 9 heures et demie le matin même, elle avait essayé dans un dernier effort d'écarter les édredons, en vain, car elle était trop faible. Ces mêmes édredons étaient maintenant pliés et rangés dans le placard. Seul un drap bleu impeccable était tiré sur elle. Dans la mort, elle ressemblait à un oisillon tombé du nid. Tête rejetée en arrière, bec ouvert, béant sur des dents gâtées.

— Oh, Lee, s'exclama Merrin, et elle lui pressa la main.

Elle s'était mise à pleurer. C'était peut-être le moment de verser quelques larmes.

— J'ai essayé de tirer le drap sur son visage, dit Lee. Mais ça m'a semblé injuste. Elle s'est battue si longtemps, Merrin.

— Je sais.

— Je n'aime pas la fixité de son regard… Tu voudrais bien lui fermer les paupières ?

— D'accord. Va t'asseoir à côté, Lee.

— Tu veux bien boire un verre avec moi ?

— Volontiers. Je te rejoins dans une minute.

Il gagna la cuisine, lui servit un rhum coca bien tassé, puis contempla son reflet dans la vitrine du buffet en essayant de se forcer à pleurer. C'était moins facile que d'habitude ; en fait, il était un peu excité. Quand Merrin entra dans la cuisine derrière lui, les larmes commençaient tout juste à couler sur ses joues, et il se pencha en avant pour expirer avec une sorte de râle ressemblant à un sanglot. C'était pénible de se forcer à pleurer, comme d'extraire une écharde. Merrin le rejoignit et posa une main sur son épaule. Elle aussi pleurait. Il le devinait à sa respiration un peu entrecoupée. Ce fut elle qui le fit se retourner alors qu'après avoir bloqué son souffle, il se remettait à inspirer par saccades, en longs sanglots rauques.

Merrin posa les mains sur sa nuque et l'attira plus près.

— Elle t'aimait tant, lui murmura-t-elle. Tu es resté auprès d'elle chaque jour que Dieu fait, Lee, et cela représentait tout pour elle.

Et patati et patata… Lee n'écoutait pas.

Il la dépassait de trente bons centimètres, et pour mieux le consoler, elle l'obligeait à baisser la tête. Du coup, le visage enfoui au creux de ses seins, les yeux fermés, il inhalait avec ivresse son odeur délicieusement acidulée. Il tira d'une main sur le corsage de Merrin comme pour le lisser sur son corps, ce qui découvrit aussi son décolleté piqueté de taches de rousseur, et les bonnets de son soutien-gorge. De son autre main posée sur sa taille, il lui caressait la hanche, et elle ne lui disait pas d'arrêter. Il pleura ainsi dans son giron tandis qu'elle lui murmurait des mots consolateurs tout en se balançant. Il baisa le haut de son sein gauche et releva la tête pour guetter sa réaction, voir si cela lui plaisait ; comme il avait le visage mouillé de larmes, elle ne s'en était peut-être pas rendu compte. Merrin l'obligea à rebaisser la tête et le pressa contre elle.

— Vas-y, murmura-t-elle d'une voix douce, avec une sorte d'ardeur, en le serrant alors qu'il avait la bouche collée sur son sein. Laisse-toi aller. Il n'y a que nous. Personne ne peut nous voir.

Son sexe se raidit dans son pantalon et Lee prit conscience de leur posture, sa jambe gauche coincée entre les cuisses de Merrin. On disait en psychologie que la présence d'un cadavre était un aphrodisiaque. Qu'elle agissait comme un joker, une carte permissive qui vous autorisait à faire des folies. Merrin devait y être sensible. Quand il l'aurait baisée, elle pourrait apaiser sa culpabilité en se convainquant qu'ils s'étaient laissé emporter par le chagrin et leur besoin désespéré de réconfort. Si vraiment elle en éprouvait, car Lee ne croyait pas à la culpabilité, il croyait juste que les gens s'arrangent de leurs sentiments pour satisfaire aux normes sociales en vigueur. Il lui baisa encore le sein, et encore, et elle n'essaya pas de se dégager.

— Je t'aime, Merrin, murmura-t-il, sachant que c'était la chose à dire, celle qui rendrait tout plus facile, pour elle comme pour lui.

La main posée sur la hanche de Merrin, il se balança, l'obligeant ainsi à vaciller sur ses talons et à coller ses fesses contre le comptoir de la cuisine. Empoignant sa jupe, il la remonta, sa jambe à lui bien enfoncée entre les cuisses de Merrin, au point qu'il sentait la chaleur de son entrejambe.

— Moi aussi je t'aime, dit-elle, mais pas du ton qu'il espérait. Nous t'aimons tous les deux, Ig et moi.

Quelle drôle d'idée de mentionner Ig, étant donné ce qu'ils faisaient. Elle lui lâcha la nuque et posa les mains sur sa taille. Il se demanda si elle cherchait à déboucler sa ceinture et leva les mains pour ouvrir son corsage, quitte à faire sauter un ou deux boutons, mais dans sa hâte, sa main accrocha la petite croix en or qui pendait au cou de Merrin et au même instant, un sanglot convulsif le traversa malgré lui. Sa main tressaillit, il y eut un petit tintement métallique, et la croix se détacha pour glisser sur le devant du corsage.

— Lee, dit-elle en le repoussant. Ma chaîne.

Elle tomba doucement par terre. Ils restèrent plantés à la regarder, puis Lee se pencha pour la ramasser et la lui tendit. La croix étincela au soleil en projetant sur le visage de Merrin une lueur dorée.

— Je peux la réparer, proposa Lee.

— C'est bien toi qui l'avais réparée la dernière fois, n'est-ce pas ?

Elle sourit en rougissant, l'œil humide, tout en tripotant son corsage dont le bouton du haut s'était défait. Son décolleté était mouillé de larmes et de baisers furtifs. Elle avança les mains, les posa sur les siennes et referma les doigts de Lee sur la croix.

— Répare-la et rends-la-moi quand ce sera fait. Cette fois, tu n'auras pas besoin d'Ig comme intermédiaire.

Lee tressaillit malgré lui en se demandant un instant si elle voulait vraiment lui signifier ce que lui pensait qu'elle voulait dire. Oui, évidemment, et elle savait pertinemment qu'il l'interpréterait ainsi. Les propos de Merrin avaient souvent un double sens, l'un destiné à la compréhension du public et l'autre à lui seul, sous forme de messages codés. Ce petit jeu durait depuis des années.

Elle le détailla des pieds à la tête.

— Ça fait combien de temps que tu ne t'es pas changé ?

— Je ne sais pas. Deux jours.

— Bon, eh ben tu vas m'enlever tout ça et passer directement à la douche.

Il eut un pincement de cœur. Son pénis était brûlant contre sa cuisse. S'il prenait une douche, il n'aurait pas le temps de la baiser.

— Les gens vont arriver, protesta-t-il en jetant un coup d'œil vers la porte d'entrée.

— Pour l'instant, il n'y a personne. Vas-y. Je t'apporterai quelque chose à boire.

Il prit le couloir du fond en la devançant, bandant plus dur que jamais. Heureusement, son slip maintenait sa bite contre sa cuisse. Merrin allait peut-être le suivre dans la salle de bain, se mettre face à lui et déboutonner sa braguette… Mais non, dès qu'il eut franchi le seuil, elle referma doucement la porte sur lui.

Lee se déshabilla, entra dans la douche et l'attendit, fouetté par l'eau chaude dans la vapeur qui bouillonnait. Son pouls battait fort et vite, son sexe dressé palpitait absurdement sous le jet. Quand il vit la main de Merrin se glisser par le rideau pour lui passer son verre, un autre rhum coca, il attendait qu'elle le rejoigne sous la douche, toute nue ; mais non, à peine eut-il pris le verre qu'elle retira sa main.

— Ig est arrivé, annonça-t-elle à regret, d'une voix douce.

— En un temps record, dit Ig quelque part derrière elle. Comment ça va, vieux ?

La voix d'Ig lui fit l'effet d'une douche froide, comme si l'eau chaude s'était brusquement coupée.

— Salut, Ig, répondit-il. Pas trop mal, étant donné les circonstances. Merci d'être venu.

Cette fois le merci manqua singulièrement de conviction, mais Lee se dit qu'Ig l'attribuerait à la tension émotionnelle.

— Je t'ai apporté des vêtements propres, l'informa Merrin, puis ils disparurent, et Lee entendit la porte se refermer.

Il resta planté sous l'eau chaude, en rage. Ig se doutait-il de quelque chose pour rappliquer si vite ? Mais non. Fidèle à lui-même, il avait juste volé au secours d'un ami dans la détresse.

Soudain Lee prit conscience d'une douleur dans sa main droite. Combien de temps avait-il passé là, sous la douche ? Il n'aurait su le dire. Il serrait toujours la croix de Merrin, et la chaîne en or qui lui entourait la main lui rentrait dans la chair. Elle l'avait regardé droit dans les yeux, le corsage à moitié ouvert, et lui avait donné sa croix, s'offrant à lui avec un total abandon, tandis qu'il pressait sa jambe entre ses cuisses. Bien sûr il y avait encore des choses qu'elle ne se permettait pas de lui dire, mais le message était on ne peut plus clair, et il l'avait reçu cinq sur cinq. Il enroula la chaîne en or autour du pommeau de la douche, regarda la croix se balancer dans la lumière de fin de matinée en envoyant de petits éclairs, tels des signaux qui disaient : bientôt Ig sera en Angleterre, nous n'aurons plus aucune raison de nous retenir, et tous les deux, nous pourrons enfin donner libre cours à nos envies.

32

Après la mort de sa mère, Merrin se mit à l'appeler et à lui envoyer des e-mails plus souvent, sous prétexte de voir comment il allait. Ou peut-être était-ce en toute bonne foi, il ne fallait pas sous-estimer la faculté qu'ont les gens de s'abuser eux-mêmes en travestissant leurs propres désirs. Au contact d'Ig, Merrin s'était imprégnée du même sens moral ; Lee savait qu'elle pourrait difficilement aller plus loin, et donc, c'était à lui de prendre les choses en main. Il ne fallait pas compter que la voie se libère, quand Ig serait en Angleterre. Merrin s'était fixé un certain nombre de règles de conduite, celles des gens bien, selon elle. Il faudrait la persuader qu'en fait, si elle baisait avec quelqu'un d'autre, ce serait dans l'intérêt d'Ig. Lee comprenait. Il saurait l'aider à passer le cap.

Merrin laissait des messages pour lui à la maison, au bureau du député. Elle voulait savoir comment il allait, ce qu'il faisait, s'il voyait du monde. Il fallait qu'il se trouve quelqu'un, une nana avec qui s'envoyer en l'air, ça lui ferait du bien. Et elle répétait qu'elle pensait à lui. Il n'était pas difficile de voir où elle voulait en venir. Lee avait souvent l'impression qu'elle appelait après avoir bu un ou deux verres, il percevait dans sa voix une sorte de langueur sensuelle.

Et puis Ig se rendit à New York pour son entrevue avec Amnesty International, et deux ou trois jours plus tard, Merrin se mit à tarabuster Lee en insistant pour qu'il vienne lui rendre visite. Comme sa colocataire déménageait, Merrin récupérait sa chambre et disposait ainsi de deux fois plus d'espace. Or elle avait laissé une commode chez ses parents à Gideon, et elle lui demanda par e-mail s'il pourrait la lui apporter la prochaine fois qu'il irait à Boston. Au fait, ses dessous affriolants étaient dans le tiroir du bas, ceci pour lui épargner la peine de les chercher, lui précisait-elle. Il pourrait les essayer, à condition de se prendre en photo et de lui envoyer les clichés. Dans un texto, elle lui promit que s'il lui apportait la commode, elle lui trouverait une belle blonde platine, comme lui. Une vraie reine des neiges. Au point qu'il aurait l'impression de se branler devant un miroir, en mieux, parce que son reflet aurait des nénés. Et comme son ex-colocataire avait débarrassé le plancher, il y aurait une chambre de libre, en cas de besoin, ajouta-t-elle, pour bien lui faire comprendre qu'elle serait seule.

Lee avait appris à décoder ses messages. Quand elle faisait allusion à cette autre fille, c'était d'elle-même qu'elle parlait, et de ce qui les attendait. Pourtant, il ne s'était pas décidé à lui apporter la commode, il n'était pas certain d'avoir envie de la rejoindre tant qu'Ig serait en Amérique, même s'il se trouvait à des centaines de kilomètres de là. Ils risquaient de déborder, de ne pouvoir contenir leurs élans. Les choses seraient plus faciles une fois Ig au loin, de l'autre côté de l'océan.

Lee avait toujours supposé que ce serait Ig qui larguerait Merrin. Il ne lui était jamais venu à l'esprit qu'elle finirait par se lasser, qu'elle aurait envie d'en finir, et que ces six mois qu'Ig allait passer à l'étranger lui donnaient l'occasion de rompre pour de bon. Ig venait d'une bonne famille friquée qui avait des relations, et il semblait logique qu'il veuille s'amuser un peu sans s'engager pour autant. Lee avait toujours supposé qu'il la jetterait une fois qu'ils auraient passé leur bachot, et que ça réglerait le problème ; lui n'aurait plus qu'à la cueillir. Merrin allait à Harvard, Ig à Dartmouth. Loin des yeux loin du cœur, s'était figuré Lee en attendant son heure. Mais non, Ig était descendu chaque week-end à Boston pour la baiser, comme un chien marquant son territoire.

Lee finissait par croire que mué par un désir pervers, Ig se la gardait rien que pour que lui ne l'ait pas. Bien sûr, Ig était content de l'avoir comme copain, la conversion de Lee Tourneau avait été son hobby de collégien, mais il y avait des limites à leur amitié. Il voulait que Lee n'oublie pas qui l'avait gagnée. Comme si Lee ne s'en rappelait pas chaque fois qu'il fermait l'œil droit et que le monde devenait un lieu de ténèbres peuplé d'ombres mouvantes, où le soleil était une lune froide et distante.

En fait, la manière dont Ig la lui avait prise alors qu'à cette époque, ils étaient tous les deux toqués d'elle et de chance égale, inspirait à Lee un certain respect. Simplement Ig avait désiré cette damnée rouquine plus que lui, et sous la pression, il était devenu quelqu'un de différent, quelqu'un de rusé, de mielleux, qui avait su s'y prendre en douceur. Comment imaginer que cet abruti, avec son asthme, ses cheveux déjà clairsemés, sa tête farcie de bondieuseries, pourrait se révéler aussi fourbe et impitoyable ? Lee l'avait ensuite côtoyé de près pendant plus de dix ans, en suivant son exemple. Ces années avaient été pour lui des leçons de dissimulation et d'artifice, un véritable apprentissage dont le but était de paraître inoffensif, sûr, digne de confiance. Face à n'importe quel dilemme d'ordre moral, le mieux était de recourir à la question : « Que ferait Ig ? » Généralement, la réponse consistait à se répandre en excuses, se rabaisser, puis faire le gentil en redoublant d'attentions superfétatoires. Avec Ig pour modèle, Lee avait appris à admettre qu'il avait tort même quand ce n'était pas le cas, à demander pardon quand c'était superflu, et à faire mine de ne pas désirer les choses qu'on lui octroyait.

Fugitivement, quand il avait seize ans, Merrin lui était revenue de droit. Durant quelques jours, il avait porté sa croix autour du cou, et parfois, quand il la pressait sur ses lèvres, il imaginait qu'il embrassait la gorge de Merrin, qui ne portait sur elle que la croix et rien d'autre. Puis il avait cédé la croix, et sa chance d'avoir Merrin lui avait glissé entre les doigts, car plus encore que de voir le corps pâle et nu de Merrin dans le noir, il avait eu envie de faire sauter quelque chose dans une déflagration assez forte pour le rendre sourd, de voir une bagnole exploser en flammes. La Cadillac de sa mère, par exemple, avec elle dedans. Soudain, à cette idée, son pouls s'accélérait, et il était saisi d'une sensation unique, étrange, avec laquelle les fantasmes que Merrin lui inspirait ne pouvaient rivaliser. Aussi avait-il cédé la croix, et conclu ce marché idiot avec Ig. Un marché avec le diable, en réalité, qui ne lui avait pas juste coûté la fille, mais son œil. Il y avait un sens dans tout cela. Une fois, Lee avait fait un miracle, il avait touché le ciel et rattrapé la lune avant qu'elle tombe, et depuis, Dieu l'avait poussé vers d'autres choses qui avaient besoin qu'on les répare, ordonne, organise, quitte à les éliminer au besoin : croix, campagnes électorales, chats, vieilles femmes séniles. Ainsi, tout ce qu'il touchait était à lui pour toujours, il pouvait en disposer selon son bon plaisir, et la seule fois où il avait cédé ce que Dieu avait mis entre ses mains, il avait été aveuglé, en manière d'avertissement. Voilà qu'à présent la croix était redevenue sienne, preuve, s'il en était besoin, qu'il avait été guidé vers un but précis, que Merrin et lui avaient été réunis pour une raison définie. Il était censé réparer la croix, mais aussi la réparer elle, d'une certaine façon, peut-être en la libérant d'Ig, tout simplement.

Lee se serait tenu tout l'été à distance de Merrin, si Ig ne lui avait donné l'occasion d'aller la voir en lui envoyant de New York cet e-mail :

Merrin a besoin de sa commode, mais elle n'a pas de voiture et son père est surchargé de travail. Je lui ai dit que je te demanderais de la lui apporter et elle a répondu que tu n'étais pas son chien. Mais comme toi et moi savons parfaitement que si, justement, tu es son petit chien-chien, alors descends cette fichue commode la prochaine fois que tu iras à Boston travailler pour le député. En plus, elle a repéré une blondinette qui est libre comme l'air, en tout cas pour l'instant, et elle te la réserve. Imagine un peu vos futurs enfants, de beaux petits Vikings aux yeux d'un bleu de glace, comme l'océan Arctique. Allez, ne traîne plus, va chez Merrin. Tu sais bien qu'on ne peut lui résister. Tu auras droit à un bon dîner. Maintenant que je me barre, c'est à toi de t'occuper d'elle, mon salaud.

À part ça, tu tiens le coup ?

Ig

Lee mit des heures à comprendre la dernière phrase d'Ig : « À part ça, tu tiens le coup ? » Il médita dessus toute la matinée en s'interrogeant, puis se rappela que sa mère était morte il y a deux semaines. Un autre passage l'intéressait davantage : « c'est à toi de t'occuper d'elle, mon salaud ».

Cette nuit-là, Lee fit des rêves torrides et tortueux ; Merrin était nue dans son lit et lui, à cheval sur elle et assis sur ses bras, la maintenait pour lui enfoncer un entonnoir dans la bouche, un entonnoir en plastique rouge, puis il y versait de l'essence, et elle commençait à se cabrer sous lui, comme en plein orgasme. Il enflammait alors une allumette en serrant la pochette entre ses dents pour coincer le grattoir, la lâchait dans l'entonnoir, il y avait un grand souffle, puis un cyclone de flammes rouges sortait du trou, et le feu se reflétait dans les yeux effarés de Merrin. Quand il se réveilla, ses draps étaient trempés ; jamais il n'avait connu d'éjaculation nocturne aussi intense, même adolescent.

Deux jours plus tard, un vendredi, il se rendit chez les parents de Merrin pour prendre la commode. Il dut déplacer une lourde boîte à outils à moitié rouillée qui était dans le coffre pour la mettre sur le siège arrière et libérer de l'espace, et malgré ça, il lui fallut quand même emprunter des sangles au père de Merrin pour maintenir le meuble en place et le capot baissé. À mi-chemin de Boston, Lee s'arrêta à une aire de repos pour envoyer un texto à Merrin :

> Arrive à Boston ce soir avec ce foutu meuble dans le coffre, alors t'as intérêt à être là pour le récupérer. Si la reine des neiges est dans le coin, on pourrait peut-être faire connaissance.

Il se passa un long moment avant que Merrin réponde :

> Super Lee, t'es le meilleur, mais tu aurais dû me prévenir. Manque de pot, la reine des neiges bosse ce soir, alors faudra te contenter de moi.

33

Merrin alla lui ouvrir en pantalon de jogging et grand sweat informe à capuche, et sa colocataire était là ; c'était une Asiatique d'allure masculine qui ne cessait de ricaner et d'arpenter le salon tout en parlant au téléphone d'une voix nasillarde et joviale qui lui tapa vite sur les nerfs.

— Qu'est-ce que tu ranges au juste dans ce fichu meuble ? Des dessous en cotte de maille ? protesta Lee, haletant, adossé à la commode, en essuyant son visage trempé de sueur.

Après l'avoir fixée à un chariot que le père de Merrin lui avait conseillé de prendre, il avait transporté la commode dans l'immeuble en la faisant rouler, puis l'avait hissée marche après marche (dix-sept en tout) jusqu'au palier, en manquant par deux fois de la lâcher.

— Pourquoi pas une ceinture de chasteté en acier trempé, tant qu'on y est, lança la colocataire en regardant par-dessus l'épaule de Merrin avant de s'éloigner en cancanant comme une oie.

— Je croyais que ta coloc avait déménagé, déclara Lee quand elle fut hors de vue.

— Elle partira au même moment qu'Ig. Pour San Diego. Ensuite je serai seule pendant un bon moment.

Merrin déclara ceci en le regardant droit dans les yeux avec un petit sourire narquois, pour qu'il comprenne bien le message.

Quand ils eurent réussi au prix d'une lutte acharnée à faire passer la commode par la porte, Merrin décréta que ça suffisait pour aujourd'hui, et elle gagna la cuisine pour leur réchauffer un plat indien. Elle disposa des assiettes en carton sur une table ronde tachée, placée sous une fenêtre qui donnait sur la rue ; en bas, des gamins faisaient du skateboard, glissant des trous d'ombre de la nuit d'été dans les flaques de lumière orange projetées par les réverbères.

La table était jonchée de papiers et de calepins que Merrin se mit à empiler pour faire de la place. Lee se pencha par-dessus son épaule en faisant mine de s'intéresser à ce qu'elle étudiait pour humer le parfum de ses cheveux. Il vit des feuilles de papier rayé avec un quadrillage de croix reliées par des traits.

— C'est quoi, un jeu ? fit-il.

— Oui, dit-elle en rassemblant les papiers pour les fourrer dans un manuel scolaire qu'elle posa sur le rebord de la fenêtre. Je joue au morpion avec ma coloc. Tu connais ? La perdante s'occupe de la corvée de linge. Ça fait des mois que je lui lave toutes ses fringues.

— Si tu veux, je peux t'aider à réussir le prochain coup, proposa Lee. Je suis bon à ce jeu-là.

— Ce serait de la triche. Tu veux faire de moi une tricheuse ou quoi ? rétorqua-t-elle, et ils restèrent un instant à se fixer dans le blanc des yeux, assis l'un en face de l'autre.

— Moi, je veux ce que tu veux, dit enfin Lee.

— Eh bien je préfère essayer de gagner en restant réglo.

Lee promena son regard autour de lui. Situé au premier étage d'un piètre pavillon divisé en cinq logements, l'appartement consistait juste en une salle de séjour, une kitchenette et deux chambres. De la dance music pulsait de l'étage en dessous.

— Et tu vas pouvoir payer le loyer à toi toute seule ?

— Non. Il va falloir que je retrouve vite une autre coloc.

— Je parie qu'Ig serait prêt à t'aider.

— Oh, si je l'écoutais, il paierait pour tout. Ce qui ferait de moi sa cocotte, en quelque sorte. Tu sais qu'on m'a fait un jour une proposition de ce genre ?

— Comment ça ?

— L'un de mes profs m'a invitée à déjeuner, il y a environ deux mois. J'ai cru que c'était pour parler de mon internat et de la suite de mes études. En fait, il a commandé une bouteille de vin à deux cents dollars et m'a dit qu'il était prêt à m'installer dans un logement à Back Bay. Un type de soixante berges, dont la fille a deux ans de plus que moi.

— Marié ?

— Bien sûr.

Lee se radossa et siffla entre ses dents.

— Et Ig l'a su ? Il devait être vert de rage, non ?

— Tu penses bien que je ne lui en ai pas parlé. Et garde ça pour toi, s'il te plaît. À toi non plus je n'aurais pas dû en parler.

— Pourquoi ?

— Parce qu'il s'agit de mon professeur. Je ne voulais pas qu'Ig le signale pour harcèlement sexuel ou lui cherche des noises d'une manière ou d'une autre.

— Ig ne l'aurait pas dénoncé, ce n'est pas son genre.

— Non. Mais il aurait voulu que je laisse tomber mon cursus avec lui. Et il n'en est pas question. Ce type est peut-être un satyre à l'extérieur de la fac, mais c'est aussi l'un des meilleurs oncologues du pays, et sur le moment, je voulais voir ce qu'il avait à m'enseigner. Cela me semblait important.

— Plus maintenant ?

— Maintenant, je n'ai plus l'ambition d'arriver dans les premiers. Il y a même des matins où je m'estimerais heureuse de décrocher mon diplôme.

— Allons. Tu te débrouilles comme un chef... Et comment ce vieux salaud l'a pris, quand tu lui as dit d'aller se faire foutre ? reprit-il après un petit silence.

— Avec humour. Le vin était bon. Une bonne bouteille d'un petit domaine familial en Italie, qui devait avoir vingt ans d'âge. Il devait commander la même à chaque fois. Je n'étais sûrement pas la première de ses élèves qu'il tentait de séduire. Mais je ne lui ai pas dit d'aller se faire foutre. Je lui ai déclaré que j'étais amoureuse de quelqu'un et que de plus, je ne jugeais pas convenable d'avoir une liaison avec lui alors qu'il était mon directeur d'études, mais qu'en d'autres circonstances, l'idée ne m'aurait pas déplu.

— Trop gentil de ta part.

— C'était sincère. Si je n'avais pas été son étudiante et n'avais pas rencontré Ig, j'aurais pu imaginer sortir avec lui, aller au ciné voir un film d'art et d'essai, ce genre de truc.

— Tu me charries. Tu ne m'as pas dit que c'était un vieux schnok ?

— Assez vieux pour faire partie d'un club de retraités.

Lee se radossa en éprouvant un sentiment inhabituel : du dégoût. Et de la surprise.

— Tu plaisantes.

— Je t'assure que non. Il aurait eu des tas de choses à m'apprendre. Il aurait pu m'initier aux bons vins. Me faire connaître des livres. Me donner un autre regard sur la vie. Et j'aurais su ce que ça fait, de vivre une relation adultérine en étant une maîtresse entretenue.

— Tu aurais fait une belle connerie, rétorqua Lee.

— Il faut peut-être en faire quelques-unes, remarqua Merrin. Sinon, ça veut dire qu'on réfléchit trop. Or la pire erreur que l'on puisse faire dans la vie, c'est de trop réfléchir.

— Et sa fille et sa femme, qu'est-ce qu'elles deviennent là-dedans ?

— Ouais… Je n'en sais rien. Bon, c'est sa troisième épouse, alors le choc n'aurait peut-être pas été si terrible… Tu crois que n'importe quel type finit par s'ennuyer, à la longue ? demanda Merrin après un petit silence, en plissant les paupières.

— À mon avis, la plupart des hommes fantasment sur ce qu'ils n'ont pas. Moi en tout cas, je n'ai jamais été avec une fille sans fantasmer sur d'autres.

— À quel moment ? Quand est-ce qu'un mec se met à penser à d'autres filles, dans une liaison ?

Lee renversa la tête pour fixer le plafond, en faisant mine de réfléchir.

— Ben… je dirais au bout d'un quart d'heure, à leur premier rendez-vous. Tout dépend de la serveuse. Si elle est sexy…

Merrin fit la moue.

— J'ai déjà surpris Ig en train de reluquer d'autres nanas. Pas souvent. Si je suis dans les parages, il fait gaffe. Par exemple, on était au Cap Cod cet été, et à un moment, je suis retournée à la voiture pour chercher de la crème solaire, puis je me suis rappelé qu'elle était dans la poche de mon coupe-vent. Ig ne croyait pas que je reviendrais si vite, il matait une fille allongée sur le ventre, qui avait dégrafé son haut de bikini. Une jolie fille, dans les dix-neuf ou vingt ans. Du temps où on était au lycée, je lui aurais fait sa fête, mais maintenant, que dire… Il n'est jamais sorti avec une autre que moi.

— C'est vrai ? demanda, Lee d'un ton incrédule, alors qu'il le savait pertinemment.

— Tu penses que quand il aura trente-cinq ans, il aura l'impression que je lui ai mis le grappin dessus et que je l'ai piégé trop jeune ? Tu crois qu'il se sentira floué de ne pas avoir eu d'aventures et qu'il fantasmera sur toutes les filles qu'il a loupées ?

— Je suis sûre qu'il fantasme déjà sur d'autres nanas, intervint la colocataire de Merrin en traversant la pièce, tenant d'une main un sandwich, de l'autre son portable, toujours collé à son oreille.

Elle poursuivit son chemin, entra dans sa chambre et claqua la porte. Non parce qu'elle était en colère. Juste parce que c'était le genre de personne qui claque la porte sans même s'en rendre compte.

Merrin se radossa, bras croisés.

— Tu crois qu'elle a raison ?

— Oui et non. Mais rien de sérieux. Comme de mater cette fille sur la plage. C'est juste pour le plaisir d'y penser. Il n'y a pas de mal à ça.

— Tu crois qu'Ig va baisouiller à droite à gauche en Angleterre, histoire de se défouler un peu ? demanda Merrin en se penchant en avant. Ou bien qu'il aurait l'impression de franchir un seuil fatidique en faisant ça, et de nous trahir de façon impardonnable, moi et les gosses ?

— Quels gosses ?

— Les nôtres. Harper et Charlie. On parle d'eux depuis que j'ai dix-neuf ans. Harper si c'est une fille, à cause de Harper Lee. C'est ma romancière préférée parmi ceux qui n'ont écrit dans leur vie qu'un roman. Et Charlie si c'est un garçon.

Lee vit à son regard vague qu'elle les imaginait avec bonheur et n'apprécia pas du tout son air béat, un peu rêveur.

— Non, dit Lee.

— Non quoi ?

— Ig ne couchera pas avec d'autres. À moins que toi, tu t'arranges pour coucher avec un autre et faire en sorte qu'il le sache. Alors oui, peut-être. Imagine l'inverse une seconde. Tu n'as jamais pensé qu'un jour, tu aurais toi-même trente-cinq ans et que tu te sentirais frustrée ?

— Non, déclara-t-elle platement, sans une once d'hésitation. Je ne crois pas que j'aurai jamais l'impression d'avoir raté quelque chose... C'est affreux comme idée, tu sais, ajouta-t-elle.

— Quoi donc ?

— De baiser avec un autre juste pour qu'il l'apprenne, dit-elle en regardant par la fenêtre. Ça me rend malade rien que d'y penser.

Le plus drôle, c'est qu'elle n'avait vraiment pas l'air bien en le disant. Pour la première fois, Lee remarqua combien elle était pâle, le cheveu terne, les yeux cernés de mauve. Elle pliait machinalement sa serviette en papier en carrés de plus en plus petits.

— Tu te sens mal ? Tu as l'air patraque.

— J'ai l'impression que je couve quelque chose. Ne t'en fais pas, ajouta-t-elle avec un petit sourire. Tant qu'on ne se roule pas un palot, tu ne risques rien.

Quand il reprit la route une heure plus tard, il fulminait. Fidèle à son mode opératoire, Merrin l'avait attiré à Boston en lui faisant croire qu'ils seraient seuls, puis elle lui avait ouvert la porte dans son vieux jogging, mal fagotée ; sa colocataire était toujours là, à leur tourner autour, et, comme d'habitude, ils avaient passé leur soirée à parler d'Ig. Si elle ne l'avait pas laissé lui embrasser les seins deux semaines plus tôt et ne lui avait pas donné sa croix, il se serait dit qu'elle ne s'intéressait pas du tout à lui. Il en avait marre d'elle et de son baratin, il en avait plus que marre qu'elle le traite comme une merde.

Mais alors qu'il traversait Zakim Bridge, son pouls, sa respiration reprirent un rythme normal, et il lui vint à l'esprit que Merrin n'avait pas une seule fois fait allusion à la blonde platine, pour la bonne raison qu'il n'y en avait pas. Il n'y avait qu'elle, encore et toujours, cherchant à l'exciter, à le tenir au chaud, à faire en sorte d'occuper ses pensées.

Le pire, c'est que ça marchait. Bientôt, songeait Lee, Ig partirait, la colocataire aurait fichu le camp, et un soir d'automne, il frapperait à sa porte, et quand Merrin lui ouvrirait, elle serait seule.

34

Lee avait espéré passer la nuit avec Merrin, mais il était tout juste 22 heures quand il arriva dans l'État du New Hampshire ; il remarqua alors qu'il y avait un message du député sur son répondeur, disant qu'il espérait que Lee pourrait passer le lendemain matin pour parler avec lui des dernières nouvelles. Le député avait sa voix lasse des mauvais jours, les jours de migraine. Lee devina sans peine qu'il se réjouirait de le voir se pointer le soir même et donc, au lieu de sortir de la I-95 pour prendre à l'ouest vers Gideon, il continua au nord et prit la sortie pour Rye.

À 23 heures tapantes, Lee se garait dans l'allée tapissée de poudre de coquillages qui menait à l'entrée principale. C'était une grande maison blanche de style géorgien avec un portique à colonnes, située sur un demi-hectare de pelouse verte tondue à ras. Dans le jardin de devant, sous les projecteurs, les jumelles du député, deux jeunes filles élancées aux jambes bronzées, jouaient au croquet avec leurs petits copains. Par terre des flûtes à champagne étaient posées à côté des hauts talons que les deux filles avaient balancés pour aller pieds nus. Lee sortit de la Cadillac et resta planté à côté de la voiture à les regarder jouer ; l'une d'elles se pencha sur son maillet, et son petit copain arriva par-derrière pour se lover contre elle sous prétexte de l'aider. Les rires des filles lui parvinrent, portés par un air aux effluves marins, et Lee se sentit de nouveau dans son élément.

Les filles du député adoraient Lee, et quand elles le virent remonter l'allée, elles coururent à sa rencontre. Kaley lui sauta au cou, Daley lui plaqua un baiser sur la joue. Elles avaient vingt et un ans et l'exubérance de la jeunesse, mais les apparences étaient trompeuses, car elles avaient déjà accumulé pas mal de problèmes, qu'on avait soigneusement dissimulés : beuveries, anorexie, maladie vénérienne. Il répondit à leurs effusions, blagua, promit de les rejoindre pour jouer au croquet avec elles s'il le pouvait, mais à leur contact, sa peau se hérissait. Malgré leur aspect lisse et satiné, elles étaient aussi repoussantes que des cafards enrobés de chocolat ; l'une d'elles mastiquait un chewing-gum à la menthe, et il se demanda si c'était pour couvrir une haleine puant la cigarette, l'herbe ou le sperme. Il n'aurait pas voulu coucher même avec elles deux en échange d'une nuit avec Merrin, qui était, à sa façon, toujours pure, avec le corps d'une vierge de seize ans. Elle n'avait couché qu'avec Ig, et pudibond comme il était, cela comptait à peine.

L'épouse du député accueillit Lee à la porte. C'était une petite femme aux cheveux poivre et sel, avec des lèvres minces que l'abus de Botox figeait en un sourire crispé. Elle lui toucha le poignet. Dans cette famille, ils aimaient tous le toucher comme on touche une patte de lapin, à croire que Lee était pour eux une sorte de porte-bonheur, ce qu'il était.

— Il est dans son bureau, l'informa-t-elle. Il sera si content de vous voir. Si vous êtes venu, c'est que vous êtes au courant.

— La migraine ?

— Terrible.

— Bon, ne vous faites pas de souci, la rassura Lee. Je vais arranger ça.

Lee connaissait le chemin. Il frappa à la porte, mais franchit le seuil sans attendre qu'on lui dise d'entrer. La seule lueur dans la pièce provenait de l'écran de télévision, et le député était allongé sur le divan dans le noir, un gant de toilette mouillé sur les yeux. L'émission *Hothouse* passait à la télé. Le son du téléviseur était coupé, mais Lee voyait Terry Perrish assis derrière son bureau, interviewant un Anglais squelettique en blouson de cuir noir, sans doute une rock star.

En entendant la porte s'ouvrir, le député souleva un coin du gant de toilette, vit Lee, esquissa un sourire, puis remit le linge mouillé en place.

— Ah ! vous voilà, s'exclama-t-il en soupirant d'aise. J'ai failli ne pas laisser de message, car je me doutais que vous passeriez me voir dès ce soir, et je ne voulais pas vous gâcher votre soirée du vendredi. J'empiète trop sur votre vie, mon garçon. Vous devriez être en virée avec une jolie fille, à cette heure-ci.

Il parlait avec les inflexions d'un mourant s'adressant à son fils préféré. Ce n'était pas la première fois que Lee l'entendait prendre ce ton-là, ni que lui le soignait pour l'une de ses migraines.

— C'était prévu, mais elle m'a posé un lapin et vous êtes deux fois plus mignon qu'elle, alors pas de regret, répondit Lee, et sa réplique fut accueillie par un rire souffreteux.

Les maux de tête du député étaient étroitement liés aux collectes de fonds trop maigres et aux mauvais indices de sondages d'opinion. Ces derniers temps, ils survenaient fréquemment. Seule une dizaine de personnes était au courant dans tout l'État, mais en début d'année prochaine, le député annoncerait son intention de briguer le poste de gouverneur. La gouverneur en exercice avait remporté une victoire écrasante lors des dernières élections, mais depuis, elle avait dégringolé dans les sondages. Chaque fois que l'indice de popularité de sa rivale remontait d'un cran, le député en était quitte pour s'allonger après avoir avalé plusieurs cachets d'ibuprofène. Jamais il ne s'était autant appuyé sur Lee et son calme olympien.

Lee s'assit sur la table basse en se plaçant de biais par rapport au gisant.

— Alors ? s'enquit-il.

— C'est le mari de la gouverneur, répondit le député.

— Quoi, il est mort ?

— Non, mais on vient de lui diagnostiquer une sclérose latérale myotrophique. Une conférence de presse aura lieu demain. La semaine prochaine, ils fêteront leurs vingt ans de mariage.

— Seigneur, lâcha Lee.

Il avait imaginé différents cas de figure, chute dans les sondages, article paru dans le *Portsmouth Herald* rapportant l'une des nombreuses frasques des jumelles. Mais il lui fallut un moment pour digérer cette nouvelle-là.

Le député souleva de nouveau le gant de toilette.

— C'est terrible. Ça a commencé par un pouce qui n'arrêtait pas de tiquer. Maintenant ce sont ses deux mains. Apparemment, la maladie progresse très vite.

Ils restèrent assis en silence.

— Quand j'étais à l'école communale, reprit le député, le père de mon meilleur copain souffrait du même mal. Le pauvre homme restait assis devant la télé à tressauter comme un poisson au bout d'un hameçon, et la moitié du temps, on aurait dit que l'homme invisible était en train de l'étrangler. Je suis si navré pour eux. Je ne sais ce que je deviendrais si l'une des filles tombait malade. Voulez-vous bien prier pour elles avec moi, Lee ?

Tu peux courir, pensa Lee. Pourtant il se mit à genoux devant la table basse, joignit les mains et attendit. Le député s'agenouilla auprès de lui, courba la tête. Quant à Lee, il ferma les yeux afin de se concentrer et mieux réfléchir aux conséquences de la nouvelle qu'il venait d'apprendre : pour commencer, cela ferait monter en flèche la cote de popularité de leur adversaire ; les tragédies personnelles rapportaient immanquablement quelques milliers de votes compassionnels. De plus, la santé publique avait toujours été le domaine de prédilection de la gouverneur ; la maladie de son mari jouerait en sa faveur en lui donnant l'occasion de personnaliser le sujet. C'était déjà assez difficile de se battre contre une femme sans passer pour un macho, un chauvin, un gros lourd. Mais lutter contre une femme qui se dévouait avec héroïsme à son époux infirme… Comment prévoir quelle influence ce nouveau fait aurait sur la future campagne ? Tout dépendrait des médias sans doute, et de leur façon de présenter les choses. Existait-il un point de vue sur la question qui ne profite pas pleinement à leur adversaire ? Peut-être. Oui, il y avait forcément une autre possibilité qui méritait qu'on prie pour elle… ou du moins une façon d'arranger ce truc.

Au bout d'un moment le député soupira, indiquant ainsi que le temps de la prière était fini. Ils restèrent agenouillés, dans un silence complice.

— Vous pensez que je ne devrais pas me présenter ? reprit le député. Par décence ?

— Certes, la maladie de son mari est une tragédie, déclara Lee. Mais sa politique en est une autre, et elle concerne tous les gens de cet État.

— J'ai honte, ne serait-ce que d'y réfléchir, confia le député en frémissant. Comme si la seule chose qui m'importait était mon ambition politique. Péché d'orgueil, Lee. Péché d'orgueil.

— Comment savoir ce qui va se passer ? Peut-être qu'elle décidera de se retirer pour mieux se consacrer à son époux et qu'elle ne se présentera pas. Dans ce cas, autant que ce soit vous.

— Nous ne devrions pas parler ainsi, dit le député en frissonnant encore. Pas ce soir. C'est indécent. La vie d'un homme et sa santé sont en jeu. Que je décide ou non de me présenter comme gouverneur n'a aucune importance.

Regardant la télé sans la voir, il oscilla d'avant en arrière, toujours à genoux, et s'humecta les lèvres.

— Pourtant, si vraiment elle se retirait, il serait irresponsable de ma part de ne pas me présenter.

— Bon Dieu, vous pouvez le dire, renchérit Lee. Imaginez un peu que vous n'y alliez pas et que Bill Flores soit élu gouverneur ? On donnerait des cours d'éducation sexuelle en maternelle, on fournirait en capotes des mômes de six ans. Voyons, les enfants, est-ce que l'un de vous pourrait nous expliquer ce qu'on entend par « sodomie » ?

— Arrêtez, vous êtes horrible, s'insurgea le député, sans pouvoir s'empêcher de rire.

— Vous n'annoncerez pas votre candidature avant cinq mois, remarqua Lee. Il peut arriver des tas de choses en un an. Les gens ne voteront pas pour elle parce que son mari est malade. Le même cas de figure n'a pas aidé John Edwards, dans cet État, cela lui a même porté tort. Il a eu l'air de mettre sa carrière avant la santé de sa femme.

Et là, ce serait encore pire, pensa Lee en imaginant la gouverneur sortante prononçant un discours, tandis que son mari tressautait dans un fauteuil roulant à côté du podium. Ce serait une mauvaise image, dont les gens se lasseraient vite. Une femme pour qui gagner des élections est plus important que de s'occuper de son mari, vous vous rendez compte ? Les gens votent sur un programme, des réformes, disait-on. Mais Lee savait que c'était un mensonge, et que les gens votent avec leurs tripes. Voilà comment il réglerait le problème : il utiliserait sciemment, et indirectement, la maladie du mari pour déconsidérer sa femme, qu'elle passe aux yeux de l'opinion pour insensible, négligente, et perde son aura de grande dame. Il y avait toujours un moyen de régler les problèmes.

— Ce sera de l'histoire ancienne quand vous entrerez en campagne. Les gens seront passés à autre chose.

Mais le député regardait la télé en plissant les paupières, et Lee n'était pas sûr qu'il l'écoutait encore. À l'écran, affalé dans son fauteuil, Terry Perrish faisait le mort, la tête de travers. Son invité, la rock star en blouson de cuir noir, esquissa un signe de croix sur son cadavre.

— Vous n'êtes pas amis, Terry Perrish et vous ? s'enquit le député.

— Je suis plus lié avec son frère, Ig. Des gens merveilleux, les Perrish. C'était ma deuxième famille, durant toute mon adolescence. Ils ont beaucoup compté pour moi.

— Je ne les ai jamais rencontrés.

— Je pense que leurs sympathies vont aux démocrates.

— Les gens votent avant tout pour des amis, plus que pour un parti. Peut-être pourrait-on faire connaissance et qui sait, devenir amis ? dit le député.

Il semblait avoir oublié sa migraine et donna une petite bourrade à Lee, comme pris d'une idée soudaine.

— Ce serait un bon coup d'annoncer ma candidature pour le siège de gouverneur au show de Terry Perrish l'an prochain, non ? lança-t-il.

— Sans doute, monsieur, acquiesça Lee.

— Vous pensez qu'il y aurait moyen d'arranger ça ?

— Pourquoi pas ? La prochaine fois que Terry viendra dans le coin, je l'emmènerai faire une virée en ville et je lui en toucherai deux mots, à tout hasard.

— Mais oui. Offrez-vous une bamboula du tonnerre de Dieu, mon garçon. À mes frais, cela va sans dire. Ah…, soupira-t-il. Vous m'avez remonté le moral. J'ai une chance du diable de vous avoir. Et j'en suis conscient, dit-il en regardant Lee d'un œil pétillant de malice, un bon regard de Père Noël de carte postale, qu'il prenait à volonté. Vous savez, Lee, vous seriez en âge de vous présenter vous-même au Congrès. Dans quelques années, mon siège sera vide. Vous êtes beau garçon, honnête. Vous avez du charisme, un humour décapant, et un passif intéressant, grâce à votre histoire de rédemption par le Christ…

— Non, ça ne me dirait rien. Le travail que j'accomplis pour vous me satisfait pleinement. Je ne crois pas que briguer des fonctions officielles soit ma vraie vocation, dit Lee et il ajouta, sans aucun embarras : ce n'est pas ce que le Seigneur attend de moi.

— Dommage, regretta le député. Le parti saurait utiliser vos nombreuses qualités, et qui sait jusqu'où vous grimperiez ? Bon sang, donnez-vous une chance, vous pourriez bien devenir notre prochain Reagan.

— Non, dit Lee. Je me verrais mieux comme le prochain Karl Rove[1].

1. Karl Rove fut de 1993 à 2007 le principal conseiller et stratège politique de George W. Bush.

35

Sa mère ne causait guère, vers la fin. La plupart du temps, elle répétait d'une voix rauque et affolée, les yeux exorbités : « J'ai soif ! Soif !.. » Lui lisait un magazine assis à son chevet, nu à cause de la chaleur. Vers midi, il faisait trente-cinq degrés dans la chambre, et peut-être trois de plus sous la pile de couvertures. Sa mère semblait rarement consciente de sa présence auprès d'elle. Le regard rivé au plafond, elle s'agitait sous les couvertures tel un passager tombé par-dessus bord qui s'efforce d'échapper à la noyade. D'autres fois, les yeux agrandis d'horreur, elle adressait à Lee un regard implorant tandis qu'il sirotait son thé glacé sans lui prêter attention.

Certains jours, après lui avoir changé sa couche, Lee oubliait de lui en mettre une propre, et il laissait sa mère nue à partir de la taille sous les couvertures. Quand elle se pissait dessus, elle se mettait à crier et à geindre, mais Lee n'était jamais pressé de changer ses draps. C'était une corvée pénible et laborieuse. À cause du manque d'eau et du mauvais fonctionnement de ses reins, son urine était âcre et puait horriblement. Lorsque Lee finissait par enlever les draps souillés, il les roulait en boule et les pressait sur le visage de sa mère qui braillait d'une voix étranglée. Après tout, c'était bien la méthode qu'elle employait quand il pissait au lit étant jeune : lui frotter la figure avec ses draps trempés, pour lui apprendre.

Cependant, vers la fin mai, après des semaines d'incohérence, sa mère eut un instant de dangereuse lucidité. Lee s'était réveillé avant l'aube dans sa chambre du premier étage, sans savoir ce qui l'avait tiré du sommeil aussi tôt ; seulement que quelque chose clochait. Il se redressa sur les coudes et tendit l'oreille. Il n'était même pas 5 heures, et seule une vague lueur grisâtre ourlait l'horizon. Par la fenêtre entrouverte filtrait un air tiède et humide qui embaumait l'herbe nouvelle et les arbres en fleurs. S'il faisait déjà chaud à cette heure, qu'est-ce que ce serait plus tard dans la journée, en particulier dans la chambre d'ami où il s'ingéniait à faire mourir une vieille femme à petit feu ? Il finit par entendre quelque chose, une sorte de choc assourdi suivi d'un raclement, comme quelqu'un qui s'essuie les pieds sur une natte en plastique.

Il se leva et descendit à pas feutrés. Il pensait trouver sa mère endormie, ou peut-être fixant le plafond d'un air absent. En fait, couchée sur le flanc, elle tentait maladroitement de saisir le téléphone de sa main griffue. Elle avait réussi à faire tomber le combiné de la fourche et il se balançait au bout du câble torsadé en raclant le sol et en tapant de temps en temps contre la table de nuit.

Sa mère essayait de remonter le câble pour pouvoir l'attraper, mais en voyant Lee, elle s'arrêta net. Son visage hâve et tourmenté était calme, presque en attente. Jadis, elle avait de beaux cheveux bouclés couleur miel à la Farrah Fawcett, qui lui arrivaient à l'épaule. À présent, elle ramenait quelques mèches argentées sur son crâne chauve tavelé de taches brunes.

— Que fais-tu, Maman ? demanda Lee.

— Je téléphone.

— À qui ? demanda-t-il, saisi par la clarté de sa voix.

Chose incroyable, elle semblait avoir émergé de sa démence.

— Qui êtes-vous ? lui dit-elle alors en le dévisageant d'un air vide.

Elle n'était pas si nette que ça, tout compte fait.

— Lee, répondit-il, rassuré. Tu ne me reconnais pas ?

— Non, tu n'es pas Lee. Lee est dehors, il marche sur la barrière. Il sait que c'est interdit, je l'ai prévenu que s'il recommençait, il me le paierait cher, mais c'est plus fort que lui.

Lee traversa la pièce et raccrocha le combiné. Quelle coupable négligence d'avoir laissé un appareil en état de marche à portée de sa main ou presque ! Comme il se penchait pour débrancher la prise du téléphone, sa mère lui saisit le poignet. Il faillit hurler, tant il fut surpris par la force de ses doigts maigres et noueux.

— Je vais mourir, de toute façon, dit-elle. Pourquoi me faire souffrir ? Pourquoi ne pas laisser les choses suivre leur cours ?

— Je n'apprendrais rien si je laissais les choses suivre leur cours, comme tu dis, répondit Lee.

Il pensait qu'elle lui poserait une autre question, mais non.

— Oui. C'est juste, acquiesça-t-elle d'un ton presque satisfait. Apprendre quoi ?

— S'il existe des limites.

— À ce que je peux endurer ? demanda sa mère, mais elle se ravisa. Non. Non, ce n'est pas ça. Tu parles des limites à ce dont toi, tu es capable.

Elle se renfonça dans ses oreillers… et Lee fut surpris de la voir sourire d'un air entendu.

— Tu n'es pas Lee, reprit-elle. Lee est sur la barrière. Si je l'attrape encore à marcher sur la barrière, il sentira son malheur. Je l'aurai prévenu.

Elle inspira profondément, et ses paupières se fermèrent. Il crut qu'elle replongeait illico dans le sommeil comme cela lui arrivait souvent, mais elle reprit la parole.

— Un jour, j'ai commandé une machine à café expresso que j'avais vue dans un catalogue, raconta-t-elle d'un ton rêveur, de sa voix de vieille femme usée. Un joli ustensile chromé, très classe, avec des bords en cuivre. Deux semaines plus tard, j'ai trouvé le colis sur le seuil de la maison. Mais quand j'ai ouvert le carton, il n'y avait rien dedans, figure-toi ! L'emballage était vide. Quatre-vingt-neuf dollars pour du papier-bulle et du polystyrène. Quelqu'un du service d'expédition avait dû s'endormir.

Elle poussa un long soupir de contentement.

— Où veux-tu en venir ? demanda Lee.

— C'est la même chose avec toi, poursuivit-elle en rouvrant ses grands yeux brillants et, tournant la tête pour le scruter avec un large sourire qui découvrit ses quelques dents jaunies, elle se mit à rire, d'un rire dur, rauque, étranglé. Toi aussi tu devrais demander qu'on te rende ton argent. Tu t'es fait avoir. Tu n'es qu'un emballage vide. Une jolie boîte en carton avec rien à l'intérieur, déclara-t-elle, riant encore.

— Arrête de te moquer de moi, dit Lee, et sa mère rit de plus belle.

Elle ne s'arrêta qu'après que Lee lui eut donné une double dose de morphine.

Ensuite il alla dans la cuisine et but un bloody mary très épicé, portant son verre à ses lèvres d'une main tremblante.

Il mourait d'envie de faire avaler à sa mère une grande tasse d'eau salée brûlante, jusqu'à la dernière goutte, jusqu'à ce qu'elle se noie.

Pourtant il la laissa tranquille, et même, la semaine qui suivit, il s'occupa d'elle avec un soin tout particulier, faisant tourner le ventilateur toute la journée, changeant régulièrement ses draps ainsi que le bouquet de fleurs fraîches posé sur la commode, laissant la télé allumée. Il veilla soigneusement à lui administrer la morphine à heures régulières, pour éviter qu'elle redevienne lucide durant les visites de l'infirmière. Quelles sornettes n'irait-elle pas lui raconter sur le traitement qu'il lui réservait quand elle était seule avec lui ? Mais ses angoisses étaient sans fondement : sa mère n'eut plus jamais les idées claires.

36

Lee se souvenait de la barrière. En revanche, des deux années qu'ils avaient passées à West Bucksport, dans le Maine, il ne se rappelait pas grand-chose. (Par exemple : pourquoi ses parents étaient-ils venus s'installer dans ce trou perdu où ils ne connaissaient personne ? Et pourquoi étaient-ils ensuite revenus à Gideon ?) Mais la barrière, oui, il s'en souvenait, et aussi du chat sauvage qui sortait le soir du champ de maïs, et de la nuit où Lee avait rattrapé la lune alors qu'elle tombait du ciel.

Le matou émergeait du champ de maïs au crépuscule. La deuxième ou troisième fois qu'il se pointa dans la cour à l'arrière de la maison en miaulant doucement, la mère de Lee sortit pour l'accueillir munie d'une boîte de sardines, qu'elle posa par terre. Puis elle attendit que le chat s'approche peu à peu en rampant à moitié. Il se jeta sur les sardines comme s'il n'avait pas mangé depuis des jours, ce qui était sans doute le cas, et les engloutit en remuant la tête par saccades. Ensuite il vint se frotter aux jambes de Kathy Tourneau et enrouler sa queue autour de ses chevilles en ronronnant de contentement, un ronronnement rauque comme s'il était un peu rouillé, comme s'il avait perdu l'habitude d'être heureux.

Mais quand la mère de Lee se pencha pour lui gratter la tête entre les oreilles, le matou lui lacéra le dos de la main d'un violent coup de griffes, laissant de longues balafres rouge vif. Elle poussa un cri aigu, lui décocha un coup de pied, et il détala en renversant la boîte de sardines.

Sa mère garda la main bandée pendant une semaine, mais les plaies se refermèrent mal et lui laissèrent à vie de vilaines cicatrices, souvenir de sa dispute avec le vilain matou. La fois suivante, quand il sortit du champ en miaulant pour attirer son attention, elle lui lança une poêle à frire, et il disparut entre les épis.

Il y avait une dizaine de rangs de maïs rachitiques derrière la maison de Bucksport. Ce n'étaient pas ses parents qui les avaient plantés. Ils n'étaient pas des fermiers, n'avaient même aucun penchant pour le jardinage et ne faisaient rien pour les entretenir. En août, la mère de Lee cueillit quelques épis qu'elle essaya de faire cuire, mais les grains étaient coriaces, insipides, immangeables tant il fallait les mastiquer. Le père de Lee rigola en disant que c'était du maïs pour les cochons.

En octobre, les épis avaient séché sur pied en brunissant et beaucoup se cassaient ou s'affaissaient. Lee les aimait, il aimait leur arôme qui flottait sur l'air frais de l'automne, il aimait se faufiler entre les rangs dans le bruissement des feuilles sèches. Des années plus tard il se souviendrait qu'il les aimait, sans savoir exactement de quelle sorte d'amour. Pour le Lee Tourneau devenu adulte, essayer de se rappeler son engouement d'alors pour le champ de maïs, c'était un peu comme tenter d'apaiser sa faim en se souvenant d'un bon repas.

Où le chat passait-il le plus clair de son temps ? Mystère. Il n'appartenait à personne, à aucun de leurs voisins en tout cas. La mère soutenait qu'il était sauvage. Lorsqu'elle prononçait le mot sauvage, elle en crachait presque de mépris, comme quand elle parlait du *Winterhaus*, le bar où le père de Lee s'arrêtait chaque soir pour boire un verre (ou deux, ou trois) en rentrant du boulot.

Le matou était si maigre qu'on lui voyait les côtes, et sa fourrure noire pelait par endroits sur de la chair rose, couverte de croûtes. Il avait des testicules velus aussi gros que des calots, qui se balançaient entre ses pattes de derrière quand il marchait. L'un de ses yeux était vert, l'autre blanc, ce qui lui donnait un air borgne. La mère avait ordonné à Lee de ne pas s'en approcher, de ne pas lui faire confiance et de ne le caresser sous aucun prétexte.

— Il ne se laissera pas apprivoiser, affirmait-elle. Il a passé le stade où il peut s'attacher à quelqu'un. Tout ce qui l'intéresse, c'est trouver sa pitance. S'il vient, c'est seulement dans l'espoir qu'on lui donne quelque chose à manger, et si on ne le nourrit pas, il finira par ne plus revenir.

Mais si pourtant, il revenait chaque soir juste après le coucher du soleil, à l'heure où les nuages gardent un peu de lumière mordorée, pour miauler dans la cour derrière la maison.

Lee le cherchait parfois, dès qu'il rentrait de l'école. Il se demandait comment le chat avait passé la journée, où il était et d'où il venait. Il grimpait sur la barrière et marchait sur les barres transversales en scrutant le champ dans l'espoir de le voir.

Mais dès que sa mère le surprenait perché là-haut, elle lui hurlait d'en descendre. C'était une barrière en rondins de bois débités en lames inégales reliées entre elles et fichées dans des poteaux, qui clôturait tout le terrain situé derrière la maison, y compris le champ. Le haut de la barrière lui arrivait à la tête, et les traverses tremblaient quand il marchait dessus. D'après sa mère, le bois était atteint de pourriture sèche et l'une des barres pouvait céder à tout moment en se brisant sous ses pieds, alors ce serait direction l'hosto. Mais son père faisait un geste de la main d'un air de dire, pourquoi ne pas laisser ce gosse tranquille ? C'est de son âge. En effet, aucun gosse n'aurait su y résister, Lee pas plus qu'un autre. Il ne faisait pas qu'y grimper et marcher dessus comme sur une poutre d'équilibre, il y courait même parfois, bras écartés, telle une grue cherchant à s'envoler. C'était bon, de courir sur la barrière, en sentant les traverses trembler sous ses pieds et le sang pulser dans ses veines.

Quant à Kathy Tourneau, le matou commençait à lui taper sur les nerfs. Il annonçait son arrivée en miaulant d'un son plaintif et désagréable, toujours sur la même note criarde, jusqu'à ce que sa mère n'en puisse plus et surgisse de la porte de derrière pour le faire déguerpir en lui balançant le premier truc qui lui tombait sous la main.

— Bon Dieu, mais qu'est-ce que tu veux ? hurla-t-elle un soir en le voyant débarquer. On ne te donnera rien à bouffer, alors pourquoi est-ce que tu ne fiches pas le camp d'ici ?

Lee ne fit pas de commentaire, mais il pensait savoir pourquoi le chat réapparaissait chaque soir. Sa mère croyait qu'il revenait miauler pour réclamer à manger, mais elle se trompait, d'après Lee. Le chat venait tout simplement parce que les gens qui habitaient la maison avant eux devaient bien le traiter. Lee imaginait une petite fille de son âge en salopette, une rouquine aux longs cheveux raides couverte de taches de rousseur, qui allait poser un bol de croquettes pour le chat noir, puis s'asseyait en restant à bonne distance pour le regarder manger sans le déranger. Peut-être lui fredonnait-elle même un petit air. L'idée de sa mère selon laquelle le chat faisait exprès de miauler pour les tourmenter lui semblait peu vraisemblable.

Il décida de faire copain copain avec le matou à force de patience, et un soir, il s'assit dehors pour l'attendre. Il dit à sa mère qu'il n'avait pas faim, qu'il avait mangé un grand bol de céréales en rentrant de l'école. Pouvait-il aller dehors un moment ? Elle le lui permit, du moins jusqu'au retour du père. Alors il irait se mettre dare-dare en pyjama et au lit ! Lee ne mentionna pas son intention d'aller rejoindre le chat, ni qu'il avait volé une boîte de sardines pour lui.

La nuit tombait vite en cette mi-octobre. Il n'était même pas 18 heures quand Lee sortit, mais il restait juste un trait de lumière rose tyrien au-dessus des champs, de l'autre côté de la route. En attendant, il fredonna un tube qui passait souvent à la radio cette année-là. Quelques étoiles s'allumèrent. Il renversa la tête et découvrit avec surprise que l'une de ces étoiles bougeait en traversant le ciel en ligne droite. Au bout d'un moment, il comprit que ce devait être un avion, ou peut-être un satellite. Et si c'était un ovni ? Quelle idée ! Quand il baissa les yeux, le chat était là.

Pointant la tête entre les épis de maïs, il resta un long moment en silence à fixer Lee de ses yeux vairons, sans miauler, pour une fois. Lee sortit la boîte de sardines de la poche de son blouson d'un geste précautionneux, pour ne pas l'effrayer.

— Hé, minououou…, chantonna-t-il en étirant la dernière syllabe avec un son doux et musical. Minouou.

En ouvrant la boîte de conserve, il fit malgré lui un bruit métallique et le chat, effrayé, se retira pour disparaître au milieu des épis.

— Oh non, minou, s'exclama dit Lee en se redressant.

Ce n'était pas juste. Il avait tout prévu en planifiant leur rencontre, comment il attirerait le chat en fredonnant doucement, puis déposerait la boîte par terre et le laisserait manger tranquille, sans tenter de le caresser. Et voilà que le chat avait disparu sans lui donner sa chance.

Le vent se leva dans le maïs bruissant, et Lee sentit le froid à travers son manteau. Il restait planté là, tout dépité, à regarder fixement le champ de maïs, quand le chat en émergea d'un bond pour sauter sur le haut de la barrière. Là il tourna la tête pour scruter Lee d'un œil brillant, fasciné.

Lee fut soulagé que le chat n'ait pas décampé, il lui était reconnaissant de ne pas s'être éloigné. Il n'esquissa aucun mouvement brusque et rampa plutôt qu'il ne marcha sans prononcer un mot, convaincu, à mesure qu'il se rapprochait, que le chat repartirait se cacher dans les maïs. Mais non, quand Lee atteignit la barrière, le chat fit quelques pas sur la traverse du haut sans en descendre, puis s'arrêta pour regarder en arrière, avec une lueur d'attente dans les yeux. Comme pour inviter Lee à le suivre. Lee s'agrippa à un poteau et se hissa sur la barre du haut, qui trembla sous son poids. Maintenant, le chat va sauter et disparaître, pensa-t-il. Mais le chat attendit posément que la barrière cesse de trembler, puis il s'éloigna, la queue en l'air, arborant son derrière couillu.

Lee fit le funambule à sa suite, en écartant les bras pour garder l'équilibre. Par peur de l'effrayer, il n'osait se hâter, mais avançait d'un pas régulier. Le chat se pavanait, l'entraînant toujours plus loin de la maison. Les plants de maïs montaient jusqu'à la barrière, et leurs feuilles sèches, épaisses, se frottaient à son bras. À un moment, la traverse où il se tenait branla farouchement sous ses pieds et il dut s'accroupir en se rattrapant d'une main au poteau pour ne pas tomber. Le chat attendit qu'il se rétablisse, accroupi sur la barre suivante. Il ne bougea pas quand Lee se redressa et traversa le rondin branlant jusqu'à lui. Au contraire, il arqua le dos en ébouriffant sa fourrure, et se mit à ronronner de son ronronnement rauque. Lee était tout excité de l'approcher enfin d'aussi près, assez près pour le toucher.

— Hé, souffla-t-il, et les ronronnements redoublèrent, tandis que le chat arquait le dos vers Lee, réclamant de toute évidence des câlins.

Lee s'était promis de ne pas essayer de caresser le chat ce soir, alors qu'ils faisaient tout juste connaissance, mais il aurait été grossier de ne pas répondre à ses avances, alors qu'il était manifestement en manque d'affection.

— Hé, minouou, chantonna-t-il en avançant doucement la main.

Le chat ferma les yeux en ronronnant de plaisir, mais il les rouvrit soudain et lui lança un grand coup de patte, toutes griffes dehors.

Lee se redressa d'un bond alors que la patte griffue passait à deux doigts de son œil gauche. La traverse vibra violemment sous ses pieds, ses jambes se dérobèrent sous lui, et Lee tomba de côté dans le maïs.

Le haut de la barrière n'était en général qu'à un mètre vingt du sol, sur le pourtour de l'enclos, mais à cet endroit, la terre s'abaissait, de sorte que Lee fit une chute de presque deux mètres. La fourche qui était là, couchée à plat dans le maïs depuis plus de dix ans, l'attendait ; elle attendait Lee depuis sa naissance, ses dents recourbées et rouillées pointées vers le ciel. Et elle cueillit Lee quand il tomba, la tête la première.

37

Il se redressa quelque temps après. Le maïs répandait de fausses rumeurs sur son compte en bruissant frénétiquement. Le chat n'était plus sur la barrière, il avait disparu. Il faisait nuit, et quand Lee leva les yeux, il surprit les étoiles en train de bouger. À présent, elles étaient toutes des satellites qui fusaient de-ci de-là. La lune tressaillit, elle tomba de quelques centimètres, tressaillit encore. Comme si le rideau de ciel allait tomber pour révéler la scène nue et vide qui se cachait derrière. Lee leva la main pour redresser la lune et la remettre à sa place. Elle était si froide que ses doigts s'engourdirent à son contact, comme s'ils tenaient un glaçon.

Il lui fallut grandir démesurément pour raccrocher la lune. Une fois là-haut, il baissa les yeux et vit le petit coin de West Bucksport où il habitait. Il vit les choses telles qu'il n'aurait pu les voir du champ de maïs, les vit telles que Dieu les voyait. Il vit la voiture de son père descendre Pickpocket Lane et tourner pour remonter la route graveleuse qui menait chez eux. Il y avait un pack de bières sur le siège passager et son père conduisait avec une canette fraîche coincée entre les cuisses. Si Lee avait voulu, il aurait pu d'une simple pichenette faire culbuter la voiture dans la haie de cyprès qui cachait leur maison de la route. Il imagina la voiture renversée, les flammes qui sortaient du capot. Les gens diraient que son poivrot de père conduisait en état d'ivresse.

Il se sentait aussi détaché du monde d'en dessous qu'il l'aurait été d'une maquette de train électrique. West Bucksport ressemblait justement au décor d'un train électrique, avec ses petits arbres, ses maisons de poupées, ses personnages minuscules. S'il avait voulu, il aurait pu saisir sa propre maison et l'installer de l'autre côté de la rue. Ou bien poser le pied dessus et l'écraser sous son talon. Oui, d'un seul revers de main, il aurait pu balayer tout ce monde miniature pour faire place nette.

Dans les maïs, une ombre glissa parmi les ombres, et Lee reconnut le chat. Alors il sut qu'il ne s'était pas élevé à ces hauteurs impressionnantes dans le seul but de raccrocher la lune. Il avait gentiment offert au chat sauvage de la nourriture, et l'animal avait feint d'être en manque d'affection pour l'entraîner jusqu'ici, il avait réclamé des caresses, puis il l'avait griffé et l'avait fait tomber de la barrière au risque de le tuer, sans raison, obéissant seulement à son instinct de tueur, et maintenant, il s'éloignait comme si de rien n'était, et peut-être que pour lui il ne s'était effectivement rien passé, peut-être qu'il avait déjà oublié Lee, mais non, il ne s'en tirerait pas comme ça. Lee abaissa son bras immense et écrasa du bout du doigt cette vermine qui se brisa dans la poussière telle une coquille vide, après un infime spasme de vie. Il l'écrasa, comme son père écrasait un mégot de cigarette dans le cendrier, avec ce même contentement calme et détaché qu'il ressentait quand il faisait des coloriages.

Ensuite il regarda sa main et la renifla. Sur sa paume, il y avait un filet de sang avec une touffe de poils noirs collée dessus ; ça sentait le moisi comme dans une cave humide, mais aussi l'herbe d'été. Ce mélange d'odeurs l'intéressa, il parlait de chasse aux souris dans des lieux souterrains et d'errances dans les hautes herbes à la recherche d'une femelle à sauter.

Lee reposa sa main sur ses genoux et regarda le chat d'un air vide. Il était de nouveau assis dans le maïs, même s'il ne se rappelait pas s'être assis, et il avait retrouvé sa taille normale, même s'il ne se rappelait pas avoir rapetissé. Le matou avait la tête tordue et renversée en arrière, on aurait dit que quelqu'un avait essayé de la dévisser comme une ampoule électrique, et il fixait la nuit d'un air éberlué. Son crâne était enfoncé, de la cervelle lui coulait d'une oreille. Le chat noir malchanceux gisait à côté d'un morceau d'ardoise trempé de sang. Lee prit vaguement conscience que son bras droit lui cuisait, et regardant, il vit que son poignet et son avant-bras étaient lacérés de longues griffures, trois balafres parallèles, comme s'il avait lui-même creusé la chair de son bras avec les dents d'une fourchette. Comment le chat avait-il réussi à le griffer alors qu'il était tellement plus petit que lui ? Lee n'arrivait pas à se l'imaginer, mais à présent il était fatigué, il avait mal à la tête, et au bout d'un moment, il renonça à comprendre. C'était épuisant, d'être comme Dieu, assez grand pour réparer ou remettre en ordre les choses qui en avaient besoin. Il se mit debout, les jambes flageolantes, et prit le chemin de la maison.

Sa mère et son père se disputaient encore. Ou plutôt, son père était assis, une bière dans une main, un journal sportif dans l'autre, et il se taisait tandis que Kathy, debout, déversait sur lui un flot de reproches d'une voix basse, étranglée. Avec ce même éclair de compréhension qu'il avait eu quand il avait grandi soudainement pour raccrocher la lune, Lee sut que si son père allait chaque soir au *Winterhaus*, ce n'était pas pour boire, mais pour voir une serveuse avec qui il entretenait des rapports très intimes. Non que ses parents y fassent allusion. Sa mère reprochait avec hargne à son père de laisser du bordel dans le garage, de garder ses bottes pour entrer dans le salon, elle parlait de tout le boulot qu'elle se tapait. Pourtant, la serveuse était le véritable motif de leur dispute. Lee savait aussi qu'un jour, dans un ou deux ans peut-être, son père s'en irait pour de bon et ne l'emmènerait pas avec lui.

Leurs scènes ne le dérangeaient pas. Ce qui le dérangeait, c'était le bruit de fond de la radio, qui lui cassait les oreilles. Ça ressemblait au sifflement aigu d'une bouilloire sur le fracas de casseroles dévalant un escalier. Il se dirigea vers la radio et ce ne fut qu'en tendant la main pour baisser le son qu'il reconnut la chanson qui passait, *The Devil Inside,* de INXS. Dire qu'elle lui plaisait jusque-là. Il ne comprenait pas comment il avait pu l'apprécier. Les semaines qui suivraient, Lee découvrirait qu'il ne supportait pratiquement plus aucune musique de fond, que les chansons n'avaient plus de sens pour lui, qu'elles étaient juste un fouillis de sons exaspérants. Quand une radio marchait, il quittait la pièce tant il préférait être dans le silence, seul avec ses pensées.

En montant l'escalier, il fut pris d'un léger vertige. Par moments, les murs semblaient vibrer, de sorte que Lee craignait en regardant dehors de voir la lune tressauter de nouveau dans le ciel, et d'être cette fois incapable d'y remédier. Il vaudrait peut-être mieux qu'il aille s'allonger avant qu'elle ne tombe. De l'escalier, il leur souhaita bonne nuit. Sa mère ne s'en rendit pas compte. Son père ne répondit pas.

Quand Lee se réveilla le lendemain matin, son oreiller était trempé de taches de sang séché. Il étudia la chose sans peur ni angoisse. L'odeur était particulièrement intéressante, ça sentait comme les vieilles pièces de monnaie.

Peu après, alors qu'il était sous la douche, il regarda par hasard entre ses pieds et vit qu'un filet d'un brun rougeâtre coulait et tournoyait dans le courant, comme s'il y avait de la rouille dans l'eau. Sauf que ce n'était pas de la rouille. Sans réfléchir, il porta une main à sa tête en se demandant s'il s'était coupé quand il était tombé de la barrière la veille au soir. Il sentit un creux un peu mou du côté droit de son crâne, et quand il le toucha, il reçut une décharge électrique, comme si quelqu'un avait balancé un sèche-cheveux branché dans la douche. L'espace d'un instant, le monde fut une photo en négatif. Quand l'horrible sensation s'estompa, il regarda sa main et vit qu'il y avait du sang sur ses doigts.

Il ne raconta pas à sa mère qu'il s'était cogné la tête, cela ne semblait pas important, et il n'expliqua pas non plus pourquoi il y avait du sang sur son oreiller, même si elle fut horrifiée en voyant le gâchis.

— Regarde-moi ça ! s'exclama-t-elle, plantée au milieu de la cuisine avec l'oreiller à la main. Il est fichu, complètement fichu !

— Laisse tomber, répliqua le père de Lee, qui lisait les pages sportives assis à la table de cuisine, la tête entre les mains.

Pâle, mal rasé, il n'avait pas l'air dans son assiette, pourtant il fit un petit sourire à son fils.

— Le gosse saigne juste du nez, et à t'entendre, on croirait qu'il a tué quelqu'un. Il n'a tué personne. Du moins pour l'instant, ajouta son père en lui faisant un clin d'œil.

38

Lee avait un sourire tout prêt pour Merrin quand elle lui ouvrit la porte.

— Quand j'ai dit à Ig que je devais me rendre à Boston aujourd'hui pour le député, il m'a menacé de mettre un terme à notre longue amitié si je ne t'emmenais pas dîner dans un endroit sympa, lui déclara-t-il, mais elle ne répondit pas à son sourire, le regarda à peine.

Assises sur le canapé, deux filles regardaient à la télé une rediffusion de *Quoi de neuf, docteur ?* avec le volume à fond. C'étaient des Asiatiques comme la colocataire de Merrin. Des cartons étaient entassés à leurs pieds, ou calés entre elles. Quant à la coloc elle-même, juchée sur le bras d'un fauteuil, elle braillait avec entrain dans son portable. Lee n'avait pas grande estime pour les jaunes en général, qu'il considérait comme des sortes d'insectes munis de téléphones, d'appareils photos et de caméras en guise d'appendices ; en revanche il aimait bien le look petite écolière chinoise, avec souliers vernis, chaussettes hautes et jupe plissée. La porte de la chambre de la coloc était ouverte sur un matelas nu encombré de cartons.

Merrin embrassa la scène du regard avec une sorte de désespoir pensif, puis elle revint à Lee.

Dans son vieux jogging informe, elle n'était pas sexy pour un sou, sans maquillage, le cheveu terne, un teint grisâtre d'eau de vaisselle. S'il avait su… Il regrettait déjà d'être venu. Prenant soudain conscience de son sourire crispé, il changea d'expression en cherchant la bonne chose à dire.

— Bon sang, tu n'es toujours pas remise ?

— Non, répondit-elle évasivement. Tu veux qu'on aille sur le toit ? Ce sera moins bruyant.

Il la suivit dans la montée d'escalier. Apparemment, ils n'iraient pas dîner en ville. Merrin sortit deux Heineken du frigo et les emporta avec elle. C'était mieux que rien.

À presque 20 heures, il ne faisait pas encore nuit. On entendait les skateboards taper et rebondir sur l'asphalte. Lee traversa jusqu'au bord du toit pour se pencher et regarder dans la rue. Parmi les ados, deux ou trois étaient sapés d'une cravate et d'une chemise qui n'était boutonnée qu'au col et dont les pans volaient au vent. Lee ne s'était jamais intéressé à ce sport sinon pour le look un peu alternatif qu'il vous donne, un brin dangereux mais sportif quand même. Il n'aimait pas tomber ; rien qu'à cette idée, il sentait un côté de sa tête devenir tout froid et s'engourdir.

Quand Merrin le toucha au creux des reins, un instant, il crut qu'elle allait le pousser du toit, il se vit même pivoter juste à temps pour la saisir à la gorge et l'entraîner dans sa chute. Elle dut voir le choc dans ses yeux, car elle lui sourit pour la première fois et lui offrit l'une des Heineken. Il hocha la tête pour la remercier et tenant la bière d'une main, s'alluma une cigarette de l'autre.

Elle s'assit sur le caisson du climatiseur avec sa bière, mais au lieu d'en boire, elle se mit à passer un doigt sur le goulot mouillé de la cannette, encore et encore. Elle était pieds nus, et il fallait reconnaître qu'ils étaient jolis, ses pieds. En les regardant, il était facile d'imaginer leurs petits orteils roses lui masser gentiment l'entrejambe.

— Je crois que je vais suivre ton conseil, déclara-t-elle.

— Voter républicain ? Ah ! il serait temps.

Elle sourit à nouveau, d'un pâle sourire qui n'avait rien de gai, en regardant ailleurs.

— Quand Ig partira pour l'Angleterre, je lui dirai que j'ai besoin d'une pause dans notre relation. Une sorte de mise à l'épreuve, qui nous permette de fréquenter d'autres gens.

Lee était toujours debout, pourtant c'était comme si le sol avait cédé sous ses pieds.

— Et quand comptes-tu lui balancer ça ?

— À son retour de New York. Je n'ai pas envie de le lui annoncer par téléphone. Ne lui dis rien, Lee. Ne fais pas même une allusion.

— Non, bien sûr que non.

Il était excité, mais savait qu'il ne fallait surtout pas le montrer.

— Tu vas lui conseiller de fréquenter d'autres filles ?

Elle hocha la tête.

— Et toi ?

— Je lui dirai que j'ai envie de nouer une relation avec quelqu'un d'autre, pour voir. Rien de plus. Je lui dirai que quoi qu'il arrive pendant qu'il sera au loin, ça ne comptera pas. Je ne veux pas savoir qui il verra, ni lui rendre des comptes sur ce que je vivrai de mon côté. Je crois que ça… que ça facilitera pas mal de choses.

Elle releva la tête, avec dans les yeux une lueur vaguement amusée. Le vent faisait joliment voler ses cheveux. Elle paraissait moins blême sous le ciel mauve de la fin du jour.

— Je me sens déjà coupable, tu sais, conclut-elle.

— Eh bien il ne faut pas, lui assura-t-il. Écoute, dans six mois, vous saurez si vous vous aimez vraiment, et vous aurez envie de vous remettre ensemble pour de bon.

— Non, dit-elle en secouant la tête. Je… Je pense que ce ne sera pas juste temporaire. Il y a certaines choses que j'ai apprises sur moi cet été, des choses que je sais, qui ont changé ce que je ressens à propos de ma relation avec Ig. Je sais que je ne pourrai pas me marier avec lui. Quand il aura passé un moment en Angleterre et qu'il aura eu le temps de rencontrer quelqu'un, je romprai pour de bon.

— Dieu du ciel, murmura Lee doucement.

Il se répéta dans sa tête : « Il y a certaines choses que j'ai apprises sur moi cet été », se rappelant comment c'était dans la cuisine, quand il avait sa jambe entre les siennes, sa main sur sa hanche, et qu'il sentait le souffle doux de Merrin dans son oreille.

— Il y a deux semaines à peine, tu me parlais des prénoms que vous alliez donner à vos enfants, remarqua-t-il.

— Ouais. Mais il y a des choses dont je suis certaine à présent. Je sais que je n'aurai jamais d'enfants avec lui, affirma-t-elle, apparemment plus calme, plus détendue. C'est là que tu entres en scène pour prendre la défense de ton meilleur ami et me persuader de renoncer à ma décision. Tu es fâché contre moi ?

— Non.

— Je baisse dans ton estime ?

— Tu baisserais dans mon estime si tu faisais semblant de vouloir rester avec Ig alors que tu sais au fond de ton cœur qu'il n'y a pas d'avenir pour vous deux.

— C'est ça. C'est exactement ça. Et je veux qu'Ig connaisse d'autres femmes, qu'il en fréquente d'autres, qu'il soit heureux. Si je sais qu'il est heureux, il me sera plus facile d'avancer.

— Seigneur ! Vous êtes ensemble depuis toujours.

Sa main tremblait presque quand il secoua son paquet pour en faire sortir une autre cigarette. Dans une semaine, Ig serait parti et elle serait seule, et elle pourrait s'envoyer en l'air avec qui bon lui semblerait sans qu'il en sache rien.

Elle désigna le paquet de cigarettes.

— Tu m'en offres une ?

— Sérieux ? Je croyais que tu voulais que j'arrête.

— Ig veut que tu arrêtes. Moi, ça m'a toujours tenté, ne serait-ce que par curiosité, mais… tu sais, je me disais qu'Ig désapprouverait. Je suppose que je peux me le permettre, maintenant… Tu voudras bien m'apprendre à fumer, Lee ? demanda-t-elle en frottant ses mains sur ses genoux.

— Bien sûr.

Dans la rue, il y eut un fracas, suivi d'un cri à la fois approbateur et consterné. Un skater avait dû risquer une figure difficile et mal retomber en cassant sa planche. Elle regarda par-dessus le bord du toit.

— J'aurais bien aimé apprendre à faire du skateboard, aussi.

— C'est un sport pour ados attardés, répliqua Lee. Rien de tel pour se rompre le cou.

— Ce n'est pas ça qui me retiendrait, rétorqua-t-elle et, se tournant vers lui, elle se dressa sur la pointe des pieds pour poser un baiser au coin de sa bouche. Merci de m'avoir expliqué certaines choses, Lee. Je t'en suis reconnaissante.

Son débardeur lui moulait les seins, et ses mamelons durcis par l'air frais de la nuit pointaient à travers le tissu. Il songea à poser les mains sur ses hanches. S'ils commençaient dès ce soir par une petite séance de pelotage ? Mais alors la porte du toit s'ouvrit en grand. C'était la colocataire, qui les regarda d'un drôle d'air en mâchant son chewing-gum.

— Williams, appela-t-elle, ton petit ami est au téléphone. Je suppose qu'aujourd'hui, lui et ses potes d'Amnesty International se sont torturés mutuellement pour voir comment ça fait. Il est tout excité, et il veut te faire un rapport complet. À l'entendre, il a décroché un super boulot. Mais je vous dérange, peut-être ?

— Non, dit Merrin, et elle ajouta à voix basse en se tournant vers lui : elle pense que tu fais partie des mauvais garçons. Bien vu, non ? Bon, il faut que j'aille parler avec Ig. On remet ça à une autre fois pour le dîner, d'ac ?

— Est-ce que tu vas lui parler de… de ce qu'on s'est dit, toi et moi ?

— Ça va pas ? Je sais garder un secret, Lee.

— D'accord, dit-il, la bouche sèche tant il avait envie d'elle.

— Je peux avoir une clope ? lança l'autre gouinasse en s'approchant d'eux.

— Bien sûr, répondit Lee.

Merrin lui fit un petit signe de la main, traversa le toit, et disparut.

Lee secoua son paquet de Winston et donna du feu à la coloc.

— Alors tu pars pour San Diego ?

— Ouais. J'emménage avec une copine de lycée. Ça va être cool. Elle a la Wii et tout ce qu'il faut.

— Ta vieille copine de lycée jouera-t-elle aussi au morpion, ou bien est-ce que tu devras t'occuper toi-même de laver ton linge ?

La chinetoque le dévisagea en plissant les yeux, puis elle chassa le voile de fumée qui les séparait de sa main grassouillette.

— Qu'est-ce que tu racontes ? demanda-t-elle.

— Tu sais, ce jeu où on fait des croix sur un papier quadrillé jusqu'à ce que l'un des deux joueurs réussisse à tirer un trait sur cinq croix ? Tu y jouais bien avec Merrin pour voir qui se taperait la corvée de linge, non ?

— Ah ouais ? dit la fille.

39

Tout baignait dans l'étrange lueur rouge de l'enseigne au néon dressée au-dessus de *L'Enfer*. Même la pluie semblait rouge à travers la brume nocturne. De son bon œil, il fouillait le parking à sa recherche, et elle apparut soudain, sous un arbre.

— Elle est là, juste là, lui indiqua Terry, mais Lee se garait déjà.

Merrin lui avait dit qu'elle aurait peut-être besoin qu'on la raccompagne chez elle, si Ig était très en colère suite à leur fameuse discussion. Lee avait promis de faire un saut au pub pour vérifier, ce à quoi elle avait répondu que ce n'était pas la peine tout en souriant avec gratitude, de sorte qu'il avait su qu'en fait, elle désirait qu'il passe. Le truc avec Merrin, c'était que ses propos n'étaient pas toujours le reflet de ses pensées ni de ses intentions, ils étaient même parfois à l'opposé.

En la voyant dans ses vêtements trempés qui lui collaient à la peau, les yeux rougis de larmes, Lee sentit son ventre se nouer tant l'idée qu'elle était là, dehors, à l'attendre, l'excitait. La discussion avait mal tourné, Ig avait dit des choses terribles, il avait fini par la jeter, et plus rien ne les retenait dorénavant ; peut-être même que quand il lui proposerait d'aller chez lui, elle dirait oui, d'une petite voix soumise, consentante. Comme il ralentissait, elle le vit, leva la main, et s'empressa d'avancer vers la voiture. Lee regrettait de ne pas avoir raccompagné Terry chez ses parents avant de venir ici, il voulait l'avoir pour lui seul. S'il n'y avait eu qu'eux dans la voiture, elle se serait penchée dans ses vêtements mouillés en quête de chaleur et de réconfort, et il aurait passé un bras autour de ses épaules pour la serrer contre lui, peut-être en profiter pour glisser une main dans son corsage.

Lee voulait qu'elle monte à l'avant et il se tourna pour le dire à Terry, mais Terry s'était déjà hissé à moitié par-dessus le siège pour passer à l'arrière. Il s'était tellement défoncé les deux dernières heures qu'il se mouvait avec la grâce d'un éléphant sous sédatif. En avançant la main pour ouvrir la portière à Merrin, Lee lui fila un coup de coude pour le presser un peu. Terry tomba à la renverse et Lee entendit le clong que fit sa tête en heurtant la boîte à outils qui était restée ouverte au pied de la banquette arrière.

Merrin monta dans la voiture en écartant ses cheveux dégoulinants de pluie. En voyant son visage enfantin en forme de cœur tout mouillé et transi, Lee eut envie de lui caresser la joue. Sous le corsage trempé on devinait son soutien-gorge imprimé de petites fleurs roses. Obéissant à un besoin irrésistible de la toucher, Lee avança la main sans même s'en rendre compte. Mais alors son regard se posa sur le gros joint que Terry avait laissé sur le siège passager, et il le prit subrepticement pour le cacher dans sa paume.

Ce fut Merrin qui le toucha, elle effleura son poignet de ses doigts glacés et il frissonna.

— Merci d'être passés me prendre, dit-elle. Vous me sauvez la vie.

— Et Ig, où est-il ? demanda Terry d'une voix pâteuse, gâchant la magie de l'instant.

Lee le regarda dans le rétroviseur. Courbé en avant, l'œil vague, Terry avait une main appuyée contre sa tempe.

— Je... je ne sais pas. Il est parti, répondit Merrin, et elle se plia en deux en s'enfonçant un poing dans le ventre, comme si le seul fait de penser à Ig lui causait une douleur physique.

— Tu lui as dit ? demanda Lee.

Merrin tourna la tête pour regarder vers le pub, mais Lee vit son reflet dans la vitre, il vit son menton se plisser tandis qu'elle s'efforçait de retenir ses larmes. Elle tremblait sans pouvoir s'arrêter, au point que ses genoux s'entrechoquaient.

— Comment a-t-il pris la chose ? demanda Lee malgré lui, mais Merrin secoua vivement la tête en lançant un « Si on y allait ? », de sorte que Lee regagna la route sans insister, en repartant par là où ils étaient venus.

Le reste de la soirée se déroulait dans son esprit par étapes, avec ordre et méthode : déposer Terry chez ses parents, puis ramener Merrin chez lui sans lui demander son avis, en lui disant qu'elle avait besoin de se changer et de prendre une douche, du même ton péremptoire qu'elle avait employé le matin où sa mère était morte. Sauf que quand il lui apporterait un verre, il écarterait gentiment le rideau pour la regarder sous la douche et lui serait déjà à poil.

— Hé, petite, tu veux mon veston ? proposa Terry.

Lee l'avait presque oublié tant affluaient dans sa tête les images de Merrin sous la douche. Il lui jeta un regard mauvais dans le rétroviseur, soudain traversé d'un courant de haine pour ce beau parleur drôle, célèbre, séduisant, qui n'était au fond qu'un gros bêta, mais qui avait su exploiter un petit talent, les relations de sa famille et la renommée de son père pour se remplir les poches et se taper les plus belles nanas de la planète. Maintenant, le robinet de la fortune coulait à flot pour lui, et ça valait le coup d'essayer d'en faire rejaillir un peu sur le député. Mais en vérité, Lee n'avait jamais beaucoup aimé cette grande gueule qui cherchait toujours à épater la galerie et qui l'avait humilié devant Glenna Nicholson le jour où ils s'étaient rencontrés. Voilà maintenant qu'il faisait du charme à la petite amie de son frère alors qu'ils venaient tout juste de rompre, comme si ça lui revenait de droit. Écœuré, Lee éteignit la climatisation en s'en voulant de ne pas y avoir pensé plus tôt.

— Ça va, bredouilla Merrin, mais Terry lui tendait déjà son veston. Merci Terry, dit-elle, d'un ton si reconnaissant, si avide d'affection que Lee eut envie de lui en retourner une.

Merrin avait des qualités, mais au fond, elle était comme toutes les autres femmes – l'argent et le statut social la faisaient baver. Sans la fortune et la renommée, Lee doutait qu'elle aurait prêté attention à ce pauvre diable qu'était en réalité Ig Perrish.

— Tu… tu dois penser que…, bredouilla Merrin.

— Je ne pense rien du tout, alors relax, répondit Terry.

— Ig…

— Je suis sûr qu'il va bien. Ne t'inquiète pas.

Elle tremblait toujours comme une feuille, c'était même un peu excitant, de voir ses seins frissonner sous l'étoffe mouillée du corsage, mais elle pivota vers le siège arrière et avança la main.

Quand elle la retira, Lee vit qu'il y avait du sang sur ses doigts.

— Ça va ? demanda-t-elle à Terry. Il faudrait te faire un pansement.

— Ne t'en fais pas pour ça, répondit Terry, et Lee eut envie de lui en retourner une à lui aussi.

À défaut, il accéléra à fond tant il avait hâte de larguer Terry au plus vite.

La Cadillac filait sur la route mouillée en rebondissant et en oscillant dans les virages. Merrin s'emmitoufla dans le veston de Terry, grelottante, les yeux brillants et hagards sous la masse de ses cheveux rouges collés, emmêlés, qui ressemblaient à de la paille humide. Soudain, elle tendit le bras, toute raide, et s'appuya d'une main au tableau de bord, comme si elle craignait qu'ils sortent de la route.

— Merrin ? Tu te sens mal ?

Elle secoua la tête.

— Non. Oui. Je… s'il te plaît Lee, gare-toi. Gare-toi ici, dit-elle d'une voix ténue que la tension faisait vibrer.

Quand il lui jeta à nouveau un coup d'œil, il vit qu'elle était sur le point de vomir. Elle va gerber dans ma Cadillac, se dit Lee, révulsé. Ce qu'il avait préféré dans la maladie de sa mère et sa mort subséquente, c'était d'entrer enfin en possession de la Cadillac, et si Merrin dégueulait dedans, il serait fou de rage. On a beau faire, on ne peut jamais se débarrasser de l'odeur du vomi.

La nuit lui glissait des mains, elle échappait à son contrôle en se racornissant.

Il vit l'embranchement qui menait à la vieille fonderie sur la droite, et il quitta la route pour le prendre, en roulant encore trop vite. Le pneu avant droit mordit dans la poussière du bas-côté en faisant brusquement dévier l'arrière du véhicule, un style de conduite contre-indiqué quand on a une passagère malade à son bord. Décélérant toujours, il remonta en cahotant le sentier coupe-feu plein d'ornières. Les broussailles fouettaient les flancs de la Cadillac et des pierres rebondissaient contre le dessous. Une chaîne tirée en travers de la route apparut soudain à la lueur des phares. Lee freina sans à-coups pour ralentir progressivement et la voiture stoppa en gémissant, le nez contre la chaîne.

Merrin ouvrit la portière, et fut aussitôt prise d'un violent hoquet accompagné d'un son rauque, comme une toux grailleuse. Lee aussi tremblait presque, mais c'était d'exaspération, et il s'efforça au calme. S'il voulait l'attirer jusque chez lui pour la rejoindre sous la douche, il fallait mettre des gants, l'y amener pas à pas, en douceur. Il en était capable, mais pour cela, il devait garder le contrôle, autant sur lui-même que sur la nuit qui défaillait. Tout était encore possible, il n'y avait rien de définitif ni d'irréparable dans ce qui s'était passé.

Il descendit de la Cadillac et la contourna, sous les grosses gouttes de pluie qui trempèrent le dos et les épaules de sa chemise. Merrin était assise de biais, à moitié dehors, à moitié dans la voiture, les pieds posés sur le chemin, la tête entre les genoux. L'orage se retirait, la pluie gouttait tranquillement des feuillages qui se rejoignaient au-dessus du sentier.

— Comment ça va ? lui demanda-t-il et, la voyant hocher la tête, il continua. On va raccompagner Terry, et puis tu viendras chez moi, je te préparerai un remontant, et tu pourras me raconter ce qui s'est passé. Ensuite tu te sentiras mieux.

— Non. Non merci. Pour le moment j'ai juste envie d'être seule. J'ai besoin de réfléchir.

— Il ne faut pas que tu restes seule cette nuit, dans l'état où tu es. Ce serait la pire des choses à faire. Et puis tu dois venir chez moi ! J'ai réparé ta croix. Je veux te la passer autour du cou.

— Non, Lee. Je veux juste rentrer chez moi me changer et rester seule.

C'était bien d'elle de croire que tout lui était dû, qu'elle pouvait lui demander des services comme de venir la chercher au pub et puis le repousser indéfiniment, sans rien donner en retour, songea-t-il avec aigreur, puis il se domina. En la voyant toute grelottante dans sa jupe et son corsage trempés, il gagna l'arrière de la voiture, ouvrit le coffre et en sortit son sac de gym.

— Tiens, il y a des vêtements propres là-dedans, une chemise, un pantalon, dit-il en le lui tendant. Ils te tiendront chaud.

Elle hésita, puis prit le sac par la bandoulière et se leva en le remerciant sans croiser son regard. Mais au lieu de lâcher le sac, il résista pour la retenir un instant.

— Il fallait le faire, tu sais. C'était de la folie, de croire que vous pouviez, que l'un ou l'autre vous pouviez…

— Je veux juste aller me changer, d'accord ? fit-elle en lui prenant le sac des mains, puis elle tourna le dos et s'éloigna d'un pas raide, dans sa jupe qui collait à ses cuisses.

Quand elle passa dans la lueur des phares, il vit à travers son corsage comme à travers du papier de riz. Elle contourna la chaîne et remonta le sentier en s'enfonçant dans la nuit. Mais avant de disparaître, elle tourna la tête et lui lança un drôle de regard, qui semblait poser une question, ou l'inviter à la suivre. Puis elle disparut.

Lee s'alluma une cigarette et la fuma, planté à côté de la voiture, en se demandant s'il ferait bien de la rejoindre dans les bois, en présence de Terry. Alors il jeta un coup d'œil dans la voiture et vit Terry allongé sur la banquette arrière, un bras jeté en travers des yeux. Il s'était salement amoché, il avait un gros gnon ensanglanté sur la tempe, lui qui s'était déjà complètement défoncé la tête. C'était drôle de se retrouver ici, à la vieille fonderie, là où Lee l'avait rencontré pour la première fois, le jour où Terry avait fait exploser la dinde avec Eric Hannity. Il se rappela le joint de Terry et le tâta au fond de sa poche. Peut-être qu'une ou deux taffes feraient du bien à Merrin, que ça lui remettrait l'estomac en place et qu'elle tremblerait moins.

Il observa Terry un petit moment, mais voyant qu'il ne bougeait pas, il jeta son mégot de cigarette dans l'herbe mouillée et partit à la recherche de Merrin. Après un petit virage, le chemin remontait une colline. Tout en haut se dressait la vieille fonderie, sur un ciel chargé de nuages noirs. Avec sa cheminée, on aurait dit une usine construite pour produire des cauchemars à la chaîne. L'herbe mouillée luisait et ondulait dans le vent. Peut-être que Merrin était montée jusqu'à cette espèce de donjon en briques noircies tout rempli d'ombres pour s'y changer, mais alors il l'entendit l'appeler sur la gauche.

— Lee, souffla-t-elle, et il la vit plantée à cinq ou six mètres du chemin, sous un arbre mort à l'écorce pelée.

Elle avait enfilé le pantalon de jogging gris et serrait le haut contre sa poitrine nue. Cette apparition lui fit un choc. C'était comme un fantasme auquel on songe en se masturbant par un aprèsmidi indolent : Merrin l'œil hagard, à moitié nue et frissonnante, l'attendant au milieu des bois. Une image d'un érotisme fou, et bien réelle cette fois.

Le sac de gym était à ses pieds, et elle avait plié ses vêtements trempés en un tas sur lequel elle avait posé ses hauts talons. Un bout de tissu était fourré dans l'une des chaussures, on aurait dit une cravate pliée. C'était une vraie manie chez elle, de plier et replier tout ce qui lui tombait sous la main. Lee avait parfois l'impression qu'elle l'avait lui-même plié au fil des ans, en deux puis en quatre, puis en huit, en le rapetissant toujours un peu plus.

— Il n'y a pas de vêtements de rechange dans ton sac, nota-t-elle. Juste un survêtement.

— C'est vrai, reconnut-il en se rapprochant d'elle. J'avais oublié.

— Merde, s'exclama-t-elle. Bon ben, passe-moi ta chemise.

— Quoi, tu veux que je me foute à poil ?

Elle essaya de sourire, mais un soupir d'impatience lui échappa.

— Lee… Je regrette mais… je ne suis pas d'humeur.

— Non. Ça se comprend. Hé, j'ai de l'herbe si tu as vraiment besoin de te détendre, fit-il en lui tendant le joint, et il lui sourit d'un air engageant. Allons chez moi. Si tu n'es pas d'humeur ce soir, ce sera pour une autre fois.

— Qu'est-ce que tu me chantes ? Je voulais dire que je ne suis pas d'humeur à plaisanter. Et toi, à quoi pensais-tu ?

Il se pencha et l'embrassa. Ses lèvres étaient froides et mouillées.

Elle tressaillit, recula d'un pas avec stupeur. Le haut de survêtement glissa, et elle le rattrapa pour s'en couvrir comme d'un bouclier.

— Qu'est-ce que tu fais ?

— Je veux juste que tu te sentes mieux. Si tu es malheureuse, c'est en partie à cause de moi.

— Mais non, tu n'y es pour rien, objecta-t-elle en le regardant avec de grands yeux, puis il vit à son air qu'elle commençait à comprendre.

On aurait vraiment dit une gosse. C'était facile d'imaginer qu'elle avait non pas vingt-quatre ans, mais seize, et qu'elle était encore vierge.

— Je n'ai pas rompu avec Ig à cause de toi. Tu n'as rien à voir là-dedans, déclara-t-elle.

— Sauf que maintenant, on peut être ensemble. C'était quand même le but, non ?

Elle recula encore en vacillant et ouvrit grand la bouche, comme pour crier. L'idée qu'elle puisse se mettre à crier l'alarma, et il eut envie de s'avancer pour lui plaquer une main sur la bouche, mais non, elle ne cria pas. Elle rit, d'un rire incrédule et crispé. Lee grimaça ; un instant ce fut comme si sa mère sénile était là à se moquer de lui : « tu devrais demander qu'on te rembourse ».

— Bon Dieu… Écoute Lee, ce n'est vraiment pas le moment de faire ce genre de vanne merdique.

— Je suis d'accord, acquiesça Lee.

Elle le scruta, et son sourire troublé se transforma en une moue de dégoût.

— C'est ce que tu penses ? Que j'ai rompu avec lui… pour pouvoir baiser avec toi ? Tu es son ami. Mon ami. Tu ne comprends donc rien ?

Il avança, tendit la main vers son épaule, mais elle le repoussa. Surpris par sa réaction, il se prit le pied dans une racine, trébucha et tomba à la renverse pour se retrouver le cul par terre, sur le sol dur et détrempé.

Lee leva les yeux vers elle et sentit quelque chose monter en lui, une sorte de grondement de plus en plus fort, comme celui d'un métro arrivant par un tunnel. Il ne la haïssait pas à cause de ce qu'elle lui disait, même s'il y avait de quoi, car elle l'avait mené par le bout du nez pendant des mois, des années en réalité, pour finir par le tourner en ridicule parce qu'il la désirait. Ce qu'il haïssait surtout, c'était son expression. Ce rictus de dégoût, cette lèvre retroussée sur de petites dents pointues.

— Alors de quoi a-t-on parlé tous ces derniers temps ? demanda Lee patiemment, se sachant ridicule, toujours assis sur la terre mouillée. Je croyais que tu voulais baiser avec d'autres mecs. Que tu avais découvert certaines choses sur toi-même et ce que tu éprouvais vraiment. Des choses me concernant. Et que tu agissais en conséquence.

— Mon Dieu, dit-elle. Mon Dieu, Lee.

— En m'invitant à te rejoindre pour aller dîner. En m'envoyant des petits messages cochons sur une blonde platine imaginaire. En m'appelant à toute heure du jour et de la nuit pour vérifier ce que je faisais, comment j'allais.

S'apprêtant à se lever, il s'appuya sur les vêtements pliés en tas.

— Je me faisais du souci pour toi, crétin, répliqua-t-elle. Ta mère venait juste de mourir.

— Tu me prends pour un con ? Le matin où elle est morte, tu m'as sauté dessus, tu t'es frottée contre moi comme une chatte en chaleur, alors qu'elle reposait dans la pièce à côté.

— Quoi ? s'écria-t-elle d'une voix suraiguë.

Elle faisait trop de bruit. Terry risquait d'entendre, de se demander pourquoi ils se disputaient. La main de Lee se referma sur la cravate fourrée dans la chaussure, et il la serra dans son poing tout en se relevant tandis que Merrin continuait.

— Tu parles du moment où je t'ai serré dans mes bras, quand tu as commencé à me peloter parce que tu étais bourré ? J'ai laissé courir parce que tu étais visiblement perturbé, Lee, et c'est tout. C'est tout.

Voilà qu'elle se remettait à pleurer. Elle se cacha les yeux d'une main, le menton tremblotant. De l'autre, elle tenait toujours le haut de survêtement contre sa poitrine.

— C'est n'importe quoi, poursuivit-elle. Comment as-tu pu t'imaginer que je rompais avec Ig pour pouvoir coucher avec toi ? Plutôt mourir, Lee. Plutôt mourir.

— Tu vas être servie, salope, dit-il.

Il lui arracha le blouson des mains, le jeta par terre, et lui passa la cravate autour du cou.

40

Après qu'il l'eut frappée avec une pierre, Merrin cessa de se débattre. Il put faire ce qu'il voulait, et il relâcha la cravate qu'il serrait autour de sa gorge. Son visage était tourné sur le côté, elle avait les yeux révulsés, et ses paupières palpitaient étrangement. Un filet de sang coulait de la naissance de ses cheveux sur sa figure maculée de boue.

Il croyait qu'elle était trop dans les vapes pour réagir, qu'elle resterait comme ça, complètement passive, tout le temps qu'il la baiserait, mais soudain elle parla, d'une drôle de voix, qui semblait venir de très loin.

— Ça va bien, dit-elle.

— Ouais ? demanda-t-il en y allant plus fort, parce que c'était le seul moyen de ne pas débander.

Ce n'était pas aussi bon qu'il l'avait pensé. Elle était sèche.

— Tu aimes ?

Mais il s'était encore gouré. Elle ne parlait pas de ce qu'elle ressentait.

— Je me suis sauvée, déclara-t-elle.

Lee n'en tint pas compte, il continua ses coups de boutoir.

Renversant un peu la tête, Merrin contempla l'immense voûte de feuillage au-dessus d'eux.

— Je suis montée à l'arbre et je me suis échappée, poursuivit-elle. J'ai fini par trouver comment y revenir, Ig. Je vais bien. Ici, je suis en sécurité.

Lee leva les yeux vers les branches et les feuillages frémissants, mais il n'y avait rien là-haut. Il ne comprenait rien à ce qu'elle disait, d'ailleurs il s'en fichait éperdument. Quand il revint à elle, quelque chose avait fui de ses yeux, et elle n'ouvrit plus la bouche. Tant mieux, parce qu'il en avait vraiment marre de l'entendre, marre de ses conneries.

L'ÉVANGILE SELON MICK ET KEITH

41

Il était tôt quand Ig quitta la fonderie après avoir récupéré sa fourche pour redescendre, toujours nu, à la rivière. Il entra dans l'eau jusqu'aux genoux et y resta sans bouger tandis que le soleil montait dans un ciel sans nuages en baignant ses épaules d'une lumière tiède.

Au bout d'un temps indéterminé, il repéra une truite brune, à un mètre environ de sa jambe gauche. Elle faisait du surplace en remuant la queue au-dessus du fond sableux, en arrêt devant le pied d'Ig, comme fascinée. Tel Poséidon armé de son trident, il brandit sa fourche, fit pivoter le manche dans sa main, et frappa. Elle atteignit sa cible du premier coup, comme s'il était passé maître dans cet art à force de s'exercer. En fait, ce n'était pas très différent du lancer du javelot, une discipline qu'il enseignait au camp Galilée.

Ig fit cuire la truite sur la berge de la rivière en soufflant dessus, tout simplement. Il n'était pas encore capable de cracher des flammes comme un dragon, mais cela viendrait en son temps, supposait-il. Le souffle qui sortait de ses poumons était assez chaud et puissant pour que le poisson dore comme sur un gril et que ses yeux prennent la couleur d'un jaune d'œuf.

C'était facile, il lui suffisait de se concentrer sur un sentiment de haine si intense qu'il en devenait presque voluptueux. La plupart du temps, c'était sur ce qu'il avait vu dans la tête de Lee Tourneau, Lee faisant rôtir sa mère à petit feu sur son lit de mort comme dans un four, Lee serrant la cravate autour de la gorge de Merrin pour l'empêcher de crier. Alors sa tête s'emplissait de ces images, et c'était comme si sa bouche elle-même était pleine d'un acide brûlant, toxique, qu'il fallait recracher.

Quand il eut mangé, il revint à la rivière pour se laver de l'odeur poisseuse de la truite. Des serpents d'eau glissaient autour de ses chevilles. Il plongea entièrement dans l'eau fraîche et en émergea, tout dégoulinant. Puis, clignant des paupières, il contempla son reflet sur la rivière. Était-ce dû à un jeu de lumière sur l'eau mouvante ? En tout cas, ses cornes semblaient plus larges, plus épaisses à la base, et leurs pointes se recourbaient vers l'intérieur comme si elles allaient se rejoindre au-dessus de son crâne. Sa peau avait pris en cuisant une nuance d'un rouge profond. Son corps était aussi souple que celui d'une otarie, son crâne aussi lisse qu'une poignée de porte. Pour quelque mystérieuse raison, il lui restait son bouc, seul vestige de son système pileux.

Il tourna la tête de-ci de-là en considérant son profil, et se prit pour l'incarnation même d'Asmodée, ce jeune démon dissolu et romantique en diable.

Son reflet tourna la tête à son tour pour le considérer d'un air entendu.

— Que fais-tu à pêcher ici ? dit le diable dans l'eau. N'es-tu pas pêcheur d'hommes ?

— Le genre de pêche où on les attrape pour ensuite les relâcher ? demanda Ig.

Son reflet se tordit de rire, un rire rauque, convulsif, qui partit comme une pétarade. Ig leva la tête et vit qu'en fait, c'était le croassement d'un corbeau, qui s'envola au même instant de Coffin Rock pour raser la rivière. En lissant sa petite barbe de comploteur, Ig tendit l'oreille pour écouter les bois et le silence qui s'ensuivit. Alors il perçut un autre son, celui de voix qui remontaient de la rivière vers lui. Peu après, au loin, venant de la même direction, retentit un bref coup de sirène de police.

Ig remonta la colline pour s'habiller. Tout ce qu'il avait emporté avec lui en venant à la fonderie avait brûlé dans la Gremlin. Mais il se rappela les vieilles hardes moisies qu'il avait vues pendre aux branches du chêne, en haut de la piste Evel Knievel : un pardessus noir taché à la doublure déchirée, une unique chaussette noire, et une jupe en dentelles bleue qu'on aurait dit sortie d'une vidéo de Madonna du début des années 1980. Ig décrocha le tout. Il se souvint alors d'un verset du Deutéronome : « Un homme ne mettra point des vêtements de femme, car quiconque fait ces choses est en abomination à l'Éternel, ton Dieu. » Et comme il prenait au sérieux ses responsabilités d'apprenti démon, il enfila la jupe et la remonta sur ses hanches. Tant qu'à faire, autant aller jusqu'au bout. Il enfila aussi l'unique chaussette, car la jupe était courte, et cela le gênait un peu. Il termina par le pardessus noir raide de crasse, avec sa doublure imperméable déchirée.

Puis il se mit en route, traînant la fourche dans la poussière, les fesses à l'air sous la jupe en dentelles bleue qui voletait sur ses cuisses. Il n'avait pas encore atteint la lisière des arbres, quand il aperçut un éclair doré sur sa droite, dans l'herbe. Il chercha d'où il venait et le vit encore clignoter dans les herbes hautes telle une petite étincelle émettant un message aussi simple qu'urgent : c'est ici, espèce de crétin, regarde. La croix de Merrin gisait là, dans l'herbe, et il se pencha pour la ramasser. Elle était tiède d'avoir chauffé au soleil toute la matinée, et striée d'infimes zébrures sur toute sa surface. Il la porta à sa bouche puis à son nez, avec l'espoir qu'elle garderait encore l'odeur de Merrin, mais elle ne sentait rien. Le fermoir était à nouveau cassé. Il souffla doucement dessus pour ramollir le métal, et se servit de ses ongles pointus pour redresser la petite boucle en or. Puis il se passa la chaîne autour du cou, et la referma. Allait-elle devenir brûlante, comme chauffée à blanc, et s'enfoncer en grésillant dans la chair rouge de sa poitrine pour y laisser une cloque noire en forme de croix ? Non, elle prit sa place et reposa, légère, sur sa peau. D'ailleurs comment une chose qui avait appartenu à Merrin aurait-elle pu lui faire du mal ? Ig inspira une longue bouffée d'air matinal et continua son chemin.

La voiture avait été retrouvée. Elle avait suivi le courant jusqu'à la barre de rivière sous le pont de l'ancienne foire, là où les jeunes du coin allumaient leur feu de joie annuel pour fêter la fin de l'été. On aurait dit que la Gremlin avait essayé de se sortir de l'eau toute seule, ses pneus avant s'étaient enlisés dans le sable meuble, tandis que l'arrière restait immergé. Deux ou trois voitures de police et une dépanneuse avaient elles-mêmes avancé un peu sur la berge sableuse pour la rejoindre. Il y avait d'autres véhicules garés en désordre sous le pont, sous l'appontage en gravier ; des voitures de patrouille, mais aussi celles de péquenauds qui s'étaient arrêtés par curiosité. D'autres encore s'étaient garés sur le pont lui-même, et les badauds s'alignaient le long de la rambarde pour regarder en bas. Les antennes-radios des policiers crépitaient et crachotaient.

La Gremlin était méconnaissable, ce n'était plus qu'une carcasse noircie dont la peinture avait complètement disparu. Un flic en cuissardes ouvrit la portière passager et l'eau en jaillit en projetant sur le sable un poisson lune égaré là, dont les écailles irisées brillèrent dans le soleil de fin de matinée. Le flic en bottes de caoutchouc l'envoya valser dans l'eau, et le poisson fila dare-dare vers des lieux plus cléments.

Quelques flics en civil regroupés sur la barre de rivière buvaient du café et rigolaient, sans prêter attention à la voiture. Portées par l'air limpide du matin, des bribes de conversation lui parvinrent.

— C'est quoi cette bagnole à ton avis ? Une Civic ?

— Je sais pas. Un vieux machin, en tout cas.

— Sans doute un môme qui aura décidé de faire un feu de joie avec deux jours d'avance.

Il se dégageait d'eux une bonne humeur estivale, virile, détendue. Quand la dépanneuse démarra et se mit à avancer pour hisser la Gremlin, l'eau jaillit par l'ouverture des vitres arrière, qui avaient explosé. À l'arrière, la plaque d'immatriculation avait été ôtée. Sans doute que celle de l'avant manquait aussi. Lee avait pris la précaution de les enlever avant de fourrer Ig dans la voiture. Pour l'instant, la police était donc dans un flou complet quant à l'origine du véhicule et de son propriétaire.

Ig se fraya un chemin à travers les arbres pour finir par se poster sur des rochers au-dessus d'un à-pic afin d'observer la barre de rivière à travers les pins, à une vingtaine de mètres de distance. Ce ne fut qu'en entendant rigoler doucement juste en dessous qu'il regarda en bas. Se penchant dans le vide, il découvrit alors Sturtz et Posada. Ils étaient en uniforme, et chacun tenait la bite de l'autre pendant qu'ils pissaient dans les buissons. Quand il les vit se rouler un palot, Ig dut se rattraper à un arbrisseau pour ne pas tomber des rochers et dégringoler sur eux. Il rampa à reculons pour se mettre à l'abri.

— Sturtz ! Posada ! Où êtes-vous passés, bordel ? On a besoin de poster quelqu'un sur le pont ! cria l'un des flics.

Ig se pencha à nouveau pour jeter un coup d'œil et il les vit qui s'en allaient. Lui qui avait voulu les dresser l'un contre l'autre, les voilà qui filaient le parfait amour ; Ig n'en était pas autrement surpris. On peut toujours compter sur le péché pour révéler ce qui est le plus humain chez quelqu'un, le meilleur comme le pire. Peut-être était-ce là le précepte le plus ancien du démon. Il les entendit chuchoter, se rajuster en rigolant, puis ils rejoignirent les autres.

Ig monta un peu plus haut pour avoir une meilleure vue autant de la barre de rivière que du pont, et ce fut alors qu'il reconnut Dale Williams. Le père de Merrin était accoudé à la rambarde, en chemise rayée à manches courtes, parmi d'autres badauds, et il fixait avec stupeur la voiture carbonisée, comme hébété. Si les flics n'avaient aucun indice leur permettant d'identifier le véhicule, Dale l'avait sûrement reconnu au premier coup d'œil. Pour en avoir vendu pendant vingt ans, il s'y connaissait en bagnoles, mais surtout, il connaissait cette voiture en particulier. Car non seulement il l'avait vendue à Ig, mais il l'avait aidé à la réparer et l'avait vue dans l'allée qui menait chez lui presque tous les soirs depuis six ans. Qu'éprouvait-il maintenant, en regardant du pont la carcasse noircie de la Gremlin, lui qui croyait que sa fille y était montée pour sa dernière promenade ?

Des véhicules étaient garés le long du pont et sur les côtés de la route à chaque extrémité de la travée. Dale se trouvait à la pointe est du pont. Ig se mit à traverser la colline en diagonale sous les arbres en direction de la route.

Dale aussi bougea. Longtemps, il était resté immobile à regarder l'épave dont l'eau s'écoulait. Mais en voyant un flic, Sturtz en l'occurrence, monter la colline pour aller surveiller la foule massée sur le pont, il sortit enfin de sa stupeur et se faufila entre les gens pour quitter le pont d'une démarche pesante, maladroite.

Quand Ig atteignit le bas-côté de la route, il repéra le véhicule de Dale, un break BMW bleu, qui portait l'enseigne du garage. Il était garé à l'ombre d'un bosquet de pins, sur la rampe de sécurité. Ig sortit des bois en marchant d'un pas vif et grimpa à l'arrière du break. Il ferma la portière derrière lui et s'assit là, sa fourche posée en travers des genoux.

Les vitres étaient teintées, mais de toute façon, Dale était pressé, et il monta en voiture sans jeter un regard vers l'arrière. Il n'avait pas envie qu'on le voie traîner par ici et ça se comprenait. Si on avait dressé la liste des habitants de Gideon qui avaient le plus envie de voir Ig Perrish brûler vif, Dale y aurait figuré à coup sûr dans les cinq premiers.

Une fois installé au volant, il ôta ses lunettes de soleil et se couvrit les yeux d'une main. Puis il resta assis là, à se reprendre, en respirant avec peine. Ig attendit patiemment qu'il retrouve son calme.

Des images étaient scotchées sur le tableau de bord. Il y avait la reproduction d'un tableau :

Jésus avec sa barbe et ses cheveux dorés rejetés en arrière, levant les yeux vers le ciel d'un air inspiré, tandis que des rayons de lumière traversaient les nuages derrière lui. « Heureux les éplorés, car ils seront consolés », disait la légende. Scotchée juste à côté, il y avait une photo de Merrin à dix ans, campée derrière son père sur une moto. Elle portait des lunettes d'aviateur et un casque blanc décoré d'étoiles rouges et bleues, et elle se cramponnait à son père, les bras passés autour de sa taille. Une jolie jeune femme aux cheveux auburn était debout derrière la moto, une main posée sur le casque de Merrin, souriant à l'objectif. Au début, Ig pensa que c'était la mère de Merrin, puis il se rendit compte qu'elle était trop jeune et que ce devait être sa sœur, qui était morte quand ils habitaient à Rhode Island. Deux filles, disparues toutes les deux. Heureux les éplorés, car quand ils essaieront de se relever, ils recevront des coups de pied dans les couilles.

Quand Dale se fut repris, il démarra et regagna la grand-route en jetant un dernier regard dans le rétroviseur. Il s'essuya les joues, remit ses lunettes de soleil. Après avoir roulé un moment, il embrassa son pouce, puis le posa sur la petite fille assise sur la moto.

— C'était sa voiture, Mary, dit-il, car c'était ainsi qu'il appelait Merrin. Toute cramée. Il doit être mort à l'heure qu'il est. C'en est fini de cette ordure. Il n'en reste plus rien.

Alors Ig s'appuya des deux mains sur les dossiers des sièges avant et se hissa au milieu pour venir s'asseoir à côté de Dale.

— Navré de vous décevoir, déclara-t-il. Les ordures ont la peau dure.

En le voyant basculer à l'avant, Dale poussa un cri étranglé et fit une brusque embardée. Le break dévia sur la droite, dans les graviers de la bande de sécurité. Ig se cogna durement au tableau de bord et faillit tomber par terre. Il entendit des cailloux rebondir et taper contre le dessous de la voiture. Puis elle s'immobilisa et Dale en sortit pour se mettre à courir éperdument sur la route en hurlant.

Ig se redressa. Il n'y comprenait rien. Normalement, les gens ne réagissaient pas ainsi quand ils voyaient les cornes. Ils avaient parfois envie de le tuer, mais aucun n'était parti en s'enfuyant à toutes jambes.

Dale courait au milieu de la route et jetait des regards effarés par-dessus son épaule en poussant des sortes de cris d'oiseaux. Une femme qui conduisait une Sentra le klaxonna furieusement au passage pour lui signifier de s'écarter. Dale gagna en chancelant le bord de la route, une fine bande de terre poussiéreuse qui longeait un fossé herbeux. La terre friable céda sous ses pieds, et il dégringola dans le fossé.

Ig se mit au volant et roula lentement à sa suite.

Dale se redressait péniblement, et quand il vit Ig s'arrêter à son niveau, il se remit aussitôt à courir, dans le fossé cette fois. Ig appuya sur le bouton pour abaisser la vitre du côté passager et se pencha en travers du siège pour l'appeler.

— Monsieur Williams. Montez donc.

Mais Dale ne ralentit pas, il continua à courir, haletant, un poing contre son cœur, les bajoues luisantes de sueur, en appelant à l'aide d'une voix que la panique rendait à peine audible. Son pantalon s'était fendu au niveau des fesses.

Ig considéra l'image du Christ sur le tableau de bord comme en quête d'un bon conseil, et ce fut alors qu'il se rappela la croix. Elle reposait doucement sur sa poitrine nue. Tout le temps qu'il l'avait portée, Lee avait été incapable de voir les cornes ; il semblait donc raisonnable de penser que tant qu'Ig porterait la croix, les gens ne pourraient ni voir les cornes ni être sensibles à leur effet. C'était une idée étonnante, et fort utile, car grâce à elle, il savait maintenant comment remédier à la situation. Pour Dale Williams, Ig n'était que le meurtrier de Merrin, le maniaque sexuel qui avait fracassé la tête de sa fille à coups de pierre, et il venait juste de surgir du siège arrière en jupe, armé d'une fourche. La croix dorée qu'Ig avait à son cou était le symbole de sa propre humanité, brillant à la lumière du matin.

Mais à quoi lui servait-elle donc, cette humanité ? À rien, pas plus maintenant que dans d'autres occasions. Depuis la nuit où Merrin avait péri, elle ne lui était d'aucune utilité, au contraire. En fait, elle le rendait faible. À présent qu'il s'y était habitué, il préférait de loin être un démon. La croix symbolisait l'humaine condition dans ce qu'elle avait de plus fondamental : la souffrance. Or Ig en avait marre de souffrir. Si quelqu'un devait être cloué à un arbre, alors qu'il soit celui qui tiendrait le marteau, pour changer. Il détacha la chaîne, rangea la croix dans la boîte à gants. Puis il se redressa, toujours derrière le volant.

Il accéléra pour dépasser Dale, stoppa la voiture, puis tendit le bras pour saisir la fourche posée à l'arrière et descendit de voiture. Dale avançait tant bien que mal en pataugeant jusqu'à la cheville dans l'eau boueuse du fossé. Quand il l'eut dépassé, Ig fit deux pas à sa suite et lança la fourche. Elle se planta tout droit, juste devant Dale, qui poussa un cri aigu. Il essaya de reculer, mais s'y prit mal et s'affala en arrière avec un grand splash. Tandis qu'il s'efforçait de se relever, le manche de la fourche vibrait encore de la force de l'impact.

Avec la fluidité d'un serpent filant sur des feuilles mouillées, Ig se laissa glisser le long du talus, et il saisit la fourche avant que Dale ait pu se redresser. Il la décolla de la boue et pointa les dents sur lui. Piquée au bout de l'une des pointes, une écrevisse se tortillait en agonisant.

— Maintenant, fini de courir. Montez en voiture, Dale. On a des tas de choses à se dire.

Toujours assis dans la boue, Dale respirait avec peine. Il regarda le manche de la fourche, puis scruta Ig en clignant des yeux, une main en visière.

— Tu n'as plus de cheveux… Et il t'est poussé des cornes, constata-t-il avec un temps de retard. Dieu du ciel, mais qu'es-tu donc ?

— D'après toi ? Le diable, répondit Ig. Le diable en robe bleue.

42

Dale était calme à présent, en paix avec son propre démon intérieur, et il avait repris le volant.

— J'ai tout de suite su que c'était ta voiture, affirma-t-il. Dès que j'ai posé les yeux dessus, j'ai su que quelqu'un y avait mis le feu et l'avait poussée dans la rivière. J'ai supposé que tu étais dedans, et je me suis senti…

— Heureux ?

— Non. En fait, j'ai regretté.

— Vraiment ?

— De ne pas l'avoir fait moi-même.

— Oh, fit Ig en détournant les yeux.

Il tenait entre ses genoux la fourche dont les dents rentraient dans le revêtement du plafond, mais quand ils eurent roulé un moment, Dale n'y fit plus attention. Les cornes jouaient leur musique secrète et Dale ne pourrait que danser dessus, tant qu'Ig s'abstiendrait de porter la croix.

— Je n'ai pas eu le cran de te tuer, reprit Dale. Pourtant j'avais acheté un flingue exprès pour ça. Mais le seul que j'ai été à deux doigts de tuer, c'est moi. Je me suis fourré le revolver dans la bouche une nuit pour voir quel effet ça faisait… Ça ne m'a pas plu, ajouta-t-il après un petit silence, comme s'il se remémorait l'instant.

— Je suis content que vous ne l'ayez pas fait, monsieur Williams.

— Pour ça non plus je n'ai pas assez de cran. Ce n'est pas la peur d'aller en enfer parce que je me serais suicidé qui me retient. Non, ce dont j'ai peur, c'est qu'il n'y ait en fait ni enfer ni paradis. Juste le néant. La plupart du temps, je pense qu'il n'y a rien après la mort. Ce devrait être un soulagement. Mais pour moi c'est la fin de tout, la chose la plus terrible que l'on puisse imaginer. Je ne crois pas qu'un Dieu miséricordieux m'aurait pris mes deux filles l'une après l'autre, en faisant mourir la première du cancer, et tuer la seconde de façon si horrible. Un Dieu capable de leur infliger pareil sort mérite-t-il qu'on le prie ? Non. Pourtant Heidi prie toujours. Et si tu savais ce qu'elle demande dans ses prières… Elle prie pour que tu meures, Ig. Ça fait un an maintenant. Quand j'ai vu ta voiture dans la rivière je me suis dit, ah ! le Bon Dieu a enfin accompli quelque chose. Mais non. Mary ne reviendra plus jamais, et toi, tu es là. Tu es toujours là. C'est vrai… tu es… tu es le diable en personne.

Il s'interrompit, haletant, et chercha à reprendre son souffle.

— Dans votre bouche ça sonne comme une injure, mais ça n'a pas que du mauvais, vous savez, dit Ig. Tournez à gauche. Allons donc chez vous.

Les arbres qui bordaient la route délimitaient une grande bande de ciel bleu sans nuage qui s'ouvrait devant eux telle une avenue. Un temps rêvé pour faire une balade.

— D'après toi, on a des tas de choses à se dire, reprit Dale. Mais je me demande bien quoi.

— Voilà. Je ne sais si j'aimais Merrin autant que vous, mais je l'aimais du mieux que je pouvais. Et je ne l'ai pas tuée. Ce que j'ai raconté à la police, à savoir que j'étais ivre mort et que je me suis endormi dans ma voiture, derrière le Dunkin' Donuts, c'était vrai. Lee Tourneau est passé prendre Merrin devant *L'Enfer*. Il l'a conduite jusqu'à la vieille fonderie. Et c'est là qu'il l'a tuée... Je sais, vous n'allez pas me croire, ajouta Ig peu après.

Pourtant il y comptait bien. Peut-être pas tout de suite, mais ça viendrait. Car Ig était très persuasif ces temps-ci. Les gens étaient prêts à avaler tout ce que leur petit démon leur racontait, même les choses les plus affreuses. En l'occurrence, c'était la vérité, cependant Ig aurait pu tout aussi bien convaincre Dale que Merrin avait été tuée par des clowns qui l'avaient embarquée devant *L'Enfer* dans leur mini-automobile. Ce n'était pas du jeu. Mais jouer à la loyale, c'était bon pour l'ancien Ig.

Pourtant Dale le surprit.

— Pourquoi te croirais-je ? Donne-moi une bonne raison.

Ig posa la main sur l'avant-bras nu de Dale un instant, puis l'enleva.

— Après la mort de votre père, vous avez rendu visite à sa maîtresse qui habitait à Lowell, et vous lui avez versé deux mille dollars pour qu'elle s'en aille. Vous l'avez aussi menacée de venir lui casser la gueule, si jamais elle appelait encore votre mère sous l'emprise de la boisson. Je sais que vous avez tiré un coup avec une secrétaire de la boîte un soir où les employés fêtaient Noël, l'année d'avant la mort de Merrin. Une fois, vous avez rossé Merrin à coups de ceinture parce qu'elle avait traité sa mère de salope, et je sais que vous vous en voulez encore. Pour vous, c'est sans doute ce que vous avez fait de pire dans votre vie. Je sais que vous avez cessé d'aimer votre femme au bout de dix ans de mariage. Je suis au courant, pour la bouteille au fond du tiroir gauche de votre bureau, au boulot, et pour les magazines de cul que vous cachez à la maison, dans le garage, et aussi que vous ne parlez plus à votre frère, parce que vous ne supportez pas que ses enfants soient en vie alors que vos filles sont mortes et…

— Arrête. Arrête.

— Et je sais que Lee a tué Merrin aussi sûr que je sais tout ça, poursuivit Ig. Quand je touche les gens, j'apprends des choses sur eux. Des trucs que je ne devrais pas savoir. Et les gens m'en révèlent aussi. Ils parlent des choses qu'ils ont envie de faire. Ils ne peuvent s'en empêcher.

— Des choses mauvaises, dit Dale en se frottant doucement la tempe droite du bout des doigts. Sauf qu'elles ne semblent pas si mauvaises que ça quand je te regarde. Elles ont même l'air plutôt… amusantes. Par exemple, ce qui me vient à l'esprit quand Heidi s'agenouille pour prier le soir. Je me dis que je devrais m'asseoir sur le lit devant elle et lui demander de me sucer tant qu'elle y est. Ou encore, la prochaine fois qu'elle me déclare que Dieu ne donne à personne de fardeau plus lourd qu'il ne peut en porter, je pourrais lui filer une beigne. La tabasser jusqu'à ce qu'elle n'ait plus dans les yeux cette espèce de ferveur imbécile.

— Non, Dale. Vous ne ferez pas ça.

— Tiens, ce serait chouette de ne pas aller au boulot cet après-midi. De m'allonger une heure ou deux dans le noir.

— Ah, voilà qui est mieux.

— Faire une petite sieste, et puis m'enfoncer le flingue dans la bouche et en finir avec tout ça.

— Non, ça non plus vous ne le ferez pas.

Dale soupira en frémissant et tourna pour s'engager dans l'allée de sa maison. Les Williams possédaient une bâtisse de plain-pied dans une rue où toutes les autres maisons étaient aussi sinistres que la leur, des sortes de cubes avec un carré de jardin à l'arrière et un plus petit devant. Elle était encore plus moche que dans son souvenir. Le revêtement extérieur avait la teinte vert pâle de certaines salles d'hôpital et il était taché de moisissures là où il rejoignait le béton des fondations, les fenêtres étaient couvertes de crasse, et la pelouse aurait eu besoin d'être tondue depuis une bonne semaine. Dans la rue qui cuisait sous la chaleur torride, rien ne bougeait, et les aboiements d'un chien en bas de la route étaient comme le son même de la canicule, celui des migraines, de l'été indolent, écrasant, qui titubait vers sa fin. Ig avait espéré par un esprit malin voir la mère de Merrin, pour découvrir quels secrets elle pouvait bien cacher, mais Heidi n'était pas chez elle. La rue semblait vidée de ses habitants.

— Et si au lieu d'aller au turbin, je me bourrais la gueule jusqu'à midi ? Qu'ils aient enfin un bon prétexte pour me sacquer. Ça fait six semaines que je n'ai pas vendu une seule bagnole, et s'ils me gardent, c'est juste par pitié.

— Ça c'est une idée, approuva Ig.

Dale le fit entrer. Ig n'emporta pas la fourche avec lui, il ne pensait pas en avoir besoin dans l'immédiat.

— Iggy, tu voudrais bien me servir un verre ? Tu sais où se trouve le placard à alcools, n'est-ce pas ? Mary et toi vous vous serviez en douce à l'occasion. J'ai envie de rester assis dans le noir pour me calmer les nerfs. Il me semble que ma tête va exploser.

La chambre principale était au bout d'un petit couloir tapissé d'une moquette laineuse couleur chocolat. Dans le temps, il y avait eu des photos de Merrin tout le long des murs, mais elles avaient disparu. Des images pieuses les avaient remplacées. Ig sentit la colère le gagner pour la première fois de la journée.

— Pourquoi l'avoir chassée de chez vous pour mettre Jésus à sa place ?

Dale s'engagea dans le couloir après avoir fait valser ses mocassins noirs.

— C'est Heidi qui en a eu l'idée. Elle a enlevé toutes les photos de notre fille, répondit-il. Il y a trois mois, elle a emballé toutes les affaires de Mary, ses livres, ses vêtements, les lettres que tu lui avais envoyées, et elle a tout monté au grenier. La chambre de Merrin lui sert de bureau, maintenant. Elle y fait de la correspondance pour les bonnes œuvres de la paroisse. Elle passe plus de temps avec le père Mould qu'avec moi, va à l'église tous les matins et y reste tout le dimanche. Sur son bureau, il y a une image de Jésus, mais aucune photo de moi ni de ses deux filles. J'ai envie de la foutre dehors en lui hurlant les prénoms de ses enfants. Tiens, tu devrais monter au grenier et redescendre le carton. J'en sortirais toutes les photos de Mary et de Regan et je les lui jetterais à la figure jusqu'à ce qu'elle se mette à chialer. Et si elle veut encore s'en débarrasser, je les lui ferai bouffer. Une par une.

— C'est un peu chargé comme programme pour un après-midi de canicule.

— Ce serait d'enfer, tu veux dire. Je me marre déjà rien que d'y penser.

— Mais pas aussi rafraîchissant qu'un gin tonic.

— Non, convint Dale, qui était maintenant sur le seuil de sa chambre. Va m'en préparer un, Ig. Bien tassé.

Ig revint dans le petit salon, une pièce autrefois dédiée à l'enfance de Merrin Williams, une vraie galerie personnelle, remplie de photos d'elle : Merrin habillée en indienne avec peintures de guerre, Merrin juchée sur son vélo, souriant de toutes ses dents appareillées, Merrin en maillot une pièce, campée sur les épaules d'Ig, lui-même plongé jusqu'à la taille dans la Knowles. Elles avaient toutes disparu, et la pièce ressemblait à l'intérieur d'une maison témoin ouverte aux visites le dimanche matin tant elle était meublée de façon banale, impersonnelle. Une maison où personne ne vivait.

D'ailleurs, depuis des mois, personne n'y vivait plus. C'était juste un lieu de transit où Dale et Heidi Williams gardaient leurs affaires, aussi étranger à leurs vies intérieures qu'une chambre d'hôtel.

Pourtant les alcools étaient toujours à leur place, rangés dans le placard au-dessus du poste de télévision. Ig prépara un gin tonic pour Dale en passant par la cuisine pour prendre du tonique dans le frigo ; il ajouta un doigt de menthe, coupa un quartier d'orange qu'il poussa entre les glaçons. En revenant à la chambre, une corde pendant du plafond faillit s'accrocher à l'une de ses cornes, alors il leva les yeux et…

… c'était là, dans les branches au-dessus de lui, le dessous de la maison dans l'arbre avec les lettres peintes en blanc de chaux sur la trappe, à peine visibles dans la nuit : SOYEZ BÉNI VOUS QUI ENTREZ. Ig chancela et…

… soudain pris d'un léger vertige, il se massa le front pour chasser le malaise qui lui embrumait le cerveau. Un instant ce fut là, ce qui s'était passé dans les bois quand il était allé à la fonderie complètement pété et qu'il avait tout saccagé, mais le souvenir disparut aussi vite qu'il était venu. Ig posa le verre sur la moquette et tira sur la corde pour abaisser la trappe qui menait au grenier, en faisant grincer les ressorts.

S'il faisait chaud dans la rue, là-haut sous les toits, on suffoquait. Le grenier n'avait jamais été vraiment aménagé. Il y avait juste du contreplaqué sur les poutres en guise de plancher, et pas assez de hauteur de plafond pour se tenir debout. Mais Ig n'eut pas besoin de s'avancer, car juste à gauche de la trappe, trois gros cartons étaient posés, avec Merrin écrit au feutre rouge sur leur flanc.

Il les descendit un par un, les posa sur la table basse du salon, et commença à explorer ce que Merrin avait laissé derrière elle après sa mort tout en buvant le gin tonic destiné à Dale Williams.

Ig respira les vêtements qu'elle mettait le plus souvent, son sweat-shirt à capuche d'Harvard et le fond de son jean préféré. Il fureta dans ses piles de livres de poche lus et relus. Ig lisait rarement des romans, il avait toujours préféré les ouvrages traitant de sujets tels que le jeûne, l'irrigation, le voyage, le camping, la construction de structures à partir de matériaux de récupération. Mais Merrin préférait la fiction, des bouquins conseillés par des cercles de lecture de haut niveau. Elle aimait les auteurs dont la vie noire, tragique, avait été aussi brève qu'intense, ou du moins qui étaient anglais. Pour elle un roman devait être un voyage émotionnel autant que philosophique, et lui permettre d'enrichir un peu son vocabulaire.

Gabriel García Márquez, Michael Chabon, John Fowles, Ian Mc Ewan… Un livre s'ouvrit dans ses mains sur un passage souligné : « Comme la culpabilité se plaît à raffiner les méthodes de tortures qu'on s'inflige à soi-même, elle enfile à plaisir des perles de détails en une boucle infinie, tel un rosaire à égrener tout au long d'une vie. » Puis un autre passage, tiré d'un autre livre : « Il n'est pas conforme au style narratif américain de placer quelqu'un dans une situation inextricable, pourtant, d'après moi, c'est très courant dans la vie. » Ig arrêta de feuilleter les livres. Ils le mettaient mal à l'aise.

Certains des siens étaient mélangés à ceux de Merrin, des ouvrages qu'il n'avait pas revus depuis des lustres. Un guide de statistiques. *Le livre de recettes du campeur. Reptiles de Nouvelle-Angleterre.* Il but le reste de gin tonic et feuilleta le livre sur les reptiles. Cent pages plus loin, il trouva une photo du serpent à sonnettes brun rayé d'orange sur le dos. C'était une vipère nommée *crotalus horridus*, ou crotale des bois, et même si elle vivait principalement au sud de la frontière du New Hampshire et était courante en Pennsylvanie, on pouvait en rencontrer bien plus au nord, jusque dans les White Mountains. Timide de nature, elle s'attaquait rarement aux hommes. Durant l'année écoulée, la foudre avait fait bien plus de victimes que de mauvaises rencontres avec des *horridus* durant tout le siècle dernier ; pourtant son venin neurotoxique, connu pour paralyser les poumons et le cœur, était réputé comme le plus dangereux de tous les serpents américains. Il remit le livre dans le carton.

Les classeurs et les ouvrages médicaux de Merrin étaient empilés au fond du carton. Ig ouvrit un classeur, puis un autre. Elle prenait des notes au crayon noir d'une écriture soignée, pas particulièrement féminine, dont les lettres allaient se grisant, s'estompant. Des définitions de composés chimiques. La coupe transversale d'un sein dessinée à la main. Une liste d'appartements à Londres, qu'elle avait trouvés sur Internet pour Ig. Tout au fond du carton, il y avait une grande enveloppe craft. Ig faillit ne pas s'en occuper, mais il aperçut soudain des marques crayonnées sur le coin supérieur gauche de l'enveloppe. Quelques points. Quelques traits.

Il ouvrit l'enveloppe et en sortit une mammographie, telle une larme de chair en bleu et blanc. Elle remontait au mois de juin de l'année précédente. Il y avait aussi des feuilles de papier à lettres rayé. Ig vit son propre nom écrit dessus. Elles étaient recouvertes de traits et de points au crayon noir. Il remit les feuilles et la mammographie dans l'enveloppe.

Il prépara un deuxième gin tonic et reprit le couloir. Quand il s'introduisit dans la chambre, Dale était assoupi sur le lit, nu, à part des chaussettes noires remontées jusqu'aux genoux et un caleçon blanc taché de pisse. Une chair masculine un peu flasque, blanche comme un cachet d'aspirine, velue de noir sur la poitrine et près du bas-ventre. Ig avança tout doucement jusqu'au bord du lit pour poser le verre sur la table de nuit. Dale émergea en entendant cliqueter les glaçons.

— Oh, Ig, dit Dale. Tu sais qu'un instant, j'avais complètement oublié que tu étais là ?

Ig ne répondit pas. Il était debout près du lit, l'enveloppe kraft à la main.

— Elle avait le cancer ?

Dale détourna le visage.

— Je n'ai pas envie de parler de Mary. Je l'aime, mais je ne peux pas supporter de penser à elle et... à tout ça. Tu sais, on ne s'est plus parlé depuis des années, mon frère et moi. Mais il m'envoie toujours des cartes de vœux à Noël en me demandant de lui rendre visite. Il tient un magasin de cycles et de scooters des mers à Sarasota. Parfois je pense à le rejoindre là-bas, travailler pour lui comme vendeur, et mater les filles sur la plage. Oui, parfois j'aurais envie de laisser Heidi, cette ville, cette affreuse maison et cette vie de merde derrière moi pour tout recommencer. S'il n'y a pas de Dieu ni aucune raison de souffrir, pourquoi ne pas prendre un nouveau départ avant qu'il soit trop tard ?

— Dale, le coupa Ig doucement. Vous avait-elle dit qu'elle avait un cancer, oui ou non ?

Il secoua la tête, sans la soulever de l'oreiller.

— C'est l'un de ces trucs génétiques qui courent dans les familles. Mais ce n'est pas par elle qu'on l'a su. Nous ne l'avons appris qu'après sa mort. C'est le médecin légiste qui nous l'a appris.

— Ça n'a pas été mentionné dans les journaux, dit Ig.

— Heidi voulait qu'on en parle. Elle pensait que cela provoquerait un élan de compassion et que les gens te haïraient encore plus. Mais j'ai souligné que Mary avait voulu que personne ne le sache, et que nous devions respecter sa volonté. Elle ne nous en avait pas parlé. Et à toi ?

— Non, répondit Ig.

Au lieu de ça, elle lui avait dit qu'ils devraient fréquenter d'autres gens. Ig n'avait pas lu la lettre de deux pages contenue dans l'enveloppe, mais il se doutait de ce qu'elle contenait.

— Votre fille aînée, Regan. Je n'ai jamais parlé d'elle avec vous. Je pensais que cela ne me regardait pas. Mais je sais combien ça a été dur pour vous de la perdre.

— Elle souffrait tellement, déclara Dale, puis il frémit d'une drôle de façon. Cela lui faisait dire des horreurs. Je sais qu'elle n'en pensait pas la moitié. C'était quelqu'un de si gentil. Une si jolie fille. J'essaie de me souvenir d'elle comme elle était avant mais… mais je me souviens surtout de comment elle était à la fin. Elle pesait à peine quarante kilos, et elle n'était plus qu'un concentré de haine. Ces choses qu'elle a dites à Mary... des choses impardonnables. Je pense qu'elle lui en voulait d'être aussi jolie... alors qu'elle avait perdu ses cheveux, qu'on lui avait fait une mastectomie, plus une opération pour lui enlever un gros morceau d'intestin. Elle se sentait sortie d'un film d'horreur... comme Frankenstein. Elle nous répétait que si nous l'aimions vraiment, nous l'aurions déjà étouffée en lui collant un oreiller sur la figure, pour en finir. À moi, elle disait : « Tu dois être content que ce soit moi et pas Merrin, parce que tu l'as toujours préférée. » J'essaie de me sortir tout ça de l'esprit, mais je me réveille souvent la nuit et ça me mine. Ou bien je pense à Mary, à comment elle est morte. On voudrait se souvenir d'elles vivantes et en bonne santé, mais c'est le mauvais qui prend le dessus. Ça doit pouvoir s'expliquer, sur le plan psychologique. Mary prenait des cours de psychologie, elle voulait savoir pourquoi le mauvais laisse une marque plus profonde que le bon. Hé, Ig. Tu crois que ma petite serait entrée à Harvard ?

— Oui, je le crois. Elle était plus intelligente que nous deux réunis.

Dale renifla, le visage toujours tourné vers le mur.

— Tu l'as dit. J'ai juste fait deux années de fac, c'est tout ce que mon vieux a voulu m'offrir. Bon Dieu, je voulais être un meilleur père que lui. Il me dictait quels cours je devais prendre, où je devrais vivre et ce que je ferais comme métier pour le rembourser, après avoir décroché mon diplôme. Je disais souvent à Heidi pour rigoler que j'avais été surpris qu'il ne se pointe pas dans notre chambre la nuit de nos noces pour m'apprendre comment la baiser proprement, raconta-t-il avec un vague sourire. C'était quand Heidi et moi nous plaisantions encore de ce genre de choses. Elle était plutôt marrante et olé olé, avant d'avoir la tête remplie de ces bondieuseries à la con. Avant que cette putain de vie ne la saigne à blanc. Parfois je brûle d'envie de la quitter, mais elle n'a personne d'autre. Elle est toute seule... Enfin, Jésus mis à part.

— Ça, je n'en suis pas si sûr, remarqua Ig.

Il expira longuement, un long souffle bouillonnant de rage, en songeant à Heidi Williams qui avait viré toutes les photos de Merrin et cherché à repousser tout souvenir d'elle dans la poussière et l'obscurité d'un grenier.

— Vous devriez passer la voir à l'improviste à l'église un matin, quand elle travaille pour le père Mould, conseilla-t-il. Vous seriez surpris de voir qu'elle a... renoué avec la vie sur un plan tout autre que spirituel.

Dale lui jeta un regard intrigué, mais Ig resta impassible et n'en dit pas plus.

— Tu aurais dû te raser le crâne depuis longtemps, lui dit Dale pour finir, avec un petit sourire. Ça te va bien. J'en ai moi-même toujours eu envie, mais Heidi m'a menacé de mettre un trait sur notre mariage si je faisais ça. Elle ne m'a même pas laissé me raser la tête en solidarité avec notre fille, quand Regan était sous chimio. Certaines familles le font pour montrer que tous leurs membres sont ensemble dans l'épreuve. Mais pas la nôtre... Comment en est-on arrivés là ? De quoi parlions-nous ? ajouta-t-il en plissant le front.

— De vos années de fac.

— Ouais. Eh bien mon père n'a pas voulu que je suive des cours de théologie comme j'en avais envie, mais il n'a pas pu m'empêcher d'y assister en auditeur libre. Je me souviens de la prof, c'était une femme noire, le professeur Tandy, elle disait que Satan passe dans beaucoup d'autres religions pour un brave gars. C'est souvent lui qui attire par ruse la déesse de la fertilité dans son lit, et après un peu de frotti frotta, ça donne la création du monde. Ou bien les moissons, les récoltes. C'est aussi lui qui entre en scène pour embobiner les vauriens, les tenter pour les conduire à leur perte. Même les Chrétiens ne savent pas très bien qu'en faire. Dieu et lui sont censés être en guerre l'un contre l'autre. Mais si Dieu hait le péché et que Satan punit les pécheurs, alors ne sont-ils pas du même bord ? Au fond, n'œuvrent-ils pas tous les deux pour la même cause ? Comme le juge et le bourreau font partie de la même équipe. Ça tombe sous le sens, quand on y réfléchit. D'ailleurs les Romantiques avaient un petit faible pour Satan, non ? Je ne me souviens plus très bien pourquoi. Peut-être parce qu'il portait la barbe, qu'il était plutôt porté sur le beau sexe, et qu'il savait faire la fête. N'est-ce pas que les Romantiques aimaient Satan ?

— « *Yer whisperin' in my ear* », murmura Ig. « *Tell me all the things I wanna hear*[1]. »

Dale rit encore.

— Non. Je ne parlais pas de ces Romantiques-là.

— Ce sont les seuls que je connaisse, dit Ig, et il referma doucement la porte en partant.

---

1. The Romantics : groupe de rock américain de Detroit connu au début des années 1980, en particulier pour le tube *What I like about you*, dont sont extraites ces paroles.

43

Assis au fond de la cheminée, sous une trouée de lumière chaude qui dessinait un cercle autour de lui, Ig tenait la mammographie au-dessus de sa tête. En transparence, les tissus semblaient un soleil noir, une nova annonçant la fin des Temps, et le ciel à travers, une toile à sac. Le diable en jupe bleue consulta sa Bible : non pas l'Ancien Testament ni le Nouveau, mais la page de garde où, des années plus tôt, il avait recopié le code de l'alphabet morse d'après l'encyclopédie de son frère. Avant même de transcrire les feuillets que contenait l'enveloppe, il savait que c'était là un autre genre de testament : les dernières volontés de Merrin.

Il commença par les traits et les points figurant sur le devant de l'enveloppe, une séquence relativement simple qui disait : « Va te faire foutre, Ig. »

Un rire convulsif lui échappa, un croassement plutôt.

Il sortit les deux feuilles de papier à lettres couvertes recto verso de messages codés, un travail qui avait dû prendre des mois, tout un été. Avec l'aide de sa bible, Ig se mit à les transcrire en tripotant de temps en temps la croix qu'il avait autour du cou. La croix de Merrin. Il l'avait remise juste après avoir quitté Dale. Elle lui donnait l'impression que Merrin était avec lui, tout près, au point qu'il sentait presque le contact de sa main fraîche sur sa nuque.

C'était un travail de longue haleine, de convertir ces lignes de traits et de points en lettres et en mots. Mais qu'importe, le diable a tout son temps.

Cher Ig,

Tu ne liras pas ces lignes de mon vivant. Je ne suis pas certaine d'avoir envie que tu les lises même après ma mort.

Bon sang, ça n'avance pas vite d'écrire de cette manière. Au fond je m'en fiche. Je suis coincée dans un couloir quelque part à attendre les résultats de mes derniers examens, alors ça m'aide à passer le temps. Et ça m'oblige aussi à ne dire que l'essentiel.

J'ai le même genre de cancer que celui qui a frappé ma sœur ; apparemment, c'est de famille. Mais je ne vais pas te faire un cours de génétique, rassure-toi. Il n'est pas encore à un stade avancé, et je suis sûre que si tu étais au courant, tu voudrais que je me batte. Peut-être que je devrais, mais je ne vais pas le faire. J'ai décidé de ne pas suivre le même chemin que ma sœur. De ne pas attendre que mon état se dégrade au point de devenir laide à faire peur et de m'en prendre à ceux que j'aime et qui m'aiment en leur faisant du mal. C'est-à-dire mes parents et toi, Ig.

La Bible dit que les suicidés vont en enfer. L'enfer, ma sœur l'a connu tout au long de son agonie. Tu l'ignores, mais elle était fiancée quand on a diagnostiqué sa maladie. Son fiancé l'a quittée des mois avant sa mort. Elle l'a chassé, un peu plus chaque jour. Elle voulait savoir combien de temps il attendrait après son enterrement pour baiser avec une autre. Et s'il se servirait de sa fin tragique pour s'attirer la sympathie des filles. Elle était horrible. Moi aussi, je l'aurais quittée.

Alors je ne veux pas en passer par là, non merci. Mais je ne sais pas encore comment m'y prendre, comment mourir. Je voudrais que Dieu trouve un moyen de me régler mon compte tout de suite, sans que je m'y attende. Que je prenne un ascenseur et que le câble se rompe. Une chute de vingt secondes et hop ! ce serait fini. Peut-être même qu'en prime, je pourrais tomber sur un sale type, un réparateur d'ascenseur bourreau d'enfant ou autre. Ce serait bien.

Ma crainte, c'est que si je t'avouais que je suis malade, tu renoncerais à ton avenir, tu me demanderais en mariage, et moi, par faiblesse, j'accepterais. Alors tu serais enchaîné à moi, tu me regarderais tandis qu'on m'amputerait de telle ou telle partie de moi-même, tu me verrais me ratatiner, devenir chauve, et je te ferais vivre un enfer, tout ça pour mourir au bout du compte en bousillant ce qu'il y a de meilleur en toi par la même occasion. Tu veux tellement croire que le monde est bon, que les gens sont bons, Ig. Et je sais que quand je serai vraiment malade, je ne serai pas capable d'être bonne. Je serai comme ma sœur. J'ai ça en moi, je sais comment faire du mal aux gens, et je ne pourrai sans doute pas m'en empêcher. Je veux que tu te rappelles ce qu'il y avait de meilleur en moi, et non le pire. Les gens qu'on aime devraient avoir le droit de garder pour eux leurs mauvais côtés.

Tu ne peux pas savoir comme c'est dur de ne pas te confier tout ça. Voilà sans doute pourquoi j'écris cette lettre. Parce que j'ai besoin de te parler, et que c'est le seul moyen. Un peu à sens unique comme conversation, hein ?

Tu es si enthousiaste à l'idée d'aller en Angleterre, de t'engager corps et âme dans ton travail en parcourant le vaste monde. Tu te rappelles cette histoire que tu m'as racontée sur la piste Evel Knievel et le chariot de supermarché ? C'est toi tout craché. Prêt à te lancer nu comme un ver sur la pente de la vie pour te jeter à corps perdu dans la multitude et sauver de la noyade les gens victimes d'injustices.

Je peux te faire juste assez de mal pour t'éloigner. Je n'en meurs pas d'envie, mais ce sera mieux que de laisser les choses suivre leur cours.

Je veux que tu te dégotes une Anglaise avec un terrible accent cockney et que tu la ramènes chez toi pour passer une nuit torride. Une fille craquante, immorale, aimant la littérature. Pas aussi jolie que moi, je ne suis pas généreuse à ce point-là, mais plutôt agréable à regarder. Et puis j'espère qu'elle te laissera choir du jour au lendemain, et que tu jetteras ton dévolu sur une autre. Quelqu'un de mieux, de sincère, une femme tendre et attentionnée, qui n'aura aucune tare génétique dans sa famille du genre cancer, maladie de cœur, Alzheimer ou autre. J'espère aussi qu'à ce moment-là, je serai morte depuis longtemps et que je n'en saurai rien.

Tu sais comment je veux mourir ? En dévalant à toute blinde la piste Evel Knievel, sur un chariot à ma façon. Je fermerais les yeux et j'imaginerais que j'ai tes bras autour de moi. Puis je rentrerais en plein dans un arbre. Elle n'a pas su ce qui lui arrivait. Voilà. J'aimerais beaucoup croire en un Évangile à la Mick et Keith, où l'on ne peut pas avoir ce qu'on veut : ce que je veux, c'est toi, Ig, et nos enfants, et nos rêves insensés. Je voudrais du moins qu'on m'accorde ce dont j'ai besoin, à savoir une fin rapide, en sachant que toi, tu t'en es sorti sans trop de casse.

Tu auras une brave femme, une bonne mère de famille qui te donnera des enfants, et tu seras un père merveilleux, heureux, stimulant. Tu iras dans tous les coins du monde, et là où tu verras de la souffrance, tu essaieras de la soulager. Tu auras des petits-enfants, des arrière-petits-enfants. Tu enseigneras. Tu partiras faire de longues balades dans les bois. Et lors de l'une de ces balades, quand tu seras très, très vieux, tu te retrouveras au pied d'un arbre, avec au-dessus une cabane construite dans les branches. Là, je t'attendrai. Je t'attendrai à la lumière des bougies, dans notre maison de l'esprit.

Ça en fait, des points et des traits. Deux mois de boulot, pour en arriver là. Quand je m'y suis mise, le cancer était un petit pois dans un sein et un petit grain de rien du tout sous mon aisselle gauche. Maintenant, eh bien… Les grandes choses naissent des petites.

Je n'avais sans doute pas besoin d'en dire autant. J'aurais pu m'épargner beaucoup d'effort en recopiant juste le premier message que je t'ai envoyé en t'éblouissant avec ma croix. « Nous. » C'est l'essentiel. Voici le reste : Je t'aime, Iggy Perrish.

Merrin Williams, ta nana.

44

Quand il eut fini de lire le dernier message de Merrin, qu'il l'eut mis de côté, puis relu, et remis de côté, Ig sortit de sa cheminée pour s'éloigner un moment de l'odeur de cendre et de scories. Une fois dans la salle au-delà, il inspira profondément l'air de fin d'après-midi, et s'aperçut soudain que les serpents ne s'étaient pas rassemblés autour de lui. Il était seul ou presque dans la fonderie, à part la vipère des bois, qui s'était lovée dans le tonneau et dormait confortablement sur son corps enroulé. Il fut tenté de s'en approcher pour lui caresser la tête, fit même un pas dans sa direction, puis il changea d'avis. À éviter, décréta-t-il en baissant les yeux sur la croix qui pendait à son cou, puis son regard passa à son ombre qui se profilait sur le mur, dans la lueur rougeâtre de la fin du jour. C'était l'ombre d'un homme efflanqué sans cornes. Pourtant, il les sentait toujours à ses tempes, leur poids, le frôlement de l'air qui fraîchissait sur les pointes. S'il se rapprochait de la vipère avec la croix de Merrin autour du cou, il y avait une bonne chance pour qu'elle lui plante ses crochets.

Il considéra son ombre longue et noire qui grimpait le long du mur de briques, et comprit qu'il pouvait rentrer chez lui s'il en avait envie.

Avec la croix autour du cou, son humanité lui revenait, ce qui lui laissait le choix. Si tel était son bon plaisir, il pouvait repousser les deux derniers jours comme un cauchemar dû à un accès de démence passagère, et redevenir celui qu'il était depuis toujours. L'idée lui procura un sentiment de soulagement presque douloureux, une satisfaction presque sensuelle : être Ig Perrish et non le diable, un homme et non un brasier ambulant.

Il y réfléchissait quand la vipère qui s'était lovée dans le tonneau leva la tête, inondée par un flot de lumière blanche. Une voiture remontait la route. Ig pensa d'abord que c'était Lee qui revenait pour chercher la croix qu'il avait égarée ainsi que tout autre indice compromettant qu'il risquait d'avoir laissé derrière lui.

Mais quand le véhicule arriva devant la fonderie, il reconnut la vieille bagnole de Glenna, une Saturn vert émeraude toute cabossée. Il l'observa de l'ouverture qui donnait sur un vide de deux mètres. Glenna en sortit la clope au bec, jeta son mégot par terre et le piétina. Depuis qu'ils étaient ensemble, elle avait arrêté de fumer deux fois, sans jamais tenir plus d'une semaine.

Ig la suivit du regard de fenêtre en fenêtre à mesure qu'elle contournait le bâtiment. Elle était trop maquillée, les lèvres presque noires, les joues rose vif, les paupières fardées... Il fallait toujours qu'elle en mette des tonnes. Ig voyait bien à son air qu'elle n'avait pas envie d'entrer. Sous son masque peinturluré, elle semblait craintive et malheureuse, pourtant elle était jolie, à sa façon. Elle portait un jean noir hypermoulant qui lui rentrait dans les fesses, une ceinture cloutée et un débardeur blanc qui lui arrivait au-dessus du nombril, dégageant son ventre lisse et le tatouage qu'elle avait sur la hanche, un Bunny de Playboy.

Ig en eut le cœur serré, tant tout en elle exprimait un manque d'amour criant et s'assemblait en une sorte de supplique désespérée. *Je voudrais tellement qu'on m'aime.*

— Ig ? appela-t-elle en mettant ses mains en porte-voix. Iggy ! Tu es là ? Tu es dans le coin ?

Ig ne répondit pas, il alla de fenêtre en fenêtre en la regardant marcher dans les hautes herbes jusqu'à l'arrière de la fonderie. Le soleil était de l'autre côté du bâtiment et déchirait le pâle rideau du ciel tel le bout incandescent d'une cigarette. Comme Glenna traversait la piste Evel Knievel, Ig se glissa par une ouverture et la rejoignit par l'arrière. Il rampa dans l'herbe dans la lueur ambre du jour mourant, ombre rouge parmi les ombres. Elle lui tournait le dos, et ne le vit pas approcher.

En haut de la piste, Glenna ralentit en découvrant l'endroit où la voiture avait brûlé. Le bidon d'essence en fer rouge était toujours là, couché sur le flanc dans les taillis. Ig traversa le champ derrière elle en rampant, puis il pénétra dans les buissons du côté droit de la piste, sous le couvert des arbres. Dans le champ qui entourait la fonderie, c'était encore la fin d'après-midi, mais sous les arbres, le crépuscule se tapissait déjà. Ig jouait avec la croix, il la frottait sans cesse entre le pouce et l'index en se demandant comment approcher Glenna et quel traitement lui réserver.

Elle regarda la zone de terre brûlée couverte de cendres blanchâtres, le bidon d'essence rouge, puis l'eau, tout en bas de la piste. Ig la vit faire le lien entre tous ces éléments, puis se mettre à respirer plus vite.

— Oh, Ig. Bon Dieu, Ig, dit-elle, puis elle plongea la main dans son sac pour en sortir son portable.

— Non, l'arrêta Ig.

Elle chancela. Son portable d'un rose translucide lui glissa des mains comme un savon et rebondit dans l'herbe.

— Qu'est-ce que tu fous là, Ig ? s'écria Glenna en passant aussi sec du chagrin à la colère, et elle scruta à travers les buissons d'airelles l'ombre amassée sous les arbres. Tu m'as flanqué une de ces trouilles !

— Reste où tu es, lui intima-t-il, comme elle avançait vers lui.

— Mais pourquoi..., commença-t-elle, puis elle s'interrompit. Ma parole, tu es en jupe ?

Un peu de lumière rose filtrant à travers les branches tombait sur la jupe et son ventre nu, tandis qu'à partir de la poitrine, son corps demeurait dans l'ombre. Un sourire incrédule apparut sur le visage de Glenna, chassant la colère, un sourire qui n'exprimait pas tant l'amusement que la peur.

— Oh, Ig, souffla-t-elle avec tendresse, avant d'avancer encore d'un pas.

— Je ne veux pas que tu t'approches, lança-t-il en levant une main pour l'arrêter, et elle s'immobilisa. Pourquoi es-tu venue ici ?

— Tu as saccagé l'appart, dit-elle. Pourquoi as-tu fait ça ?

Il ne répondit pas, ne sachant que dire. Elle baissa les yeux et se mordit la lèvre.

— Je suppose que quelqu'un t'a raconté, pour Lee et moi l'autre soir, poursuivit-elle, sans se rappeler qu'elle le lui avait elle-même avoué, et elle se força à le regarder en face. Ig. Je regrette. C'est normal que tu m'en veuilles. Je voulais juste m'assurer que tu allais bien. S'il te plaît, laisse-moi t'aider, ajouta-t-elle d'une petite voix.

Ig en frissonna. C'était presque insupportable, d'entendre un être humain lui proposer de l'aide d'une voix vibrant d'affection et de sollicitude. Il avait été dans la peau d'un démon deux jours seulement, mais l'époque où il savait ce que c'est qu'être aimé semblait remonter à un lointain passé perdu dans la brume. Cela le stupéfiait de discuter ainsi avec Glenna, d'une façon parfaitement banale, c'était un miracle ordinaire, un plaisir aussi simple qu'un verre de limonade glacée par un jour de canicule. Glenna ne ressentait pas le besoin irrésistible de lui avouer ses pulsions les plus viles, et ses coupables secrets restaient ce qu'ils étaient, des secrets. Il toucha la croix de Merrin, qui enfermait autour de son cou sa précieuse part d'humanité.

— Comment as-tu eu l'idée de venir me chercher ici ?

— Je regardais les actualités régionales au boulot, et j'ai vu l'épave calcinée qu'on a retrouvée sur la berge de la rivière, expliqua Glenna. Les caméras filmaient la scène de trop loin pour que je sache à coup sûr si c'était la Gremlin. D'ailleurs, la présentatrice a précisé que la police n'avait pas pu identifier la marque de fabrication, ni le modèle. Mais j'ai eu un mauvais pressentiment. Alors j'ai appelé Wyatt Farmer, tu te souviens de lui ? Quand on était mômes, il avait collé une barbe à mon cousin Gary pour essayer d'acheter de la bière en se faisant passer pour des grands.

— Je m'en rappelle. Pourquoi l'as-tu appelé ?

— J'ai vu que c'était sa dépanneuse qui avait remonté l'épave. C'est son boulot. Il a sa propre boîte de mécanique auto. J'ai pensé qu'il pourrait me dire quel était le modèle. La bagnole était si carbonisée qu'il n'en restait que le châssis et les portières, mais d'après lui, il s'agissait d'une Horner ou d'une Gremlin, et il penchait plutôt pour la Gremlin parce qu'elles sont plus courantes de nos jours. Alors j'ai cru que quelqu'un avait incendié ta voiture. Mais ensuite, ça a commencé à tourner dans ma tête. Si tu étais dedans, quand elle avait pris feu ? Et si tu t'étais suicidé de cette manière ? Je savais que si jamais tu l'avais fait, c'était forcément ici. Pour être auprès d'elle… Je comprends pourquoi tu as saccagé notre appart, ajouta-t-elle, et elle lui lança un autre regard timide, effrayé.

— Ton appart. Ça n'a jamais été le mien.

— J'ai tout fait pour.

— Je sais. Tu as fait de ton mieux, contrairement à moi.

— Pourquoi as-tu brûlé ta voiture ? Et qu'est-ce que tu fais là, fringué comme…, s'exclama-t-elle en crispant les poings contre ses seins et en se forçant à sourire. Bon sang, Iggy, on dirait que tu as vécu un enfer.

— On peut le dire.

— Allez. Monte dans la voiture. Je t'emmène. On va rentrer à la maison, tu enlèveras cette jupe, tu prendras une douche et tu seras à nouveau toi-même.

— Et tout redeviendra comme avant ?

— Oui. Juste comme avant, affirma-t-elle.

C'était bien là le problème. Avec la croix autour du cou, il pouvait redevenir celui qu'il était, rentrer dans son ancienne peau, revenir au point de départ, s'il le voulait, mais ça ne valait pas le coup. Quitte à vivre un enfer, autant être l'un des diables. Faire partie du personnel. Ig défit le fermoir de la chaîne et ôta la croix de Merrin qu'il suspendit à une branche au-dessus de sa tête, puis il écarta les buissons et s'avança dans la lumière, pour qu'elle voie ce qu'il était devenu.

Glenna vacilla, et comme elle reculait, l'un de ses talons resta planté dans la terre molle de sorte qu'elle faillit se tordre la cheville. Sa bouche s'ouvrit comme pour pousser un hurlement digne d'un film d'horreur, mais le cri ne sortit pas et presque aussitôt, son joli visage aux traits déformés par la peur se détendit.

— Tu détestais la vie qu'on menait tous les deux, déclara le diable.

— Oui, je la détestais, admit-elle, et la tristesse voila un instant son regard. Enfin, pas tout. Il y avait une ou deux choses que j'aimais bien. Quand on faisait l'amour, par exemple. Tu fermais les yeux et je savais que tu pensais à elle, mais je m'en fichais parce que je pouvais faire en sorte que tu te sentes bien et ça me suffisait. Et aussi quand on prenait notre petit déjeuner le samedi matin, un bon petit déjeuner avec du jus d'orange, des œufs au bacon, et qu'on regardait des conneries à la télé. Tu avais l'air heureux, assis là à côté de moi, toute la journée. Mais je savais aussi que je ne compterais jamais pour toi. Et je détestais ça. Je détestais qu'on n'ait pas d'avenir, je détestais t'entendre parler des choses drôles et intelligentes qu'elle disait. Je ne pouvais pas rivaliser avec elle. Je n'avais aucune chance et n'en aurais jamais.

— Et tu veux vraiment que je revienne vivre avec toi ?

— Je ne veux même pas y revenir moi-même. Je déteste cet appart. Je déteste vivre là. Je veux m'en aller. Je veux tout recommencer ailleurs. Repartir de zéro.

— Où voudrais-tu aller ? Où pourrais-tu être heureuse ?

— Chez Lee, répondit-elle, s'illuminant soudain, et elle sourit de l'air ravi d'une petite fille qui aperçoit pour la première fois Disney World. Aller chez Lee en imperméable sans rien dessous pour lui en mettre plein la vue. Lee veut que je vienne lui rendre visite de temps en temps. Il m'a envoyé un texto cet après-midi pour dire que si tu ne réapparaissais pas, on pourrait…

— Non, objecta Ig d'une voix dure, et de la fumée noire lui sortit des narines.

Elle se raidit et recula.

Ig inspira pour ravaler la fumée. Il la prit par le bras et l'escorta en direction de la voiture. La jeune fille et le diable entrèrent dans la lumière rougeoyante de la fin du jour, et le diable lui fit la leçon.

— Tu ne dois plus jamais le revoir, tu entends ? Qu'est-ce qu'il a fait pour toi à part voler un blouson et te traiter comme une pute de bas étage ? Tu dois dire à Lee d'aller se faire foutre. Tu mérites mieux que ça. Tu dois moins donner et prendre plus, Glenna.

— J'aime bien rendre service aux gens, leur faire des gentillesses, dit-elle d'une brave petite voix, un peu gênée.

— Toi aussi, tu es quelqu'un. Fais quelque chose de gentil pour toi-même, continua-t-il en mettant toute sa volonté derrière les cornes, et il sentit un frisson de plaisir traverser les nerfs en dedans. Et puis regarde comment on te traite. J'ai saccagé ton appart, tu ne m'as pas vu depuis des jours, et quand tu te pointes ici, tu me trouves en train de me balader en jupe comme une tantouse en goguette. Baiser avec Lee Tourneau ne t'apportera rien de bon. Il te faut viser plus haut. Tu as besoin d'une petite revanche. Rentre chez toi, prends ta carte bancaire, retire tous tes sous et pars en virée… Offre-toi des vacances. Tu n'as jamais eu envie de prendre du bon temps, juste pour ta pomme ?

— Ça serait chouette, hein ? admit-elle, mais son sourire s'évanouit vite. Je m'attirerais des ennuis. J'ai déjà été en prison une fois. Trente jours. Je ne veux jamais y retourner.

— Personne ne te cherchera noise. Pas alors que tu m'as trouvé traînant à la vieille fonderie en jupe à frou-frou. Mes parents ne vont pas te mettre un avocat aux fesses. Ce n'est pas le genre de choses qu'ils ont envie d'ébruiter. Prends donc ma carte de crédit, tant que tu y es. Je parie que mes vieux ne la feront pas bloquer avant un bon bout de temps. La meilleure façon de prendre ta revanche, c'est de laisser tous ces connards derrière toi et de leur jeter un dernier coup d'œil dans ton rétroviseur, en route vers ailleurs, vers un truc mieux. Tu mérites mieux, Glenna, conclut Ig.

Ils étaient à côté de sa voiture. Ig lui ouvrit la portière. Elle regarda la jupe qu'il portait, puis revint à son visage. Elle souriait à travers ses larmes dégoulinant de mascara noir.

— Alors c'est ton truc, Ig ? Te fringuer en nana ? Si j'avais su, j'aurais essayé de… je sais pas moi… on se serait peut-être plus éclatés…

— Non. C'est juste que je n'ai pas trouvé de cape ni de collants rouges.

— Une cape et des collants rouges ? répéta-t-elle d'un air ébahi.

— C'est bien comme ça que le diable est censé s'habiller, non ? Un vrai costume de super-héros. D'ailleurs, sur bien des plans, je trouve que Satan fut le premier super-héros.

— Super-vilain, tu veux dire, non ?

— Non. Un héros cent pour cent, quand on y pense. Dans sa première aventure, il prend la forme d'un serpent pour libérer deux prisonniers retenus tout nus dans une geôle du tiers-monde par un mégalomane tout-puissant. Du même coup, il diversifie leur régime alimentaire et les initie à leur propre sexualité. Moitié X-Man, moitié Sha-Man.

Elle rit, d'un drôle de rire un peu trouble, puis elle hoqueta, et son sourire s'évanouit.

— Alors, où comptes-tu aller ? demanda Ig.

— Je sais pas. J'ai toujours eu envie de voir New York by night. Les taxis qui filent à toute blinde avec la zique qui sort par les vitres ouvertes, les vendeurs de confiseries aux coins des rues… Tu crois qu'il y en a encore ?

— Je n'en sais rien. Je n'y suis plus retourné depuis la mort de Merrin. Va donc vérifier par toi-même. Ça va être grandiose. Le grand moment de ta vie.

— Puisque c'est si chouette, si merveilleux de me barrer d'ici pour prendre ma revanche sur toi, pourquoi est-ce que je me sens si mal ?

— Parce que tu n'y es pas encore. Mais d'ici peu, quand tu auras roulé un petit moment, tu te souviendras juste que tu m'as vu habillé pour aller danser dans ma plus belle jupe bleue. Tout le reste… tu l'auras oublié, conclut-il en pesant de toute sa volonté sur ses cornes pour bien enfoncer cette idée dans la tête de Glenna, en une pénétration plus intime que tous leurs ébats amoureux.

Elle hocha la tête en le fixant d'un œil fasciné, injecté de sang.

— Oublier. D'accord.

Elle s'apprêtait à monter en voiture quand elle hésita et le regarda par-dessus la portière.

— La première fois que je t'ai causé, c'était ici. Tu te souviens ? J'étais avec la bande et on faisait griller une merde. Quel pied, hein ?

— Ouais. C'est le genre de programme que je me suis fixé pour ma soirée. Vas-y, pars maintenant, Glenna. Et pense au rétroviseur.

Elle hocha la tête, se baissa pour s'engouffrer dans la voiture, puis se redressa soudain pour lui plaquer un baiser sur le front, par-dessus la portière. Alors il vit des trucs à son sujet qu'il n'avait pas encore vus ; elle avait souvent péché, toujours à son détriment. Saisi, il recula, sentant encore sur son front la fraîcheur de ses lèvres et dans ses narines l'odeur de son haleine, cigarette et menthe poivrée.

— Hé, fit-il.

Elle lui sourit.

— Fais gaffe à toi, Ig. On dirait que tu ne peux pas passer un après-midi à la vieille fonderie sans risquer ta vie.

— T'as raison, ça commence à devenir une habitude.

Ig retourna à la piste Evel Knievel pour regarder le charbon ardent du soleil s'éteindre en plongeant dans la Knowles. Planté dans les hautes herbes, il entendit un curieux vrombissement évoquant le chant d'un insecte inconnu. Il l'entendait très distinctement, car les cigales s'étaient tues avec le crépuscule. Elles-mêmes allaient vers leur fin, à mesure que leur élan sexuel déclinait avec la fin de l'été. Le drôle de son revint sur la gauche, dans les herbes.

S'accroupissant, il repéra le téléphone portable de Glenna dans sa coque rose translucide, couché là où elle l'avait laissé tomber. Il l'extirpa des herbes sèches et l'ouvrit. Sur l'écran s'afficha un texto de Lee Tourneau :

comment t'es sapée ?

Ig tortilla son bouc tout en réfléchissant. Était-il capable d'influencer quelqu'un à distance, par téléphone ? Les cornes émettaient-elles des ondes pouvant être relayées par radio-satellite ? Pourquoi pas, après tout ? Les téléphones portables passaient souvent pour des engins du diable.

Il sélectionna le message de Lee et appuya sur la touche rappel. Lee répondit à la deuxième sonnerie.

— Dis-moi juste que tu portes un truc sexy, même si ce n'est pas vrai. J'aime bien faire semblant, je suis doué pour ça.

Ig ouvrit la bouche, mais ce fut de la douce voix de Glenna qu'il parla, un peu essoufflée et fébrile.

— Je suis couverte de boue et de poussière, si tu veux savoir, Lee. J'ai besoin d'aide. Ma voiture est embourbée.

Lee hésita, et quand il reprit la parole, ce fut à voix basse, sur un ton posé.

— Et où est-ce que vous vous êtes plantée, jeune dame ?

— Près de cette putain de fonderie.

— La fonderie ? Mais qu'est-ce que tu fiches là-bas ?

— Je suis venue chercher Iggy.

— Glenna, voyons, ce n'est pas raisonnable. Instable comme il est.

— Je sais, je sais, mais je ne peux m'en empêcher. Je me fais du souci pour lui. Sa famille aussi est inquiète. Tout le monde se demande ce qu'il peut bien fabriquer. Il a manqué l'anniversaire de sa grand-mère, il ne répond pas quand on l'appelle sur son portable. Il pourrait aussi bien être mort, à l'heure qu'il est. Et c'est ma faute s'il est dans cet état. C'est aussi un peu la tienne, enfoiré.

— Ouais, j'y suis sans doute pour quelque chose, reconnut Lee en rigolant. Mais je ne comprends toujours pas pourquoi tu es venue jusqu'à la vieille fonderie.

— Il aime bien s'y rendre à cette époque de l'année, parce que c'est là qu'elle est morte. Alors je me suis décidée à venir jeter un coup d'œil, j'ai roulé jusqu'ici, ma voiture s'est embourbée, et bien sûr, toujours pas d'Iggy à l'horizon. Tu as eu la gentillesse de me raccompagner l'autre soir. Tu pourrais me faire la même faveur ?

Lee garda le silence un instant.

— Tu as appelé quelqu'un d'autre ? s'enquit-il.

— Tu es le premier à qui j'ai pensé, répondit Ig, toujours de la voix de Glenna. Allons. Ne m'oblige pas à te supplier. Mes vêtements sont pleins de boue, il faut que je me change et que je prenne une douche.

— Bon, d'accord, céda-t-il. À condition que je puisse te mater sous la douche.

— Alors dépêche-toi. Je t'attendrai ici, dans la fonderie. Tu vas te marrer quand tu verras où j'ai planté la voiture. Je te jure, c'est à mourir de rire.

— J'ai hâte d'y être, dit-il.

— Grouille-toi. Cet endroit me fout les jetons.

— Tu m'étonnes. Y a rien là-bas à part des fantômes. Tiens bon. Je vole à ton secours.

Ig raccrocha sans dire au revoir. Puis il s'accroupit un instant, sur la zone de terre roussie en haut de la piste Evel Knievel. Le soleil était descendu sans qu'il y prenne garde. Les premières étoiles piquetaient le ciel violine. Il finit par se lever et reprit le chemin de la vieille fonderie pour se préparer à recevoir Lee. Au passage, il décrocha la croix de Merrin de la branche du chêne où il l'avait suspendue. Ig prit aussi le bidon d'essence rouge. Il en restait un bon quart.

45

Lee mettrait au moins une demi-heure pour arriver jusqu'ici, même davantage s'il faisait le trajet depuis Portsmouth. Ça ne laissait pas beaucoup de temps à Ig et c'était aussi bien. Plus il réfléchirait à ce qu'il devait faire, moins il aurait le cran de l'accomplir.

Il était revenu à l'avant de la fonderie et allait se hisser par l'ouverture qui donnait dans la grande salle quand il entendit une voiture cahoter derrière lui, sur les ornières du chemin. Un flux glacé d'adrénaline le traversa. Certes les choses se précipitaient, mais elles ne pouvaient aller aussi vite, à moins que Lee ne fût déjà en route dans cette direction quand Ig l'avait appelé. Sauf que ce n'était pas la Cadillac rouge de Lee, mais une Mercedes noire, et que Terry Perrish était au volant.

Ig s'aplatit dans l'herbe et cala le bidon d'essence contre le mur. Il s'attendait si peu à voir son frère, ici, maintenant, qu'il avait du mal à l'accepter. Normalement, son avion avait déjà atterri en Californie, et Terry déambulait en plein jour dans la chaleur quasi tropicale de la côte Pacifique. Ig l'avait sommé de repartir à L.A., de céder à son envie désespérée de filer à l'anglaise, et cette injonction aurait dû suffire.

La voiture tourna et ralentit en approchant du bâtiment à travers les hautes herbes sèches et crissantes. Voir Terry débarquer en ces lieux le mettait en rage et l'inquiétait. Son frère n'avait rien à faire ici, et le temps manquait pour l'obliger à déguerpir.

Il courut le long de la fondation en béton en courbant l'échine et atteignit le coin de la fonderie juste comme la Mercedes passait ; accélérant l'allure, il ouvrit la portière passager et bondit à l'intérieur.

En le voyant, Terry hurla et chercha à ouvrir la portière de son côté. Alors il reconnut Ig. Son regard descendit sur la jupe dépenaillée, puis remonta à son visage.

— Ig, bon Dieu, dans quel état tu es ? s'exclama-t-il en haletant.

Au début, Ig ne comprit pas pourquoi Terry avait l'air si choqué. Puis il sentit la croix. Il la tenait toujours au creux de sa main droite, avec la chaîne enroulée autour de ses doigts. Et la croix contrait l'effet des cornes. Pour la première fois depuis qu'il était rentré à Gideon, Terry voyait l'humain en Ig. La Mercedes continuait à rouler en cahotant à travers les hautes herbes.

— Terry ? Tu pourrais peut-être t'arrêter, sinon on risque de descendre la piste Evel Knievel jusque dans la rivière, remarqua Ig.

Terry freina et la voiture s'immobilisa.

Les deux frères étaient assis côte à côte à l'avant. Terry haletait encore. Un long moment, il resta à fixer Ig d'un air ébahi. Puis il rit, d'un rire frémissant d'horreur, accompagné pourtant d'un tressaillement des lèvres qui pouvait passer pour un sourire.

— Ig. Qu'est-ce que tu fous ici… fringué comme ça ?

— C'est à moi de te poser la question. Tu devais t'envoler aujourd'hui. Écoute, Terry. Il faut que tu fiches le camp d'ici. On ne dispose pas de beaucoup de temps, précisa-t-il, les yeux rivés au rétroviseur, car Lee Tourneau risquait d'arriver d'une minute à l'autre.

— Pourquoi ? Qu'est-ce qui va se passer ?… Et c'est quoi, cette jupe ? ajouta Terry d'un ton hésitant.

— Voyons Terry. C'est motown en diable. Tu devrais le savoir mieux que quiconque.

— Motown ? Tu dérailles ou quoi ?

— Non, je ne déraille pas. Et je te le répète, fiche le camp d'ici. Comment faut-il te le dire ? Tu tombes vraiment très mal.

— Mais qu'est-ce que tu racontes ? Tu me fais peur, Ig. Qu'est-ce qui va se passer ? Pourquoi est-ce que tu regardes sans arrêt dans le rétro ?

— J'attends quelqu'un.

— Qui ?

— Lee Tourneau.

— Ah… fit Terry en blêmissant. Pourquoi ?

— Tu sais pourquoi.

— Alors tu es au courant… Mais qu'est-ce que tu sais au juste ?

— Tout. Que tu étais dans la voiture. Dans le coaltar. Et qu'il a fait en sorte de te clouer le bec.

— Tout, répéta Terry en crispant les mains sur le volant au point que ses jointures blanchirent. Et comment sais-tu qu'il vient ici ?

— Je le sais.

— Tu vas le tuer, constata Terry.

— Ça va de soi.

Terry considéra la jupe, ses pieds nus crasseux, sa peau d'un rouge cuivré, peut-être l'effet d'un mauvais coup de soleil.

— Rentrons à la maison, Ig. Rentrons, et on parlera de tout ça. Maman et Papa s'inquiètent pour toi. Rentrons pour les rassurer, et puis on parlera. On trouvera une solution.

— Pour moi, c'est déjà fait. Tu devais t'en aller. Je t'avais dit de partir.

— Comment ça, tu m'avais dit de partir ? Je ne t'ai pas vu de tout mon séjour. On n'a pas échangé un mot.

Ig vit une lueur de phares dans le rétro. Il se tourna pour regarder par la vitre arrière. Une voiture passait sur la nationale, après la mince bande de forêt qui séparait la fonderie de la route. Entre les troncs d'arbres, les phares clignotaient sur un staccato rapide, un message codé qui disait : Vite. Vite. La voiture passa son chemin sans bifurquer, mais ce n'était plus qu'une question de minutes. Bientôt une autre voiture viendrait qui, elle, ne passerait pas, mais tournerait pour remonter le chemin jusqu'à eux. Baissant les yeux, Ig vit une valise ainsi qu'un étui de trompette posés sur le siège arrière.

— Tu avais fait tes bagages, nota Ig. Tu avais donc prévu de partir. Pourquoi as-tu changé d'avis ?

— Je suis parti, répondit Terry.

Ig se redressa et l'interrogea du regard.

— Ça n'a pas d'importance, répondit Terry en secouant la tête. Oublie ça.

— Non. Dis-moi.

— Plus tard.

— Dis-le-moi maintenant. Puisque tu avais quitté la ville, pourquoi y revenir ?

Terry lui lança un drôle de regard. Puis il se passa la langue sur les lèvres et se mit à parler, d'une voix calme, quoique sur un débit un peu haché.

— J'avais décidé de rentrer à L.A. Papa était en colère contre moi. Avec Vera à l'hôpital, et toi

Dieu sait où… Mais je me suis dit que je ne servais à rien à Gideon et qu'il fallait que je rentre pour organiser des répétitions. Papa trouvait que c'était le comble de l'égoïsme, de me tirer dans ces circonstances. Je savais qu'il avait raison, mais bon, je m'en fichais, d'une certaine façon. J'avais juste envie de prendre la voiture et de m'éloigner de cet asile de fous.

» Sauf que plus je m'éloignais de Gideon, plus je me sentais mal. Alors j'ai entendu à la radio un air que j'aimais, et je me suis mis à réfléchir à une façon de l'arranger avec l'orchestre. Et je me suis souvenu que je n'avais plus d'orchestre. Plus aucun musicien avec qui répéter.

— Comment ça ?

— Je n'ai plus de boulot, Ig. J'ai démissionné. Je me suis barré de *Hothouse*.

— Qu'est-ce que tu racontes ? demanda Ig, car il n'avait absolument rien vu de tel durant son incursion dans la tête de Terry.

— La semaine dernière. Je n'en pouvais plus. Après ce qui est arrivé à Merrin, ce n'était plus du tout amusant. C'était même tout le contraire. C'était l'enfer. L'enfer, d'être obligé de sourire, de rire, de jouer des airs festifs quand on a envie de hurler à la mort. Chaque fois que je jouais de la trompette, je me mettais à hurler. Les gens de la Fox m'ont demandé de prendre le week-end, histoire de faire le point. Ils ne m'ont pas tout de suite menacé de me poursuivre en justice pour rupture de contrat si je ne me pointais pas pour reprendre le boulot la semaine d'après, mais c'est dans l'air, je le sais. D'ailleurs je m'en fous éperdument. Ils n'ont rien à m'offrir. En tout cas pas ce dont j'ai besoin.

— Mais quand t'es-tu rappelé que tu n'avais plus d'émission ? Lorsque tu as fait demi-tour pour rentrer à la maison ?

— Non, pas tout de suite. C'était effrayant. Comme… comme d'être deux personnes à la fois. Un moment, je devais quitter l'autoroute pour rentrer à Gideon, et l'instant d'après je m'imaginais en train de répéter. Pour finir, j'avais presque atteint l'aéroport de Logan et… tu connais cette colline surmontée d'une croix géante ? Juste après le champ de courses des Suffolk Downs ?

Ig en eut la chair de poule.

— Celle qui fait dans les six mètres de haut ? Oui, je la connais, confirma-t-il. Je croyais qu'on l'appelait la Don Orsillo, mais ce n'est pas son nom.

— Don Orione. C'est le nom de la maison de santé qui s'occupe de la croix. Je me suis garé là. Il y a une route qui monte à travers les bâtiments jusqu'à la croix. Je ne suis pas allé jusqu'en haut. Je me suis juste garé à l'ombre, pour réfléchir.

— À l'ombre de la croix ?

Son frère acquiesça d'un petit hochement de tête.

— La radio était toujours allumée. C'était la station étudiante, tu sais. La réception était mauvaise, ça grésillait, car je n'avais pas encore changé de fréquence en descendant plus au sud. J'ai entendu le jeune gars qui présente les informations locales dire que le pont de l'ancienne foire de Gideon avait rouvert, après avoir été fermé quelques heures en milieu de journée pendant que la police faisait remorquer une voiture incendiée sur la barre de rivière. Ça m'a mis mal à l'aise. Parce qu'on n'avait pas eu de tes nouvelles depuis deux jours et que la barre se trouve juste en aval de la vieille fonderie. Et qu'on est à la période de l'année où Merrin est morte. Tout semblait lié. Soudain, je n'ai plus su pourquoi j'étais si pressé de me tirer de Gideon. Pourquoi il était si important de m'en aller. J'ai fait demi-tour. Je suis revenu. Et comme je me garais en ville, je me suis dit que je devrais peut-être faire un tour à la vieille fonderie. Au cas où tu y serais allé pour être auprès de Merrin et… et qu'il te soit arrivé quelque chose. C'était très clair dans mon esprit : la priorité absolue, c'était de savoir si tu allais bien. Voilà. Et visiblement, tu n'as pas l'air d'aller bien, conclut-il en regardant Ig à nouveau, puis il resta silencieux un moment.

Quand il reprit la parole, ce fut d'une voix haletante, effrayée.

— Comment vas-tu t'y prendre pour… tuer Lee ?

— Ce sera rapide. Même s'il ne le mérite pas.

— Tu savais ce que j'ai fait et tu m'as laissé filer ? Pourquoi ne pas me tuer moi aussi ?

— Tu n'es pas le seul à avoir merdé parce que tu avais peur.

— Comment ça ?

Ig réfléchit un moment.

— Je détestais la façon dont Merrin te regardait quand tu jouais de la trompette à tes concerts. J'avais toujours peur qu'elle tombe amoureuse de toi, ça me rendait fou. Tu te rappelles les graphiques que tu faisais sur sœur Bennett pour te moquer d'elle ? C'est moi qui t'ai dénoncé en écrivant un mot. Ça t'a valu un F en morale et on t'a exclu du récital de fin d'année.

Terry le regarda un instant avec des yeux ronds, comme si Ig venait de lui parler dans un langage incompréhensible. Puis il rit. D'un rire plutôt crispé, mais authentique.

— Merde alors. Rien que de penser à la trempe que m'avait flanquée le père Mould, j'en ai encore mal aux fesses… s'exclama-t-il, puis son sourire s'effaça. Mais ça n'a rien à voir avec ce que je t'ai fait. Ce n'est pas du tout la même échelle.

— Non, convint Ig, mais le principe est le même. Sous l'emprise de la peur, les gens prennent des décisions foireuses.

Terry essaya de sourire, mais il semblait plutôt au bord des larmes.

— Faut qu'on y aille, dit-il.

— Toi oui, maintenant. Mais pas moi, répliqua Ig.

Tout en parlant, il abaissa la vitre côté passager, jeta la croix dans l'herbe, puis il mit toute la force de sa volonté derrière les cornes, pour appeler les serpents de la forêt, les inviter à le rejoindre dans la fonderie.

Effaré, Terry émit un bruit de gorge, un cri étranglé.

— Haaaaa… Il y a des cornes. Sur ta tête. Mon Dieu, Ig… Qui es-tu ?

Ig se retourna. Les yeux de Terry brillaient d'une terreur suprême, presque religieuse.

— Je l'ignore, répondit Ig. Mi-homme, mi-démon. Je n'en suis pas sûr. C'est encore flou. Ce que je sais par contre, c'est que Merrin voulait que je sois une personne. Les gens pardonnent. Les démons… pas toujours. Si je te laisse partir, c'est autant pour elle que pour moi. Elle t'aimait aussi.

— Il faut que j'y aille, décréta Terry d'une petite voix craintive.

— Oui. Tu n'as pas envie d'être ici quand Lee Tourneau arrivera. Tu risquerais de prendre un mauvais coup si les choses tournent mal, et puis pense un peu au tort que ça pourrait faire à ta réputation. D'ailleurs, ça ne te concerne pas, ça ne t'a jamais concerné. En fait, tu vas oublier cette conversation. Tu n'es jamais venu ici, et tu ne m'as pas vu de la soirée. Ça y est. Tout est effacé.

— Effacé, répéta Terry en tressaillant, puis il cligna des yeux, comme si quelqu'un lui avait balancé de l'eau froide en pleine figure. Bon Dieu, il faut que je me tire d'ici. Si je dois retravailler un jour, il faut que je me sorte de ce merdier.

— Tu as raison. Cette conversation a disparu. Toi aussi, disparais. Tire-toi. Rentre à la maison, dis à Maman et Papa que tu as raté ton avion. Reste avec ceux qui t'aiment et jette un coup d'œil au journal demain matin. On reproche à la presse de ne jamais rapporter que de mauvaises nouvelles, mais à mon avis, tu te sentiras beaucoup mieux dans ta peau et dans ta vie quand tu auras lu la une.

Ig eut envie d'embrasser son frère sur la joue, mais il se ravisa, craignant de découvrir quelque acte honteux qui lui fasse regretter de l'avoir fait partir.

— Au revoir, Terry.

Il sortit de la voiture et resta en arrière à regarder la Mercedes s'éloigner lentement en écrasant les hautes herbes, puis opérer un grand virage indolent derrière un monceau de détritus, briques, vieilles planches, boîtes de conserve. Ig se détourna alors sans attendre de la voir passer de l'autre côté du tas d'ordures. Il avait du pain sur la planche. Il se hâta le long du mur extérieur de la fonderie en jetant des coups d'œil vers la rangée d'arbres qui faisait écran entre le bâtiment et la route. Il s'attendait à tout moment à voir les phares apparaître à travers les sapins, puis la Cadillac ralentir en approchant de la bifurcation.

Il grimpa pour entrer dans la première salle. On aurait dit que quelqu'un y était venu pour déverser deux seaux remplis de serpents avant de se tirer vite fait. Les reptiles glissaient en sortant des coins d'ombre, ils se laissaient tomber des empilements de briques. La vipère des bois se déroula et chuta du tonneau sur le sol avec un bruit mat. Il n'y en avait pas plus d'une centaine. Bon. Ça suffirait.

Il s'accroupit et souleva la vipère des bois en la prenant à mi-corps car à présent, il ne craignait plus les morsures. Elle plissa les yeux d'un air affectueux, un peu somnolent, darda sur lui sa langue noire, et lui murmura des mots doux à l'oreille. Il l'embrassa gentiment sur la tête, puis l'emmena vers le fourneau. Chemin faisant, il se rendit compte qu'il ne pouvait lire en elle ni péché ni culpabilité, qu'elle n'avait aucun souvenir d'avoir un jour mal agi. Elle était innocente. Comme tous les serpents. Se glisser entre les herbes pour guetter un mulot, mordre sa proie et la frapper de paralysie, que ce soit d'un coup de mâchoires ou de crochets venimeux, l'engloutir et sentir sa masse tiède et duveteuse descendre dans la gorge, puis s'enfoncer dans un trou noir et se lover sur un lit de feuilles pour digérer en paix… Autant de purs plaisirs et de bienfaits que vous accorde ce monde quand il tourne rond.

Il pénétra dans la cheminée et déposa la vipère sur la couverture puante qui recouvrait le matelas. Puis il se pencha par-dessus pour allumer chacune des bougies, créant une ambiance intime et romantique. La vipère s'enroula et se lova sur ses anneaux avec contentement.

— Tu sais ce qu'il te reste à faire si jamais il s'en sort, dit Ig. La prochaine personne qui ouvrira cette porte, je veux que tu la mordes encore et encore. Compris ?

Elle darda sa langue qui frétilla dans l'air. Il replia sur elle les coins de la couverture pour la cacher, puis posa dessus le portable rose de

Glenna. Si Lee le tuait, au lieu du contraire, il viendrait ici pour éteindre les bougies, et quand il verrait le téléphone, il voudrait l'emporter avec lui. Le portable de Glenna avait servi à l'appeler, et Lee ne laisserait pas traîner ce genre d'indice.

Ig se glissa par la trappe hors de la cheminée et repoussa la porte jusqu'à la fermer presque complètement. La lueur des bougies en ourlait les bords, si bien qu'on aurait dit que les vieux fourneaux avaient été rallumés, comme si la fonderie reprenait vie. Il saisit sa fourche, qui était restée appuyée contre le mur juste à côté de la trappe.

— Ig, murmura Terry derrière lui.

Ig fit volte-face avec un coup au cœur et vit son frère. Il était dehors et se dressait sur la pointe des pieds pour regarder à l'intérieur.

— Mais qu'est-ce que tu fiches encore ici ? s'exclama Ig, exaspéré.

— Ce sont des serpents ? demanda Terry.

Il recula tandis qu'Ig se laissait tomber par l'ouverture. Il avait encore la boîte d'allumettes à la main, et la jeta sur le bidon d'essence. Puis il se tourna et pointa sa fourche sur la poitrine de Terry tout en scrutant l'obscurité derrière lui, sans voir la Mercedes.

— Où est ta voiture ?

— Derrière ce tas d'ordures, indiqua Terry en désignant un monceau de détritus et avançant la main, il écarta doucement les dents de la fourche.

— Je t'ai dit de t'en aller.

— Non, objecta Terry, dont le visage luisait de sueur dans la nuit d'été.

Sidéré, Ig mit un moment à digérer sa réponse.

— Si, insista-t-il en poussant avec les cornes, si fort que la sensation de pression et de chaleur qui les traversait était, pour une fois, non pas agréable mais presque douloureuse. Tu n'as pas envie d'être ici, et je n'ai pas envie que tu y sois.

Terry vacilla effectivement comme si Ig l'avait poussé. Mais il se rétablit et demeura où il était, les traits crispés par une sorte de sombre résolution.

— Non, soutint-il. Tu ne peux m'y obliger. Tu peux agir sur mon mental, mais ton pouvoir a ses limites. Tu proposes, je dispose. C'est à moi d'accepter ou non. Et je refuse. Je ne vais pas me tirer d'ici en te laissant seul face à Lee. C'est ce que j'ai fait la nuit où j'étais avec Merrin et depuis, je vis un enfer. Si tu veux que je m'en aille, alors monte en voiture et viens avec moi. On cherchera une solution. On trouvera tous les deux comment s'occuper de Lee sans que personne ne se fasse tuer.

Furieux de ne pouvoir forcer son frère à suivre sa volonté, Ig poussa un grondement rageur et avança sur lui en brandissant la fourche. Terry sauta en arrière d'un pas dansant, loin des dents. Chaque fois qu'il avançait sur lui en le menaçant de sa fourche, Terry esquivait les coups avec un vague sourire. Ig avait l'impression d'avoir dix ans et d'être forcé à jouer à une sorte de jeu d'arrière-cour.

Des phares tremblotèrent de l'autre côté de la rangée d'arbres qui cachait la fonderie de la route et leur lumière ralentit progressivement alors que le conducteur s'apprêtait à tourner. Ig et Terry se figèrent, ils levèrent les yeux vers la route.

— C'est Lee, dit Ig, et il fusilla son frère du regard. Monte dans ta voiture et disparais de ma vue. Tu ne peux pas m'aider, au contraire. Tu peux juste tout faire foirer. Alors tiens-toi à l'écart de tout ça, si tu ne veux pas te faire zigouiller, lança Ig en le menaçant encore de sa fourche et en mettant toute la force de sa volonté dans les cornes pour essayer de le faire plier.

Cette fois Terry n'y résista pas, il s'en fut et détala à travers les hautes herbes, vers le monceau d'ordures. Ig le suivit des yeux jusqu'à ce qu'il ait atteint le coin du bâtiment. Alors il se hissa par la haute ouverture pour rentrer dans la fonderie. Derrière lui, les phares de la Cadillac fendaient la nuit comme un coupe-papier ouvrant une enveloppe noire.

46

À peine s'était-il hissé dans la salle que les phares balayèrent la façade en projetant par les ouvertures de grands carrés de lumière blanche sur les murs couverts de graffiti, éclairant au hasard d'anciens messages : « Terry Perrish se la pète grave avec sa trompette. » « Peace and love 1979. » « Dieu est mort. » Ig s'écarta de la lumière. Il ôta son manteau et le jeta par terre, au milieu de la pièce. Puis il s'accroupit dans un coin et se servit des cornes pour appeler les serpents.

Ils arrivèrent d'un peu partout, sortant du tas de brique ou se laissant tomber par les trous du mur en glissant les uns sur les autres dans leur hâte d'aller tous vers le manteau. À mesure qu'ils se rassemblaient dessous, le manteau se mit à se tortiller, puis il commença à se redresser en prenant forme humaine, les épaules se rembourrèrent, les manches gonflèrent comme si un homme invisible les enfilait. Enfin une tête en sortit, garnie de longues torsades ondulantes qui lui faisaient comme des cheveux. On aurait dit un homme, ou une femme peut-être, assise par terre au milieu de la salle et qui méditait, la tête penchée. Quelqu'un qui frissonnait sans pouvoir s'arrêter.

Lee donna un coup de klaxon.

— Glenna ? appela-t-il. Qu'est-ce que tu fais ?

— Je suis là, Lee ! lança Ig en prenant la voix de Glenna, et il s'accroupit juste à droite de la porte. Quelle merde ! Je me suis tordu la cheville.

Une portière s'ouvrit, claqua, et des pas approchèrent en foulant l'herbe.

— Glenna ? s'enquit Lee.

— Viens, je suis là, assise par terre, répondit Ig, toujours de la voix de Glenna.

Lee prit appui sur le béton et se hissa par l'ouverture. Depuis la dernière fois qu'Ig l'avait vu, il avait grossi de cinquante kilos et s'était rasé la tête, une transformation presque aussi stupéfiante que les cornes qui lui étaient poussées, et Ig eut un instant de complet désarroi. Puis il se rendit compte que ce n'était pas Lee, mais Eric Hannity ; les mains gantées de latex bleu, il tenait sa matraque d'agent de police. À la lueur des phares, le contour de son crâne était aussi rouge que celui d'Ig. Il avait la tête couverte de brûlures, avec de grosses cloques sur la joue gauche qui semblaient remplies de pus.

— Où es-tu ma mignonne ? susurra Eric en scrutant la vaste salle obscure.

Ig était tapi avec sa fourche sur la droite, dans un coin sombre. Les yeux d'Eric ne s'étaient pas encore adaptés à l'obscurité, et planté comme il était dans le rectangle de lumière projeté par l'ouverture, il n'était pas près d'y voir mieux. Quant à Lee, il était resté dehors. Manifestement, il était sur ses gardes et avait demandé à Eric de l'escorter. Comment avait-il fait pour deviner le guet-apens qu'Ig lui tendait, alors qu'il n'avait plus la croix pour le protéger ? C'était à n'y rien comprendre.

Tout en balançant nonchalamment sa matraque de la main droite, Eric approcha à petits pas de la silhouette en manteau.

— Tu pourrais répondre, salope, lança-t-il.

Le manteau frémit, agita faiblement un bras et secoua la tête. Ig ne bougeait pas, il retenait son souffle, ne sachant que faire. C'était Lee qui devait entrer dans cette salle, et personne d'autre. Et voilà, se dit-il en songeant à sa brève expérience du métier de démon. Il avait fait de son mieux pour mettre au point un joli petit meurtre pas compliqué, et maintenant tout partait en fumée. Peut-être que c'était toujours comme ça. Peut-être que tous les beaux plans conçus par le diable n'étaient rien comparés à ce que les hommes pouvaient inventer.

Eric arriva juste derrière la créature en manteau. Il leva la matraque des deux mains et l'abattit sur son dos. Le manteau se creva comme un sac et les serpents en jaillirent en se répandant partout. Eric émit un drôle de bruit, un cri étranglé, et il faillit trébucher en reculant.

— Quoi ? cria Lee du dehors. Qu'est-ce qui se passe ?

Eric posa son gros pied sur la tête d'une couleuvre rayée qui se faufilait entre ses talons et l'écrasa sous sa botte. Grognant de dégoût, il envoya valser d'un coup de pied un serpent d'eau, et recula vers Ig en pataugeant dans une mare grouillante de reptiles. Comme il se tournait pour gagner la sortie, son pied glissa et il se tordit la cheville. Avant de perdre l'équilibre, il virevolta avec une grâce étonnante puis s'effondra sur un genou, face à Ig qui pointa sa fourche sur lui.

— Que je sois damné ! s'exclama Eric en le fixant de ses petits yeux porcins enfoncés dans la chair brûlée.

— On sera deux, déclara Ig.

— Va au diable, connard, répliqua Eric en levant la main gauche, et Ig vit seulement alors qu'il tenait un revolver.

Sans prendre le temps de réfléchir, il passa à l'attaque et planta la fourche dans l'épaule gauche d'Eric. Ce fut comme s'il l'avait enfoncée dans un tronc d'arbre. Les ondes d'impact remontèrent du manche de la fourche jusque dans ses mains. L'une des dents fit éclater la clavicule d'Eric, l'autre transperça son deltoïde, celle du milieu l'atteignit en haut de la poitrine. Le coup de revolver partit vers le haut, en une détonation aussi forte que celle d'une bombe-cerise. Comme Ig continuait à pousser Eric pour le faire tomber sur le cul, le bras gauche d'Eric vola en l'air, le revolver fut projeté dans le noir et un deuxième coup partit quand l'arme heurta le sol, tranchant net le corps d'un serpent ratier.

Hannity grogna en serrant les mâchoires, comme s'il s'efforçait de soulever un terrible poids. De rouge qu'il était, son visage vira au cramoisi, moucheté de grosses cloques blanches. Il lâcha sa matraque pour saisir la fourche par la tête de sa main droite, comme s'il avait l'intention de l'arracher de son torse.

— Laisse tomber, dit Ig. Je ne veux pas te tuer. Tu vas te faire encore plus mal en essayant de l'enlever.

— Je ne vais pas l'enlever, haleta Hannity.

Virant sur la droite, il entraîna le manche de la fourche, et Ig avec, hors de la pénombre, sur le seuil de la salle éclairé par les phares. Pris au dépourvu, Ig perdit l'équilibre et émergea de l'ombre en vacillant. Il recula vite en tirant sur la fourche, et un instant, les piques garnies d'aspérités accrochèrent des tendons et de la chair. Quand elles s'en détachèrent, Eric hurla.

Ig s'efforçait de s'écarter du carré de lumière qui faisait de lui une cible idéale, mais il fut trop lent. La détonation claqua, assourdissante, frappant en premier ses tympans, qui ne captèrent plus aucun son. Le monde fut instantanément enveloppé d'un silence qui n'avait rien de naturel. C'était comme si Ig avait été heurté par un bus scolaire passant à toute blinde. Touché à l'épaule droite, il chancela en avant et se cogna dans Eric, qui émit un drôle de son, un genre d'aboiement rauque.

Lee se hissa à l'intérieur en s'aidant d'une main. De l'autre, il tenait un fusil de chasse. Il se rétablit, sans se presser. Ig le vit réarmer le fusil, il vit très nettement la cartouche usagée sauter de la chambre et suivre un arc parabolique pour se perdre loin dans la pénombre. Ig essaya de sauter sur la gauche, mais quelque chose le retint par le bras : Eric. Eric le tenait par le coude et pesait sur lui, pour s'en servir comme d'une béquille pour se redresser, ou comme d'un bouclier humain en le maintenant en place. Lee tira encore, et une grêle de plombs atteignit Ig dans les jambes. Elles se dérobèrent sous lui. Un instant, il fut capable de garder l'équilibre en s'appuyant de tout son poids sur le manche de la fourche. Mais Eric le tenait toujours par le bras, et comme il avait lui-même reçu du plomb dans la poitrine, il tomba à la renverse en entraînant Ig dans sa chute.

Ig vit le ciel noir tournoyer avec une spirale nébuleuse là où, un siècle plus tôt, il y avait un plafond. Puis il atterrit durement sur le dos en un choc qui résonna dans tous ses os.

Il gisait, la tête tout près de la hanche d'Eric. Il ne sentait plus son épaule droite, ni rien en dessous des genoux. Le sang se retirait de sa tête, le ciel s'obscurcissait dangereusement, et il lutta désespérément pour ne pas perdre conscience. S'il tombait dans les pommes, Lee le tuerait. Et puis quelle importance qu'il soit conscient ou non, puisqu'il allait y passer de toute façon, se dit-il en remarquant, presque à retardement, qu'il se cramponnait toujours à sa fourche. La voix d'Eric lui parvint assourdie, comme s'il portait un casque de motard.

— Tu m'as tiré dessus, espèce de salopard ! s'écria-t-il à l'adresse de Lee.

— Ça pourrait être pire. Tu pourrais être mort, lui répliqua Lee, puis il fut debout au-dessus d'Ig, tenant le fusil pointé sur son visage.

Brandissant la fourche, Ig coinça le canon entre les dents et le dévia sur la droite, de sorte que quand le coup partit, il atteignit Eric Hannity en pleine figure. Ig eut juste le temps de voir sa tête exploser comme une courge trop mûre tombant de très haut. Il songea un instant à la dinde pulvérisée par la bombe-cerise. Du sang jaillit sur son visage, si chaud qu'il semblait presque bouillant. Chez les serpents, c'était la débandade, ils filaient vers les coins en rampant dans le sang.

— Merde. Tu vois, ça ne s'est pas arrangé. Désolé, Eric. C'est Ig que je voulais tuer, juré, lâcha Lee, et il partit d'un rire hystérique, sinistre à souhait.

Lee recula d'un pas en décoinçant le canon des dents de la fourche. Ig la brandit à nouveau pour détourner le tir et le coup partit vers le haut, en faisant éclater le manche de la fourche. Le trident tournoya dans le noir et rebondit sur le ciment, laissant Ig armé d'un bâton de bois déchiqueté.

— Tu veux bien te tenir tranquille, s'il te plaît, le pria Lee en réarmant le fusil.

Il recula d'un pas à un mètre vingt de distance, repointa le canon sur le visage d'Ig et appuya sur la détente. Le chien tomba avec un claquement sec. Lee se renfrogna et vérifia le .410 d'un air désappointé.

— Quoi, ce fusil ne contient que quatre balles ? Il est à Eric, précisa-t-il. L'autre nuit, je me serais servi d'un revolver pour te liquider, mais tu sais ce que c'est, avec leurs indices et tout le tintouin. Là, pas de souci. Tu as tué Eric, lui t'a tué, et moi, je suis en dehors du coup. C'est on ne peut plus limpide. Je regrette juste qu'Eric ait dû te fracasser le crâne avec son fusil, faute de munitions.

Il retourna le .410, prit le canon des deux mains et le leva en un geste fluide, harmonieux, rappelant celui d'un joueur de golf entraîné, pensa Ig juste avant que la crosse s'abatte sur sa tête en heurtant avec fracas l'une des cornes. Sous le choc, Ig roula sur le ciment, loin d'Eric.

Il resta face contre terre, haletant, un point brûlant dans les poumons, et attendit que les étoiles arrêtent de tournoyer dans le ciel comme des flocons de neige dans un globe de verre qu'on secoue. Les cornes vibraient à la façon d'un grand diapason. Elles avaient eu le mérite d'absorber le choc, au lieu qu'il lui fende le crâne.

Avançant sur lui, Lee leva encore le fusil et l'abattit cette fois sur son genou droit. Ig hurla et se redressa en se prenant la jambe. La rotule avait dû éclater, il sentait comme des morceaux d'assiette cassée remuer sous la peau. À peine s'était-il redressé que Lee revint à la charge en lui assénant un coup oblique sur le sommet du crâne, qui le fit encore tomber à la renverse. Le manche de bois qu'il tenait vola de sa main. Le ciel continuait à tournoyer comme dans un globe de verre.

Lee lui flanqua un coup de crosse entre les jambes, en plein dans les testicules. Le souffle coupé, Ig fut incapable de hurler, il se coucha sur le flanc, plié en deux. Un nœud de douleur monta de son entrejambe pour se répandre dans tous ses viscères comme du gaz toxique dans un ballon.

Ig se raidit en essayant de réprimer une terrible envie de vomir, tout le corps contracté.

Lee jeta le fusil, qui heurta le sol tout près d'Eric. Puis il se mit à arpenter la salle, cherchant visiblement quelque chose. Quant à Ig, il était incapable de parler tant il avait de mal à respirer.

— Bon Dieu, où est passé ce fichu revolver ? Tu sais, Ig, tu m'as bien eu. C'est stupéfiant ce que tu arrives à faire croire aux gens. Comment tu effaces leur mémoire. Comment tu leur fais entendre des voix. J'ai vraiment cru que c'était Glenna. J'étais en route pour venir ici quand elle m'a appelé du salon de coiffure pour me dire, en gros, d'aller me faire foutre. T'imagines ? J'ai dit : « D'accord, pas de problème, mais comment t'as réussi à désembourber ta voiture ? » Alors elle a rétorqué : « Qu'est-ce que tu racontes, bon Dieu ? » Ma parole, j'ai eu l'impression de devenir dingue. Comme si le monde ne tournait plus rond. Ça m'est déjà arrivé, Ig. Une fois, quand j'étais petit, je suis tombé d'une barrière, je me suis cogné la tête, et quand je me suis relevé, la lune tremblait comme si elle allait dégringoler du ciel. J'ai essayé de t'en parler un jour, te raconter comment je l'avais réparée. Oui, j'ai raccroché la lune. J'ai remis le ciel en ordre. Et toi aussi, je vais te régler ton compte une bonne fois pour toutes.

En entendant la porte du haut-fourneau s'ouvrir en grinçant sur ses gonds, Ig eut un bref élan d'espoir, presque douloureux. La vipère des bois aurait Lee. Il entrerait dans la cheminée, et elle le mordrait. Mais alors les pas de Lee qui traînait des pieds sur le ciment se rapprochèrent. En fait il avait juste ouvert la porte du haut-fourneau, sans doute afin d'avoir plus de lumière pour retrouver le revolver.

— J'ai appelé Eric, je lui ai dit que d'après moi, tu étais là-bas à préparer un mauvais coup, et que nous devions vite intervenir. Je lui ai glissé que nous devions faire ça officieusement, parce que tu étais un ami, dans le temps. Tu connais Eric. Je n'ai pas eu besoin de lui forcer la main, ni d'insister pour qu'il vienne armé. Moi, je n'ai jamais tiré un coup de feu de ma vie. Ni même chargé une arme. Ma mère soutenait que c'était des engins du diable et elle ne voulait pas en avoir sous son toit. Ah… Bon. C'est mieux que rien.

Ig entendit un raclement métallique ; apparemment, Lee avait trouvé ce qu'il cherchait. Les vagues de nausée s'atténuaient, et Ig parvenait à respirer par petites saccades. Encore une minute de répit, et il aurait la force de se redresser. Sauf que dans la minute qui suivait, il recevrait cinq balles de 38 dans la tête.

— Tu as plus d'un tour dans ton sac, Iggy, continua Lee en reculant. Encore tout à l'heure, quand tu nous as appelés d'ici avec la voix de Glenna, tu sais que j'ai failli me faire avoir ? J'ai vraiment cru que c'était elle, alors que je savais pertinemment qu'elle était au salon. Les voix, c'est déjà pas mal, Ig, mais le bouquet, c'est de sortir d'une voiture en flammes sans une égratignure…

À présent il était planté juste au-dessus d'Ig, mais au lieu du revolver, il tenait la tête de la fourche.

— Comment c'est arrivé ? Comment t'es-tu retrouvé comme ça ? Avec des cornes ?

— Merrin, dit Ig.

— Eh ben quoi, Merrin ?

— Sans Merrin dans ma vie… je suis devenu ça, murmura Ig dans un souffle.

Lee s'agenouilla et contempla Ig avec une compassion qui semblait sincère.

— Moi aussi je l'aimais, tu sais, déclara-t-il. On dirait que l'amour a fait de nous deux démons.

Comme Ig ouvrait la bouche pour parler, Lee posa la main sur son cou, et toutes les saloperies qu'il avait faites se déversèrent dans la gorge d'Ig comme un acide corrosif.

— Non, ce serait une erreur de te laisser parler, décréta Lee en levant la fourche au-dessus de sa tête, les dents pointées sur la poitrine d'Ig. D'ailleurs je crois qu'on s'est tout dit.

Alors le son tonitruant d'une trompette éclata dans l'air sur un timbre aigu, assourdissant. Lee tourna la tête vers le seuil de la pièce. Terry s'y tenait en équilibre sur un genou, sa trompette à la bouche.

À l'instant où Lee détourna les yeux, Ig se redressa et repoussa sa main. Il le saisit par les revers de son veston et lui donna un violent coup de tête. Ses cornes s'enfoncèrent dans l'estomac de Lee. L'impact vibra tout le long de son épine dorsale. Le souffle coupé, Lee poussa juste un petit grognement.

Ig eut beau remuer la tête de droite à gauche pour se dégager, il ne fit qu'élargir les trous que les cornes avaient forés dans le ventre de Lee sans parvenir à les extraire de la masse spongieuse où elles s'enfonçaient. Comme Lee lui enserrait la tête de ses bras en essayant de le repousser, Ig enfonça ses cornes encore plus profond. Il sentit l'odeur du sang, plus une autre, écœurante, celle d'une vieille poubelle pourrie. Les cornes avaient dû perforer des viscères.

Lee posa les mains sur les épaules d'Ig en poussant pour se dégager, et les cornes sortirent enfin avec un bruit de succion mouillé, celui de bottes qu'on extirpe de la boue.

Lee se plia en deux et roula sur le flanc en se tenant le ventre. Incapable de se tenir droit, Ig bascula lui aussi et s'effondra sur le ciment. Il était toujours face à Lee, qui était presque en position fœtale et se tenait le ventre, yeux fermés, bouche ouverte. Il ne vit donc pas le serpent noir qui s'approchait de lui. Paniqué par tout ce raffut, le serpent ratier cherchait un trou où se cacher, et il jeta à Ig un regard effaré, de ses yeux pailletés d'or.

Oui, lui conseilla Ig en pensée en désignant Lee du menton. Cache-toi là. Mets-toi à l'abri.

Le serpent noir ralentit, regarda Lee, puis Ig, d'un œil luisant de gratitude. Il dévia de sa course en rampant élégamment sur le ciment lisse et se glissa la tête la première dans la bouche béante de Lee.

Les yeux de Lee s'ouvrirent soudain, le bon et le mauvais, brillant d'une sorte d'horreur extatique. Il essaya de refermer les mâchoires, mais quand il mordit dans le corps épais du serpent, cela ne fit qu'alarmer l'animal qui se mit à frétiller furieusement de la queue en s'enfonçant plus profond dans la gorge de Lee. Avec un grognement étranglé, Lee s'efforça de le saisir, mais il lui glissait des mains tant elles étaient poissées de sang.

— Ig ! cria Terry en se précipitant, puis il vit Lee qui se contorsionnait par terre et se figea sur place.

Lee roula sur le dos et se mit à battre des talons en hurlant. En gargouillant plutôt, car c'est difficile de donner de la voix quand on a un gros serpent enfoncé dans la gorge. Son visage virait à un violacé presque noir dans la pénombre, et ses veines ressortaient sur ses tempes. Le mauvais œil était toujours tourné vers Ig, et il le fixait avec une sorte d'étonnement presque admiratif. Cet œil était un trou noir sans fond où un escalier de fumée s'enfonçait jusqu'en un lieu d'où une âme ne peut revenir. Ses mains retombèrent le long de ses flancs. De sa bouche ouverte sortait encore une bonne longueur de serpent, telle une amorce noire de vingt-cinq centimètres reliée à une bombe humaine. Le serpent ne bougeait plus, il devait regretter amèrement de s'être caché dans la gorge de Lee Tourneau et d'y rester coincé sans pouvoir ni avancer ni reculer. Ig était désolé pour lui. C'était vraiment une sale façon de mourir.

La douleur revint en coulant des parties dévastées de son corps, entrejambe, épaule, genoux, dans le centre de son être, tels quatre affluents pollués se vidant dans un réservoir écœurant de malaise. Ig ferma les yeux pour essayer de dominer sa souffrance. Alors, un moment, le calme régna dans la vieille fonderie, là où l'homme et le démon gisaient côte à côte... Quant à savoir qui était quoi, c'eût été une bonne question à aborder lors d'un débat théologique.

47

L'obscurité venait par vagues, les ombres léchaient les murs en montant et descendant par intermittence. Le monde coulait et refluait autour de lui, et Ig luttait pour s'y cramponner. Une part de lui voulait sombrer, s'éteindre, échapper à la douleur de son corps dévasté. Il dérivait déjà loin de lui-même en flottant dans une sorte de rêve. Les étoiles nageaient lentement de gauche à droite au-dessus de sa tête, de sorte que c'était comme s'il faisait la planche sur la rivière Knowles en se laissant porter par le courant.

Terry se pencha sur lui, l'air angoissé, perdu.

— Ça va aller, Ig. Je vais appeler les secours. Il faut que j'aille vite à la voiture récupérer mon portable.

Ig sourit d'une façon qu'il espérait rassurante et essaya de dire à Terry que tout ce qu'il avait à faire, c'était de l'asperger d'essence puis de jeter une allumette enflammée sur lui. Le bidon était juste dehors, contre le mur. Ensuite tout irait bien. Mais il fut incapable de sortir un son tant il manquait d'air et avait la gorge contractée. Lee Tourneau lui avait réglé son compte, comme promis.

Terry lui pressa la main et Ig sut, en passant, qu'en quatrième, son frère aîné avait copié sur le devoir du garçon qui était assis devant lui à un examen de géographie.

— Je reviens tout de suite, tu m'entends ? J'en ai pour une minute.

Ig hocha la tête, plein de gratitude. Terry lui lâcha la main et disparut de son champ de vision.

Renversant la tête, Ig contempla la lueur rougeâtre des bougies sur les vieux murs de briques. Le mouvement régulier de la lumière l'apaisait, il ajoutait à son impression d'être comme suspendu, flottant dans l'air. Cette lueur indiquait que la porte du haut-fourneau était ouverte, comprit-il ensuite. Oui, Lee avait dû l'ouvrir pour mieux éclairer le sol en ciment.

Alors Ig sut ce qui allait se passer, et le choc le sortit de sa stupeur rêveuse. Terry allait voir le portable de Glenna disposé avec soin sur la couverture, dans le fourneau. Terry, qui avait failli mourir d'une piqûre d'abeille à quatorze ans, ne devait en aucun cas approcher du fourneau. Ig essaya de l'appeler, de crier pour l'avertir, mais il ne put émettre qu'un sifflement rauque.

— Tiens bon, Ig, lança Terry de l'autre bout de la salle, mais il semblait en fait se parler à lui-même. J'en ai pour une minute et… ça alors, on a du pot ! Il y a un portable juste là.

Ig tourna la tête et essaya encore de l'arrêter, il réussit même au prix d'un effort surhumain à prononcer : « Terry », mais alors sa gorge se contracta de nouveau, le réduisant au silence. De toute façon, Terry ne s'était même pas retourné en l'entendant l'appeler.

Son frère se pencha par l'ouverture pour saisir le téléphone. Quand il le prit, il y eut du mouvement sous l'un des plis de la couverture, et Terry aperçut les anneaux du serpent lové dessous, ses écailles rutilant comme du cuivre brossé à la lueur des bougies. Il y eut un cliquètement de castagnettes quand la vipère se déroula pour frapper Terry au poignet. Le portable vola dans les airs. Terry hurla, il se redressa en se cognant le crâne contre le cadre en fer de la trappe et le choc le fit basculer en avant. Il avait la tête et le torse engagés dans l'ouverture, tandis que le reste de son corps en sortait.

Terry saisit la vipère des bois accrochée à son poignet et tira pour l'en détacher. Alors elle s'enroula et le frappa encore au visage en plantant ses crochets dans sa joue gauche. Terry la prit à mi-corps, elle lâcha prise, mais se ramassa aussitôt pour le mordre encore et encore. Chaque fois, Ig entendait un son mat, comme des coups dans un punching-ball.

Son frère s'effondra à l'extérieur de la trappe en tombant à genoux. Il tenait la vipère par la queue. Il la décrocha de sa chair, la souleva en l'air et la frappa contre le sol, comme on tape un tapis pour en chasser la poussière. Une giclée de sang noir et de cervelle jaillit sur le sol en ciment. Terry jeta le serpent loin de lui et il atterrit sur le dos. Sa queue se mit à fouetter l'air en tous sens en claquant sur le ciment. Peu à peu, les battements ralentirent, faiblirent, jusqu'à ce que la queue remue doucement puis retombe, inerte.

Terry était agenouillé devant la porte du fourneau, la tête penchée, comme un homme en prière, un pénitent dans l'église de la sainte et éternelle cheminée. Ses épaules montaient et descendaient au rythme de sa respiration.

— Terry, réussit à appeler Ig, mais son frère ne leva pas la tête pour le regarder.

Même s'il l'entendait, il ne pouvait répondre, car il devait économiser son souffle au maximum. S'il s'agissait d'un choc anaphylactique, il lui faudrait une piqûre d'adrénaline dans les minutes à venir, sinon les muqueuses gonflées de sa gorge le feraient suffoquer.

Le portable de Glenna était resté dans le fourneau, à seulement quelques mètres de lui, mais Ig ignorait où Terry l'avait lâché et il n'avait pas envie de ramper à sa recherche pendant que son frère étoufferait. Il se sentait sur le point de tourner de l'œil et n'était pas certain de parvenir à franchir le seuil du fourneau, qui se trouvait à un mètre du sol. Alors que le bidon d'essence était juste là, dehors.

Le plus dur, c'était de s'y mettre. Rien qu'à l'idée d'essayer de rouler sur le flanc, Ig sentait la douleur répandre son feu dans son épaule et son bas-ventre à travers un réseau tortueux de fibres brûlantes. Plus il réfléchirait, pire ce serait. Il se coucha sur le côté, et ce fut comme si on lui vrillait une lame munie de crochets dans l'épaule. Contre toute attente, il cria, lui qui s'en croyait incapable, et ferma les yeux.

Quand son vertige s'atténua, il tendit son bras valide et se traîna sur le ciment sur une trentaine de centimètres. Il cria encore, et s'efforça d'avancer en s'aidant de ses jambes, mais il ne sentait plus ses pieds, ne sentait plus rien sous ses genoux meurtris. Sa jupe était trempée de sang. Elle était sûrement fichue.

— Dire que c'était ma préférée. Moi qui comptais la porter pour aller au bal, murmura-t-il, le nez écrasé par terre, et il rit d'un rire rauque, fêlé, le rire d'un dément, songea-t-il.

Il se traîna encore sur une trentaine de centimètres au prix d'une douleur atroce qui irradiait dans toute sa poitrine. L'ouverture qui donnait sur l'extérieur ne semblait pas se rapprocher. Il faillit rire encore de la futilité de tout cela et risqua un coup d'œil vers son frère. Terry était toujours agenouillé devant la trappe, mais sa tête penchée touchait presque ses genoux, à présent. De là où il se trouvait, Ig ne voyait plus que la porte en fer entrouverte et la lueur des bougies qui ondulait tout autour et…

… il y eut une porte au-dessus de lui, ourlée d'une lumière tremblotante.

Il était ivre mort. Ça ne lui était pas arrivé depuis la nuit où Merrin avait été tuée, et il voulait se pinter encore plus. Il avait pissé sur la Vierge Marie. Pissé sur la croix. Il venait aussi de se pisser copieusement sur les pieds et ça l'avait bien fait marrer. Tout en se rajustant, il renversa la tête pour boire à la bouteille quand au-dessus de lui, dans les branches maladives du vieil arbre, il aperçut quelque chose. C'était le dessous d'une cabane à moins de cinq mètres du sol, et il distinguait le grand rectangle de la trappe grâce à la lueur vacillante des bougies qui en dessinait le contour. Les mots écrits sur cette trappe étaient à peine visibles dans la pénombre : « Soyez béni vous qui entrez ici. »

— Ah te voilà, dit Ig en rebouchant machinalement la bouteille, puis en la laissant tomber de sa main. Je te vois, là-haut.

La Maison de l'Esprit leur avait joué un bon tour, à lui et à Merrin, en se cachant d'eux toutes ces années. Elle n'avait jamais été là toutes les fois qu'il s'était rendu en ces lieux où Merrin avait été tuée. Ou peut-être qu'elle y était, mais que lui n'avait pas le bon état d'esprit pour la voir.

Il referma sa braguette en vacillant un peu et puis…

…trente centimètres de plus sur le sol en ciment. Il préférait ne pas lever la tête pour vérifier son avance, craignant d'être trop déçu du résultat, et avançant le bras droit…

… il saisit la branche la plus basse et se mit à grimper. Son pied glissa, il dut se rattraper à un rameau et laissa passer son étourdissement en fermant les yeux, avec la sensation que l'arbre mort allait se déraciner et tomber en l'entraînant dans sa chute. Puis il se reprit et continua de grimper avec la grâce empotée et inconsciente d'un ivrogne. Bientôt il se retrouva sur la branche juste en dessous de la trappe, et s'apprêta à l'ouvrir. Mais il y avait un poids dessus, et la trappe ne fit que vibrer bruyamment dans son cadre.

À l'intérieur, quelqu'un dont il reconnut aussitôt la voix poussa un petit cri.

— Qu'est-ce que c'est ?

— Hé ! Qui est là ? s'exclama une autre voix, qu'il connaissait encore mieux, et pour cause, même si venant de l'intérieur de la cabane, elle était étouffée et changée.

Un instant, Ig fut incapable de bouger. Ils étaient là, de l'autre côté de la trappe, Merrin et lui, tous les deux jeunes, indemnes de tout mal et amoureux fous l'un de l'autre. Ils étaient là, et il n'était pas trop tard pour les sauver, en tout cas leur épargner le pire. Se dressant, il heurta encore la trappe d'un coup d'épaules…

…et reprenant conscience, regarda autour de lui. Il avait dû tourner de l'œil. Son pouls battait fort, sur un rythme lent. Son épaule gauche qui le brûlait auparavant était maintenant froide et mouillée. Cela l'inquiéta. Les cadavres refroidissent. Il leva la tête pour s'orienter et découvrit qu'il n'était plus qu'à un mètre de l'ouverture ; ouverture qui donnait sur un vide de deux mètres, ce à quoi il préférait ne pas penser. Le bidon d'essence était juste là, en bas, sur la droite. Il n'avait plus qu'à franchir le seuil et…

…il pouvait leur dire ce qui allait arriver, les mettre en garde. Il pouvait dire à son moi plus jeune

d'aimer mieux Merrin et de lui faire confiance, de rester proche d'elle, que le temps dont ils disposaient était court, et il heurta encore la trappe, encore et encore, mais chaque fois, la porte ne se soulevait que d'un ou deux centimètres et retombait.

— Arrêtez ça, putain ! hurla le jeune Ig de l'intérieur de la cabane.

Ig s'apprêtait à frapper de nouveau mais alors il se retint, en se rappelant celui qu'il était quand il se trouvait de l'autre côté.

Il avait eu peur de relever la trappe, ne s'y était résolu que lorsque la chose qui attendait à l'extérieur avait cessé de chercher à entrer de force. Et de l'autre côté, il n'y avait rien.

— Écoutez…, dit celui qu'il était plus jeune, de l'autre côté de la trappe. C'est bon, vous nous avez bien eus. Vous avez réussi à nous fiche la trouille. Bon, on va sortir maintenant.

Les pieds du fauteuil cognèrent et grincèrent alors qu'ils l'écartaient, et Ig frappa la trappe d'en dessous à l'instant même où le jeune Ig l'ouvrait. Il crut voir bondir les ombres des deux amants, mais ce n'était qu'un jeu de lumière créé par les bougies, qui peuplaient d'ombres mouvantes l'obscurité à l'intérieur.

Ils avaient oublié de souffler les bougies, et quand Ig pointa la tête par l'ouverture, il les vit toujours allumées, et donc…

…il pointa la tête dehors, culbuta, et quand il atterrit sur les épaules, une décharge électrique transperça son bras gauche, si forte qu'il eut l'impression d'exploser et imagina qu'on retrouverait des morceaux de lui dans les arbres. Il roula sur le dos, les yeux ouverts.

Le monde tremblait de la force de l'impact. Ses oreilles bourdonnaient étrangement. Le ciel nocturne était comme la dernière image d'un film muet : un cercle noir qui rétrécissait en se refermant sur lui-même, effaçant le monde, le laissant…

…tout seul dans le noir de la cabane dans l'arbre.

Les bougies avaient *fondu en formant comme des colonnes de dix centimètres épaisses et luisantes, qui cachaient presque complètement le diable tapi au pied de la ménorah. Leur lueur dansait autour de la pièce. Le fauteuil au revêtement moisi se trouvait à gauche de la trappe ouverte. Sur les murs tremblotaient les ombres des figurines en porcelaine, les deux anges du Seigneur et l'extraterrestre. Quant à Marie, elle gisait sur le flanc, comme il se souvenait l'avoir laissée.*

Ig promena son regard autour de lui. C'était comme s'il était venu ici quelques heures plus tôt, et non des années en arrière.

Au début, il crut qu'il se parlait à lui-même.

— À quoi bon ? lança-t-il. Pourquoi m'avoir amené ici si je ne peux pas les aider ?

La colère le prit, une bouffée de rage l'envahit. La pièce était imprégnée de l'odeur des bougies qui fumaient.

Il devait y avoir une raison, une chose qu'il était censé faire, ou trouver. Quelque chose qu'ils avaient laissé derrière eux, peut-être. Il regarda la table basse, les figurines, et remarqua que le petit tiroir était resté entrouvert. Il s'en approcha et le tira, pensant qu'il y avait peut-être dedans quelque chose qui pourrait lui servir, ou l'aider à comprendre. Mais il n'y avait rien, à part la boîte d'allumettes et son image bondissante de diable noir riant à gorge déployée. Les mots « ALLUMETTES LUCIFER » étaient écrits sur le dessus dans un lettrage un peu rétro et tarabiscoté. Ig saisit la boîte pour la regarder de plus près, puis il referma sa main dessus avec l'envie de la broyer. Mais il ne le fit pas. Il la garda à la main et resta là, à contempler les figurines... Alors ses yeux distinguèrent le parchemin sur lequel elles étaient posées.

La dernière fois qu'il était venu dans la maison-arbre, quand Merrin était de ce monde et qu'il faisait bon vivre, les mots figurant sur le parchemin étaient écrits en hébreu, et il n'avait aucune idée de ce qu'ils pouvaient signifier. Il avait cru que c'était un passage de l'Écriture, un rouleau tiré d'un phylactère. Mais à la lueur vacillante des bougies, les arabesques des lettres noires dansaient telles des ombres vivantes qu'un magicien aurait fixées sur le papier, et elles formèrent un message en anglais courant :

LA MAISON DE L'ESPRIT
ARBRE DU BIEN ET DU MAL
1, ROUTE DE L'ANCIENNE FONDERIE
GIDEON, NH 03880
RÈGLES ET CONDITIONS :
TANT QUE VOUS SEREZ ICI
PRENEZ CE QUE VOUS VOULEZ
EN REPARTANT
EMPORTEZ CE DONT VOUS AUREZ BESOIN
EN SORTANT DITES AMEN
IL N'EST PAS INTERDIT DE FUMER
L. MORNINGSTAR, PROPRIÉTAIRE

Ig n'était pas certain de mieux comprendre, même en anglais. Ce qu'il voulait c'était Merrin, et il ne l'aurait jamais plus, alors puisque c'était comme ça et qu'il n'était pas interdit de fumer, il allait mettre le feu à cette foutue baraque et d'un geste rageur, sans réfléchir, il balaya la table de sa main, projetant la ménorah allumée à travers la pièce, renversant les figurines. L'extraterrestre culbuta, rebondit et roula de la table par terre. L'ange à la trompette qui ressemblait à Terry tomba dans le tiroir entrouvert. Le second ange, celui qui toisait Marie d'un air supérieur, se fracassa et sa tête altière, tranchée net, roula sur la table.

Ig fit volte-face, furieux…

… il se tourna sur le flanc dans un spasme de douleur et vit le bidon d'essence là où il l'avait laissé, contre le mur de pierre, en bas et à droite de l'ouverture. Quand il se fut traîné à travers les hautes herbes jusqu'à lui, il tapa dessus et le bidon résonna d'un bruit à la fois mouillé et métallique. Il saisit la poignée, la tira. Ce que c'était lourd. Comme si le bidon était rempli de ciment liquide au lieu d'essence. Ig chercha à tâtons la boîte d'allumettes Lucifer et la mit de côté.

Il resta immobile un moment, rassemblant ses forces pour accomplir cet acte ultime, nécessaire. Les muscles de son bras droit tremblaient constamment, et il n'était pas sûr d'y parvenir. Enfin, lorsqu'il se sentit prêt, il souleva le bidon en ahanant pour s'asperger d'essence. Quand le liquide se répandit sur la chair à vif de son épaule, il hurla de douleur, et un nuage de fumée grise en forme de champignon jaillit de ses lèvres. Ses yeux s'emplirent de larmes. La douleur lui fit lâcher le bidon et se plier en deux. Il tremblait des pieds à la tête dans sa ridicule jupe bleue, des tremblements incessants, frénétiques, qui menaçaient de finir en convulsions. Projetant sa main droite au hasard, il trouva la boîte d'allumettes Lucifer qui gisait dans la poussière.

Les bruits de la nuit lui parvenaient affaiblis, les stridulations des criquets, le ronronnement des voitures qui passaient sur la nationale. Ig ouvrit la boîte et les allumettes volèrent de sa main tremblante. Il réussit à en sortir une du peu qui restait et la racla sur le grattoir. La tête noire de l'allumette s'enflamma.

Les bougies étaient tombées par terre et avaient roulé en tous sens. Pour la plupart, elles étaient encore allumées. L'une d'elles était venue se coller à l'extraterrestre en caoutchouc gris, et une langue de feu blanche liquéfiait le côté de son visage. Un œil noir avait déjà fondu pour révéler le creux à l'intérieur. Trois autres bougies avaient fini contre le mur, sous la fenêtre ornée de rideaux blancs qui ondulaient doucement dans la brise du mois d'août.

Ig empoigna les rideaux, les arracha de la fenêtre, et les tint au-dessus des bougies allumées. Le feu grimpa à l'assaut du nylon bon marché en se ruant vers ses mains. Il jeta les rideaux enflammés sur le fauteuil.

Quelque chose éclata sous son pied, comme s'il avait marché sur une petite ampoule de verre. Il vit qu'il avait posé le talon sur la figurine du diable en porcelaine. Le corps était écrasé, mais la tête restait intacte et vacillait sur le plancher.

Il se pencha pour la ramasser et là, dans la maison-arbre en flammes il examina Satan, ses beaux traits, son air distingué, les petites pointes de ses cornes. Des banderoles de feu se déroulaient du mur, une fumée noire s'amassait sous le plafond. Les flammes dévoraient le fauteuil et la table basse. Le petit diable semblait le considérer avec satisfaction, comme s'il appréciait son travail. D'ailleurs Ig en avait fini pour aujourd'hui, et il était temps de s'en aller. Le monde était plein d'autres feux à allumer.

Il roula un moment la petite tête entre ses doigts, puis revint à la table basse. Il prit Marie, embrassa son petit visage en disant : « Au revoir, Merrin » et la reposa, bien droite.

Puis il saisit l'ange qui la toisait jadis de son air suffisant et dont la belle tête impérieuse avait sauté, tranchée net, pour aller valser quelque part. À sa place, Ig mit la tête du diable, en se disant que Marie serait mieux avec quelqu'un comme lui, qui avait l'air de savoir s'amuser.

La fumée lui brûlait les poumons, lui piquait les yeux. Il sentait sa peau se racornir sous l'effet de la chaleur que dégageaient les trois murs en flammes. Il se dirigea vers la trappe, mais avant de passer, il la souleva un peu pour voir ce qui était écrit sur la face intérieure, car il se rappelait très clairement qu'il y avait une inscription peinte là en blanc, au lait de chaux. « Soyez béni vous qui sortez », lut Ig. Réprimant son envie de rire, il passa la main sur la surface de la trappe, dit « Amen », puis se glissa par le trou.

Une fois qu'il eut posé ses pieds sur la grosse branche juste en dessous, il s'arrêta pour jeter un dernier regard. La pièce était l'œil d'un cyclone flamboyant. Les nœuds du bois éclataient dans la chaleur, le fauteuil mugissait et sifflait. Ig s'en allait satisfait. Sans Merrin, cet endroit n'était bon qu'à servir de petit bois. Et pour Ig, le monde entier ne valait pas davantage.

Il referma la trappe derrière lui et se mit à descendre en prenant son temps. Il avait besoin de rentrer chez lui. De se reposer.

Non. En fait, ce dont il avait vraiment besoin, c'était de mettre la main sur celui qui lui avait pris Merrin. Qu'est-ce que disait le parchemin de la maison dans l'arbre ? En repartant emportez ce dont vous aurez besoin… On peut toujours rêver.

Il s'arrêta juste une fois, à mi-hauteur du sol, pour s'appuyer au tronc et se frotter les tempes. Une migraine sourdait dangereusement des deux côtés de sa tête, une sorte de pression, comme si quelque chose de pointu poussait pour en sortir. Bon Dieu. Qu'est-ce que ce serait demain matin, quand il se réveillerait avec la gueule de bois.

Ig poussa un long soupir, sans remarquer la fumée pâle qui lui sortait des narines, et continua à descendre de l'arbre, tandis qu'au-dessus de lui, le ciel brûlait.

Il contempla la flamme de l'allumette pendant exactement deux secondes... puis elle se consuma en grésillant jusqu'à ses doigts, entra en contact avec l'essence, et s'enflammant dans un souffle, Ig explosa comme une bombe-cerise.

48

Ig homme torche, diable en robe de feu. Pendant une trentaine de secondes, les flammes ruisselèrent sur lui puis s'en détachèrent, emportées par le vent. Alors, aussi vite qu'il avait pris vie, le feu palpita faiblement, crachota un peu et s'éteignit. Peu après, il n'en restait plus rien, seulement une fumée grasse et noire qui montait de son corps en une colonne épaisse, suffocante. Suffocante pour tout autre que le démon qui se trouvait en son centre, pour qui elle avait la douceur d'une brise alpine.

Il rejeta sa robe de fumée, en sortit entièrement nu. La vieille peau s'était consumée, et la nouvelle était d'un beau rouge carmin, plus profond. Son épaule gauche était encore raide, même si la blessure avait guéri et cicatrisé en une masse tourmentée de chair blanchâtre. Il avait la tête claire et se sentait bien, comme s'il venait de courir sur plus d'un kilomètre et s'apprêtait à faire un plongeon dans la rivière. Le feu couvait encore dans les herbes noircies autour de lui. Une ligne rougeoyante progressait à travers les broussailles, vers la forêt. Ig regarda au-delà le cerisier mort dont la pâleur ressortait sur le vert intense des persistants.

Il avait laissé la Maison de l'Esprit en flammes, réduit en cendres le petit paradis, pourtant le cerisier était toujours debout, indemne. Un vent se leva en une rafale brûlante qui agita le feuillage des arbres et, même d'aussi loin, Ig vit qu'il n'y avait pas de cabane, rien. Quand même, c'était drôle, la façon dont le feu semblait se diriger en droite ligne vers l'arbre en s'ouvrant un passage à travers les hautes herbes jusqu'au tronc de l'arbre mort. Le vent creusait comme un canal à travers champs pour aller embraser les bois.

Ig regrimpa sur le rebord de l'ancienne fenêtre pour entrer dans la fonderie. Il enjamba la trompette de son frère.

Terry était agenouillé devant la trappe ouverte du fourneau, tête penchée, dans une totale immobilité, l'air calme, concentré. En le voyant, Ig pensa que son frère avait fière allure, même dans la mort, avec sa chemise moulant son dos large et ses manchettes relevées avec soin sur ses poignets. Ig s'accroupit à côté de lui. Deux frères en prière. Il prit sa main et vit qu'à onze ans, Terry lui avait collé du chewing-gum dans les cheveux, alors qu'ils étaient dans le car scolaire.

— Merde, s'exclama Ig. Il a fallu me couper les cheveux pour m'enlever cette saleté.

— Quoi ? demanda Terry.

— Le chewing-gum que tu m'avais mis dans les tifs quand on était dans le bus, expliqua Ig.

Terry aspira juste un peu d'air entre ses lèvres, en produisant un léger sifflement.

— Tu respires, constata Ig. Comment fais-tu pour respirer ?

— J'ai des poumons. Très costauds, souffla Terry d'une voix entrecoupée. Peut-être parce qu'il m'arrive de jouer de la trompette... C'est un miracle, reprit-il après une petite pause. On va s'en sortir. Tous les deux.

— N'en sois pas si sûr, rétorqua Ig.

Le portable de Glenna était dans le fourneau, il s'était cassé en heurtant le mur et le couvercle qui protégeait la batterie avait sauté. Pourtant, contre toute attente, il s'alluma avec un bip dès qu'Ig l'ouvrit. Une chance du diable. Il fit le numéro d'urgence et, d'une voix impersonnelle, informa l'opérateur qu'il avait été mordu par un serpent, qu'il se trouvait à la fonderie près de la Route 17, qu'il y avait des morts et un incendie. Puis il coupa la connexion et ressortit de la cheminée pour s'accroupir à nouveau près de Terry.

— Tu as appelé les secours, chuchota Terry.

— Non. C'est toi qui les as appelés. Écoute-moi bien, Terry. Je vais te dire ce dont tu vas te souvenir, et ce que tu vas oublier. Tu en as, des choses à oublier. Pas seulement ce qui s'est passé cette nuit, mais d'autres événements, plus anciens.

Ses cornes vibrèrent soudain d'une violente secousse de plaisir animal.

— Il n'y a de place que pour un héros dans cette histoire, et tout le monde sait que le diable ne doit pas avoir le beau rôle.

Alors Ig conta à son frère l'histoire en question, d'une voix douce, agréable. C'était une bonne histoire, et Terry hochait la tête en rythme en l'écoutant, comme sur le tempo d'une chanson qui lui plaisait tout particulièrement.

Quelques minutes suffirent. Ensuite Ig resta un moment assis près de lui, sans qu'aucun d'eux ne parle. Il n'était pas sûr que Terry ait toujours conscience de sa présence, car il lui avait dit d'oublier. Toujours agenouillé, son frère semblait dormir. Ig demeura là jusqu'à ce qu'un son retentisse au loin, celui d'une trompette jouant une seule note urgente, paniquée : la sirène des pompiers. Il prit la tête de son frère dans ses mains et l'embrassa sur la tempe. Ce qu'il vit comptait moins que ce qu'il ressentait.

— Tu es un type bien, Ignatius Perrish, murmura Terry, sans ouvrir les yeux.

— Blasphème, dit Ig.

49

Il ressortit de la fonderie en sautant par l'ouverture puis, se ravisant, leva le bras pour saisir la trompette de son frère qui était posée sur le rebord. Filant à travers champs en ligne droite, la longue avenue de feu arrivait au cerisier. Les flammes léchèrent le tronc, puis l'arbre lui-même s'embrasa soudain, comme s'il était aspergé de pétrole. Sa cime forma un parachute de flammes jaunes et rouges. Alors la Maison de l'Esprit apparut dans son berceau de branches. Des rideaux de flammes ondulaient aux fenêtres. De tous les arbres de la forêt, seul le cerisier brûlait.

Ig remonta à grands pas le chemin tracé par le feu, tel un jeune seigneur foulant le tapis rouge déroulé pour lui jusqu'au seuil de son manoir. Par un effet d'optique, les phares de la Cadillac braqués sur lui projetèrent une ombre démesurée qui se dressa, menaçante, en se détachant sur la masse de fumée bouillonnante. La première voiture de pompiers avançait péniblement sur la piste creusée d'ornières et le chauffeur, un certain Rick Terrapin, vit soudain cet immense diable noir bondir devant lui, aussi haut que la cheminée de la fonderie. Il cria, fit une embardée, et la voiture alla tamponner un bouleau. Pompier émérite d'une trentaine d'années, Rick Terrapin démissionnerait trois semaines plus tard. Entre le démon de fumée et les horreurs qu'il découvrit ensuite à l'intérieur de la fonderie, il ne se sentait plus l'âme d'un soldat du feu.

Muni de sa trompette volée, Ig pénétra dans le brasier jaune et arriva enfin à l'arbre. Sans hésiter, il se mit aussitôt à grimper l'échelle flamboyante que lui offraient ses branches. Il crut entendre des voix au-dessus, des voix joyeuses, impertinentes, et des rires… Apparemment, on fêtait quelque chose là-haut ! Il y avait de la musique, un vrai tintamarre de timbales et de trompettes. La trappe était relevée. Ig se hissa par l'ouverture pour pénétrer dans sa nouvelle demeure, sa tour de feu, où résidait son trône de flammes. Et en effet, on célébrait des noces, les siennes. Sa promise l'attendait là, avec ses cheveux flamboyants, nue à part un châle de feu qui flottait autour d'elle. Il la prit dans ses bras, sa bouche chercha la sienne, et ensemble ils brûlèrent.

50

Terry revint à Gideon durant la troisième semaine d'octobre, et un après-midi ensoleillé, il prit sa voiture de location pour faire un tour jusqu'à la vieille fonderie.

La grande bâtisse en briques se dressait dans un champ calciné, au milieu de tas d'ordures qui s'étaient embrasés comme des feux de joie et formaient à présent des monceaux de cendres, de verre fumé, de ferrailles tordues. L'édifice lui-même était maculé de suie, et tout l'endroit sentait encore un peu le cramé.

Mais quand on le contournait pour passer à l'arrière, en haut de la piste Evel Knievel, il devenait plaisant, dans la belle lumière oblique qui filtrait à travers les bois habillés de leur costume d'Halloween rouge et or. Les arbres flamboyaient comme d'immenses torches. La douce rumeur de la rivière qui coulait en dessous faisait un charmant contrepoint aux murmures paisibles du vent. Oui, c'était un bon endroit où rester toute une journée assis là, sans rien faire.

Les dernières semaines, il avait fait beaucoup de marche à pied et avait passé pas mal de temps assis, à regarder et à attendre. Fin septembre, il avait mis en vente sa maison de L.A. et s'était installé à New York. Il allait à Central Park presque tous les jours. L'émission, c'était terminé, et sans elle, il ne voyait pas l'intérêt de traîner dans un coin où il n'y a pas de saisons et où l'on ne peut jamais se rendre à pied nulle part.

La Fox espérait toujours son retour, elle avait déclaré à la presse et aux médias qu'à la suite de l'assassinat de son frère, Terry avait choisi de prendre un congé sabbatique ; cela passait commodément sous silence le fait qu'il avait en réalité démissionné officiellement des semaines avant le double meurtre à la fonderie. Les gens de la télé pouvaient bien dire ce qu'ils voulaient. Terry ne reviendrait pas. Peut-être que dans quelque temps, il pourrait sortir, jouer dans un ou deux clubs. Mais il n'était pas pressé de s'y remettre. Il était encore en plein aménagement, à tous points de vue, et essayait de ne pas trop se prendre la tête. Il fallait laisser le temps faire son œuvre, ne rien précipiter, et Terry finirait bien par trouver sa voie, ou du moins une direction. Il ne s'était même pas racheté de trompette.

Personne ne savait ce qui s'était passé cette nuit-là, à la fonderie. Étant donné que Terry refusait de s'exprimer publiquement à ce propos et qu'il n'y avait pas d'autres témoins encore de ce monde, un certain nombre d'idées farfelues circulaient à propos de cette soirée où Eric et Lee étaient morts. Le site TMZ avait publié un compte-rendu des plus loufoques. Il prétendait que Terry s'était rendu à la fonderie à la recherche de son frère, et qu'il avait trouvé là-bas Eric Hannity et Lee Tourneau, qui se disputaient. Terry les avait entendus par mégarde, assez pour comprendre qu'ils avaient assassiné son frère en le faisant brûler vif dans sa voiture, et qu'ils étaient venus là pour supprimer d'éventuels indices compromettants. Selon TMZ, Lee et Eric avaient surpris

Terry alors qu'il s'esquivait, et ils l'avaient traîné de force à l'intérieur de la fonderie. Ils avaient l'intention de le tuer, mais d'abord ils voulaient savoir s'il avait prévenu quelqu'un de sa présence en ces lieux. Ils l'enfermèrent dans la cheminée avec un serpent venimeux, pour l'effrayer afin de le faire parler. Mais voilà qu'ils se mirent à se quereller de plus belle. De la cheminée, Terry entendit des cris et des coups de feu. Quand il en sortit, l'incendie avait éclaté et les deux hommes étaient morts. Eric Hannity d'une balle en pleine tête. Lee Tourneau transpercé par une fourche. Une scène de crime digne d'une tragédie du XVIe siècle avec vengeance sanglante à la clef ; manquait juste l'intervention du Malin. Terry se demandait où le journal avait pêché ses informations, si quelqu'un de la rédaction avait acheté un membre du service de police… L'inspecteur Carter par exemple. Car leur extravagant compte-rendu collait point par point à la déposition que lui-même avait signée.

L'inspecteur Carter était venu voir Terry durant son second jour à l'hôpital. Terry ne se rappelait pas grand-chose du premier. Juste qu'on l'avait transporté à la salle des urgences, qu'on lui avait collé un masque à oxygène sur le visage, et qu'il avait inhalé une bouffée d'air frais qui sentait un peu le médicament. Il se rappelait aussi que plus tard, il avait eu des hallucinations ; en ouvrant les yeux, il avait trouvé son frère défunt assis sur le bord de son lit d'hôpital. Ig avait sa trompette, et il lui jouait un petit riff de be-bop. Merrin aussi était là, elle virevoltait pieds nus sur la musique en mini-robe rose fuchsia, et ses cheveux rouge sombre volaient autour de sa tête. Le son de la trompette s'était mué peu à peu en un bip régulier, celui de l'électrocardiographe, et à mesure, Merrin et Ig s'étaient effacés. Plus tard encore, aux premières heures du petit matin, Terry avait soulevé la tête de son oreiller pour regarder autour de lui et il avait vu sa mère et son père, tous les deux assoupis dans des fauteuils adossés au mur ; la tête de son père reposait sur l'épaule de sa mère. Ils se tenaient les mains.

L'après-midi du deuxième jour, Terry avait juste l'impression de se remettre d'une méchante grippe. Ses articulations lui faisaient mal, il avait tout le temps soif, et il avait conscience d'une faiblesse dans tout le corps… À part ça, il se sentait plutôt bien, normal. Quand le médecin entra dans la chambre pour vérifier sa feuille de température, Terry lui demanda s'il avait vraiment frôlé la mort de très près. C'était une séduisante Asiatique portant des lunettes des années 1950 qui lui faisaient des yeux de chat. Elle lui répondit qu'il y avait une chance sur trois pour qu'il s'en sorte. Il existait trois genres de serpents à sonnettes. Terry était tombé sur celui qui avait le venin le moins foudroyant. Avec les deux autres, il n'aurait eu aucune chance.

L'inspecteur Carter était entré alors que le médecin sortait. Carter prit note de la déposition de Terry sans broncher, en posant quelques questions, mais en laissant Terry dévider son récit à sa façon et à son rythme, presque comme si au lieu d'être officier de police, il était une secrétaire prenant sous la dictée. Il la relut à Terry, en faisant de-ci de-là quelques corrections. Puis, sans lever les yeux de son bloc de papier rayé jaune, il dit, sans colère ni humeur particulière :

— Je ne crois pas un mot de ces conneries. Vous vous en doutez, non ? Pas un traître mot, insista-t-il en levant enfin les yeux pour le dévisager d'un air blasé.

— Vraiment ? s'étonna Terry, allongé sur son lit d'hôpital, un étage plus bas que sa grand-mère à la gueule cassée. Alors qu'est-ce qui s'est passé, d'après vous ?

— J'ai échafaudé des tas d'autres hypothèses, répondit l'inspecteur. Mais aucune ne tient debout. Elles sont encore plus nulles que ce baratin que vous m'avez servi. Je n'ai pas la moindre idée de ce qui s'est réellement passé, conclut Carter en lui lançant un regard dur, hostile.

— J'aimerais bien vous donner une autre version des faits, mais c'est ce qui s'est réellement passé, affirma Terry.

Et la plupart du temps, Terry y croyait aussi. Sauf la nuit, quand il essayait de s'endormir… La nuit, il avait parfois de drôles d'idées. Des idées noires.

Le crissement de pneus sur le gravier le sortit de sa torpeur. Relevant la tête, il regarda derrière lui, vers la fonderie. Peu après, une Saturn vert émeraude tourna le coin et avança en cahotant à travers le paysage dévasté. En le voyant là, le conducteur freina et la voiture resta sur place un moment à tourner au ralenti. Puis elle approcha, pour finir par se garer à peine à trois mètres de lui.

— Salut Terry, fit Glenna Nicholson en descendant de voiture.

Elle ne semblait pas le moins du monde surprise de le voir, comme s'ils s'étaient donné rendez-vous ici. Une belle fille bien en chair, en jean gris délavé, chemise noire sans manches et ceinture cloutée noire, la détailla Terry, puis il aperçut le Bunny de Playboy tatoué sur sa hanche nue, qui ajoutait une touche un peu vulgaire à l'ensemble. Une erreur de jeunesse, sans doute. Qui n'en fait pas ? Qui n'a pas fait dans sa vie des choses qu'il souhaiterait pouvoir effacer ?

— Salut Glenna. Qu'est-ce qui t'amène ?

— Je viens déjeuner ici de temps en temps, répondit-elle. C'est tranquille. Ça aide à réfléchir.

— Qu'est-ce que t'as pris ? lança-t-il en montrant le sac de papier brun qu'elle tenait à la main.

— Sandwich toasté aubergine parmesan. T'en veux la moitié ? Je prends toujours un maxi, je ne sais pas pourquoi. Je n'arrive pas à le finir. Ou plutôt je ne devrais pas. Mais des fois j'y arrive quand même, ajouta-t-elle avec une petite moue, en plissant le nez. J'essaie de perdre cinq kilos.

— Pourquoi ? lui demanda Terry en la matant des pieds à la tête.

— Arrête ton char, répliqua-t-elle en se marrant.

— Bon, ben dans ce cas, je vais manger la moitié de ton sandwich, si ça peut t'aider à faire ton régime, fit-il en haussant les épaules. Mais franchement, tu n'as pas à t'en faire. Tu es parfaite.

Ils s'assirent sur un rondin de bois au bord de la piste Evel Knievel. L'eau était pailletée d'or dans la lumière de fin d'après-midi. Terry se rendit compte qu'il avait faim quand il se mit à dévorer sa moitié de sandwich. Ils se partagèrent le soda qu'elle avait apporté. Tout cela sans parler, ce qui lui convenait tout à fait. Il n'avait pas envie d'échanger des banalités et Glenna semblait le savoir. Le silence ne la rendait pas nerveuse. C'était drôle, à L.A., les gens ne se taisaient jamais, ils semblaient tous terrifiés dès qu'il y avait un blanc dans la conversation.

— Merci, dit-il enfin.

— Pas de quoi.

Il se passa la main dans les cheveux. Tout dernièrement, il s'était rendu compte que ses cheveux se clairsemaient sur le sommet de la tête, et il les avait laissés pousser à la diable.

— J'aurais dû passer au salon pour que tu me coupes les tifs, remarqua-t-il. Ça devient n'importe quoi.

— Je n'y travaille plus, l'informa-t-elle. J'ai fait ma dernière coupe hier.

— Sans blagues.

— Mm-hum.

— Bon. C'est le moment de passer à autre chose, apparemment.

— Comme tu dis.

— Et tu as fini en beauté ? Ou bien est-ce que tu as massacré la tête d'un pauvre type qui passait par là ? demanda Terry.

— Le client voulait juste que je lui rase la tête complètement. D'habitude, ce sont plutôt des jeunes qui me demandent ça, mais là, c'était un vieux. D'ailleurs, tu le connais… C'était Dale Williams. Le père de Merrin.

— Ouais. Je le connais un peu, acquiesça Terry, et il grimaça un sourire tout en sentant monter en lui une vague de tristesse irrépressible, qu'il ne s'expliquait pas.

Bien sûr, Ig avait été tué à cause de ce qui était arrivé à Merrin. Lee et Eric lui avaient réglé son compte, persuadés que c'était lui le coupable. Quelle année de cauchemar pour Ig. Terry préférait ne pas y penser tant ça lui fichait le cafard. Jamais Ig n'aurait pu tuer Merrin. Et il y avait peu de chances qu'on découvre un jour le coupable. Il frissonna en se rappelant la nuit où Merrin était morte. Il était avec cet enfoiré de Lee Tourneau, ce petit sociopathe répugnant, il s'était même plu en sa compagnie. Un ou deux verres, un peu de fumette là-bas au bord de la rivière, et puis Terry s'était assoupi dans la voiture de Lee et ne s'était réveillé qu'à l'aube. Parfois, il se rappelait cette soirée comme la dernière fois où il s'était senti heureux, à jouer aux cartes avec Ig, puis à rouler sans but autour de Gideon dans la nuit d'été qui sentait la rivière et la poudre des pétards à mèche. Une des meilleures odeurs au monde. Celle de l'insouciance.

— Pourquoi a-t-il fait ça ? demanda-t-il en parlant du père de Merrin.

— Il part vivre à Sarasota, et là-bas, il avait envie de sentir le soleil sur sa tête nue. Et aussi pour la bonne raison que sa femme déteste les hommes au crâne rasé. Enfin, son ex-femme plutôt, à l'heure qu'il est… Si j'ai bien compris, il va vivre à Sarasota sans elle.

Glenna lissa une feuille tombée sur son genou, puis la prit par la queue et la laissa s'envoler dans la brise en la suivant du regard.

— Moi aussi je m'en vais, ajouta-t-elle. C'est pour ça que j'ai démissionné.

— Où ça ?

— À New York.

— Ça alors ! Fais-moi signe quand tu seras là-bas, d'accord ? Je te ferai connaître quelques bons clubs, dit Terry, et il inscrivit aussitôt le numéro de son portable sur un vieux ticket resté dans sa poche.

— Je croyais que tu vivais à L.A. ?

— Non. Plus maintenant. Je n'ai aucune raison de traîner mes guêtres là-bas sans *Hothouse*, et j'ai toujours préféré New York. C'est beaucoup moins toc, comme ambiance.

Il lui tendit son numéro, elle le prit et lui sourit. Elle était belle, assise par terre, les coudes calés sur le rondin, avec des taches de lumière qui jouaient sur son visage.

— À mon avis, on n'habitera pas le même genre de quartier, dit-elle.

— C'est pour ça que Dieu a inventé les taxis.

— Ah bon, c'est Lui ?

— Non. En fait, les hommes les ont inventés pour rentrer chez eux en toute sécurité après une nuit de beuverie.

— Quand on y réfléchit, les bonnes idées sont souvent là pour vous faciliter la vie dès qu'on veut se dévergonder.

— C'est vrai, admit-il.

Ils se levèrent et firent le tour de la fonderie d'un pas nonchalant. Comme ils revenaient sur le devant, Terry s'arrêta un instant pour contempler la vaste étendue de terre brûlée. C'était drôle la façon dont le vent avait canalisé le feu vers les bois pour n'embraser qu'un seul arbre. Cet arbre. Il était encore debout et dressait ses ramures noircies telles de terribles cornes griffant le ciel. Saisi par cette vision, il resta figé et frissonna. L'air semblait soudain plus frais, comme il peut l'être fin octobre en Nouvelle Angleterre.

— Regarde, dit Glenna en se penchant pour ramasser quelque chose dans les broussailles calcinées.

C'était une croix en or, enfilée sur une chaîne délicate. Elle la leva, et la croix oscilla en projetant une lumière dorée sur son visage.

— Elle est jolie, commenta-t-elle.

— Toi aussi… Eh bien garde-la.

— Non, je risquerais de prendre feu si je la mettais, plaisanta-t-elle en la lui tendant. Tiens.

— Non, objecta Terry. C'est un truc de fille.

Il alla suspendre la chaîne à la branche d'un jeune arbre qui poussait contre le mur de la fonderie. Peut-être que celle qui l'avait perdue reviendrait la chercher.

Ils poursuivirent leur chemin autour de la fonderie sans beaucoup parler, goûtant juste à la lumière dorée de cette belle journée d'automne. Quand s'étaient-ils pris la main ? En tout cas, lorsqu'ils arrivèrent à la Saturn, ils marchaient main dans la main. Glenna lâcha la sienne comme à regret.

Une brise se leva et courut à travers le champ, empreinte de fraîcheur automnale et d'une légère odeur de cendres. Glenna frissonna d'aise en croisant les bras sur sa poitrine. Dans le lointain résonna un air de trompette, un petit solo coquin, guilleret, et Terry dressa la tête pour écouter, mais c'était sans doute de la musique sortant de la vitre ouverte d'une voiture qui passait sur la route, car le silence revint presque aussitôt.

— Il me manque terriblement, tu sais, avoua Glenna.

— Moi aussi, il me manque. C'est drôle… Parfois j'ai l'impression qu'il est tout près, que si je me retourne, il sera juste là, à me regarder en rigolant.

— Oui. Je ressens la même chose, dit-elle, et il eut droit à un beau sourire, un vrai, dur, généreux, sans chiqué. Faut que j'y aille. Peut-être qu'on se verra à New York.

— Pas peut-être. C'est sûr. Ça fait pas un pli.

— Bon. D'accord. Ça fait pas un pli.

Elle monta en voiture, ferma la portière, et lui fit un petit signe de la main avant de reculer.

Après son départ, Terry demeura sur place. La brise faisait voler les pans de son pardessus tandis qu'il contemplait toujours la fonderie déserte, le champ calciné. Il aurait dû penser à son frère, être dévoré de chagrin… mais au lieu de ça, il se demandait combien de temps il devrait attendre une fois rentré à New York avant que Glenna l'appelle, et où il l'emmènerait. Il connaissait quelques boîtes sympas.

Le vent souffla encore, une rafale presque glaciale cette fois, et Terry crut encore entendre au loin un air de trompette, comme un salut un peu polisson. C'était un petit riff bien tourné, et il lui donna pour la première fois depuis des semaines une forte envie de jouer à nouveau. Puis le son de la trompette disparut, emporté par la brise. Il était temps pour lui de s'en aller aussi.

— Pauvre diable, dit Terry avant de monter dans sa voiture de location et de s'éloigner.

Remerciements, notes, confessions

Les experts ne s'accordent pas toujours sur les paroles du tube des années 1980, *What I Like About You*. Ig chante : « *You're whispering in my ear* », mais d'autres auditeurs prétendent que Jim Marinos braille : « *Warm whispering in my ear,* » ou même « *Phone whispering in my ear.* » Étant donné la confusion générale, je me suis senti le droit d'offrir à Iggy sa propre version, mais je prie d'avance les puristes du rock-and-roll de ne pas m'en tenir rigueur s'il s'agit pour eux d'une erreur.

La secrétaire d'édition qui a travaillé sur ce livre m'a fait remarquer, avec justesse, que les cigales meurent en juillet, mais l'auteur a choisi de déroger à cet ordre des choses pour ces fameuses raisons artistiques dont on nous rebat les oreilles.

Mes remerciements au Dr Andy Singh, pour ses informations générales sur le BRCA1, la forme de cancer qui a emporté la sœur de Merrin, et qui l'aurait emportée également si mon intrigue n'en avait décidé autrement. Toutes erreurs éventuelles relatives aux éléments médicaux sont imputables à l'auteur. Merci également à Kerri Singh, et au reste de la tribu Singh, de nous avoir supportés, moi et mes angoisses au sujet de ce livre, au cours d'un bon nombre de soirées.

Ma gratitude va aussi à Danielle Ades et au Dr Alan Ades. Quand il me fallait un endroit tranquille où travailler, ils m'en ont trouvé un. Merci aux copains de chez *Lee Mac's* pour m'avoir nourri pendant quatre mois. Je suis reconnaissant à mes amis Jason Ciaramella et Shane Leonard, qui ont tous deux lu ce livre sous sa forme manuscrite, et m'ont fourni en retour un certain nombre d'impressions qui m'ont été fort utiles.

Merci à Ray Slyman, qui m'a renseigné sur la croix de Don Orione ; à ma sœur, la pasteur Naomi King, qui m'a indiqué quelques passages de la Bible. Un livre, *God's Problem – How the Bible Fails to Answer our Most Important Question : Why We Suffer* de Bart Ehrman (HarperOne), s'est aussi avéré riche en enseignement. J'ai lu *God's Problem* alors que j'étais plongé jusqu'au cou dans la cinquième ébauche de mon roman. Si je l'avais lu plus tôt, ce roman aurait sans doute été bien différent. Ni pire ni meilleur, juste différent.

Chez William Morrow/HarperCollins, une équipe dévouée de passionnés de littérature a travaillé sur *Cornes* dans les coulisses : Mary Schuck, Ben Bruton, Tavia Kowalchuk, Lynn Grady, Liate Stehlik, Lorie Young, Nyamekye Waliyaya, et la secrétaire d'édition, Maureen Sugden. Mes remerciements à tout l'équipage et aux louables efforts qu'il a déployés pour me faire paraître à mon avantage.

Merci également à Jody Hotchkiss et Sean Daily, eux-mêmes des dingues de littérature (et de cinéma), qui furent les ardents défenseurs de cette histoire.

À un moment, j'en suis presque venu à croire que ce livre lui-même était le diable ; je suis reconnaissant envers mes éditeurs Jen Brehl, Jo Fletcher, Pete Crowther, et à mon agent, Mickey

Choate, à la fois pour leur patience pendant mon corps-à-corps avec la créature, et pour toute l'aide qu'ils m'ont offerte afin de me guider à travers les méandres épineux de ma propre histoire. Enfin, tout mon amour aux miens, Leanora et les garçons ; sans eux, je n'aurais pas eu le moindre espoir de finir *Cornes*.

J.H. Août 2009

10313

Composition
PCA

Achevé d'imprimer en Slovaquie
par NOVOPRINT
le 8 décembre 2013

Dépôt légal décembre 2013
EAN 9782290054345
OTP L21EPNN000246N001

ÉDITIONS J'AI LU
87, quai Panhard-et-Levassor, 75013 Paris
Diffusion France et étranger : Flammarion